Für meine Eltern,
die immer
an mich
geglaubt haben

Prolog

Großreich Symantriet – Die Herrschaft des Tyrannen

Ein kalter Wind fegt über das raue Land und lässt dabei alles unter seiner Macht erzittern.

Dunkle Wolken ziehen über den Horizont und gewähren der Sonne kein Durchkommen. Das ehemals von Licht und Freude erhellte Symantriet wird in einen grauen Schimmer getaucht. Kaum ein Mensch ist auf den Straßen zu sehen. Die Äcker liegen brach und Hunger hält Einzug bei den einfachen Menschen.

Doch nicht alle Menschen leiden … Einige wenige verzehren das noch verbliebene Essen gierig.

Ein guter Herrscher hätte in jener Zeit für Gerechtigkeit gesorgt. Besser: Er hätte es gar nicht erst so weit kommen lassen.

König Chaver war jedoch kein *guter* Herrscher.

Durch List und Tücke hatte er sich einst den Thron erschlichen, mit Angst und Schrecken seine Herrschaft gefestigt und durch seine Taten dafür gesorgt, dass man ihn nie vergessen würde.

Der Tyrann trug seinen Beinamen zu Recht …

Er hatte so viele Dinge versprochen, doch nach seiner rechtmäßigen Thronbesteigung wollte er von diesen nichts mehr wissen. Im Gegenteil: Die Gier stieg ihm zu Kopf …

Chaver ließ die Truppen sammeln. Er schickte seine Söldner in die Städte und Dörfer, um seinen Reichtum zu mehren. Jeder, der seine Stimme erhob, wurde beseitigt.

Dabei stieß er auf mehr Widerstand, als er erwartet hatte.

Seine Taten hatten sich wie ein Lauffeuer im ganzen Land herumgesprochen und die einfachen Menschen Symantriets erhoben sich, um dem machthungrigen Herrscher Einhalt zu gebieten. Die ungeübten Bauern und Handwerker waren jedoch den ausgebildeten Söldnern weit unterlegen. Sie verloren den Kampf und starben zu Tausenden …

Chavers Männer und besonders sein Scherge, halb Mensch, halb Dämon, richteten überall, wo sie auftauchten, ein blutiges Gemetzel an. Menschen wurden gefoltert, versklavt oder getötet. Erbarmen war für den Tyrannen ein Fremdwort.

Chavers *Feinde* gehörten einer aussterbenden Rasse an.

Während seiner Herrschaft wurden viele jahrhundertealte Dörfer und Städte zerstört. Menschen verloren ihre Heimat, ihre Familie, ihr Leben.

Chavers einstige Versprechungen klangen gut und niemand hatte auch nur ahnen können, was die Zukunft bringen würde.

In dieser grausamen Zeit lebten fünf junge Männer königlichen Geblütes, die sich zusammenschlossen, um dem Tyrannen gemeinsam das Handwerk zu legen.

Durch eine monatelange, gefährliche Korrespondenz untereinander und geheime Treffen schufen sie eine Allianz gegen den amtierenden König.

Im Untergrund, geschützt vor neugierigen Augen und Ohren, schmiedeten sie Pläne, um Chaver eine Falle zu stellen. Doch ihre Tat musste gut vorbereitet werden. Jeder Fehler würde für sie tödliche Konsequenzen nach sich ziehen.

Ein Jahr zog an ihnen vorüber, bevor sie ihre Vorbereitungen beendet hatten. Ein Jahr, in dem noch viele Menschen ihre Heimat und ihr Leben lassen mussten. Doch endlich schien ein Ende der Tyrannei in Sicht …

Von langer Hand geplant, gelang es den fünf Prinzen, Chaver in ihre Falle zu locken. Gefesselt brachten sie ihn nach Wolfin. Zentral im Land gelegen und ausgestattet mit einer gut befestigten Schlossanlage, schien die Stadt für ihre Zwecke am idealsten.

Der keifende und fluchende Chaver wurde in einem der Kerker, tief unter der Stadt, sicher weggeschlossen. Doch den fünf Prinzen war bewusst, dass es bei einer Gefangenschaft nicht bleiben durfte. Zu groß war die Angst, dass dem Tyrannen die Flucht gelingen und der Schrecken erneut über sie hereinbrechen könnte. Noch waren im ganzen Land die Söldner und Schergen Chavers verstreut und man konnte davon ausgehen, dass sie alles versuchen würden, ihren Meister zu befreien.

Die Prinzen sahen nur eine Chance: Sie mussten sich des ehemaligen Königs endgültig entledigen.

Seinem Stand gebührend machten sie ihm einen öffentlichen Prozess und schon kurz nach der Urteilsverkündung fiel sein Kopf auf dem Marktplatz von Wolfin.

Der Tag der Abrechnung war gekommen und die Erleichterung im Volk, aber auch bei den fünf Männern, groß.

König Chaver war tot.

Ihr größter Feind war nach Jahren der Unterdrückung und Angst endlich aus dem Weg geräumt. Die Söldner verstreuten sich führerlos im ganzen Land. Nach und nach wurden sie gefasst und folgten dem Schicksal Chavers. Nur der Scherge, das halbdämonische Wesen namens Dragon, verschwand spurlos. Er hatte eine Spur des Todes durch Symantriet gezogen, als er sich nach Wolfin aufgemacht hatte, seinen Gönner zu retten. Die Spur endete einige Meilen vor Wolfin und Dragon ward nie wieder gesehen.

Der Legende nach soll er sich in Stein verwandelt haben, als Chavers Kopf vom Körper getrennt wurde. Bestimmt dafür, zu warten, bis das Böse erneut erwachen würde …

Mit der Zeit verschwand das Interesse an dem Wesen. Die Menschen vergaßen. Mit ihrer Tat hatten die fünf Prinzen ein neues Kapitel begonnen und das alte abgeschlossen. Ihnen war bewusst, dass die Regentschaft Symantriets nie wieder in der Hand eines Einzelnen liegen durfte. Sie leisteten einen Schwur und teilten das Land in fünf Königreiche auf.

Jedes dieser Königreiche hatte seine eigenen Besonderheiten.

Ganz im Norden, im Fallengebirge, lag nun Fallenday. Das Land hatte durch seine riesigen Erzvorkommen und eine Küste, die mit reichen Fischgründen gesegnet war, eine besondere Anziehungskraft für Prinz Edwin. Der neue Herrscher Fallendays war Reichtum noch nie abgeneigt gewesen. Die anderen vier Prinzen waren bescheidener. Prinz Elias erhielt im Süden sein Reich und nannte es Endline, nach seiner geliebten Frau. Es gab zwar nur wenig Erz, aber dafür war das Land fruchtbar und die in der Nähe gelegene Küste versprach gute Fischgründe sowie die Möglichkeit, sich die ehemalige Handelsstadt Trebin wieder aufzubauen.

Die Königreiche im Westen und Osten, Maux und Malvine, gingen an die Brüder Tewin und Lewin. Beide waren begnadete Jäger, hatten hier reiche Wälder zur Verfügung und eine gut angebundene Küste, die ihnen einen regen Handel ermöglichen würde.

Nur das letzte Königreich, mittig in Symantriet gelegen und auf den Namen Tesslon getauft, hatte diese Anbindung nicht. Dafür vereinte sich hier nur das Beste aus der Landschaft: Gebirge, weitläufige Felder, aber große, ausgedehnte Waldflächen prägten das Bild.

Sephin, der fünfte Prinz im Bunde, dachte bei seiner Wahl weiter: Er wusste um die Vorteile, die ein weit gefächertes Land ihm bringen würde, und gab sich mit dem Rest sehr zufrieden.

Jahre zogen ins Land und heute, fünfzehn Jahre später, regieren die fünf Könige immer noch gemeinsam.

Ihre Untertanen leben in Frieden, während Wirtschaft und Handel gedeihen. Das Leben scheint ruhig und die Menschen zufrieden.

Jedoch ist diese Ruhe trügerisch.

In letzter Zeit herrschten Spannungen zwischen den Ländern, die einst brüderlich nebeneinanderlagen.

Die jüngere Generation drängt nach. Eine Generation, die das Unheil der Alleinherrschaft nicht miterlebt hat. Die unwissend ist – und Unwissende machen Fehler.

Besonders, wenn die Macht zum Greifen nah ist …

Kapitel 1

Endline – Fünfzehn Jahre nach Chavers Fall

Ein wunderschöner lauer Sommerabend lag über dem Königreich. Die Vögel, die sich tagsüber vor der großen Hitze versteckt gehalten hatten, kehrten zurück und zwitscherten aus vollen Kehlen ihre Lieder.

Vom Meer her wehte eine angenehme Brise den Berg hinauf und streifte die Baumwipfel des Schlossgartens. Der kühle Lufthauch fuhr durch die Haare eines soeben in den Garten getretenen Mannes und wirbelte sie leicht durcheinander.

Aufgeregtes Kreischen der Möwen drang an sein Ohr, ließ ihn lauschend innehalten und sich im Garten umschauen.

Kurz darauf schlüpfte hinter ihm ein Mädchen von höchstens fünf Jahren durch die Pforte und schob sich energisch an ihm vorbei.

Der Mann sah dem Mädchen erstaunt hinterher, schüttelte seinen Kopf und setzte sich langsam in Richtung der Klippe in Bewegung. Er hatte den erschöpften Gang eines alten Mannes, auch wenn er vom Aussehen her nicht mehr als dreißig Jahre zählen konnte.

Unermüdlich schleppte er sich durch den Garten, und sein Blick glitt zu einer kleinen Bank. Sie stand am Rande der Klippe, etwas versteckt, unter groß gewachsenen Bäumen und lud mit ihrem Ausblick dazu ein, in der Ferne zu versinken.

Mit einem Ächzen seiner Knochen ließ der Mann sich wenig später auf dem kühlen Stein nieder und atmete dabei geräuschvoll aus, als würde eine gewaltige Last von ihm abfallen.

Sein Blick nahm den Weg am Rand der Klippe entlang nach unten und fixierte das wellenschlagende Meer. Die Sonne hoch über seinem

Kopf sank allmählich. Das Licht wurde schwächer und ließ fantastische Schattenwelten entstehen.

Aber der Mann achtete nicht darauf. Auch das Mädchen, das sich auf ihn zubewegte, nahm er nicht wahr.

Er befand sich in einer anderen Welt, weitab vom Hier und Jetzt.

Elias & Belle

Der Mann auf der Bank hörte auf den Namen Elias.

Fremde und Unwissende hätten ihn für einen einfachen Mann halten können, doch sein Anblick täuschte.

Dem Mann gehörte all jenes, was er von seinem Garten aus erblicken konnte, und noch viel mehr. Er war der König von Endline.

Einst hatte er an der Seite seiner königlichen Gefährten gekämpft, um Symantriet zu befreien. Heute erinnerte, von oben betrachtet, kaum noch etwas an die grausamen Zustände dieser Zeit. Städte und Dörfer waren neu aufgebaut worden, und die Menschen vergaßen alle Gräuel allmählich …

Doch etwas ließ Elias nicht vergessen. Damals holte er sich diese Verletzung. Eine Verletzung, die ihn heute mehr behinderte, als sie ihm damals Schmerzen bereitet hatte. Mit einem verkrüppelten Bein hätte er leben können. Weitaus schlimmer waren seine Erinnerungen, die mit dem stechenden Gefühl immer wieder in sein Unterbewusstsein drangen.

Erinnerungen an die Angst, die Grausamkeiten, die Toten … Elias seufzte.

»Vater, erzählt mir nun endlich die Geschichte!«, rief plötzlich eine Stimme neben ihm und riss Elias abrupt aus seinen Gedanken.

Seine Tochter Isabelle, die spätere Erbin seines Thrones, hatte aufgehört, im Garten herumzutollen, und war neben seine Bank getreten.

Als er nicht sofort antwortete, begann das Mädchen, auf ihn einzureden und wie wild an seinem Arm zu ziehen. Statt ihr böse zu sein, musste Elias lächeln. Sie war ein lebhaftes junges Ding. Sehr aufgeweckt, neugierig und allem voran klug. Ganz wie ihre Mutter einst. Seine verstorbene Frau Endline.

Elias strich Isabelle zärtlich über den Kopf und atmete mit Bedacht so schwer, als würde das Erzählen für ihn eine gewaltige Bürde darstellen.

»Nun gut, mein Wildfang …«, begann er und klopfte dann auf den Platz neben sich.

Das Mädchen betrachtete ihn einen Moment lang skeptisch, setzte sich dann aber und schaute ihn mit ernsten Augen an.

Elias musste schmunzeln und begann dann, nicht ohne seinen Blick erneut in die Ferne schweifen zu lassen, zu erzählen. Seine Tochter folgte seinem Blick …

»Vor Tausenden von Jahren, noch weit vor der Zeit der Menschen, wandelten auf Erden zwei Wesen.

Weder Mensch noch Tier, streiften sie gestaltlos durch die Welt.

Körperlos waren sie zum Zuschauen verdammt. Sahen alles und dennoch nichts. Denn nichts von der Welt, wie sie uns heute bekannt ist, existierte damals.

Es gab keine Kontinente, kein Meer und auch keine Lebewesen. Nur das Nichts, bestehend aus gleißend hellem Licht, war allgegenwärtig. Die beiden Wesen, unsere Götter Edid und Selfin, sollten das trübe Nichts mit Liebe und Zuversicht füllen. Mit ihrer Magie sollten sie etwas Neues erschaffen, und das taten sie.

Mit den Worten der uralten Sprache erschufen die Götter unseren Urkontinent Karnestra. Sie gestalteten Berge, Seen und Täler. Das *Nichts* wurde immer kleiner, bis es schlussendlich verschwand …

Aber Edid und Selfin waren noch lange nicht fertig … Gemeinsam ließen sie Menschen und Tiere entstehen, gestalteten Dörfer und ganze Städte.«

Elias machte eine kurze Pause, um Luft zu holen. Seine Tochter hing gebannt an seinen Lippen.

»Die Menschen, die sie formten, litten keine Probleme. Sie waren bescheiden und doch reich an allem. Zu Beginn lenkten Edid und Selfin die Geschicke ihrer *Kinder* und wiesen ihnen die Richtung. Doch das Leben fand schnell seinen eigenen Weg. Die Menschen entwickelten sich weiter und ehe sie sich versahen, verloren die Götter immer mehr die Macht über sie. Zum Beobachten verdammt, zogen Edid und Selfin sich zurück und fanden ihre neue Heimat schließlich in den Bergen. Von weit oben blickten sie von diesem Tag an auf die Menschen hinab und wachten im Stillen über diese.

Der Legende nach soll Edid eines Tages einen jungen Mann beobachtet haben. Allein auf der Jagd, stürzte dieser in eine tiefe Felsspalte und hätte somit eigentlich sein Todesurteil besiegelt.

Doch Edid fühlte sich von diesem Menschen merkwürdig angezogen. Aller Mahnung zum Trotz beschloss sie, einzugreifen. Mit Worten der alten Sprache half sie ihm, unhörbar für Menschenaugen, aus seiner misslichen Lage und schenkte ihm das Leben. Der Jüngling konnte sich nicht erklären, was geschehen war. Weit und breit war niemand auszumachen. Verwirrt und dennoch dankbar beschloss er, schnellstmöglich den Heimweg anzutreten.

Edid sah ihm hinterher und fühlte sich das erste Mal in ihrem langen Leben besonders. Dieser Mensch hatte etwas Einzigartiges an sich, und ein nie gekanntes Gefühl drohte sie zu übermannen. Aus Angst vor diesem neuen Gefühl verschwand sie auf den höchsten Berg Karnestras und ließ den Fremden weit unter sich zurück. Sie hoffte, das Gefühl würde nachlassen und sie ihn vergessen, doch so kam es nicht.«

Elias holte tief Luft, ehe er fortfuhr: »Ab diesem Tag wanderte Edids Blick immer wieder zu dem Mann. Dieses zwanghafte Verhalten blieb Selfin nicht verborgen, und im Gegensatz zu Edid verstand er sofort. Er nahm wahr, wie die Liebe seines Lebens sich nach einem anderen sehnte, und plötzlich empfand auch er vollkommen neue Gefühle. Neid und Hass. Er war so neidvoll auf diesen Jüngling, dass er Rache schwor. Rache gegen den Mann, der ihm die Zuneigung nahm. So geschah es, dass eines Nachts, als Edid sich kurz von dem Jüngling abwandte, Selfin eine folgenschwere Entscheidung traf. Mit einem einzigen uralten Wort, das so mächtig war, dass niemand es mehr rückgängig machen konnte, löschte er das Leben des Jünglings aus. Edid bemerkte seine Tat erst zu spät. Außer sich vor Trauer und Enttäuschung, zog sie sich von Selfin zurück.

Ihre Seele war jedoch zu rein, um Wut oder Rachegelüste zu empfinden.

Im schwachen Charakter Selfins brodelte der Hass dafür umso mehr. Da er diesen nicht mehr auf den Jüngling übertragen konnte, richtete er ihn gegen Edid und alles Gute auf der Welt. Er nutzte seine Geschicke und begann erneut damit, die Menschen zu lenken. Er sammelte jene, die charakterschwach waren und sich daher problemlos leiten und formen ließen, um sich. Dies war die Geburtsstunde der *schwarzen Armee.*

Unter Seflins Befehl begann diese, das Land zu zerstören und die unbeeinflussten Menschen anzugreifen.«

»Hat Edid nichts davon bemerkt?«, unterbrach Belle die Erzählungen ihres Vaters.

»Anfänglich nicht. Nach dem Tod ihres Geliebten war sie in unendliche Trauer verfallen und hatte sich mit dessen sterblicher Hülle an den Fluss Sumil zurückgezogen. Sie wollte ihren Liebsten bestatten, hatte jedoch nicht vor, ihn mit Gold und Diamanten zu begraben. Edid wollte ein ewiges Andenken schaffen, das kein Mensch aus Gier zerstören konnte …

Sie wählte die Worte der alten Sprache mit Bedacht. Der Boden verschlang den Körper, und kurz darauf begannen Bäume und Sträucher um sie herum zu erwachsen. Innerhalb weniger Minuten war der Wuchs mannshoch und verdeckte den Begräbnisort. Ein undurchdringliches Dickicht versperrte Fremden den Zutritt, und Edid belegte den neu entstandenen Wald mit einem Bann, damit dies auch so blieb. Dieser Wald hat alle Zeiten überdauert. Du weißt, von welchem ich spreche?« Elias sah seine Tochter forschend an.

»Die Sumachen«, presste das Mädchen zwischen den Zähnen hervor.

Elias nickte und fuhr mit seiner Erzählung fort. »Edid schien es, als sei die Zeit stehen geblieben, aber dies war nicht der Fall. Sie verließ die Sumachen und kehrte in die Realität zurück – und was sie sah, schockierte sie zutiefst. Ihre einst so friedliche Welt war vollkommen verändert, der Gestank nach Tod und Fäulnis unerträglich.

Die *guten* Menschen hatten große Verluste zu beklagen und schienen allein unfähig, sich zur Wehr zu setzen, das musste Edid sich eingestehen. Sie beschloss daher, auch wenn es ihr zuwider war, in die Geschehnisse einzugreifen. Mit der Macht des Lichtes schuf sie die *weiße Armee*, die deutlich größer und stärker als Seflins Werk war.

Der Legende nach trafen die beiden Parteien im Westen aufeinander. Als Selfin sah, dass er die Schlacht unweigerlich verlieren würde, wurde er unsicher.

Den Krieg zu verlieren, war eine Sache. Karnestra jedoch, als Symbol ihrer Liebe, durfte in seinen Augen nicht weiterexistieren. Durch uralte Worte in Menschengestalt verwandelt, schlich Selfin unbemerkt in die erste Reihe seiner Armee. Bevor sie einander angriffen, zog er sein Schwert und stieß es mit aller Macht in den Boden. Das kunstvoll geschmiedete Metall zitterte in seinen Händen, und der Boden unter seinen Füßen tat es ihm gleich.

Ein tiefer Riss zog sich alsbald zwischen den beiden Armeen entlang über den gesamten Kontinent. Mit jeder Sekunde wurde der Riss länger und tiefer und trennte nicht nur die Menschen voneinander, sondern auch das Land.

Hätte die Vernunft gesiegt, hätte Selfin das Schwert in diesem Augenblick losgelassen. Karnestra war zerbrochen, genau wie ihre Liebe. Aber nicht Vernunft war es, die ihn leitete …

Selfin spürte, wie seine gesamte Lebenskraft in die Vertiefung floss, und dennoch … Erst als der Krater zwischen den beiden Teilen Karnestras so tief war, dass nichts und niemand ihn mehr überwinden konnte, ließ er das Schwert los, und die Bewegung stoppte.

Der einstige Gott starrte auf seine Hände und spürte, wie seine letzte Kraft schwand. Traurigkeit überkam ihn, als er sich auflöste. Sein Leben, das noch Jahrhunderte hätte überdauern sollen, war verbraucht.«

Als Elias geendet hatte, schaute seine Tochter ihn enttäuscht an.

»Das ist eine traurige Geschichte, Vater.«

»Du hast recht, Kind. Die Geschichte hat für Selfin nicht gut geendet, aber du musst lernen, die Geschichte von verschiedenen Seiten zu betrachten«, antwortete er ihr aufmunternd. Elias sah, wie seine Tochter ihm einen unzufriedenen Blick zuwarf.

»Weißt du, Isabelle, dank Selfins Handlung sind Samoro und Symantriet entstanden. Ohne ihn würden wir alle in Karnestra leben, oder es hätte uns und das alles hier niemals gegeben …«

Elias machte eine ausholende Handbewegung. Seine Tochter sah ihn jedoch nicht an. Sie starrte in die Ferne, und ihr Blick wirkte glasig. »Und was ist aus Edid geworden?«, fragte sie nur.

Elias seufzte. »Edid spürte natürlich den Verlust ihres Partners. Sie hätte nach Samoro gehen und ihm die letzte Ehre erweisen können, zog es aber vor, das Land auf ewig zu meiden.

Der Überlieferung nach weinte sie wegen ihrer Verluste, jahrelang ohne Unterlass. Ihre Tränen schufen dabei die Selmana, das Meer, das den tiefen Graben zwischen den beiden Ländern bedeckte.

Als Edid Jahre später starb, war die Welt, wie wir sie heute kennen, geboren.«

Elias schaute seine Tochter an, die ihren Gedanken nachhing. Sanft stupste er sie mit dem Ellenbogen in die Seite, und das Mädchen zuckte leicht.

»Kannst du mir sagen, aus welchen Königreichen Symantriet besteht, Isabelle?«, fragte er und sah gespannt seine Fünfjährige an, deren Augen sich immer noch in der Ferne verloren.

Er erwartete fast, dass sie ihn darum bitten würde, die Frage zu wiederholen, aber entgegen seiner Erwartung antwortete sie ihm sofort.

»Tesslon, Fallenday, Maux, Malvine und Endline«, brachte sie hervor, ohne ihre Augen von der Ferne abzuwenden.

Elias folgte ihrem Blick, konnte jedoch nichts Interessantes ausmachen.

Kapitel 2

Symantriet – Zehn Jahre später

Es ist früh am Morgen, und auf dem Dorf wie auch in der Stadt beginnt langsam das Leben.

Die wenigen Menschen, die bereits auf den Feldern arbeiten, wirken noch müde und gehen leise ihrer Arbeit nach.

In den Städten haben die ersten Bauern ihre Stände aufgebaut. Ab und an wird die morgendliche Ruhe durch das Geschwätz und Gelächter der Marktfrauen unterbrochen. Das Leben erwacht und wird zunehmend lauter. Waren werden an den Ständen angeboten, und Menschen unterhalten sich. Sie lachen und schimpfen …

Überall in Symantriet herrscht dasselbe Bild. Die Menschen sind zufrieden, niemand muss in Armut leben. Der Handel gedeiht dank der sicheren Straßen und der offenen Grenzen.

Fünfundzwanzig Jahre ist es her, dass der Tyrannenherrschaft ein Ende gesetzt wurde. Es herrscht Frieden, doch die Fassade hat Risse. Immer spürbarer werden die Spannungen im Reich.

Endline

Elias

König Elias traf als Letzter im Schlosshof von Wolfin ein.

Elias übergab sein Pferd einem Knappen und machte sich zielstrebig auf den Weg zum Audienzsaal.

Der große Diener am Eingangsportal des Saales nickte ihm höflich zu und öffnete ihm die Tür. Elias musste seine Augen einen Moment an die Dunkelheit des Raumes gewöhnen. Nur langsam nahm er die vier Gestalten wahr, die am runden Tisch in der Mitte des Raumes Platz genommen und bereits mit der Versammlung begonnen hatten.

Keiner der Männer schaute in seine Richtung, als die schwere Tür hinter ihm geräuschvoll ins Schloss fiel. Zu enthusiastisch waren sie in ihr lautstarkes Gespräch vertieft.

»Diese Spannungen werden einfach immer unerträglicher«, schimpfte Tewin und richtete seinen grimmigen Blick auf sein Gegenüber, König Edwin.

»Könnt Ihr Eurem Balg denn keine Manieren beibringen?«, legte Tewins Bruder Lewin nach.

»Wieso sollte ich? Mein Sohn hat nur das getan, was in seinen Augen richtig war.« Rechthaberisch blickte Edwin in die Runde, woraufhin Lewin genervt die Augen verdrehte. Es war allgemein bekannt, dass der König Fallendays seinem Sohn keine Grenzen setzte und ihn stets in Schutz nahm.

»Ach, eine Kutsche mit *meinen* Steuereinnahmen zu überfallen, *meine* Männer zu töten und mein Gold zu stehlen, nennt Ihr richtig? Dieser Bursche legt es doch nur darauf an. Wer weiß? Morgen lechzt er nach unseren Königreichen!«, donnerte Tewin und stand mit einem Mal so schwungvoll auf, dass sein Stuhl umkippte und der Tisch gefährlich wackelte.

Elias war trotz seines kaputten Beines mit einem Satz bei ihnen und hielt den Tisch im letzten Moment fest.

»Tewin, jetzt beruhigt Euch. Ich verstehe Euren Ärger, und meine Gedanken waren die Euren, aber ich bezweifle, dass wir so weiterkommen«, versuchte er, den wütenden Mann zu beruhigen, um die Situation nicht eskalieren zu lassen.

»Willkommen, El…«, wollte Sephin den Neuankömmling begrüßen und der Luft ebenfalls die Spannung nehmen, wurde jedoch harsch unterbrochen.

»Ich mich beruhigen? Ich bin ruhig! Ich bin es nur leid, tatenlos dabei zuzusehen, wie unsere Gesetze nicht eingehalten werden! Heute dies, morgen das. Wir wollten Frieden, keinen Machtkampf!« Tewin sah sich grimmig nach Bestätigung um. »Ich sehe schon, ich werde selbst eingreifen müssen. Ihr wollt oder könnt es ja scheinbar nicht sehen!«

Beruhigend trat Elias einen Schritt näher auf ihn zu. »Tewin, bitte!« Seine Hände zeigten flehend in Richtung des Stuhles. »Bitte setzt Euch wieder. Auch an mir sind die Vorgänge der letzten Zeit nicht spurlos vorbeigezogen, und eine Idee kam mir in den Sinn. Sie wird nicht alles lösen, aber vielleicht in Zukunft das Miteinander unserer Reiche stärken.«

Tewin schnaubte verächtlich. Elias sah jedem der Anwesenden kurz ins Gesicht, bevor er an dem schweren Holztisch Platz nahm und zu sprechen begann. Widerwillig gab auch Tewin sich geschlagen und zog sich zähneknirschend seinen Stuhl heran.

Endlich konnte ihr Treffen beginnen. Ein Treffen, das dieses Jahr den fünfundzwanzigsten Jahrestag feiern würde – und sie stritten sich wie kleine Kinder …

Vierundzwanzig Jahre lang hatte es kaum Probleme und Streitigkeiten gegeben, und nun seit gut einem Jahr kam es vermehrt zu Unstimmigkeiten. Aber diese Unstimmigkeiten gingen nicht von ihnen aus, sondern von ihrem Nachwuchs.

Bis auf Elias hatten alle Könige männliche Erben, und einer von ihnen war das Problem: Gregor Prinz von Fallenday, schien es ganz und gar nicht zu behagen, eines Tages *nur* sein Königreich zu regieren. Immer wieder war es in letzter Zeit an den Grenzen der fünf Länder zu Überfällen und Diebstählen gekommen. Jeder wusste, wer der Drahtzieher war, und es war nur eine Frage der Zeit, bis mehr geschehen würde.

Wochen-, wenn nicht sogar monatelang hatte man um des Friedens willen zugesehen und nicht eingegriffen, doch nun bestand Handlungsbedarf. Die Beziehungen ihrer Königreiche untereinander wurden angespannter, und unter der Oberfläche begann es zu brodeln.

»Wir haben vor vielen Jahren beschlossen, gemeinsam über Symantriet zu regieren. Wir alle sehen, dass unser Nachwuchs, zumindest teilweise, nach Wegen strebt, seine Macht auszubauen. Ich finde den Gedanken grundsätzlich nicht falsch, aber wir müssen um jeden Preis verhindern, dass unsere Kinder gegeneinander arbeiten. Nur gemeinsam können sie das Schicksal Symantriets wohlwollend lenken.«

Er bedachte Edwin mit einem vielsagenden Blick. »Einige von uns werden ihre Führung bald abgeben, und umso wichtiger finde ich die Aufgabe, die uns nun bevorsteht. Wir müssen unsere Sprösslinge auf den richtigen Weg geleiten. Ich weiß nicht, wie Ihr dazu steht, aber ich möchte ungern vom Himmel hinabsehen und tagtäglich Angst haben, dass sich unsere Kinder bekriegen und das, was wir uns einst geschworen und aufgebaut haben, in die Brüche geht.«

Elias ließ seinen Blick erst über die Runde und dann auf den edlen Eichentisch, um den sie saßen, gleiten. Diesen Tisch hatten sie zusammen in Auftrag gegeben. Nachdenklich ließ er tastend seine Finger über die Tischplatte fahren. In der Mitte war eine Karte von Symantriet eingearbeitet und mit den Namen und Wappen der Reiche verziert worden. Um die Karte selbst rankte sich ihr Leitspruch: »*Gemeinsam nie allein.*«

Wie eine ständige Mahnung prangten die Worte auf dem Tisch.

»Meine Brüder, ich habe seit Längerem schon eine Idee, wie wir unsere Länder stärker verknüpfen könnten. Wie Ihr alle wisst, starb meine erste Frau Endline bei der Geburt unseres einzigen Kindes, meiner Tochter Isabelle. Sie ist meine Thronerbin und inzwischen im heiratsfähigen Alter. Ich habe mich schon nach passenden Kandidaten umgesehen, und dabei kam mir ein Gedanke:

Wäre es so abwegig, wenn sich unsere Kinder untereinander vermählen würden? Ich denke nein, und daher werde ich einen Ball veranstalten, zu dem ich Eure Söhne herzlichst einlade. An diesem Tag soll meine Tochter ihren zukünftigen Mann wählen. Als Termin hatte ich den nächsten Vollmondtag im Auge. Was sagt Ihr dazu? So könnten wir unsere Allianzen stärken und unnötigen Streitereien aus dem Weg gehen.«

»Du willst deine Tochter verschachern?«, schnaubte Edwin. »Und dann? Wer bekommt dein Königreich? Deine Tochter oder der Prinz?« Bei seinen letzten Worten glitzerten Edwins Augen. Er war schon immer der Gierigste von ihnen gewesen.

Elias fand diese Eigenschaft gefährlich … »Ich will nur, dass unsere Kinder miteinander arbeiten.«

Tewin schaltete sich dazwischen, bevor Edwin etwas Gehässiges kommentieren konnte. »Eine großartige Idee, Elias, und ehrlich gesagt … Lewin und ich spielen ebenfalls seit geraumer Zeit mit demselben Gedanken, und gerade heute wollten wir Euch um Euren Segen bitten. Meine Stieftochter Emeliy und Lewins Sohn Trimald haben sich kennen- und lieben gelernt. Es wäre eine Verbindung zweier Königreiche. Wie Ihr schon sagtet, Elias – um Allianzen zu knüpfen. Versteh uns nicht falsch, deine Tochter ist bezaubernd, aber eine Verbindung zu meinem Bruder ziehe ich vor.«

Tewin sah zu Elias. Da dieser der Vernünftigste der Runde war, war es sein Wort, das am meisten galt.

»Natürlich verstehe ich es«, begann er mit einem Nicken zu den beiden und lächelte. »Diese Art von Verbindung ist sicherlich die klügste, und ich meine, nur so können wir Symantriet auch nach unserem Tod auf Dauer sichern. Wie sagt man so schön? Blut ist dicker als Wasser. Nun richtet sich also meine Einladung noch an Euch, Edwin und Sephin. Es wäre mir eine Ehre, Euch und Eure Söhne zu meinem Ball begrüßen zu dürfen. Was sagt Ihr?«

Elias' Blick glitt hin zu Edwin, der widerwillig nickte, und dann zu Sephin, der sich sogleich von seinem Stuhl erhob. »Dann, meine Lieben, ist es beschlossen. Ich freue mich über Eure Einladung, Elias. Lasst uns hoffen, dass wir dadurch in Zukunft unsere Probleme lösen können.«

Kapitel 3

Endline

Elias

Es war früher Abend, als König Elias in den Schlosshof einritt. Er war noch nicht einmal vom Pferd gestiegen, als der Oberhofmeister seiner Frau ihm entgegentrat. »Willkommen, mein König. Das Essen wird in Kürze arrangiert sein. Wollt Ihr Euch noch umziehen? Darf ich Eurer Gattin etwas ausrichten?«

Elias musste sich beherrschen, um den übereifrigen Mann nicht in die Schranken zu weisen. »Danke, Oberhofmeister, aber ich werde meine Gattin nachher selbst aufsuchen und mich dann umkleiden.« Elias mochte den aufgeblasenen Kerl nicht. Hätte Camelia sich nicht für ihn eingesetzt, er hätte die Stelle schon vor ewigen Zeiten mit einem anderen Mann besetzt. »Ich werde noch einen Besuch im Garten machen.«

Mit diesen Worten ließ er den Menschenauflauf hinter sich und hinkte in Richtung eines kleinen Portals, das in die Schlossmauer eingelassen war. Die schwere Tür ließ sich erstaunlich leicht öffnen, wenig später stand er bereits im Schlossgarten und zog die Tür wieder leise hinter sich zu.

Zwei Menschen saßen auf einer steinernen Bank am Rande der Klippe und unterhielten sich. Elias schmunzelte.

Während Elias den ganzen Tag unterwegs gewesen war, hatte seine Tochter den Tag mit ihrer Amme verbracht.

Eigentlich war Isabelle Estelle Sophie Prinzessin und Thronerbin von Endline, schon seit Jahren zu alt für eine Amme, doch Selina war weit mehr als das. Nach Endlines Tod war sie der Mutterersatz des

Mädchens geworden. Auch als Elias neu geheiratet hatte, brachte er es nicht übers Herz, seine Tochter und ihre Amme zu trennen.

Als Elias im Garten wandelte und der Bank langsam näher kam, erwachten in ihm Gedanken an vergangene Zeiten.

Wie oft habe ich hier mit Belle gesessen? Und wann ist sie eigentlich so groß geworden? Er seufzte und sah zur Bank. Die beiden Frauen hatten die Stickereien zur Seite gelegt und regten die Köpfe gen Himmel. Sie schienen die letzten warmen Sonnenstrahlen an diesem Tag in sich einzusaugen. Die Amme erzählte ihrem Schützling dabei etwas, was Elias aus der Entfernung nicht verstand, die Prinzessin aber sehr erheitern musste, denn sie begann daraufhin, glockenhell zu lachen.

Er war jedes Mal gerührt, wenn er die beiden so einvernehmlich sah, und unwillkürlich musste er in diesem Moment an seine verstorbene Frau Endline denken. Sie hatte ebenfalls mit der Sonne um die Wette gestrahlt und immer versucht, jeden nur erdenklichen Augenblick zu nutzen. Bis es eines Tages zu spät gewesen war.

Sein kranker Fuß stieß unsanft gegen eine Wurzel und holte ihn in die Gegenwart zurück. Nur noch wenige Meter trennten ihn von der Bank. Die Frauen schienen ihn noch immer nicht bemerkt zu haben.

»Guten Abend, die Damen«, begann er, als er genau hinter ihnen stand.

Die beiden Frauen fuhren erschreckt herum. Isabelles Augen sprachen Bände. Er hatte sie ertappt.

Ganz Prinzessin, ließ sich das junge Mädchen jedoch nichts weiter anmerken. Der Ausdruck in ihren Augen verschwand so schnell, wie er gekommen war.

»Guten Abend, Vater, Ihr wart lange weg«, bemerkte sie und sah ihn musternd an, bevor sie zaghaft weitersprach: »Verlief der Tag zu Eurer Zufriedenheit?«

Diese zurückhaltende Art passte ganz und gar nicht zu seiner Tochter. Das kluge Mädchen schien vor seiner Abreise gespürt zu haben, dass etwas im Argen lag …

Elias betrachtete seine Tochter genau und wusste, dass sie begierig auf Neuigkeiten sein musste, beschloss jedoch, dass nun nicht der richtige Zeitpunkt war, um das Thema anzuschneiden.

»Natürlich, Belle«, antwortete er mit einem Augenzwinkern. Belle, das war der Kosename, den sie seit Kindertagen trug und der wohl nie verschwinden würde. Sie würde für ihn immer sein kleines Mädchen sein. Aus einer Intuition heraus hakte er sich bei ihr ein und zog sie auf den von hohen Bäumen gesäumten Weg. Er hatte plötzlich Lust auf einen kleinen Spaziergang.

Die Amme lief in gebührendem Abstand hinterher.

»Wie hast du den Tag verlebt, Tochter?« Sein gespielt tadelnder Blick wanderte über seine Schulter hinweg zur Bank und den liegen gelassenen Stickereien.

Doch anstelle von Belle antwortete die Amme. »Nachdem die Prinzessin den Tag fleißig mit Lernen verbracht hat, habe ich die Arbeiten kurzerhand nach draußen verlegt.« Naserümpfend sah sie sich um. »Im Schloss findet man zu dieser Jahreszeit ja kein Zimmer, das hell genug ist. Und dass wir nicht weit mit unserer Stickerei gekommen sind, lag an mir, Eure Hoheit. Meine Finger wollten nicht so wie ich, und daher bat ich die Prinzessin um eine Pause.«

Elias schmunzelte. Das war typisch für Selina.

Ihn störte es nicht, dass seine Tochter so wenig Zeit mit Sticken und Nähen verbrachte. Ihm war wichtig, dass sie ihren Unterricht in Geschichte und den Sprachen nicht versäumte, und da sie den Wissensdurst ihrer Mutter geerbt hatte, brauchte er sich darüber keine Gedanken zu machen.

»Selina?«, begann er.

»Ja?«, antwortete die Amme.

»Ihr braucht Euch nicht zu rechtfertigen. Am wenigsten vor mir. Ich weiß, dass ich mich auf Euch verlassen kann und Ihr meine Tochter auf dem richtigen Weg haltet.«

»Vielen Dank, Euer Majestät«, flüsterte die Amme, und ihr Kopf verfärbte sich rot.

»Ich werde nun hineingehen. Belle? Bitte sei so gut und komm vor dem Abendessen in meine Gemächer. Ich habe noch eine Kleinigkeit mit dir zu besprechen.«

»Natürlich, Vater«, antwortete sie folgsam und musterte sein Gesicht. Gut gelaunt drückte er seine Tochter kurz an sich. »Perfekt, mein Engel«, meinte er schmunzelnd, »dann sehen wir uns gleich!«

Belle

»Perfekt, mein Engel.« Mit diesen Worten war das Gespräch beendet, und ihr Vater ließ sie im Garten zurück. Belle blickte ihm noch einen Moment nach, bevor sie sich zu Selina umdrehte.

»Was glaubt Ihr? Was für Nachrichten hat Vater wohl?« Die junge Prinzessin sah ihre Amme fragend an.

»Ich weiß nicht, Prinzessin, aber er scheint recht guter Laune zu sein, meint Ihr nicht? Kommt, lasst uns jetzt auch hineingehen. Es ist schon spät, und wir sollten Euch noch umkleiden. In diesen verschmutzen Kleidern lässt Euch Eure Stiefmutter sicher nicht in die Nähe des Banketts …«, beendete Selina das Gespräch und damit auch Belles Grübeln.

Elias

Elias spielte schon seit geraumer Zeit mit Heiratsplänen für seine Tochter, doch jetzt, da diese endlich Formen annahmen, fiel es ihm schwer, loszulassen. War es die richtige Entscheidung? Tief in seinem Inneren wusste er, dass es Zeit war. Außerdem zwangen die Spannungen an den Grenzen ihn zum Handeln …

Seufzend lief Elias weiter, und immer wieder drängte sich eine Frage in sein Bewusstsein: Wie würde Belle es aufnehmen?

Der alte König erreichte die Tür zu seinen Gemächern und hielt inne. Von drinnen ertönte lautes Gekeife. Als es einen Moment verstummte, holte er tief Luft und trat in das Zimmer. Eine junge Frau lief energisch im Hauptgemach umher und griff nach etwas, das auf dem Tisch in der Mitte lag.

»Guten Abend, Camelia«, rief Elias ihr zu, doch die Frau war bereits wieder im Schlafgemach verschwunden.

Er blickte ihr nach. Camelia war gut zehn Jahre jünger als er und hatte ihn damals mit ihren blauen Augen, ihrem blonden ellenlangen Haar und ihrer verführerischen Gestalt problemlos um den Finger gewickelt.

Er hätte nie gedacht, dass er sich nach Endlines Tod jemals wieder einer Frau hingeben würde. Entgegen aller Erwartung hatte er sich jedoch in Camelia verliebt und sie geheiratet.

Zu seinem Unglück kamen Belle und ihre Stiefmutter nicht miteinander aus, und so waren mit Camelia auch Unmut und Groll in sein Zuhause eingezogen. Beide Frauen waren äußerst willensstark und nur selten von ihren Meinungen abzubringen. Inzwischen war er es leid, immer als Vermittler agieren zu müssen.

Lautes Geschrei drang an sein Ohr und riss Elias unsanft in die Gegenwart zurück. In Erwartung eines Unheils lief er, so schnell er konnte, zur Tür des Schlafgemaches.

Camelia schrie aus Leibeskräften eine Magd an. Das Mädchen schätzte Elias kaum älter als Belle. Es stand zitternd neben einem Scherbenhaufen, der einmal ein Krug gewesen sein musste. Der ehemalige Inhalt lief munter auf dem Boden entlang und sammelte sich in einer der Ritzen im Stein.

Aus den Wortfetzen, die ihm entgegendrangen, entnahm Elias, dass die Magd eine Falte im Bettlaken übersehen hatte.

Er konnte ein Kopfschütteln nicht unterdrücken. Wegen solcher Nichtigkeiten machte seine Frau in letzter Zeit ständig Szenen. Genervt von ihrem Aufheben drehte Elias sich einfach um und begab sich zurück in sein Audienzzimmer.

Seine Reise war anstrengend genug gewesen …

Camelia lief ihm schimpfend nach. »So eine unnütze Dienerschaft! Alles muss ich hier kontrollieren!«

»Guten Abend, Gemahlin«, begann Elias.

»Guten Abend? Nichts ist hier gut. Ihr wart auf und davon, und sofort macht sich die gesamte Dienerschaft über mich lustig und gehorcht keinem meiner Befehle!«, jammerte sie ihn an. Elias wusste, worauf Camelia hinauswollte … Sie würde nie die Krone tragen.

Sie war die Frau an seiner Seite, hatte ihren eigenen Hofstaat, ihre Freiheiten und Unmengen an Gold. Nur der Titel fehlte, aber dieser würde auf ewig Endline erhalten bleiben, daran hielt er fest.

Um das Gejammer zu beenden und sich erfreulicheren Themen zuzuwenden, sprach Elias den Ball und die Idee einer Verlobung Belles an.

Camelias Ärger verpuffte im Nichts. »Dann wird sie uns endlich verlassen?«

Er nickte, und ein mulmiges Gefühl beschlich ihn bei ihren Worten. Hatte er sich das wirklich gut überlegt?

»Worauf wartet Ihr dann noch? Wir haben noch viel zu planen. Einladungen müssen geschrieben und verschickt werden. Die Kleider, das Essen – alles muss noch vorbereitet werden. Am Vollmondtag, sagtet Ihr? Das sind nur noch wenige Tage …«

Ohne Luft zu holen, stürzte sich Camelia in die Vorbereitungen und verließ flink den Raum.

Lächelnd sah Elias ihr nach. Jetzt würde es kein Zurück mehr geben.

Kapitel 4

Fallenday

Gregor

Prinz Gregor von Fallenday, ein junger Mann von schmaler Statur und mit schwarzem vollem Haar, stand unschlüssig in einer Ecke des Saales. Seine Augen schauten sich suchend um. Er war inzwischen dreiundzwanzig Jahre alt. An welchem Punkt seines Lebens hatte er seinem Vater vermittelt, dass er heiraten wollte? Denn das wollte er definitiv nicht. Ihm machte seine Unabhängigkeit Spaß, und dies hatte er seinem Vater mitzuteilen versucht. Dummerweise war der eisern geblieben.

»Aber Gregor, verstehst du nicht? Diese Prinzessin ist unsere Gelegenheit. Sie wird dich nicht einschränken, sondern uns nur mehr Möglichkeiten eröffnen. Denk doch nur: Du würdest den Süden *und* den Norden beherrschen!«

Fürwahr, das Angebot klang verlockend, und bei seinen letzten Streifzügen hatte sein Innerstes schon danach gelechzt, mehr zu bekommen als nur Fallenday, aber es hatte auch einen Haken: Die Prinzessin musste sich aus freien Stücken für ihn entscheiden – und das konnte mehr als schwierig werden. Und nicht zu vergessen die Schmach, die ihm zuteilwerden würde, sollte sie ihn nicht erwählen. Sein Plan war da um einiges sicherer. Nur der richtige Zeitpunkt fehlte noch.

Gregor überlegte und zuckte merklich zusammen, als ein lautes Geräusch ihn aus seinen Gedanken riss. Verwirrt blickte er sich um und nahm wahr, wie die Tür geöffnet wurde und ein Mann eintrat.

Noch ein Bittsteller. Genervt wandte Gregor sich ab und wollte sich auf den Weg in seine eigenen Gemächer machen, als der Fremde ihm den Weg versperrte. »Mein Herr, seid Ihr Prinz Gregor von Fallenday?«

»Wer soll ich denn sonst sein? Sehe ich aus wie ein Diener? Jetzt geht mir aus dem Weg!«, rief Gregor laut und ungestüm aus.

König Edwin drehte sich suchend nach der Ursache des Lärms um und warf ihm dabei einen tadelnden Blick zu. Gregor winkte ab und richtete seine Aufmerksamkeit wieder auf den fremden Mann.

»Nun sprecht schon!«, keifte er, und sein Blick wanderte zurück zu seinem Vater, der ihn immer noch argwöhnisch musterte.

»Mein Name ist Israc. Ich soll Euch einen Brief überbringen.« Die Stimme des Boten war mit jedem Wort leiser geworden. Gregor hatte Mühe, ihn zu verstehen.

»Dieser Brief«, der Bote zog eine kleine Schriftrolle unter seinem Wams hervor, »ist nur für Euch bestimmt und soll nach dem Lesen sofort zerstört werden.«

Gregor sah gebannt auf das Schriftstück. Was sollte er davon halten?

Einen Moment lang dachte er nach und winkte dann dem Boten, ihm zu folgen. Während des Laufens besah er sich das Pergament näher. Es war alt und knittrig, und weder Wappen noch Siegel zierten es.

Im privaten Arbeitszimmer seines Vaters, geschützt vor neugierigen Blicken, öffnete er den Brief und begann zu lesen, während der Bote ihn beobachtete.

»Wir kennen uns nicht, noch nicht, aber wir sind uns näher, als Ihr denkt.

Ich habe schon viel von Euch gehört, Prinz Gregor. Ich weiß, nach was Ihr strebt, und kann Euch helfen. Aus erster Hand habe ich Kenntnis von dem bevorstehenden Fest des Königs von Endline. Das Königreich ist mächtig und reich.

Ich kann dafür sorgen, dass Ihr mit offenen Armen empfangen werdet und der nächste Mann auf dem Thron seid.

Allerdings ist meine Hilfe an zwei Bedingungen geknüpft.

Sollte ich Euer Interesse geweckt haben, so übergebt meinem Diener Ort und Zeit, damit wir uns treffen können. x.x.«

Noch zweimal las er den Brief und untersuchte das Papier nach Hinweisen auf den Verfasser, konnte jedoch keine finden.

Woher konnte der Unbekannte all das schon wissen? Er hatte selbst erst von dem Ball erfahren … Gregor geriet ins Grübeln. War es eine Falle?

Seit Langem suchte er einen Grund, endlich mit der Ausführung seines Planes zu beginnen, vielleicht hatte er ihn jetzt gefunden?

Ich muss herausfinden, was diese Person weiß. »Ich glaube«, sprach er laut aus und blickte zu dem Boten, »damit kann ich mich arrangieren.«

Mit diesen Worten warf er den Brief ins Feuer des Kamins und sah zu, wie sich das Papierstück in glühende Asche verwandelte. Dann suchte Gregor nach einem Stück Papier in dem Sekretär seines Vaters. Als er eines gefunden hatte, kritzelte er einige Worte, faltete das Papier und übergab es dem Boten.

»Gib dies deinem Meister, aber diskret!«

Der Mann verneigte sich und verließ den Raum durch eine Seitentür.

Endline

Elias

Nach Camelias Abgang war endlich Ruhe in seine Gemächer eingekehrt, und König Elias hatte es sich nicht nehmen lassen, sich vor dem Abendessen ein Bad bereiten zu lassen.

Er war schließlich der verfluchte König und musste sich nach niemandem richten, hatte er dem Oberhofmeister, der ihn zum Bankett abholen wollte, entgegengebrüllt.

Mit dem Gefühl eines völlig neuen Menschen trat er durch die Tür seines Audienzzimmers.

Elias ließ sich in seinem großen Lehnstuhl am Fenster nieder und schaute nach draußen in die Dunkelheit, während er auf seine Tochter wartete.

Dort unten, im Licht der wenigen Fackeln, sah er sie: die Rosen.

Sie waren gerade so weit entfernt, dass er sie mit bloßem Auge erkennen konnte, und was er sah, erfreute ihn.

Die ersten Rosen hatten bereits feine Knospen. Elias erfüllten Erinnerungen an seine verstorbene Frau. Sie hatte diese Rosen geliebt und dort unten eigenhändig gepflanzt.

Ach Endline, wie hast du mich nur verlassen können? Elias schniefte. Dann dachte er an Belle. Sie war das schönste Geschenk, das ihm seine Frau je hätte machen können.

In Schönheit und Anmut war sie ihrer Mutter ebenbürtig, und auch etwas anderes schien sie geerbt zu haben … Nie hatte er es jemandem anvertraut und würde es auch nie.

Belle

Ganz außer Atem stand sie vor der Tür ihres Vaters.

Die Gemächer des Königs lagen im ersten Stock in einem separaten Flügel des Schlosses. Von Neugier getrieben, war sie die letzten Stufen gerannt und zwang sich, noch einmal tief durchzuatmen, bevor sie die Räumlichkeiten betreten würde.

Zaghaft klopfte sie, ehe sie eintrat. Das private Audienzzimmer ihres Vaters wurde nur von einem Feuer im Kamin erhellt. Normalerweise wimmelte es in diesem Raum von Leuten. An diesem Tag war der Raum jedoch leer. Nur ihr Vater saß in seinem Stuhl am Fenster und hatte die schweren Damastvorhänge zur Seite geschoben. Er schien sie noch nicht wahrgenommen zu haben und wirkte weit entfernt mit seinen Gedanken.

Auch wenn sie begierig darauf war zu erfahren, welche Neuigkeiten es gab, so blieb Belle dennoch in gebührendem Abstand stehen und räusperte sich laut.

»Ach, Isabelle. Meine Belle, da bist du ja endlich! Komm her! Hast du gesehen, die Rosen deiner Mutter tragen bereits Knospen!«

Er wirkte aufgeregt, und Belle musste lächeln. »Ja, Vater, Ihr habt recht. Wir haben vorhin sogar einige Knospen abgepflückt und …« Belle drehte sich ein Stück zur Seite, damit Elias ihr langes dunkelbraunes Haar, in das mehrere Rosenknospen eingeflochten worden waren, betrachten konnte.

Die kleinen, filigranen Rosenknospen waren bereits leicht geöffnet und schienen mit Belles Haar zu einem Ganzen verschmolzen zu sein. Es sah sogar so aus, als würden die abgeschnittenen Blüten pulsieren und weiter aufblühen.

Bei Edid! Sie hat wirklich die Gabe …

»… sie auch sinnvoll genutzt«, beendete Belle ihren Satz mit einem Lächeln.

Ach Endline, so viel hast du ihr mitgegeben …, dachte er und musterte seine Tochter unauffällig. Nur noch wenig erinnerte an das kleine, unbeholfene und schüchterne Mädchen, das sie einst gewesen war.

Vor ihm stand eine junge, hübsche Frau, die die strahlenden haselnussbraunen Augen von ihrer Mutter geerbt hatte.

Das braune Haar reichte ihr fast bis zur Hüfte und fiel normalerweise in sanften Wellen. Nun, geflochten, wirkte es elegant und anmutig.

Dieses Mädchen sah ganz und gar nicht mehr aus wie seine kleine Tochter. Für ihre fünfzehn Jahre hatte sie eine sehr ansprechende Figur und verdrehte schon seit geraumer Zeit allen Männern am Hofe den Kopf.

»Belle, mein Kind«, begann er. »Ich weiß, dass du vor Neugier platzen musst, daher beginne ich gleich …« Er machte eine kurze Pause und musterte sie, um sicherzugehen, dass sie ihm auch wirklich Gehör schenkte. »Wir haben unter anderem beschlossen, dass es an der Zeit ist, stärkere Allianzen einzugehen. Bloße Handelsabkommen reichen nicht mehr aus. Daher werden wir am nächsten Vollmondtag ein Fest abhalten. Genauer gesagt einen Ball, und zwar für dich.«

»Ein Ball für mich?« Belle sah ihn fragend an. »Wie komme ich zu der Ehre? Und inwiefern hat ein Ball mit Abkommen zu tun?«, setzte das Mädchen ungläubig nach.

»Mein Kind, du bist jetzt langsam in einem Alter, da sind andere schon verheiratet und …« Weiter kam er nicht, da Belle ihm empört das Wort abschnitt.

»Das ist nicht Euer Ernst. *Ihr* wollt *mich* verheiraten? Als Preis für ein Abkommen? Das kommt gar nicht infrage. Weder Ihr noch sonst wer kann über mich bestimmen!«

Belle war außer sich und schien entschlossen, dieses Gespräch zu beenden. Mit einem Ruck drehte sie sich um, raffte ihre Röcke und marschierte in Richtung der Tür. Das Rascheln, das sie dabei verursachte, ließ Elias zusammenzucken. Ihm war klar gewesen, dass dieses Gespräch nicht einfach werden würde. Dafür kannte er seine Tochter nur zu gut … Belle war eine starke Frau und würde sich nicht widerstandslos mit einer Rolle zufriedengeben, in die er oder ein anderer Mann sie drängte. *Ich habe ihr stets alle Freiheiten gelassen und sie verhätschelt. Nun habe ich die Quittung …*

»Warte doch, Kind!«, rief er ihr hinterher. Ihm war klar, dass er ihr eine Hochzeit so schmackhaft wie möglich machen musste.

Ihm war zudem klar, dass sie der Allianzen wegen heiraten musste, doch vielleicht war es Zeit für eine kleine Unwahrheit …

Mühsam rappelte er sich von seinem Stuhl auf und versuchte, seiner Tochter zu folgen, die inzwischen die Tür erreicht hatte.

Sein krankes Bein machte ihm jedoch einen Strich durch die Rechnung. Elias keuchte auf.

»*Warte! Belle!* Jetzt hör mir doch zu!«

Belle & Elias

Diese Entschlossenheit in seiner Stimme ließ Belle herumfahren. »Belle. Mein Kind. Meine Einzige. Ich will dich nicht verheiraten oder sonst wie über dich bestimmen. Wir haben nur beschlossen, dass eine Allianz zwischen unseren Ländern den Frieden auf Dauer sichern *könnte*. Wir veranstalten den Ball, um euch Kinder zusammenzuführen, und *vielleicht* entstehen daraus einige Verbindungen.«

Elias pausierte kurz, und sein Blick glitt über das Gesicht seiner Tochter. Ihre Augen funkelten.

»Bitte denk darüber nach.« Er sah sie flehend an. Ihm war bewusst, dass sie an dem Abend des Balles eine Entscheidung treffen und einen Kandidaten auswählen musste. Andernfalls würde sie gleich zwei Herrscher vor den Kopf stoßen, und die dringend benötigten Allianzen kamen nie zustande.

Belle erwiderte seinen Blick vom Türrahmen aus.

Der bittere Nachgeschmack seiner Worte lag noch immer auf ihrer Zunge. Belle wusste, dass sie nicht Nein sagen durfte. Aber sie wollte keinen Mann. Schon gar keinen Prinzen. Warum konnte nicht einfach alles so bleiben, wie es war?

Die Antwort auf diese Fragen kannte sie. Sie würde die Herrschaft des Reiches früher oder später in ihren Händen halten, und das Gesetz sah einen Mann an ihrer Seite vor. Und auch wenn ihr Vater beteuerte, dass es ein einfacher Ball und schlimmstenfalls eine Huldigung an sie war, so wusste Belle insgeheim doch, dass mehr dahintersteckte, wenn nicht sogar eine arrangierte Heirat. Sie seufzte. Um jedoch den Frieden zu wahren, ergab sie sich ihrem Schicksal.

Sie war eine Prinzessin und würde nie Herrin über ihr eigenes Leben sein.

»Natürlich, Vater«, gab sie sich diplomatisch, um weiterem Streit aus dem Weg zu gehen und damit ihren Vater glücklich zu machen.

Kapitel 5

Tesslon

Sephin

Als König Sephin an diesem Abend auf den Burghof einritt, lag dieser schon zu großen Teilen im Dunkeln.

»Eure Hoheit, lasst mich Euch helfen«, rief ihm ein großer, schlaksiger Stallbursche zu und trat dabei nah an sein Pferd. Der Junge hielt ihm den Arm hin, doch Sephin dachte nicht im Traum daran, sich von jemandem vom Pferd helfen zu lassen. Energisch trieb er es an dem Burschen vorbei. »Nein, Jungchen, das kann ich immer noch allein«, warf er ihm unwirsch zu und ritt zielstrebig in Richtung des Pferdestalles.

Während Sephin über den Schlosshof ritt, machte er drei Gestalten aus, die sich vor der Längsseite des Stalles, direkt ihm gegenüber, aufhielten. Selbst schlechte Augen erkannten in ihnen seinen Sohn und dessen beste Freunde.

Sein Sohn, Robert Chace Prinz von Tesslon, war ein hochgewachsener Mann mit kurzen braunen Haaren.

Er hatte ein freundliches Gesicht mit grünen Augen und zählte mit seinen zwanzig Jahren als begehrter Junggeselle. Sephin wusste um die Aufmerksamkeit, die die Frauen seinem Sohn schenkten, und ermahnte diesen stets, sorgsam mit seiner Gabe umzugehen. Nichts war in seinen Augen schlimmer als ein Haufen unehelicher Kinder. Bisher hatten seine Ermahnungen Wirkung gezeigt, aber wer wusste um die Zukunft? Außerdem gab es in letzter Zeit dieses böse Gerücht … Sephin war klar, dass es so nicht weitergehen konnte. Die Frage war bloß: Wie sollte er vorgehen? Er musste Chace die ganze Sache so schmackhaft wie möglich machen. Schließlich sollte sich der Junge um das Mädchen bemühen.

Nur war Chace im Moment nicht weiter an Frauen interessiert. Sie langweilten ihn, und nach kurzer Zeit verlor er das Interesse. Ganz egal ob Magd oder Gräfin.

Sephin schaute erneut zu seinem Sohn, und was er sah, erfreute ihn nicht gerade. Während Twin und Ed auf ihren Schlachtrössern saßen, versuchte Chace erfolglos, seinen nervösen Hengst, der nach allen Seiten austrat und mit dem Kopf schlug, zu beruhigen.

»Irgendwann wird dich dieses Pferd noch das Leben kosten, Sohn«, äußerte Sephin kopfschüttelnd, als er heranritt und sein Pferd zum Stehen brachte.

»Euch ebenfalls einen guten Abend, Vater«, antwortete Chace und versuchte weiter, aufzusteigen. Sephin entging der leicht sarkastische Unterton in der Stimme seines Sohnes nicht. Doch er ignorierte ihn und fragte stattdessen tadelnd: »Du willst zu dieser Zeit noch ausreiten? Das Abendessen wird bald serviert werden.« Argwöhnisch hob er die Augenbrauen, während er seinen Blick zu den hektisch arbeitenden Küchenhelfern gleiten ließ.

»Wir reiten nur ein Stück den Fluss entlang«, antwortete Chace und sah seinen Vater an. »Heute Nachmittag haben wir auf der Jagd ein Reh aufgeschreckt. Ich habe darauf geschossen, doch nur einen Durchschuss der Flanke erzielt. Das Reh hat sich weiterschleppen können, und wir haben es noch nicht gefunden. Alles unterhalb des Flusses haben wir bereits abgesucht, und jetzt wollen wir noch einmal oberhalb nach meiner Jagdbeute Ausschau halten.«

Der Vater schaute seinen Sohn verständnislos an. »Ihr macht so einen Aufriss wegen eines Rehs? Lass es doch einfach.«

Chace schüttelte den Kopf. »Zum Essen sind wir wieder da. Keine Sorge, Vater.«

Kopfschüttelnd stieg der alte König vom Pferd und übergab es einem herangeeilten Diener. Nun stand er unmittelbar neben Chace, der noch immer mit dem Hengst kämpfte.

»Jetzt lass es doch sein, Sohn. Siehst du nicht, dass dieser Teufelsgaul nicht will? Das Reh zu finden, ist doch nicht wichtig. Bist du denn gar nicht neugierig, was heute in Wolfin beschlossen worden ist? Immerhin schließen wir auch Verträge zwischen den Ländern, und Tesslon ist bald dein Reich …«

»Warum sollte ich, Vater? Es dauert doch sowieso noch Jahre, bevor ich dies hier alles«, er machte eine Pause und zeigte ironisch um sich herum, »regieren muss. Und hättet Ihr mich heute dabeihaben wollen, so hättet *Ihr* es sagen müssen. Also, warum sollten mich die Gespräche interessieren, wo ich doch nicht eingeladen war?«

Sephin musste seine aufsteigende Wut hinunterschlucken. »Das ist nicht die Antwort, die ich von einem zukünftigen Herrscher erwarte. Du wirst irgendwann meinen Platz einnehmen müssen, und alle Dinge, die unser Reich betreffen, müssen für dich langsam, aber sicher mehr Gewicht erhalten«, tadelte er ihn.

»Wenn Ihr meint«, leierte Chace sichtlich gelangweilt herunter.

Sephin riss der Geduldsfaden. »Du bist *mein* Sohn. *Mein Thronerbe*!«, herrschte er seinen Sprössling um einiges schärfer als beabsichtigt an. Chace schien jedoch kaum beeindruckt. »Und *das* habe ich mir nicht ausgesucht, Vater. Aber ich habe gelernt, damit umzugehen. Ihr habt mich in der Kriegsführung ausbilden lassen und Regentschaft gelehrt, entschuldigt, dass ich mich nicht für Dinge interessiere, auf die ich noch keinen Einfluss haben kann.«

Mit diesen Worten drehte sich der Königssohn abrupt um und schwang sich auf seinen Hengst. Das Tier war so perplex von der schnellen Reaktion seines Reiters gewesen, dass es still gestanden hatte. Chace wollte seinen Hengst wenden, um aus dem Burghof zu reiten, als sein Vater nach vorne trat und ihm entschlossen ins Zaumzeug griff.

»Du magst damit im Moment recht haben, aber das Morgen kommt schneller, als du denkst. Zudem haben die heutigen Ergebnisse sehr wohl etwas mit dir zu tun, und du kannst sie beeinflussen.«

»Geht mir aus dem Weg, Vater«, knurrte Chace und versuchte, sein Pferd aus dem Griff des alten, aber dennoch starken Mannes zu lösen. Der König hielt es jedoch eisern weiter fest. »Und bevor du losgaloppierst und deinen alten Vater mit aus dem Burghof schleifst, hör mir zu. Nur diesen einen Augenblick, dann gebe ich dich frei.

König Elias hat dich zu seinem Ball eingeladen. Er veranstaltet ihn für seine Tochter, die sich nun im heiratsfähigen Alter befindet. Bei unserem heutigen Treffen haben wir beschlossen, dass wir mehr als

Handelsallianzen brauchen, um unsere Reiche zu stärken. Wir brauchen Allianzen untereinander. Du wirst an diesem Ball teilnehmen und unser Königshaus vertreten.«

Chace schaute seinen Vater abschätzig an und rief dann erbost aus: »Ich werde? Warum sollte ich? Das ist kein Ball, sondern ein Heiratsmarkt, und eine Heirat kommt für mich nicht infrage, nicht jetzt, das wisst Ihr ganz genau!«

Sephin, der seinen Sohn nur allzu gut kannte, ließ das Zaumzeug los und gab Goatee frei. Er wusste, wie sein Kind dachte, es brauchte Zeit zum Nachdenken und Verarbeiten.

Chace würdigte seinen Vater beim Wegreiten keines Blickes, seine Begleiter jedoch sahen noch einmal über ihre Schultern und nickten dem alten König zu. Sie hatten zugehört und verstanden.

Mit traurigem Blick schaute Sephin seinem Sohn hinterher. Er war schon immer sehr impulsiv und schwer zu bändigen gewesen.

»Was soll nur aus dir und dem Königreich werden?«, nuschelte er leise vor sich hin und seufzte.

»Sein Verhalten kommt mir merkwürdig bekannt vor. Ich kannte da auch mal einen Jungen …«

Erschrocken drehte Sephin sich um. Celina, seine Frau, war unbemerkt an ihn herangetreten. Wunderschön wie eh und je stand sie im schwindenden Licht das Tages. »Ihr wisst, dass Euer Sohn Euch viel ähnlicher ist, als Ihr zugeben wollt, Sephin. Gebt ihm Zeit, um über Eure Worte nachzudenken. Eine Heirat ist schließlich ein großer Schritt. Wann wolltet Ihr mir eigentlich davon berichten?« Celina sah ihn fragend an. Auch wenn ihre Stimme gut gelaunt und zu einem Scherz aufgelegt klang: Sephin wusste, dass Chace ihr Ein und Alles war.

Sie hatten zwar noch drei Töchter, zwei davon bereits mit Herzögen verheiratet und außer Haus und die Jüngste kaum älter als fünf Jahre, aber Celina hatte ihren kleinen Prinzen immer bevorzugt behandelt und vergöttert. Von ihr hatte er sein Temperament geerbt, wohingegen er seine Sturheit und Unberechenbarkeit von väterlicher Seite mit auf den Weg bekommen hatte.

»Mein Engel! Ich wollte eben zu Euch, um es Euch zu erzählen, aber als ich unseren Sohn gesehen habe … Ich bin dem Irrglauben gefolgt, dass er sich vielleicht freuen und mehr wie ein zukünftiger König denken würde, aber ich habe mich geirrt.«

»Mein lieber Mann, Ihr solltet unseren Sohn doch kennen. Er folgt immer noch dem Glauben, dass eine Heirat ihn in Ketten legt, statt ihn zu stärken. Lasst ihm Zeit. Ich glaube mich zu erinnern, dass Ihr damals auch nicht unbedingt heiraten wollet. Zumindest bis …« Sie sah verträumt in die Ferne.

»Ja, das stimmt, aber Ihr wisst genauso wie ich, dass er niemals irgendeine Frau wählen kann. Wir brauchen eine große Mitgift, Land oder Allianzen, um unser Königreich zu sichern.«

Sephin blickte noch einmal in Richtung Waldrand und realisierte zum ersten Mal, was er da gerade gesagt hatte. Es kam ihm seltsam bekannt vor.

»Euch war es damals egal«, flüsterte Celina leise, und ihre Worte waren kaum mehr als ein sanfter Windhauch.

»Es stimmt, ich habe mich damals über meinen Vater hinweggesetzt und Euch geheiratet, aber wir hatten auch nichts, bis wir Chaver besiegt und Symantriet aufgeteilt hatten. Kein Königreich. Keine Untertanen. Nur meine königliche Abstammung. In dieser neu entstandenen Welt ist nur noch selten Platz für Liebe, und das Wohl meines Volkes ist mir wichtiger als das Glück unseres Sohnes.«

»Ihr klingt immer mehr nach Eurem Vater, Sephin. Dem Mann, der Euch seit jeher verhasst war«, warf Celina traurig ein.

Alles, was sie eben gesagt hatte, stimmte, und Sephin konnte mit jedem Tag seinen Vater mehr verstehen. Nur hatte sein Vater damals kein Reich regieren und schützen müssen. Sephin glitt immer weiter in seine Gedanken ab.

Chace

Fassungslos ritt Chace mit seinem Hengst durch den Wald, dicht gefolgt von Ed und Twin.

»Er will mich doch wahrlich verheiraten. Mit einer Frau, die ich nicht einmal kenne und die noch dazu eine dumme Prinzessin ist. Was glaubt er eigentlich?« Angewidert verzog Chace das Gesicht. Fast alle adligen

Frauen, die er kannte, waren entweder fett, hässlich oder dumm. »Ich werde nicht auf diesen Ball gehen, da kann Vater machen, was er will. So einfach lasse ich mich für seine Allianzen nicht benutzen. Erst lässt er mich bei all seinen Beschlüssen und Gesetzen außen vor, und jetzt, wo ich als politischer Spielball agieren soll, bin ich wieder gut genug«, schimpfte Chace verächtlich und ließ seinem Ärger lautstark im Wald freien Lauf.

»Jetzt seid doch nicht unfair, Chace. Ihr wusstet doch, dass der Tag einmal kommen würde. Dass die ganzen Hofdamen Eurer Mutter Euch schöne Augen machen und so ziemlich jede Frau, die ich kenne, gerne mit Euch das Bett teilen würde, musste irgendwann Konsequenzen haben. Und dann noch dieses Gerücht … Ich bezweifele, dass Euer Vater Euch auch nur Gelegenheit geben wird, nicht auf den Ball zu gehen. Eher könnte ich mir vorstellen, dass er Euch persönlich dorthin schleift. – Vielleicht wird es ja auch ganz anders? Vielleicht macht es Euch Spaß?« Ed hatte aufgeholt und sah ihn mit festem Blick an. Er war schon immer der Vernünftigste von ihnen gewesen, und was er sagte, klang für Chace plausibel, aber abfinden wollte er sich deshalb immer noch nicht mit seiner Situation.

»Dieses Gerücht ist doch nur Schwachsinn, und das wisst Ihr auch! Jeder weiß das! Und was bitte soll an diesem Fest spaßig sein? Ein steifes Zeremoniell mit albernen Kostümen und dummen Gänsen, die nur hinterherwatscheln und schwatzen. Es ist doch immer nur dasselbe.«

»Aber Ihr wisst das doch nicht mit Bestimmtheit! Außerdem …

Die beiden Herrscher schätzen einander sehr, wenn Ihr nicht hingeht, könnte Endlines König das als Beleidigung ansehen.«

Chace blieb einen Moment still. »Warum sollte er? Ich könnte doch auch krank sein oder mich gar verlaufen«, hinterfragte er trotzig.

»Vielleicht weil Euch eine persönliche Einladung zuteilwurde? Diese sind ernst zu nehmen. Wenn man sie nicht beachtet oder unterschätzt, kann es schnell zu einem Bruch der Reiche führen. Die Zeiten sind sowieso sehr angespannt, das haben selbst wir hier erfahren müssen«, begann Ed und spielte damit auf die Ausrottung eines ganzen Dorfes an, die nur wenige Kilometer nördlich stattgefunden hatte.

Etwas lag in ganz Symantriet im Argen, und ein Zerwürfnis der Länder konnte niemand gebrauchen, aber war sein Erscheinen politisch wirklich so wichtig?

Während Chace noch in Gedanken war, begann Twin, auf ihn einzureden: »... oder weil Ihr Tesslons Vertreter und Thronerbe seid?«

Chace behielt sich vor, nicht zu antworten. Zum einen waren ihm nicht alle Worte seines Freundes bekannt, und zum anderen gefiel es ihm gar nicht, dass sich seine Freunde einmischten und gar so stark für seinen Vater Partei ergriffen. Ohne eine Antwort zu geben, sah er sie trotzig an. Seine Begleiter warfen einander kopfschüttelnde Blicke zu und machten sich keinerlei weitere Mühe, ihn zu überzeugen.

Um seine Ruhe zu haben, zügelte Chace seinen Hengst Goatee und ließ sich nach hinten fallen. Eine weitere Predigt der beiden war das Letzte, was er jetzt gebrauchen konnte.

Er wollte weder zu einem Fest noch wollte er eine Frau, aber würde sein Vater ein Nein zu der Einladung überhaupt akzeptieren? Natürlich konnte er sich dagegen wehren, und vielleicht würde es ihm sogar gelingen, sich für den Augenblick zu entziehen, aber war es das wert? Chace kannte seinen Vater und wusste, dass er nicht einfach lockerlassen würde.

Erinnerungen an seine letzte Weigerung, an einem Ball im Königreich Fallenday teilzunehmen, stiegen in ihm hoch. Sein Vater hatte ihn schließlich mit seiner eigenen Eskorte dorthin verfrachtet. Egal, wie sehr er sich damals auch gewehrt hatte, sein Vater hatte sich schließlich durchgesetzt.

Chace war bewusst, dass sein Vater auch dieses Mal Mittel und Wege finden würde. Vielleicht sollte er sich lieber würdevoll auf die Reise begeben und stattdessen sein Augenmerk darauf richten, sich ganz als Prinz zu benehmen, den eine Prinzessin ganz sicher nicht heiraten würde ... Sein Vater wäre zufrieden, und er hatte endlich wieder seine Ruhe.

Kapitel 6

Endline

Camelia

Camelia hatte sich in ihre abgedunkelten Gemächer zurückgezogen, und eine Dienstmagd schenkte ihr Wein ein, als es an der Tür klopfte und der Diener ihren Boten ankündigte.

Das Klopfen ließ die Magd zusammenzucken, und sie verschüttete einige Tropfen des Weines über den kleinen Tisch.

»Du unnützes Ding, dich sollte man auspeitschen lassen! Mach dich von dannen, oder ich schwöre dir, dass ich dich und deine Familie für immer in den Kerker sperren lasse«, keifte Camelia augenblicklich drauflos und warf der schnell aus dem Zimmer stürzenden Magd den noch randvollen Becher hinterher.

Rot vor Zorn wandte sich Camelia an den Boten. »Hat er den Brief erhalten?«

»Ja, meine Herrin, und hier ist seine Antwort.«

Der Bote überreichte Camelia das Papier, verbeugte sich und trat zurück.

»Danke, Ihr könnt Euch jetzt entfernen. Und Israc, zu niemandem ein Wort! Verstanden?!«

Ihre Stimme ließ keinen Raum für eine andere Antwort. Der Bote nickte und verschwand hinter dem schweren Vorhang, der direkt auf die Dienstbotentreppe führte.

Camelia überprüfte, dass die hinter dem Vorhang verborgene Tür auch sicher verschlossen war, ehe sie ans Fenster trat, um im immer spärlicher werdenden Licht des Tages besser lesen zu können.

Das Papier war kaum mehr als ein Fetzen, der hastig zusammengeknüllt worden war. Sie faltete es begierig auseinander:

»*Morgen um Mitternacht. Tweslin. Kirche.*«

Camelia lächelte und warf den Brief ins Feuer.

Als sie zum Abendessen in der großen Halle eintraf, war ihr Mann noch nicht da. Im Gegensatz zu sonst störte es sie nicht, und auch als die Zeit weiter verrann, blieb sie ruhig und gelassen.

Als er endlich erschien und eine hastige Entschuldigung murmelnd zu ihrer Rechten Platz nahm, flüsterte sie ihm nur aufmunternd zu:

»Ihr müsst Euch nicht entschuldigen, lieber Mann. Meine Laune trübt heute nichts mehr. Zu groß wiegt die Vorfreude.«

Ein Lächeln glitt über ihre Züge. »Ich würde mit Eurer Erlaubnis morgen gern nach Tweslin aufbrechen, um dort für das Glück unserer Tochter zu beten. Magische Kräfte sollen in diesen alten Gemäuern am Werk sein und den Betenden Glück und Segen bringen …« Mit gespielter Unterwürfigkeit in ihren Augen blickte sie ihn an.

»Natürlich dürft Ihr, meine Liebe! Ich werde Euch persönlich meine besten Männer mit auf den Weg geben, damit sie für Eure Sicherheit sorgen«, antwortete der alte König sichtlich gerührt.

Camelia nahm die Hände nach oben und macht eine abwehrende Bewegung. »Mein Gemahl, dies ist eine nette Geste, und ich weiß sie zu schätzen. Doch ich glaube, dass ein großes Gefolge bei einer Wallfahrt eher hinderlich ist. Vielleicht sollte ich nur mit einem Begleiter reisen?« Sie tat, als würde sie überlegen. »Vielleicht meinen Boten? Er kennt sich aus und ist kräftig genug, mich zu schützen. Ich möchte doch nur beten und nicht in den Krieg ziehen. Außerdem wisst Ihr genauso gut wie ich, dass unsere Straßen sicher sind. Ihr seid schließlich dafür verantwortlich«, endete sie mit einem Augenzwinkern. Camelia hatte schon immer ganz genau gewusst, was sie sagen musste, um den König als ihre Marionette agieren zu lassen.

Ihr Mann nickte. *Das Spiel kann also beginnen,* dachte sie, und ihr Blick glitt zu Isabelle, die auf der rechten Seite von Elias saß. *Oh ja, nun wirst auch du bald den richtigen Platz im Leben finden,* frohlockte sie innerlich.

Chace

Im Burghof übergaben die drei Männer ihre Pferde den Stallburschen und machten sich in ihren Jagdumhängen auf den Weg in die große Halle. Es war mittlerweile so spät, dass sie keine Zeit mehr hatten, sich umzuziehen, wenn sie noch etwas zu essen bekommen wollten.

Chaces Blick wanderte zum höchsten Tisch im Raum, und er sah, wie seine Mutter die Nase rümpfte, als sich ihre Blicke trafen und sie seinen Reitumhang und die Stiefel bemerkte.

Er trat an den Tisch.

»Tut mir leid, Mutter, dass wir so spät sind, aber das Reh hat uns länger aufgehalten«, versuchte Chace, seine Kleidung zu entschuldigen, und gab ihr hastig einen Kuss auf die Stirn.

»Aha, ein Reh, so nennt man das also heutzutage«, antwortete seine Mutter mit einem missbilligenden Ton.

Sephin

»Nun, mein lieber Sohn, hast du über die Einladung nachgedacht?«, begann Sephin diplomatisch.

»Ja, Vater, ich habe nachgedacht, und ich weiß, dass es meine Pflicht Euch und dem Land gegenüber ist, an diesem Ball teilzunehmen.« Mit Bestimmtheit in den Augen sah er seinen Vater an und fuhr dann fort: »Mir ist bewusst, dass ich Mutter und Euch in letzter Zeit einigen Kummer bereitet habe, und ich werde daher mein Möglichstes tun, damit Ihr wieder besser von mir denkt. Jedoch habe ich eine Bedingung. Ich würde auf der Reise gerne Twin und Ed an meiner Seite wissen. Sie sind mir treue Freunde und Begleiter.«

Sephin, der eigentlich auf eine andere Antwort und eine damit verbundene Diskussion gefasst war, war überrascht über den plötzlichen Sinneswandel seines Sohnes.

Er wird wohl doch langsam erwachsen, ging es ihm durch den Kopf.

»Natürlich, mein Junge. Es freut mich sehr, dass du Vernunft angenommen hast. Ed und Twin können dich gern begleiten. Am besten, ich schicke Elias gleich einen Boten, um ihn darüber in Kenntnis zu setzen.«

Sephin winkte einen Schreiber und einen Boten heran und diktierte rasch eine Nachricht, bevor sein Sohn es sich anders überlegen konnte.

»Nun, mein Sohn«, begann seine Mutter, »auch ich habe mit deinem Vater beratschlagt. Der Ball ist bereits in wenigen Tagen, und damit du vor der Zeit dort ankommst und vielleicht die Chance erhältst, das Mädchen vorher kennenzulernen, solltest du dich morgen auf den Weg begeben. Der Vollmond wird in vier Tagen erwartet. Das sollte dir genug Zeit geben, Trebin und alles, was von dir erwartet wird, zu erreichen.«

Chace

Er konnte seinen Ohren kaum trauen. Sie gaben ihm vier Tage für die Reise? Die Reise nach Trebin selbst würde kaum mehr als einen Tag, die Quartiersuche indes kaum mehr als eine Stunde in Anspruch nehmen.

»Unsere Bedingung ist aber, dass dein Besuch in Trebin nicht von Gerüchten überschattet wird! Wir wollen keine Geschichten über leichte Mädchen, Trinkgelage oder sonstige Ausschreitungen zu hören bekommen. Du hast deine Begleitung selbst gewählt, und diese hat die volle Verantwortung für deine Taten – und wehe, es passiert irgendetwas!«

Ach, daher weht der Wind, dachte Chace. *Sie rechnen sich höhere Chancen aus, wenn ich eher dort aufschlage und den braven Jungen gebe. Und zusätzlich bin ich noch weit weg von den Gerüchten …*

Er überlegte kurz: Drei Tage in einer fremden Stadt ohne die tadelnden Augen seiner Mutter klangen zu verlockend, und Ed und Twin als Aufpasser erst recht.

Chace beschloss, sich seinem Schicksal zu fügen. Ganz egal, wie er sich entschied, sein Vater würde sich sowieso am Ende durchsetzen. *Warum also nicht?* Er nickte.

Seine Mutter sah ihn erleichtert an und lehnte sich in ihrem Stuhl zurück, während Sephin zufrieden seinen Braten verspeiste.

Sephin

Nach dem gemeinsamen Abendessen hatte er sich mit seiner Gemahlin in ihre Gemächer zurückgezogen.

Während Celina sich ihrer schweren Gewänder entledigte, legte Sephin noch einige Holzscheite nach. Trotz der fast schon sommerlichen Wärme tagsüber war es nach Sonnenuntergang noch klirrend kalt, und die Kamine mussten die ganze Nacht hindurch brennen, um diese Kälte zu vertreiben.

»Seid Ihr sicher, dass wir die richtige Entscheidung getroffen haben, Frau? Habt Ihr auch gesehen, wie er aufgeblüht ist, als er verstanden hat, dass er allein reisen darf? Dass wir ihm so viel Freiraum gegeben haben? Wir sollten es uns vielleicht noch einmal genau überlegen.«

»Ich beweifel, dass wir jetzt noch zurückkönnen. Er hat unser Einverständnis erhalten, und ohne einen triftigen Grund können wir es ihm nicht wieder entziehen.« Celina wandte sich ab und blickte in den Spiegel. »Aber ja, Sephin, auch ich habe das Blitzen in seinen Augen gesehen. Wir müssen einfach darauf vertrauen, dass er das Richtige tut. Wir können ihn nicht ewig schützen. Chace muss lernen, seinen Weg selbst zu gehen. Und Ihr wisst genauso gut wie ich, dass es besser ist, ihn jetzt als später aus diesem Umfeld herauszunehmen. Diese furchtbaren Gerüchte müssen endlich aufhören!«

Sephin zuckte. Die Gerüchte! Das war der eigentliche Grund für die baldige Abreise. Eine der Frauen, mit denen sich Chace umgeben hatte, behauptete, ein Kind von ihm zu erwarten. Der Geburtstermin und damit die Stunde der Wahrheit rückte immer näher, und jeder Grund war Sephin recht, um seinen Sohn außer Landes zu schaffen.

Celina riss ihn aus seinen Gedanken. »Ich hatte einen Boten beauftragt, einige Informationen über die Prinzessin einzuholen. Sie ist wohl sehr klug und wurde nur von den besten Lehrern des Landes unterrichtet. Damit ist sie um einiges anspruchsvoller als Chaces hiesiger Umgang …« Celina sah ihren Mann aufmunternd an. Sie schien sich keine weiteren Gedanken über die Gerüchte zu machen.

»Und was ist, wenn er sich irgendwo eine Dirne oder ein Bauernmädchen sucht? Oder wenn er in diesen unruhigen Zeiten von jemanden gefangen genommen wird? Was ist, wenn sein Übermut wieder um sich greift?«

»Genug, Sephin!« Celina sah ihn fest an. »Wir können unseren Sohn nicht vor der Welt beschützen und erst recht nicht vor sich selbst. Ich glaube, wir haben ihn zu einem guten und anständigen Jungen erzogen, lasst es ihn beweisen. Lasst ihn endlich los.«

Kapitel 7

Tesslon

Chace

Die Sonne blinzelte kalt und verschlafen über die weitläufigen Äcker im Norden von Tesslon, als drei tief in ihre Mäntel gehüllte Gestalten sich im Burghof einfanden.

Trotz der frühen Stunde herrschte bereits reges Treiben. Die Stallburschen und Knechte liefen umher, machten die Pferde fertig und schwatzen munter.

Als die Stallburschen schließlich fertig und die Pferde gesattelt sowie Wechselkleidung und Proviant eingepackt waren, wurde der Burghof bereits von den ersten wärmenden Sonnenstrahlen erhellt. Der leichte Windhauch, der ihm ins Gesicht blies, war noch recht kühl und Chace kuschelte sich in seinen Umhang, der im Laufe des Tages wohl überflüssig sein würde. Die Tage wurden schon spürbar wärmer und dieser wundervolle Frühlingsmorgen schien einen noch schöneren Frühlingstag anzukündigen.

Er blickte nach oben, schloss die Augen und ließ sein Gesicht von der Sonne kitzeln, da tippte ihn etwas auf die Schulter. Er sah sich um. Sein Vater war neben ihn getreten.

»Guten Morgen, mein Sohn. Bereit für die Reise?«

Doch bevor er antworten konnte, fuhr sein Vater fort: »Und dass du dich ja zu benehmen weißt! Und dass Ihr beide«, der Könige wandte sich um und deutete auf Ed und Twin, »mir auf meinen Sohn achtgebt und mir nichts zu Ohren kommt«, ermahnte der alte Mann die jungen Männer mit hoch erhobenem Zeigefinger.

Chace nickte genervt. »Natürlich!«

Sephin

Der alte König lächelte, er wusste genau, dass er sich auf die Begleiter seines Sohnes verlassen konnte. Schließlich war er es gewesen, der die beiden als junge Burschen ausgewählt und seinem Sohn mehr oder weniger vor die Nase gesetzt hatte. Die beiden Männer waren im Laufe der Zeit zu guten Kämpfern ausgebildet worden. Sie würden schon ein Auge auf seinen Sohn haben und ihn zuverlässig schützen, da war er sich sicher. Und allem voran waren sie vernünftig. *Zumindest vernünftiger als mein Sohn*, dachte er und nickte den beiden zu, die bereits bei ihren Pferden standen und Anstalten machten, aufzusteigen.

Aus den Augenwinkeln sah er, dass Celina an sie herangetreten war und drehte sich zu ihr, um sie zu mustern. Sie wirkte traurig und mit einem Mal alt und zerbrechlich.

»Mein Sohn«, begann seine Frau leise, »ich wünsche dir eine gute Reise und werde dafür beten, dass du heil den Weg nach Hause findest. Pass auf dich auf und meide Gefahren.«

Sie sah aus, als würde sie gleich in Tränen ausbrechen oder gar eine Szene machen, als sie ihren Sohn an sich zog. Aber zu seinem Erstaunen beherrschte sie sich und schniefte nur leise an der Schulter ihres Kindes.

Chace

»Ich hab dich lieb! Hörst du? Komm gesund zu mir zurück«, flüsterte sie ihm leise ins Ohr und drückte ihn an sich. Gerührt von ihrer Geste, erwiderte er ihre Umarmung und zog sie noch einmal fest an sich, nur um sie dann wieder loszulassen.

»Auf Wiedersehen, Mutter, ich bin bald wieder zurück, das verspreche ich Euch.«

Danach verabschiedete er sich mit einem festen Händedruck von seinem Vater. »Pass auf dich auf, Junge«, gab ihm dieser mit auf den Weg. Er nickte nur und wandte sich zu den Pferden um. Er war gerade zwei Schritte gegangen, als seine Mutter ihm hinterherrief: »Und Chace? Gib ihr eine Chance!«

Chace drehte sich noch einmal um und nickte ihr zur Bestätigung zu.

Dann begab er sich zu seinem Pferd. Er streichelte Goatee, der heute ausnahmsweise gelassen wirkte und ihn problemlos aufsteigen ließ. *Er scheint zu spüren, dass etwas anders ist,* dachte er und blickte sich im Sattel noch einmal zu seiner Familie um, bevor er seinen Freunden das Zeichen zum Aufbruch gab.

Flankiert von Ed und Twin, verließ er wenig später den Burghof.

Die Sonne hatte sich mittlerweile vollständig über den Horizont gekämpft. Nun gab es kein Zurück mehr …

Endline

Belle

»Ach kommt, Belle! Wir bleiben auch nicht lang«, bettelte Sophia.

Sophia, die Tochter ihrer Kammerzopfe Elisa, war ein Jahr jünger als Belle und leistete ihr als Freundin und Begleiterin Gesellschaft.

Neben den vielen älteren Hofdamen, die sich in ihrem Gefolge befanden und die alle ausschließlich ihre Stiefmutter erwählt hatte, war Sophia eine willkommene Abwechslung. Der Umstand, dass sie niederrangig war, wie es ihre Stiefmutter so gern abwertend bezeichnete, störte Belle in keinster Weise.

Es war ein angenehm warmer Frühlingstag, die beiden jungen Frauen hatten sich in den Garten zurückgezogen und genossen die Sonne, während die Edeldamen in ihren dunklen Gemächern unter Aufsicht von Selina weiter murrend an den Wandteppichen arbeiteten.

Wie immer hatte die Amme Belles Gedanken erraten und ihr ermöglicht, sich ungestört mit ihrer besten Freundin zu unterhalten. Von ihrer Bank im Garten aus hatten sie einen wunderschönen Blick auf das Land, und während Belle verträumt in die Ferne sah, hörte sie ihrer Freundin zu, die begeistert von ihrem neuem Lieblingsthema erzählte. Seit geraumer Zeit hatte es ihr ein junger Mann aus der Stadt angetan, der regelmäßig bei großen Anlässen in der Küche aushalf. Sein

Name war Misrac und Belle hatte ihn schon das ein oder andere Mal gesehen, kannte ihn aber nicht weiter.

Der Junge machte Sophia schon seit einer gefühlten Ewigkeit Avancen und hatte sich endlich ein Herz gefasst und sie zum bevorstehenden Stadtfest in Trebin eingeladen.

Ihre Freundin wollte zu gern zu dem Fest, traute sich aber nicht allein, und das war der Moment, in dem sie ins Spiel gekommen war … Bereits den ganzen Morgen versuchte ihre Freundin sie zu überreden, sie zu begleiten.

Während Belles Blick die Welt weit unter ihr erkundete, dachte sie daran, wie es wohl wäre, dem Fest beizuwohnen …

»Kommt schon, Belle, das wird ganz bestimmt lustig. Jetzt seid doch keine Spielverderberin!«, bettelte Sophia und riss sie aus ihren Gedanken.

»Ihr wisst doch ganz genau, dass meine Stiefmutter gegen solche Feste etwas hat. Außerdem, selbst wenn ich Camelia frage, sie würde mir nur sagen, dass ein Stadtfest nichts für eine Prinzessin ist und Punkt.«

»Eure Stiefmutter ist doch gegen alles, was Euch betrifft! Wenn es nach ihr ginge, würdet Ihr nicht einmal unterrichtet werden!«, schnaubte Sophia verächtlich.

Belle sah traurig zu Boden und vermied eine Antwort. Die Worte ihrer Freundin hatten getroffen. Es stimmte schon, dass Camelia sie hasste. Wo es der Frau nur möglich war, legte sie ihr Steine in den Weg, und ständig gerieten sie auf das Heftigste aneinander. Bisher hatte sie sich glücklicherweise immer auf ihren Vater verlassen können, aber sie bezweifelte, dass er einen Besuch des Stadtfestes gutheißen würde. »Ihr habt recht mit meiner Stiefmutter, aber ich bezweifle ebenso, dass Vater Ja sagen würde …«

Verständnislos sah Sophia sie an. »Es gibt doch sicher noch andere Möglichkeiten. Bitte, Belle, ich brauche heute meine beste Freundin!«

Belle hörte die Verzweiflung in der Stimme und Bedauern machte sich in ihr breit. Sie wollte ihre beste Freundin nicht so vor den Kopf stoßen. »Und er hat Euch wirklich selbst gefragt?«, warf sie ein, um geschickt das Thema zu wechseln und Sophia Kummer zu ersparen. Die Freundin ging sofort darauf ein und ihre Miene hellte sich auf.

»Ja, hat er. Heute Morgen hat er mich angesprochen. Und Belle, Ihr glaubt es gar nicht, aber ich war so aufgeregt! Stellt Euch vor, er ist mit seinem Vater an den Vorbereitungen für Euren Ball beteiligt. Er wird also die nächsten Tage immer wieder hier auf dem Schloss und damit in meiner Nähe sein«, schwärmte Sophia und ihre Wangen wurden rot.

»Aber dann könnt Ihr doch auch warten, bis er wieder hier ist«, versuchte Belle es vorsichtig.

»Nein, ich kann nicht warten. Er hat mich schließlich eingeladen. So eine Gelegenheit bekomme ich nicht wieder! Bitte, Ihr müsst mich begleiten!«

»Aber ich kann nicht … und selbst wenn ich mich versuche wegzuschleichen, wie sollen wir unbemerkt nach Trebin gelangen?«

»Belle, wann wart Ihr das letzte Mal in der Stadt oder auch nur außerhalb der Schlossmauern?« Ihre Freundin sah sie ernst an. »Heute Morgen beim Ausreiten?!« Belle war verwirrt, dass ihre Freundin so etwas fragte, wo sie es doch ganz genau wusste.

»Nein, das meine ich nicht. Wann wart Ihr das letzte Mal unter Menschen?«

Erstaunt musterte sie ihre Freundin, während diese fortfuhr: »Ihr müsst hier endlich wieder raus. Eure Stiefmutter schottet Euch komplett von allem und jedem ab. Sie würde sogar mich abweisen, wenn sie damit nicht einen riesigen Aufstand provozieren würde. Seht Ihr das nicht?«

Belle blieb einen Moment stumm. Natürlich sah sie es und es machte sie traurig, dass sie von vielem ferngehalten wurde, aber wenn sie es vor ihrer Stiefmutter zugäbe, hätte diese genau das, was sie wollte – nämlich gewonnen.

»Gut, Ihr habt recht«, sagte sie entschlossen. »Aber selbst wenn ich mich unentdeckt aus dem Schloss schleichen kann, was passiert, wenn mich doch jemand auf dem Fest erkennt?« Ihre Befürchtungen waren echt.

»Macht Euch keine Gedanken darüber.« Sophia winkte ab. »Ich habe einfache Kleider und zaubere Euch eine ebenso einfache Frisur. Mit etwas Geschick mache ich aus Euch eine recht ansehnliche Bauerntochter.«

Demonstrativ zupfte sie an ihrem eigenen Kleid und verzog dann das Gesicht. »Glaubt mir, Euch hat so lange keiner gesehen … Mit solch einem Kleid, einer anderen Frisur und etwas Schminke erkennt Euch niemand.« Sophia grinste in sich hinein.

Belle, die die Gesichtszüge ihrer Freundin beobachtet hatte, wollte lieber nicht wissen, was gerade in deren Kopf vorging. Erst recht wollte sie sich nicht vorstellen, wie sie bei dem Fest herumlaufen würde. Bilder von absurd geschminkten Damen kamen ihr in den Sinn und sie schüttelte sich. Doch jetzt gab es wohl oder übel kein Zurück mehr …

»Nun gut, das könnte funktionieren. Nur, wie soll ich heute Abend das Schloss verlassen? Ich kann schlecht einfach zum Tor an den Wachen vorbei hinausspazieren«, gab sie zu bedenken.

Doch diese Frage schien Sophia schon erwartet zu haben.

»Keine Angst, das habe ich natürlich schon bedacht.«

Flink stand die Freundin auf und lief um die Bank herum. Belle folgte ihr interessiert. Vor der Schlossmauer neben den Rosen blieb sie stehen und sah nach oben. Gespannt folgte Belle ihrem Blick. Weit über ihnen sah sie ihren Balkon. Was wollte Sophia ihr damit sagen?

Als hätte sie ihre Gedanken erraten, drehte sich ihre Freundin zu ihr um.

»Seht hier.« Sie zeigte auf die Rankhilfe der Rosen, die unmittelbar an der Mauer des Schlosses stand. Sie bestand aus massivem Holz und verlief über die gesamte Seite der Mauer, um sich von dort bis nach oben kurz unter ihr Fenster zu ziehen.

»Die ist stabil genug, um Euch und mich zu tragen. Ich habe es gestern Abend ausprobiert …«

»… und lebe noch«, setzte ihre Freundin scherzhaft hinzu.

Ihr schockierter Blick musste sie verraten haben. »Keine Angst, Belle. Ich habe alles genau durchdacht. Macht Euch keine Sorgen. Ihr müsst nur dafür Sorge tragen, dass ihr Euch so früh wie möglich in Eure Gemächer begeben könnt. Dort werde ich auf Euch warten und übernehme das Übrige. Niemand wird jemals etwas erfahren, das verspreche ich Euch.«

»Das ist nicht Euer Ernst, also dass wir klettern sollen, oder? Das sind doch mindestens fünfzehn Ellen!« Angst stieg in ihr hoch, als sie das wackelige Konstrukt näher in Augenschein nahm.

»Ach Belle, jetzt habt Euch nicht so. Ich bitte Euch als Freundin. Tut mir den Gefallen und ich stehe auf ewig in Eurer Schuld.« Sophia zwinkerte. Belle sah ihre beste Freundin an und musterte sie.

Das Mädchen musste alles ganz genau geplant gehabt haben, wenn es nicht schon ihr Gespräch geschickt gesteuert hatte. Belle seufzte. Was Liebe alles bewirken konnte … Schließlich rang sie sich ein Nicken ab.

»Ja?! Vielen Dank! Ihr seid die beste Freundin, die man sich wünschen kann!«, rief ihr Gegenüber aus und umarmte sie so stürmisch, dass sie Mühe hatte, nicht umzufallen.

Urplötzlich ließ Sophia sie los, als würde ihr etwas einfallen, und rief: »Kommt mit!«

Noch bevor Belle auf die Worte reagieren und aus eigenem Antrieb hinterherlaufen konnte, wurde sie schon durch den Garten gezogen.

Sophia führte sie die Treppen nach oben zu ihren Gemächern. Verwundert erhob Belle keinen Einspruch. Die Diener vor ihrer Tür verneigten sich und öffneten ihnen lautlos. Drinnen schauten die Edelfrauen einen Moment von ihrer Arbeit auf und musterten sie interessiert, bevor sie unter Selinas strengen Augen fortfuhren. Sophia ging einfach weiter, ohne die Frauen eines Blickes zu würdigen, und Belle folgte ihr.

Nur Augenblicke später traten die beiden jungen Frauen durch die Tür in Belles Schlafgemach. Die Vorhänge waren zurückgezogen und ließen das helle Sonnenlicht hinein. Während Belle die Tür hinter sich schloss, hatte Sophia ihre Hand losgelassen und lief zielstrebig zum Bett.

Erstaunt hielt Belle den Atem an, als Sophia einen Koffer unter dem Bett hervorzog.

»Was habt Ihr da?«, fragte sie misstrauisch, obwohl die Frage eher rhetorisch war.

Sophia grinste. »Ihr hattet doch gesagt, dass Ihr nicht in Euren feinen Kleidern dem Fest beiwohnen könnt. Daher habe ich heute Morgen bereits einige meiner Kleider mitgebracht. Dann haben wir eine kleine Auswahl …«

»Ihr habt Kleider für mich versteckt, bevor ich überhaupt eingewilligt habe?«, fragte Belle gekünstelt beleidigt und zog gespielt die Augenbrauen nach oben. Ihre Freundin war durchtrieben.

Kichernd wuchtete Sophia den Koffer auf das Bett und ließ die Schnallen aufschnappen. »Natürlich. Ich wusste, dass Ihr nicht Nein sagen würdet.« Sophia breitete mit Eifer einige Kleider vor ihr aus und Belle besah sich die Auswahl. Es war eine ganze Reihe von Kleidern, die nicht unterschiedlicher hätten sein können. Die einen waren auffallend gestaltet und mit großer Wahrscheinlichkeit für Sophia bestimmt. Die anderen waren schlicht und einfach gehalten, aber das sollte ihr nur recht sein.

Kapitel 8

Endline

Chace

Den anstrengendsten Teil der Reise, durch die letzten Ausläufer der Berge, hatte der Tross bereits um die Mittagszeit hinter sich gelassen. Da der Weg nicht besonders beschwerlich war, hatten die jungen Männer sich und ihren Rössern bisher noch keine Pause gegönnt und wollten zum Mittag in Wolfin einkehren. Bisher waren sie zügig und ohne Zwischenfälle vorangekommen, was sicherlich auch an ihren ausgetauschten Kleidern lag.

Nachdem sie außerhalb des Sichtfelds des Schlosses gewesen waren, hatten sie ihre Kleidung und die Satteldecken ihrer Pferde gewechselt. Nun wirkten sie auf Außenstehende wie einfache Gesellen und waren für andere nur noch wenig interessant. Das unerkannte Reisen eröffnete ihnen mehr Freiheiten, aber auch Sicherheiten. Erst unmittelbar vor dem Ball wollten sie sich zu erkennen geben.

In der Grenzstadt Wolfin herrschte zur Mittagszeit reges Treiben und sie kamen nur langsam voran. Die Straßen waren eng und vollgestopft mit Menschen.

Der Hof, in den sie wenig später einritten, wirkte gepflegt und ordentlich. Hier war es deutlich ruhiger als auf der Straße, wenn auch nicht menschenleer. Zielstrebig bahnten sie sich ihren Weg zum Absattelplatz und stiegen dort von ihren verschwitzten Tieren.

Chace wollte gerade einen Knecht herbeirufen, als Twin ihn energisch in die Seite stieß. Verwirrt rieb er sich die Stelle und sah zu seinem Gegenüber, der nur mit dem Kopf schüttelte, selbst begann, seinem Pferd den Gurt zu lockern und sich dann suchend nach Wasser umsah. Blitzartig kam Chace wieder in den Sinn: Sie reisten als einfache Männer, und welcher Geselle konnte schon andere dafür bezahlen, dass sie sein Pferd versorgten?

Routiniert griff er nach Goatees Gurt, um ihn zu lockern, absatteln würde er nicht, sie wollten schließlich nur eine Kleinigkeit essen. Anschließend überprüfte er, ob die Pferde auch wirklich angebunden waren und begab sich dann auf die Suche nach Heu und Wasser. Twin folgte ihm.

Einer der Knechte des Hofes zeigte ihnen den Brunnen und das Heulager, die beiden Männer teilten sich die Arbeit und während Twin das Heu holte, kümmerte sich Chace um das Wasser. Dabei musste er feststellen, dass die Arbeit gar nicht so leicht war, wie sie ihm immer schien. Die durstigen Tiere tranken begierig jeden Eimer leer, den er brachte, und er musste noch mehrmals laufen, bis endlich ihr Durst gelindert war und er erschöpft den Eimer zurückbringen konnte.

Nachdem sie schließlich die Pferde versorgt wussten, machten sich die drei auf den Weg zur Eingangstür des Gasthofes.

Das Gebäude wirkte alt, aber einigermaßen gepflegt. Nur auf dem Dach fehlten einige Ziegel, die der letzte Sturm abgedeckt haben musste, und ein paar Fensterläden hingen schief.

Die große Holztür knarrte gefährlich beim Öffnen. Der dahinterliegende Raum war nur mäßig erhellt und Chace nahm zunächst nur Umrisse wahr. Der Raum schien bis auf ein paar Reisende leer zu sein. Er trat ein und ihm stockte der Atem. Die Luft, die ihm entgegenschlug, sprach Bände darüber, was seine Augen noch nicht sahen. Sie war abgestanden und voller Rauch. Tränen traten ihm ins Gesicht und er kämpfte mit der Übelkeit. Er atmete noch einmal durch, dann trat er weiter in das Zimmer. Ein Rückzieher hätte nur Aufmerksamkeit erregt.

Als seine Augen sich langsam an die Lichtverhältnisse und seine Nase an die Gerüche gewöhnt hatten, bahnte er sich seinen Weg zu einem freien Tisch in der Nähe. Ed und Twin waren ihm dicht auf den Fersen. Kurz nachdem sie sich niedergelassen hatten, kam bereits eine alte verhutzelte Wirtin mit mürrischer Miene auf sie zu.

»Was kann ich euch bringen, Jungchens?«, zischte sie durch ihre klaffende Zahnlücke hindurch.

Während Chace noch etwas skeptisch den Raum und die Frau musterte, übernahm Ed die Bestellung und kurze Zeit später erhielten sie drei Bierkrüge sowie drei dampfende Teller voll Suppe. Argwöhnisch sah er den Teller an und stocherte darin herum. In der Suppe schwamm etwas für ihn Undefinierbares. Als sein Magen sich lautstark meldete, gab er auf und beschloss, wenigstens einen Löffel davon zu probieren.

»Es schmeckt genau so wie es aussieht«, stellte Ed amüsiert fest, als er sah, wie Chace nach dem ersten Löffel die Miene verzog.

Es schmeckte wie eine Mischung aus abgestandenem Spülwasser mit einem Hauch von Kartoffeln. Angewidert schob er es zur Seite.

»Esst lieber weiter, mein Lieber, ich befürchte, dass es das Einzige ist, was es hier gibt.«

Ed nahm seinen Löffel und begann, den Fraß herunterzuschlingen. Ungläubig sah Chace seinen Freunden zu, er würde lieber verhungern, als die Suppe weiterzuessen.

Stattdessen wandte er sich dem Bier zu und der Frage, ob es genauso schmecken würde wie das Essen. Im ersten Moment war er versucht, das Bier zur Seite zu schieben, da sein Durst aber um einiges größer war als sein Hunger, gab er ihm nach und probierte einen Schluck.

Erstaunt starrte er auf den Krug in seiner Hand. Sein Inhalt schmeckte vorzüglich. Waren seine Geschmacksnerven etwa abgestorben? Chace nahm noch einen Schluck. Er täuschte sich nicht, dass Bier schmeckte hervorragend. Es war süßlich, hatte einen sehr angenehmen Nachgeschmack und war überhaupt nicht mit der dünnen Plörre zu vergleichen, die es in ihren Gasthöfen gab.

Ed hatte ihn aus den Augenwinkeln beobachtet.

»Vorzüglich, nicht wahr? Kochen können die hier fast alle nicht, aber Bier brauen, das können die!« Er prostete ihm und Twin zu und leerte seinen Krug in einem Zug.

»Mein Vater hat dieses Bier auf einer seiner vielen Reisen kennengelernt und schwört seitdem darauf. Er lässt seinen Kämmerer regelmäßig nach Wolfin fahren, um Nachschub zu holen. Seiner Meinung nach ist es das einzige im ganzen Land, das trinkbar ist, und ich kann meinen alten Herrn in dieser Sache nur recht geben«, schloss Ed und sah sich nach der Wirtin um, damit sie ihm noch einmal nachschenken konnte.

»Euer Vater ist ein kluger Mann. Ich befürchte fast, dass auch ich danach unser Bier nicht mehr trinken kann«, schmunzelte Chace und nahm noch einen großen Schluck. Erst jetzt fiel ihm auf, dass Twin gar nicht mehr zu seiner Rechten saß. Er wandte sich eben zu Ed, um ihn zu fragen, ob er wüsste, wo Twin hingegangen war, da fiel sein Blick in eine dunkle Ecke. Dort konnte er die schemenhafte Gestalt von Twin ausmachen. Doch er war nicht allein. Auf seinem Schoß, eng umschlungen, saß eine langhaarige Gestalt, die sich rhythmisch auf und ab bewegte.

Auch Ed war seinem Blick gefolgt. »Mann, der hat es aber nötig!«, rief er verächtlich aus. »Lässt uns hier allein sitzen und vergnügt sich!«

Ed schüttelte den Kopf und wandte sich wieder seinem aufgefüllten Bier zu. Auch Chace versuchte sich abzuwenden und seine Aufmerksamkeit auf etwas anderes zu lenken. Schließlich verwickelte er Ed in ein Gespräch über die weitere Reise.

Einige Minuten später kehrte Twin wieder an den Tisch zurück. Allein. Seine Bekanntschaft hatte sich schon ein neues Opfer gesucht.

»Na, hat es Euch Freude bereitet? Macht besonders Spaß, wenn sie Euch mehr als ein paar Minuten Befriedigung geschenkt hat.« Ed grinste hämisch und zwinkerte Chace zu.

Es war kein Geheimnis, dass Twin jedem Kleidersaum hinterherblicken musste und sich dabei schon so manches eingefangen hatte.

»Ach, quatscht doch nicht so blöd! Sie hat mir übrigens interessante Sachen verraten. Darunter auch, dass heute Abend in Trebin das große Stadtfest beginnt. Das wäre doch was für uns, meint Ihr nicht?«

»Ein Stadtfest? Ich weiß nicht. Klingt interessant, aber wir wissen doch noch gar nicht, wann wir in Trebin ankommen …«

»So weit entfernt ist Trebin auch wieder nicht. Noch ein paar Stunden und wir sehen bereits die ersten Ausläufer der Stadt«, warf Twin ein. »Was sagt Ihr, Chace?«

»Was schätzt Ihr denn?«, antwortete dieser grinsend, warf einige Münzen auf den Tisch und wandte sich zur Tür.

Ein Stadtfest und er es versäumen? Bisher hatte er noch nie ein Fest ausgelassen, und die Vorstellung, unerkannt auf ein solches zu gehen, hob seine Stimmung um ein Vielfaches. Das würde ein ganz netter Abend werden. Bestimmt.

Ed und Twin sahen sich grinsend an. Sie kannten ihn nur zu gut …

Kapitel 9

Endline

Belle

Es war mittlerweile Abend und Belle hatte neben ihrem Vater am Haupttisch in der großen Halle Platz genommen.

Da ihre Stiefmutter in aller Frühe nach Tweslin aufgebrochen war, war der Sitz zur Linken des Königs leer und Belle hatte ihren Vater ausnahmsweise einmal ganz für sich. Die Prinzessin war froh darüber, dass ihre Stiefmutter nicht zugegen war. Nicht nur, dass diese Frau sie nicht mochte und damit die Stimmung drückte, auch jegliche Gespräche und Amüsements hatten in Camelias Augen nichts am Tisch zu suchen, und so verbrachten sie die gemeinsamen Mahlzeiten schweigend und freudlos.

Heute jedoch herrschte eine ausgelassene und fröhliche Stimmung. Ihr Vater hatte aus einer Laune heraus spontan eine Narrentruppe eingeladen, die sie den ganzen Abend auf das Köstlichste unterhielten. Alle Anwesenden lachten, klatschen und sangen. Auch Belle wurde von der allgemeinen Heiterkeit angesteckt, wenn auch aus anderen Gründen. Mit Appetit verspeiste sie das Essen, als es aufgetragen wurde, und erntete dabei erstaunte Blicke ihres Vaters. Abgelenkt durch die Narren und angesteckt von der Heiterkeit, fragte er jedoch nicht weiter nach.

Nachdem sie das Essen beendet und die Diener die Teller abgeräumt hatten, zogen sich auch die Narren zurück und die Musiker nahmen ihren Platz ein. Sie spielten eine muntere und flotte Melodie, dank der sich einige der Anwesenden sofort zum Tanz erhoben.

Belle begnügte sich damit, die Paare zu beobachten, wie sie über die Tanzfläche glitten, da stand Selina plötzlich vor ihr und hielt ihr die Hand hin.

»Darf ich bitten?«

»Wie bitte?« Belle verstand nicht sofort, was die Frau von ihr wollte.

»Tanzen, Mylady. Ihr werdet Eurer alten Amme doch diesen Wunsch nicht abschlagen, oder?«

Ohne eine Antwort abzuwarten, hakte sich Selina bei ihr ein und zog sie auf die Tanzfläche. Die Musiker begannen einen schnellen Tanz anzustimmen und bevor Belle sich versah, wurde sie herumgewirbelt und tanzte mit den anderen. Ausgelassen bewegte sie sich zur Musik, drehte sich und wechselte die Tanzpartner. Sie konnte sich nicht daran erinnern, wann sie das letzte Mal solch einen Spaß hatte, und nur widerwillig erinnerte sie sich daran, was sie Sophia versprochen hatte.

Die Zeit verrann und sie musste langsam los. Als die Musiker ein ruhiges Lied anstimmten, sah sie ihre Chance. Sie gab Selina ein Zeichen und verließ die Tanzfläche in Richtung ihres Vaters.

Dieser hatte sich in eine Ecke der großen Halle zurückgezogen, spielte dort mit seinen Höflingen Karten und trank dabei das ein oder andere Bier. Höflich trat Belle zu ihm heran und klopfte ihm leicht auf die Schulter. Ihr Vater wandte sich zu ihr um und sie bat ihn, sich zurückziehen zu dürfen. Wie erwartet hatte er keine Einwände und mit einem Abschiedsnicken zu den Übrigen in der Runde raffte sie ihre Röcke und ging in Richtung der großen Steintreppe.

Die Steintreppe bestand aus vierzig kühlen, glatten Stufen und führte hinauf auf eine kleine Galerie, von der Belle einen Blick auf alles unter sich hatte. Neugierig sah sie noch einmal nach unten. Sie sah ihren Vater lachen, die Hofdamen tanzen und die Musiker erhitzt ihre Lieder spielen. Solch eine ausgelassene Stimmung hatte es lange nicht gegeben. Gelinde gesagt konnte sie sich an gar keines solcher Feste erinnern, seit es ihre Stiefmutter im Haushalt gab. Camelia hasste jegliche Art von Spaß. Entsprechend schwer fiel es Belle, jetzt zu gehen. Wann würde so eine Gelegenheit wiederkehren? Und vor allem: War das Stadtfest es wirklich wert?

Belle zwang sich, nicht weiter darüber nachzudenken. Sie hatte Sophia etwas versprochen. Entschlossen gab sie sich einen Ruck, trat von der Brüstung zurück und wandte sich in Richtung ihres Gemaches.

Diesmal warteten keine Diener, um sie einzulassen, und so drückte sie den Knauf selbst. Die schwere Eichenholztür schwang leicht und geräuschlos auf und ließ sie eintreten. Ihr Vorzimmer war nur spärlich von den Resten des Kaminfeuers erhellt. Sie zog die Tür leise hinter sich zu und bahnte sich vorsichtig ihren Weg durch das dunkle Zimmer hinüber zu ihrem Schlafgemach. Sie war scheinbar allein. Aber nur scheinbar. Das Mondlicht fiel durch das offene Fenster ihres Zimmers und Belle erkannte vertraute Umrisse neben ihrem Bett.

»Na endlich«, schnaubten diese. »Ich dachte schon, Ihr würdet nicht mehr kommen.«

»Tut mir leid, ich wurde aufgehalten«, entschuldigte sich Belle und entzündete eine der Kerzen auf der Kommode, um die Dunkelheit aus dem Raum zu vertreiben. Sophia hatte sich schon neben ihr Bett gekniet und zog den Koffer mit den Kleidern hervor.

»Habt Ihr Euch schon für eines entschieden?«, fragte sie, als sie den Koffer öffnete und die Kleider sorgsam daneben ausbreitete.

Belle grinste ihre Freundin an. Natürlich hatte sie. Mit einem Schritt war sie bei Sophia und deutete auf ein einfaches Kleid aus grobem Stoff in einem weichen rosa Farbton. »Das finde ich wunderschön. Es ist einfach und die Farbe gefällt mir.«

»Ihr habt recht.« Sophia nickte anerkennend und hielt ihr das Kleid an. »Es steht Euch auch wunderbar.«

Belle spürte, dass sie rot wurde und wechselte schnell das Thema: »Habt Ihr Euch schon eines rausgesucht?«

Ihre Freundin ließ ihren Blick über die Kleider gleiten und griff dann zielstrebig nach einem türkisen Kleid. Es bestand aus einem fließenden Stoff und hatte einen sehr tiefen Ausschnitt.

»Ich werde das hier nehmen. Es schreit förmlich nach mir.«

»Definitiv auffallend«, war das Einzige, das Belle spontan einfiel.

»Ja, und genau das will ich auch. Auffallen, zumindest Misrac.« Sophia zwinkerte ihr zu. »Na, dann los…« Bereits während Sophia sprach, öffnete sie sich das Mieder und schlüpfte aus ihrem alten Kleid, um es mit dem neuen zu tauschen. Während Belle noch erfolglos versuchte, ihr eigenes Mieder zu öffnen, war Sophia bereits fertig. »Also ich denke, das müssen wir unbedingt noch üben. Schon allein Eures zukünftigen Mannes wegen«, kicherte Sophia. Belle spürte, dass sie rot anlief und presste nuschelnd hervor: »Ich will ja keinen Ehemann.«

»Noch nicht.« Sophia zwinkerte und trat dann hinter sie, um ihr das Kleid zu öffnen und herauszuhelfen.

Typisch, dachte Belle, *als Prinzessin wird einem gelehrt, wie man herrscht, stickt und gefühlt hundert Sprachen spricht, aber nicht, wie man sich selbst umkleiden kann …*

Sie fühlte sich hilflos. Wie ein kleines Kind musste sie sich von ihrer besten Freundin helfen lassen. Beim Umziehen! Diese schien jedoch ihre Gedanken gelesen zu haben und manövrierte sie zu dem Spiegel in der Ecke. »Schaut, Belle! Diese Art von Kleid ist ganz einfach anzuziehen, Ihr schlüpft hinein, zieht es nach oben bis zu eurem Busen und kriecht dann mit beiden Armen durch die Ärmel.«

Belle tat wie ihr geheißen.

»Okay, aber es fühlt sich so locker an.« Sie starrte in den Spiegel. Sie trug einen unförmigen rosafarbenen Sack!

Sophia prustete los. »Das kommt daher, da wir das Kleid noch schnüren müssen, meine Liebe.«

Sophia, die immer noch hinter ihr stand, nahm ihre Arme und führte sie zu den Schnüren am Rückenteil des Kleides.

»Das Kleid an sich ist komplett geschnürt, Ihr müsst nur noch die Schnüre nachziehen, damit es enger wird und sich Eurer Figur anpasst«, erklärte Sophia. »Und wenn Ihr das Kleid aus irgendeinem Grund ausziehen wollt, dann löst Ihr hier unten einfach die Schleife.« Sie führte Belles rechten Arm zu einer Schleife am unteren Teil des Mieders.

Belle wurde rot. »Danke, auch wenn ich keinen Grund wüsste, warum ich es ausziehen sollte«, hauchte sie und betrachtete sich eingehend im Spiegel. Das Kleid hatte die Farbe von wilden Himbeeren und ließ ihre Haut erstrahlen. Obwohl der Stoff grob und einfach war, sah das Kleid, wenn auch auf eine ganz andere Art als ihre Seiden- und Brokatkleider, wunderschön an ihr aus. Es hatte einen klassischen Ausschnitt und gab kaum etwas von ihrem Dekolleté preis, aber durch den engen Schnitt kam ihr Körper besonders gut zur Geltung.

Belle wandte ihren Blick vom Spiegel ab und betrachtete ihre Freundin, die mit dem Türkis ihres Kleides um die Wette strahlte. Es umspielte ihre frauliche Figur perfekt und der Ausschnitt gab tiefe

Einblicke preis. Sie wirkte nicht mehr wie eine Vierzehnjährige, aber das wollte sie augenscheinlich auch nicht. Mit sicheren Handgriffen nestelte Sophia bereits an den letzten Zügen ihrer Frisur. Das lange Haar war zu einem kunstvollen Zopf geflochten und nach oben gesteckt, ganz so wie es die Älteren trugen.

»Ihr seht wirklich wunderschön aus!«

Sophia lächelte. »Danke schön! Und jetzt mache ich Eure Haare!«

Etwas unsicher setzte Belle sich auf den Stuhl, den Sophia ihr vor den Spiegel gestellt hatte. In Bezug auf ihre Haare war sie eitel.

Kann ich meine Haare nicht einfach so lassen? Aber sie kannte die Antwort: Im ganzen Reich war sie für ihre dunkelbraune Mähne und die wundervollen Wellen darin bekannt, und wenn schon nicht am Kleid, dann würde man sie daran erkennen …

Aber für dieses Problem hatte Sophia schon eine Lösung: Sie erwärmte ein gerades Stück Metall und zog es anschließend Strähne für Strähne durch das Haar. Zurück blieb nur noch eine glatte lange Mähne. Als sie damit fertig war, nahm Sophia jeweils noch eine Haarsträhne beidseitig des Gesichtes weg und flocht diese zu einem kleinen Kranz um den Kopf herum. Die Frisur war einfach, aber elegant.

Belle bestaunte sich im Spiegel. Sie sah vollkommen verändert aus.

»Jetzt noch ein kleines bisschen Rouge auf die Wangen und dann seht Ihr aus wie Schneewittchen.«

»Sophia! Wie habt Ihr das nur geschafft? Ich sehe ja gar nicht mehr aus wie ich.«

»Das war ja auch unser Ziel! So wird Euch niemand erkennen.«

Sophia betrachtete nickend ihr Werk.

Die Uhr auf dem Turm schlug zur vollen Stunde und die beiden Mädchen schreckten auf.

»Ich fürchte, wir müssen los«, folgerte Belle und stand auf.

»Ihr habt recht. Lasst uns nur noch alles vor neugierigen Augen verstecken und dann gehen.«

Während sie sprach, sammelte Sophia bereits die Kleider und die anderen Utensilien ein, warf sie in den Koffer und verfrachtete ihn wieder unter dem Bett, während sie selbst noch einen letzten Blick in den Spiegel warf.

»Jetzt kommt!«, drängte Sophia und war mit wenigen Schritten am Fenster. Belle wollte ihr folgen, aber plötzlich fiel ihr etwas ein.

»Wartet«, rief sie. »Was ist, wenn jemand mein Zimmer betritt? Wenn Selina oder gar Vater noch einmal nach mir sehen? Was werden sie sagen, wenn sie ein leeres Bett vorfinden?« Nervös trat sie von einem Fuß auf den anderen.

Ihre Zimmertür konnte sie nicht einfach abschließen. Ihre Stiefmutter hatte vor langer Zeit alle Schlösser entfernen lassen. Bisher hatte es Belle nie gestört, aber jetzt …

Sophia sah sich zähneknirschend um. »Meint Ihr wirklich, es kommt jemand?«

»Ich weiß es nicht, aber wenn doch? Es gäbe einen riesigen Aufstand«, gab Belle zu bedenken. Mittlerweile war sie zum Bett gelaufen und überlegte fieberhaft.

»Und wenn Ihr einfach ein Kissen unter die Decke stopft? So als würdet Ihr darunter liegen?« Sophias Blick wanderte zu den Bergen von Kissen, die als Sitzgelegenheit für die Hofdamen dienten und in einer Ecke des Zimmers lagerten.

»Dieser Gedanke kam mir schon in den Sinn, aber ich fürchte, es sieht nicht echt genug aus.«

Sophia stöhnte genervt. »Und was machen wir dann? Wir können nicht warten, bis das Fest unten zu Ende ist und alle zu Bett gegangen sind. Es kann noch Stunden dauern und dann ist es zu spät für das Stadtfest.«

Belle starrte traurig auf das leere Bett und plötzlich hatte sie eine Eingebung. Zwei Wörter schwebten direkt vor ihren Augen. Ihre Bedeutung war ihr vollkommen unbekannt. Während ihr Kopf versuchte sie davon abzuhalten und vor möglichen Konsequenzen warnte, flüsterte ihre innere Stimme ihr zu, dass sie sie benutzen sollte. Ohne weiter darüber nachzudenken, sprach sie die Wörter leise aus.

»Sime Centre.«

Enttäuscht hielt Belle inne und starrte auf ihre Hände. Ihr wurde bewusst, dass sie auf ein Wunder gehofft hatte, und nichts war geschehen.

Sophia, die sich zu ihr umgedreht hatte, sprang plötzlich mit vor Schreck geweiteten Augen zurück und konnte nur mit Mühe einen Aufschrei verhindern. Belle schaute sich um und erstarrte.

Auf dem Bett. Auf *ihrem* Bett lag plötzlich jemand. Aber nicht irgendjemand, sondern sie, oder zumindest jemand, der aussah wie sie.

»Was? Was habt Ihr? Was … ? Was ist passiert? Wer ist das? Ihr steht doch vor mir!«, stammelte Sophia und ihr Blick wanderte angstvoll von Belle zu der Gestalt.

»Ich weiß es nicht.«

»Aber … Aber … Das seid *Ihr*?!«

»Nein, das bin nicht ich. Zumindest fühlt es sich nicht so an.«

Neugierig beugte Belle sich über das Bett und berührte das Etwas. Es fühlte sich warm und weich an, wie die Haut eines Menschen. Ein Lufthauch, der ihre Wange streifte, sagte ihr, dass die Gestalt atmete, aber egal, wie sehr sie auch zog oder schüttelte, sie erwachte nicht. Das konnte nur eines bedeuten: Sie musste mit ihren Worten eine Art Abbild geschaffen zu haben. Genau das, was sie dringend gebraucht hatte, aber wie war das nur möglich? Ungläubig betrachtete sie ihre Hände. *Was ist nur los mit mir?*

»Was ist geschehen?«, stotterte die Freundin.

»Ich weiß es nicht. Ich hatte plötzlich diese zwei Worte im Kopf. Ich weiß nicht, was sie bedeutet haben, aber dank ihnen ist das hier geschehen.« Belle deutete auf ihr schlafendes Selbst.

Sophia starrte noch einen Moment stumm auf das Bett, dann fand sie ihre Stimme wieder und stellte zitternd die von Belle befürchtete Frage:

»Was war das? Ich meine, habt Ihr die alte Sprache benutzt?«

Ihre beste Freundin spielte damit auf die Sprache an, die vor Tausenden von Jahren bei der Entstehung des Landes nur von den Gottheiten gesprochen worden war und der man Magie nachsagte.

Belle waren die Sagen und Legenden geläufig, jedoch wusste sie auch, dass es keinerlei Aufzeichnungen von dieser Sprache gab und das Wissen darüber nur durch die Generationen weitergegeben wurde, wenn sie überhaupt existierte.

»Ich weiß es nicht, aber woher sollte ich die alte Sprache kennen? Es ist doch nur eine Legende«, versuchte sie wenig erfolgreich, das Geschehene herunterzuspielen. Diese Art von Aufmerksamkeit war ihr mehr als unangenehm und sie versuchte, das Thema zu wechseln.

»Wollten wir nicht zu dem Stadtfest? Wer weiß, wann wir wieder solch eine Chance bekommen.«

Fest entschlossen, nicht weiter darüber zu reden, deckte sie das lebende Abbild mit ihrer Decke zu und hakte sich bei ihrer Freundin unter, um sie zum Fenster zu ziehen.

Am offenen Fenster atmete Sophia die kühle Nachtluft ein und fasste sich etwas.

Sophia

Als sie den Boden erreicht hatte, konnte sie wieder klar denken. Zwar konnte sie sich nicht erklären, was eben passiert war, aber sie vertraute ihrer Freundin oder würde ihr zumindest vertrauen müssen. In einer ruhigen Minute würde sich alles aufklären. Jetzt gab es erst einmal Wichtigeres, schließlich wartete Misrac auf sie.

Die Nachtluft war kühl und sie zog ihren Mantel fester um sich, als Belle sich neben ihr auf die Erde fallen ließ. Sie nickten sich kurz zu und liefen dann geräuschlos zum Portal, welches sie aus dem Garten führen würde. Sie gaben sich noch ein letztes Zeichen und dann trennten sich vorerst ihre Wege.

Während Belle an der Mauer entlang in Richtung Schlosstor schlich, machte sie sich auf den Weg zu den Ställen. Ihr dunkler Mantel, der ihr Kleid verbarg, flatterte bei jedem Schritt. Sie hatte keine Angst, gesehen zu werden, war sie doch augenscheinlich nur auf dem Weg nach Hause. Doch niemand kreuzte ihren Weg, bis sie in den Stalltrakt getreten war.

Murrend kam ihr ein Knappe mitsamt ihrer Stute entgegen. Er schien schon auf sie gewartet zu haben. »Ihr kommt spät«, schnauzte er und übergab ihr das Tier.

Schimpfend ging er wieder seiner Arbeit nach und ließ sie allein. Erleichtert atmete Sophia durch und hoffte inständig, dass Belle ebenfalls ohne Zwischenfälle zu ihrem Treffpunkt kommen würde. Das Pferd an ihrer Hand schnaubte und sie begann, es nach draußen zu führen, wo sie aufstieg und es in Richtung des Schlosstores lenkte. Die alte Stute lief langsam den ihr bekannten Weg und als sie das innere Tor durchquert hatten, wurde Sophia ruhiger. Das größte Problem würden die Wachen am äußeren Tor darstellen, wenn sie sich aber gelassen wie immer gab, würden sie kaum Verdacht schöpfen. Sie hatte jedoch Glück. Die Wachen waren nicht auf ihren Posten. Sie saßen in einer Ecke, spielten Karten und tranken munter ihr Bier. Die allgemeine Heiterkeit im Schloss hatte anscheinend auch ihren Weg nach draußen gefunden.

Keiner der Männer schaute sich nach ihr um. Niemand schien sie zu beachten, erleichtert atmete sie aus und passierte das Tor.

Am Waldrand vor den Mauern des Schlosses machte sie halt und eine dunkle Gestalt kam ihr aus dem Dickicht entgegen. Belle!

»Nun war es an mir, auf Euch zu warten«, flüsterte die Freundin und trat näher an das Pferd heran, um es zu streicheln.

»Kommt, wir müssen los.«

Sophia konnte sich ein Grinsen nicht verkneifen und reichte Belle die Hand, um ihr auf Belone zu helfen. Mit einem Satz saß Belle hinter ihr auf dem kräftigen Tier.

Kapitel 10

Endline

Chace

Es war schon fast dunkel, als Chace und seine Begleiter die Stadt Trebin endlich erreicht hatten.

Twin war unterwegs der glorreiche Einfall gekommen, ihren Weg über die Felder abzukürzen. Niemand hatte ihm widersprochen.

Zu ihrem Bedauern hatten sie jedoch feststellen müssen, dass es sich bei der vermeintlichen Abkürzung um einen riesigen Umweg handelte. Während die Straße sie zu einer Brücke über den Fluss Sumil geführt hätte, hatte der Querfeldeinritt die Freunde nur an den sumpfigen Lauf des Flusses gebracht. Da das Ufer aber zu unberechenbar und die Pferde von Ed und Twin keinen Meter an das Wasser heran zu bekommen waren, mussten sie sich am dicht bewachsenen sumpfigen Flusslauf vorankämpfen, um eine andere Möglichkeit der Überquerung zu finden. Aber es hatte keine andere gegeben.

Die große Hafenstadt Trebin lag, teilweise noch umgeben von der alten Stadtmauer, geschützt in einer kleinen Bucht. Schon von Weitem hatten sie die vielen Türme und Häuser am Horizont ausmachen können und waren dennoch erstaunt über die Größe der Stadt, die sich gefühlt über den ganzen Meereszugang erstreckte. Weit hinten sahen sie den Hafen und die vielen kleinen und großen Schiffe, die dort vor Anker lagen und auf den seichten Wellen schwankten.

Nachdem sie das Stadttor passiert hatten, ließ Chace seine neugierigen Blicke wandern. Er war noch nie in dieser Stadt gewesen. Überall wimmelte es von Menschen. Große Steinhäuser säumten die Straßen, dazwischen lagen enge Gassen und noch mehr Häuser. Manche waren nur ganz winzig und andere besaßen sogar mehrere Stockwerke.

Chace musste seinen Blick widerwillig der Straße zuwenden. Egal, ob aus Hauseingängen, Gasthäusern oder kleinen Gassen, von überall drängten die Menschen auf die Volnana in Richtung des Marktplatzes. Die überfüllte Straße zwang sie zu einem langsamen Tempo. Immer wieder mussten sie ihre Pferde anhalten, weil ein Durchkommen nicht möglich war. Als sie in der Nähe des Marktes waren, fielen Chace einige Stände auf, an denen noch Essen verkauft wurde. Der Geruch der Speisen stieg ihm in die Nase. Gierig blickte er sich danach um. Nach dem langen Ritt und der ungenießbaren Suppe war sein Hunger gewaltig und er gab Ed und Twin ein Zeichen, bevor er sein Pferd in Richtung der Stände steuerte.

Der Geruch von gebratenem Huhn stieg ihm in die Nase und ließ ihm das Wasser im Mund zusammenlaufen. Ein Blick auf Ed und Twin sagte ihm, dass es ihnen genauso ergehen musste. Sie stiegen von ihren Rössern und kauften bei einer Frau drei gebratene Hühner, die sie sofort mit Genuss verschlangen. Die Knochen gaben sie einem streunenden Hund, der sie begierig umkreist hatte. Satt und zufrieden klatschte Ed in die Hände.

»So, dann werden wir uns jetzt am besten nach einer Bleibe für die nächsten Tage umsehen. Was sagt Ihr? Wollen wir eher zentral oder am Rand Trebins unser Lager aufschlagen?« Ed sah seine beiden Mitstreiter fragend an.

»Ich wäre schon dafür, dass wir einen gepflegten Gasthof im Zentrum nehmen. Am Rande der Stadt sind meist nur die billigen Absteigen und ich möchte mir nicht unbedingt Flöhe oder noch Schlimmeres holen«, warf Twin ein.

»Ach, stimmt, das andere holt Ihr Euch schon woanders, nicht wahr?«, versuchte Ed ihn grinsend aufzuziehen.

»Ihr könnt mich mal«, polterte sein Gegenüber und versuchte, ihm eine runterzuhauen. Ed duckte sich flink wie ein Wiesel und trat ein paar Schritte zurück, um aus der Gefahrenzone zu gelangen, bis sein Freund sich wieder beruhigt hatte. Chace und Ed tauschten Blicke aus. Sie kannten ihren Twin nur zu gut. Er war für jeden Spaß zu haben und liebte es, andere aufzuziehen, aber Scherze auf seine Kosten vertrug er ganz und gar nicht.

Twin waren die ausgetauschten Blicke nicht entgangen, um vom Thema abzulenken, begann er daher zu sprechen: »Ich meine, wir haben Glück, wenn wir überhaupt eine Bleibe finden. So voll wie es hier ist.«

Sein Blick glitt über die Menschen, deren Gedränge zum Marktplatz hin noch stärker zu werden schien. Auch Chace musste zugeben, dass er eine Stadt noch nie so voll erlebt hatte.

»Dann los!«, rief Ed und saß bereits wieder auf seinem Pferd. Wenig später waren sie zu dritt auf der Suche nach einer Bleibe.

Durch die vielen Menschen kamen sie nur langsam voran, und als sie nach einer gefühlten Ewigkeit am Marktplatz das erste Gasthaus ausmachten, beschlossen sie, nach einem Zimmer zu fragen oder zumindest nach einem Platz im Stall, um ihre Pferde einzustellen.

Das Gasthaus hieß »Bürgerkönig« und machte von außen einen sehr ordentlichen Eindruck. Sie brachten ihre Pferde zu den Ställen und fanden mit Ach und Krach noch einen Platz für die nächsten Tage. *Wenigstens sind wir nun eine Sorge los,* dachte Chace und half seinen Begleitern, die Tiere zu versorgen.

Eine halbe Stunde später schulterten sie ihr Hab und Gut und verließen den Stall, um ihr Glück im Gasthof zu versuchen. Sie hatten den Eingang fast erreicht, da huschte ein Stallknecht an Chace vorbei. Instinktiv streckte er seine freie Hand aus und hielt den Burschen fest. Überrascht schaute der Junge ihn an, Angst blitzte in seinen Augen auf.

»Warte, mein Junge.« Als er die Angst in dessen Augen wahrnahm, setzte er nach: »Ich tue dir nichts. Ich habe nur eine Frage an dich. Bist du mit der Versorgung der Pferde beauftragt?«

Der Junge nickte. »Ja, Sir, aber nur die der Besitzer des Hofes. Die anderen müssen selbst versorgt werden«, stammelte er ängstlich und versuchte sich loszureißen. Entgegenkommend ließ Chace den Ärmel los und griff in seine Tasche. Unsicher, aber interessiert war der Blick des Jungen seiner Hand gefolgt und seine Augen begannen zu glitzern, als er wenig später den Inhalt der Tasche in seinen Händen spürte.

»Hier hast du einen kleinen Lohn. Würdest du die Pferde in der letzten Box neben der Kammer für die nächsten drei oder vier Tage versorgen? Natürlich bekommst du bei unserer Abreise noch etwas.«

Er beobachtete den Jungen sorgsam. Die Angst aus seiner Miene war der Gier gewichen, dennoch sagte ihm seine innere Stimme, dass er dem Jungen trauen konnte.

»Jawohl, Sir«, presste dieser zwischen den Zähnen hervor und lief dann eilig von dannen.

»Sehr gut, wenn wir nicht auffallen wollen …«, warf Ed, der das Geschehen beobachtet hatte, sarkastisch ein.

»Seid Ihr Euch sicher, dass der auch wirklich unsere Tiere versorgt? Ich hege da so meine Zweifel«, gab auch Twin seine Menschenkenntnis zum Besten und sah dem Jungen hinterher, der eben verstohlen durch die Stalltür huschte.

»Ich schätze, wir können ihm vertrauen. Er wird unsere Pferde schon gut versorgen. Was soll er denn sonst machen? Zum Weglaufen war das Gold zu wenig, und groß drüber reden wird er auch nicht. Im Gegenteil. Er will ja noch seinen Lohn erhalten, und wenn er dem Wirt gegenüber ein Wort verlauten lässt, wird er davon sicherlich etwas abgeben müssen.«

»Ihr vertraut den Menschen immer viel zu sehr, Chace. Nicht jeder Mensch ist gut. Aber wir werden sehen.« Ungläubig sah Ed dem Jungen nach und schüttelte dabei den Kopf.

»Aber in jedem Menschen ist etwas Gutes, Ed. Vertraut mir, unsere Pferde sind die nächsten Tage in guten Händen, und wenn es Euch beruhigt, sehen wir morgen noch einmal nach ihnen.«

»Um die Pferde mache ich mir die geringsten Sorgen … Aber Ihr werdet wohl wissen, was Ihr tut.« Unwohl trat Twin von einem Fuß auf den anderen.

»Was soll denn schon passieren? Lasst mich nur machen. Oder wolltet Ihr morgen früh im betrunkenen Zustand die Pferde selbst versorgen? Ich nicht.« Mit diesem Worten war das Thema für ihn beendet und er ging weiter in Richtung Eingang.

»Wenn Ihr meint«, nuschelten Twin und Ed unterwürfig im Chor und folgten ihrem Herrn.

Als sie die Tür zum Gasthof öffneten und in den Gastraum traten, schlug ihnen abgestandene Luft entgegen. Dennoch war Chace erstaunt. Im Gegensatz zu dem anderen Gasthof war der Raum viel heller und freundlicher. Um die einbrechende Dunkelheit zu vertreiben, brannten schon die ersten Fackeln und ein Feuer im Kamin. Die Luft war nicht durch Rauch abgestanden, sondern durch die vielen Menschen, die sich in dem kleinen Raum dicht an dicht drängten. Die Wirtschaft schien gut zu laufen und in Chace stiegen Zweifel auf, ob sie hier drei Zimmer bekommen würden.

Zielstrebig steuerten sie auf den Mann hinter dem Tresen zu.

»Warum brauchen wir eigentlich drei Zimmer?«, fragte Twin. »Uns hat doch bisher immer eines genügt?«

»Denkt Ihr wirklich, wir wollen Euch bei allem, was Ihr hier treibt, zusehen? Ein bisschen Privatsphäre wäre schön.«

Twin verstand Eds Anspielung und wurde rot, während Chace sich ein Lachen verkneifen musste. Ihm war eigentlich egal, ob sie sich ein Zimmer teilten, aber wenn Twin ständig Damenbesuch hatte, wollte er lieber auf ein gemeinsames Zimmer verzichten.

»Privatsphäre?«, schnaubte der Wirt, der die letzten Worte anscheinend aufgeschnappt hatte. »Gibt's hier momentan nicht. Seht Euch um, alles ist voll und fast alle Zimmer sind überbelegt.« Er deutete mit seinen Händen im vollen Gastraum umher. »Lasst mich raten, Ihr sucht eine Bleibe für die Nacht. Vorweg: Ich habe nur noch ein Zimmer frei. Eine kleine Kammer unter dem Dach. Entweder Ihr nehmt sie oder eben nicht. Und wenn nicht, dann wünsche ich eine angenehme Suche, denn die Stadt ist voll«, sprach der große Mann ohne Unterlass. Er wirkte unfreundlich und genervt. Die drei Freunde schauten sich an.

»Na ja, immer noch besser als nichts. Was soll es kosten?« Chace schaute zum Wirt. Der Mann grinste verschmitzt und nannte ihnen einen horrenden Preis für das Zimmer. Er schien ganz genau zu wissen, dass er sich in einer Machtposition befand und sie nichts anderes finden würden. Chace nickte und Ed zahlte murrend den gewünschten Betrag. Daraufhin brüllte der Wirt einem Knecht etwas zu und wies ihnen dann den Weg zum hinteren Teil des Raumes, wo sich der Treppenaufgang befand.

»Immer rauf, bis es nicht mehr geht!«, rief er ihnen hinterher, als sie sich schon auf den Weg gemacht hatten.

»Das muss ja ein fantastisches Zimmer sein«, murmelte Ed, der als Erster an der Treppe angekommen war und die ersten Stufen nahm.

Nachdem sie die gut fünfzig Stufen erklommen hatten und nach Atem rangen, erreichten sie endlich die Tür. Der Schlüssel passte und knarrend schwang die Tür zur Seite.

Der Raum dahinter glich von der Größe her eher einem Besenschrank als einem Schlafgemach für drei Leute. Die Wände waren kahl und der Boden bestand aus einfach gezimmerten Holzbohlen. Im Zimmer fanden gerade so die drei Betten Platz, die der Wirt durch seinen Knecht eben hatte hochbringen lassen, sowie eine kleine Waschschüssel mit sauberem Wasser.

An der Längsseite des Raumes gegenüber der Tür war ein kleines Fenster, durch welches das blasse Licht des Mondes drang. Ansonsten erhellte nur die Kerze, die Chace noch schnell vom Wirt in die Hand gedrückt bekommen hatte, den kleinen Raum.

»Wenigstens hat jeder ein Bett«, stellte er trocken fest und besah sich die Matratzen. »Und anscheinend sind sie einigermaßen sauber. Ungeziefer sehe ich zumindest nicht«, stellte er fachmännisch fest, auch wenn ihm einige Flecken nicht ganz so geheuer waren.

»Bei dem Gold, das wir bezahlen, sollte das aber auch das Mindeste sein, oder?«, warf Twin kritisch ein und sah aus dem Fenster.

»Ach Twin, jetzt seht nicht alles so negativ. Wir sind in Trebin und ohne Aufsicht. Keiner kennt uns hier, dass sollten wir nutzen. Das Gold spielt doch überhaupt keine Rolle.« Chace sah seine Begleiter aufmunternd an.

»Na dann los, Jungs. Begeben wir uns in das Getümmel?«

»Natürlich!«, rief Twin von einer plötzlichen Euphorie beflügelt und lief zur Tür.

Kapitel 11

Maux

Camelia

Es war kurz vor Mitternacht, als Camelia vor dem Altar niederkniete und für ihre Mutter zu beten begann. Die Kirche war menschenleer und ihr Innerstes lag bis auf einen Streifen im Mittelgang, der durch das Oberlicht vom nahenden Vollmond hereinschien, in vollkommener Dunkelheit.

Sie hatte Israc damit beauftragt, draußen zu warten und Alarm zu schlagen, wenn sich jemand näherte. Danach sollte er in der Dunkelheit verschwinden und sie allein lassen. Bisher war es still.

Gregor & Camelia

Die Kirchenglocken hatten bereits Mitternacht geläutet, als Gregor durch das Portal des Kirchenvorhofes ritt. Vor ihm lag im seichten Licht des zunehmenden Mondes die Kirche von Tweslin.

Er ließ seinen geschulten Blick über das Gelände gleiten. Seit er losgeritten war, war er stets darauf bedacht gewesen, auf seine Umgebung zu achten. Das Angebot des Unbekannten klang gut, fast zu gut, und genau das hatte ihn misstrauisch gemacht. Bisher hatte er noch keine Anzeichen eines Hinterhaltes entdecken können, aber das konnte sich noch ändern …

Er ließ seinen Hengst im Schritt auf die Kirche zugehen, da raschelte neben ihm etwas im Gebüsch. Gregor erstarrte und blickte sich angespannt um. War da etwas oder gar jemand? Er machte sich steif und blickte suchend weiter um sich, konnte jedoch nichts Ungewöhnliches erkennen.

Etwas weiter entfernt hörte er ein einzelnes Pferd schnauben, ansonsten herrschte Stille. Er beruhigte sich etwas.

Mit einem leichten Druck in die Flanke lenkte er sein Pferd nach links, stieg ab und führte es noch ein paar Schritte weiter in das Gebüsch. Die Zügel ließ er bewusst locker um den Hals des Tieres. Im Falle eines Hinterhaltes würde er sofort losreiten können.

Gregor tätschelte noch einmal den Hals seines Rappens und blickte zu der Kirche, die verlassen wirkte. War es wirklich eine gute Entscheidung gewesen, allein hierherzukommen?

Nun gab es kein Zurück mehr ... Entschlossenen Schrittes ging er auf die Kirche zu. Noch ein letztes Mal warf er einen Blick über die Schulter, dann legte er seine Hand an die Tür. Die schwere Eichenholztür ließ sich erstaunlich leicht öffnen und Gregor trat in die Dunkelheit.

Im ersten Moment sah er nur das Schwarz der Nacht. Erst nach einer gefühlten Ewigkeit hatten sich seine Augen an das matte Licht im Inneren der Kirche gewöhnt.

Der Lichtschein aus den Oberlichtern erhellte den Mittelgang und sein Blick glitt diesen suchend entlang bis zum Altar. Dort sah er die schemenhaften Umrisse einer Gestalt, die knien musste. War das die Person? Gregor blickte sich angestrengt in der Kirche um, konnte aber niemanden weiter erkennen. Er machte einen Schritt in den Raum.

»Ihr kommt spät«, tadelte die Stimme vom Altar her. Gregor fuhr zusammen. *Eine Frau!* Er blickte zum Altar. Die Gestalt kniete noch immer und ihr Kopf war durch eine tief ins Gesicht gezogene Kapuze verhüllt.

»Ich musste sichergehen, dass mich niemand verfolgt«, rechtfertigte er sein verspätetes Auftreten.

»Ihr dachtet, es wäre ein Hinterhalt!«, stellte die Stimme boshaft fest.

»Wahrhaftig war ich überrascht über Eure Nachricht, Madame. Wie komme ich denn zu der zweifelhaften Ehre?«

»Ach, eine zweifelhafte Ehre nennt Ihr es? Wenn Ihr es zweifelhaft nennt, mir zu dienen, um selbst einmal groß zu werden, dann seid Ihr vielleicht doch nicht der Richtige für mich«, sprach die Person mit fester, belehrender Stimme. Gregor wurde plötzlich von einer Wut durchflutet. *Nicht der Richtige? Was bildet sich dieses Weibsstück ein?* »Redet nicht so, Weib. Ich bin gekommen, weil ich es wollte!«

»Haltet ein mit dem Geschrei, Junge. Ihr benehmt Euch wie ein Kind. Und bedenkt: Ich habe *Euch* gewählt und Ihr seid *meiner* Einladung gefolgt. Aber das ist vorerst nebensächlich.«

Er hatte sie fast erreicht, da drehte sich die Gestalt zu ihm um und ließ die Kapuze vom Kopf gleiten. Gregor atmete hörbar aus, seine Wut war sofort verloschen. Vor ihm stand eine attraktive Frau, deren Anblick ihm bekannt vorkam. Die Frau schien seine Reaktion genossen zu haben. Mit wiegendem Schritt und einem geheimnisvollen Lächeln kam sie ihm entgegen.

»Ich bin Camelia, die zweite Frau des Königs Elias von Endline. Auf manch einem Empfang habt Ihr mich sicherlich schon gesehen«, stellte sie sich vor. »Vorweg: Ihr werdet Euch sicher fragen, warum ich hier bin und warum ich Euch diesen Pakt vorgeschlagen habe. *Aber* dazu müsstet Ihr meine Geschichte kennen, und ich finde, das geht Euch nichts an. Nur so viel, ich helfe Euch nicht nur um Euretwillen, sondern auch um meinetwillen.« Die Frau sah ihn mit durchdringendem Blick an.

Daher weht also der Wind, dachte Gregor im Stillen.

Camelia fuhr fort, ohne dem Mann Beachtung zu schenken. »Ihr seid ein junger Mann, Gregor. Ein zukünftiger König. Nach allem, was ich gehört habe, seid Ihr sehr ehrgeizig. Eine sehr gute Eigenschaft, wie ich finde. Ihr wollt einmal ein großer König werden, nicht wahr? Nicht so ein kleiner schwacher wie Euer Vater … Die Macht, die Ihr von ihm erben würdet, ist doch nur ein Tropfen auf den heißen Stein. Und wenn mehr Macht da ist, warum sich dann nur mit dem Mindesten zufriedengeben?«

»Nun sprecht endlich, Weib, ich habe nicht die ganze Nacht Zeit. Was sind Eure Bedingungen?«

»Nicht zu ungeduldig, mein Lieber.« Camelia sah ihn verschmitzt an und konnte sich ein Grinsen nicht verkneifen. Egal, wie sehr ihr Gegenüber sich auch bemühte, gleichgültig zu klingen, so war ihr doch bewusst, wie sehr sie ihn schon im Netz hatte. »Zu meinen Bedingungen: Zum einen muss Elias aus dem Weg geschafft werden. Dafür habe ich bereits einen Plan, der das Ganze wie einen Überfall aussehen lassen wird, allerdings brauche ich dazu Eure Hilfe. Zum anderen will ich als stellvertretende Herrscherin über Endline eingesetzt werden. Natürlich wärt Ihr der König beider Reiche, aber da Ihr nicht in beiden Ländern gleichzeitig sein könnt und sie viel zu weit auseinanderliegen, möchte ich während Eurer Abwesenheit Endline regieren.«

»Ihr wollt also, dass ich den alten König für Euch erledige? Und wie bitte soll ich das anstellen?«, griff er ihren ersten Gedanken auf.

»Ganz recht, das sollt Ihr. Wie, dass lasst mal meine Sorge sein. Es ist alles geplant. Und zu gegebener Zeit werdet Ihr eingeweiht, denn Ihr müsst für mich nur noch den letzten Schritt tun.«

Mit boshaften Augen sah die Königsgattin ihn an. Er sollte den König töten? Für die Drecksarbeit brauchte sie ihn also. Nun gut, damit konnte er leben. Aber ... »Der Verdacht darf nicht auf mich fallen«, begann Gregor.

Camelia lachte. »Ich habe alles durchdacht, mein Lieber. Niemand wird jemals die Wahrheit erfahren oder Euch damit in Verbindung bringen. Niemand.«

»Das sagt *Ihr* so leicht ...«, begann Gregor zweifelnd. Diese Frau war durchtrieben, und dass sie seine Stellvertreterin in Endline werden wollte, behagte ihm nicht. Wenn sie sich schon gegen ihren eigenen Mann wandte, was würde sie dann mit einem Fremden wie ihm tun? Er war auf der Hut.

»Ihr zögert. Habt Ihr etwa Angst? Keine gute Eigenschaft für einen Herrscher, aber ein gewisses Maß an Vorsicht kann ich verzeihen.« Sie betrachtete ihn abschätzig. Gregor war es nicht gewohnt, von einer Frau provoziert zu werden, und es missfiel ihm ganz und gar.

»Ich habe keine Angst«, ging er sie an. »Nun gut, dann verratet mir Euren Plan eben nicht ...«

Bevor Gregor weitersprechen konnte, unterbrach ihn Camelia.

»*Noch* nicht, mein Lieber. Ihr werdet alles erfahren, wenn die Zeit reif dafür ist.« Sie sah ihn verschwörerisch an.

Gregor schluckte, um nichts zu erwidern, was er später bereute.

Camelia nickte ihm zu. »Keine Sorge, mein Plan ist gut durchdacht und sicher. Danach werden uns Tür und Tor in Endline offen stehen. Wir werden Eure Heirat mit der Prinzessin als letzten Willen meines Mannes verkünden. Ich werde sagen, er wünschte sich nichts sehnlicher als Euch an ihrer Seite. Niemand wird an meinen Worten zweifeln, und nach seinem Begräbnis werdet Ihr sie ehelichen.«

Ein böses Lachen entwich ihrem Mund.

»Wie kommt Ihr darauf, dass ich die Prinzessin will?« Gregor sah sie verständnislos an. Den König zu töten, war die eine Sache, aber dann war der Weg doch frei. Warum musste er heiraten?

»Ich kann sie doch ebenfalls einfach aus dem Weg räumen. Es reicht doch, wenn es keine Thronanwärter mehr gibt …«, begann er.

»Natürlich könntet Ihr das, mein Lieber. Aber Ihr habt keine Macht. Zumindest nicht genug. Selbst wenn die gesamte Armee von Fallenday hinter Euch stünde, würde es nicht reichen, um ganz Endline einzunehmen. Die Armee Endlines, die Adligen, das einfache Volk – sie alle stehen hinter der Prinzessin und ihrem Vater. Selbst mich«, sie machte eine theatralische Pause, »mögen sie nicht und würden meine Herrschaft niemals anerkennen. Wenn Ihr sie aus dem Weg räumt, käme es zum Aufstand dieser Menschen, und das wäre Euer und mein Untergang. Wir müssen klug vorgehen.«

Gregor überlegt kurz. Was sie sagte, klang plausibel. Zähneknirschend musste er sich eingestehen, dass er keine andere Wahl hatte. Seine Armee war noch nicht stark genug. Noch nicht.

»Nun gut. Ihr scheint Euch bereits gut informiert zu haben. Ich willige ein«, räumte er ein.

»Das freut mich zu hören. Ich hatte auch jahrelang Zeit, alles zu planen. Ihr solltet mir vertrauen. Wenn Eure Macht einmal gefestigt ist, könnt Ihr verfahren, wie es Euch beliebt, aber jetzt solltet Ihr es mir überlassen.«

Während sie sprach, wirbelten in seinem Kopf schon die Gedanken. Er sah sich bereits mit dem Zepter in der Hand und den Kronen beider Länder auf dem Haupt. Es würde ein Kinderspiel werden, nur eines war ihm klar: Er musste nach seiner Thronbesteigung diese Königsgattin loswerden – aber wie, das stand noch in den Sternen.

Camelia

Seine letzten Worte waren wie Musik in Camelias Ohren. Endlich würde jeder das bekommen, was ihm zustand.

Sie dachte an Elias und das Mädchen und ein Zittern durchfuhr ihren Körper. Der alte Mann würde nicht das Problem werden, von ihm ging keine weitere Gefahr aus. Das Mädchen aber … Sie erschauerte.

Isabelle strahlte eine seltsame Aura aus und unheimliche Dinge geschahen in ihrer Nähe. Sie besaß eine besondere Gabe, die sie jedoch noch nicht zu kontrollieren schien. Camelia war sich nicht einmal sicher, ob Isabelle überhaupt verstand, was um sie herum geschah … Abgeschnittene Rosenblüten, die weiterlebten, oder Vögel mit gebrochenem Flügel, die plötzlich wieder gesund und munter umherflogen, waren fast schon alltäglich. *Sie muss weg, bevor sie ihre Macht einsetzen kann.*

Schaudernd dachte Camelia an den verschneiten Wintertag im letzten Jahr zurück. Eine der Mägde hatte sie zur Weißglut getrieben und wutschnaubend war sie die Treppen des hohen Turmes hinaufgestiegen, um Elias darüber in Kenntnis zu setzen, als sie beinahe über ihre Stieftochter gefallen wäre.

Das Mädchen hatte es sich unerlaubterweise auf den Stufen bequem gemacht und gelesen. Wütend hatte sie ihr das Buch aus der Hand geschlagen und sie angefahren. Aus großen Augen hatte Isabelle sie angestarrt und war sitzen geblieben, was Camelia nur noch wütender gemacht hatte. Sie hatte einen Schritt nach vorn getan und das Mädchen an den Handgelenken gepackt, um es hochzuzerren, jedoch abrupt wieder losgelassen.

Den stechenden Schmerz spürte Camelia immer noch, als wäre es gestern gewesen. Ein starker Schlag, der sich anfühlte wie Tausende spitze Nadeln, die sich auf einmal in ihre Finger und ihre Handflächen bohrten.

Im Turm war darauf ihre erste Reaktion Wut gewesen. Zusammen mit Empörung hatte sie die Oberhand ergriffen und Camelia zu einer Ohrfeige ausholen lassen, die das Mädchen nie erreichte …

Als sie erwachte, lag sie in ihrem Bett und Elias stand neben ihr.

»Alles in Ordnung mit Euch? Belle sagte, sie hat Euch ohnmächtig im Turm aufgefunden. Wie geht es Euch? Was ist geschehen?«

Fieberhaft hatte sie sich eine Ausrede einfallen lassen und dann um Ruhe gebeten.

Allein hatte sie Zeit gehabt, sich zu sammeln und nachzudenken. Und gründlich hatte sie an diesem Tag über alles nachgedacht. Ihre Stieftochter war stärker, als sie bisher gedacht hatte. In diesem Moment war in ihr der Entschluss gereift, dass Isabelle verschwinden musste.

Gregor

Gregor sah Camelia an, dass sie tief in ihren eigenen Gedanken versunken war. Auch er fasste in diesem Moment einen Plan. Er würde so lange mitspielen, bis er die Machtbefugnisse neu geregelt hatte. Sobald er das Mädchen geheiratet hatte und das Volk hinter ihm stand, würde es niemanden stören, wenn er Camelia einfach ins Exil beförderte oder sie ganz und gar verschwand. Hatte sie nicht selbst gesagt, dass sie beim Volk nicht sonderlich beliebt war?

Er musterte sie. Sie hatte nichts gegen ihn in der Hand. Sie war am Ende nur ein Nichts. Eine Spielfigur für ihn. Und dennoch …

Wie sie so dastand im wandernden Licht des Mondes, fand er sie sehr attraktiv.

Sie hatte Andeutungen gemacht, dass sie sich mit ihm mehr vorstellen konnte, und vielleicht sollte er darauf eingehen?

Vielleicht sollte er ihre Beziehung vertiefen, um sie noch abhängiger von ihm zu machen? Attraktiv war sie, das musste er zugeben, und plötzlich handelte er aus dem Affekt. Er trat nach vorn, schlang seine Arme um ihre Taille und bevor Camelia auch nur einen Einwand vorbringen konnte, küsste er sie leidenschaftlich auf den Mund. Doch Einwände schien die Frau nicht zu haben. Begierig zog sie ihn zu sich und erwiderte den Kuss.

Ihre Hände wanderten unter seinen Mantel und unter sein Hemd. Sie berührte seine Brust und ließ ihre Hand einen Moment ruhen, als würde sie seinen Herzschlag in sich aufnehmen.

Dann begann sie, ihn auszuziehen, aber Gregor ließ es langsam angehen. Er liebte es, wenn das Machtgefühl in seiner Hand lag. Camelia fuhr mit ihrer Zunge über seinen Oberkörper. Gregor entspannte sich. Ihm waren zwar Frauen lieber, die sich wehrten, aber auch mit dieser, die sich ihm widerstandslos hingab, konnte er seinen Spaß haben. Während ihre Hände seinen Körper weiter erkundeten und ihn verwöhnten, ließ er sie noch zappeln. Nur langsam begann er, ihren Saum zu heben.

Camelia war nur das Mittel zum Zweck.

Kapitel 12

Endline

Belle

Der Marktplatz platzte beinahe aus allen Nähten. Das alljährliche Frühjahrsfest von Trebin war weit über die Stadtmauern hinaus bekannt und zog die Menschen magisch an.

Bereits Tage zuvor strömten sie in die Stadt, um sich Unterkünfte zu sichern, und bescherten den Einheimischen volle Kassen. An diesem Abend, dem eigentlichen Beginn des Festes, waren die Straßen bereits zum Überquellen voll. Es gab Musik und reichlich zutrinken.

Auf den ersten Blick war es nicht unbedingt das, was Belle sich vorgestellt hatte. Das Menschengedränge wurde immer enger, wodurch sie nur langsam vorankamen, und Belle musste feststellen, dass die Entscheidung, Belone in einem Stall nahe der Stadtmauer zu lassen und zu Fuß weiterzugehen, die richtige gewesen war.

Fest aneinandergeklammert bahnten sich die Frauen ihren Weg. Ein Mann rempelte sie an und machte eine unschickliche Bemerkung, Belle machte Anstalten stehenzubleiben, aber Sophia zog sie weiter.

Erst als sie das nördliche Ende des Marktplatzes erreicht hatten, waren sie am Ziel und Sophia blieb stehen.

Neben ihnen zeigten Gaukler verschiedene Kunststücke, Musiker spielten auf ihren Instrumenten und sangen zu Klängen, die ganz anders waren als alles, was Belle aus dem Schloss kannte. Die Melodien erschienen ihr rau und hart, aber durchaus zum Tanzen gemacht. Neugierig sah sich Belle um. Um sie herum bewegten sich Menschen und plötzlich bemerkte sie, dass diese tanzten. Doch sie hielten keine Abstände oder vorgeschriebene Bewegungen ein, sie tanzten einfach so, wie es ihnen gefiel. Belle erwischte sich dabei, wie sie zum Takt eines der Lieder wippte und tadelte sich selbst im Stillen.

Sophia, die den Trubel schon kannte und sich von der Musik nicht so leicht ablenken ließ, musste über sie lachen und hielt weiter Ausschau nach Misrac und seinen Freunden.

Belles Blick glitt weiter. Nur wenige Meter neben ihr hatte ein Feuerspucker mit seiner beeindruckenden Darbietung begonnen, fasziniert sah sie ihm eine Weile zu. Bis auf die seltenen Anlässe, bei denen ihr Vater sich über ihre Stiefmutter hinweggesetzt und Musiker und Gaukler eingeladen hatte, waren ihr nur wenige besondere Menschen unter die Augen gekommen. Wie war es diesem Mann nur möglich, Feuer zu spucken? War es wirklich echt oder alles nur Täuschung, wie es ihre Stiefmutter nennen würde?

In diesem Moment fiel Belle etwas ein.

Dieser eine Tag vor geraumer Zeit, an dem sie sich in einen Turm zurückgezogen und heimlich gelesen hatte. Trotz aller Vorsicht hatte Camelia sie entdeckt. Belle hatte die Wut in Camelias Augen aufblitzen sehen und in diesem Augenblick hatte sie zum ersten Mal Angst vor ihrer Stiefmutter gehabt.

Und danach … Belle schüttelte den Kopf. Sie wollte nicht weiter darüber nachdenken. Plötzlich erhielt sie von hinten einen Stoß und wandte sich wieder ihrer Umgebung zu. Ein betrunkener Mann drängelte ohne jeglichen Anstand an ihr vorbei.

»Zur Seite, Mädel, ich muss mal«, lallte er durch seine Zahnlücke und stellte sich an eine Bude, um seine Notdurft zu verrichten. Belle drehte sich angeekelt zur Seite.

Da zog etwas an ihrer linken Hand und sie wandte sich um. Erleichtert nahm sie wahr, dass es Sophia war, die ihre Freunde ausgemacht hatte und ihr ein Zeichen gab, ihr zu folgen.

Belle hatte große Mühe, mit ihrer besten Freundin Schritt zu halten. Erst kurz vor der Tanzfläche wurde Sophia langsamer. Jemand hatte etwas verschüttet und das Pflaster war klitschnass. Belle sah es zu spät, rutschte aus und drohte hinzufallen, als zwei starke Arme wie aus dem Nichts zugriffen und ihr wieder Halt gaben.

Erleichtert drehte sie sich um und schaute in das freundliche, braun gebrannte Gesicht eines jungen Mannes.

Wie von selbst machte sie einen kleinen Knicks, wurde aber sofort rot und nuschelte ein »Vielen Dank, Mylord«, bevor sie sich umdrehte und Sophia folgte. Tief in Gedanken und mit Gefühlen, die sie nicht einordnen konnte, blieb Belle neben Sophia stehen.

»Belle? Belle? Hallo? *Belle?*«

Sie brauchte einen Moment, bis sie merkte, dass sie gemeint war.

»Ja?«

»Na endlich … Ich dachte schon, bei Euch ist niemand zu Hause«, grinste Sophia frech und musste sich ein Lachen verkneifen.

»Da ist er«, flüsterte sie und deutete mit dem Finger in die Menschenmenge.

»Wer?«

»Wer wohl? Misrac!«

»Warum steht Ihr dann noch hier und geht nicht zu ihm?«

»Ihr träumt wohl? Ich kann doch nicht einfach zu ihm gehen. Wenn, dann muss er zu mir kommen.«

»Ihr traut Euch nicht«, stellte Belle grinsend fest und Sophia sah sie ertappt an.

»Das stimmt nicht!« Eingeschnappt verschränkte die Freundin die Arme vor der Brust.

»Dann geht doch hin.«

»Ich finde, ein Mann muss diesen Schritt tun«, versuchte Sophia sich zu rechtfertigen und drehte sich provokativ um. Für sie schien das Thema beendet. Hatten sie etwa den ganzen Weg auf sich genommen, nur damit Sophia jetzt feige und stur neben ihr stehen blieb? Belle versuchte sie aus der Reserve zu locken.

»Aber nicht jeder Mann ist mutig. Schaut, wenn er so lange gebraucht hat, Euch einzuladen, wie lange wird es dann dauern, bis er zu Euch kommt und Euch zum Tanz auffordert?«

»Seid still, er wird schon kommen«, fauchte Sophia und Belle spürte, dass sie das Thema behutsamer angehen musste.

»Ihr traut Euch nicht, zu ihm zu gehen, oder?«, fragte sie vorsichtig.

Wie erhofft, ging ihre Freundin sofort darauf ein und schniefte ein kurzes »Ja«.

»Hat er Euch schon gesehen?«

»Ich glaube ja, bin mir aber nicht vollkommen sicher.«

»Okay.«

»Nichts ist okay.«

»Ach Sophia, jetzt hört auf zu schmollen. Er wird schon kommen, ansonsten ist er ein Idiot oder schüchtern!« Sie wollte lustig klingen, aber ihre Freundin schien nicht zu Scherzen aufgelegt. »Kommt«, sagte sie stattdessen.

Belle zog ihre Freundin in Richtung der provisorischen Tanzfläche.

»*Wartet!* Wohin?«, fragte Sophia, die sich im ersten Moment loszureißen versuchte.

»Ihr habt mich zu dem Fest mitgenommen und Euren Willen damit bekommen. Jetzt machen wir, was ich will.«

Belle steuerte zielstrebig auf die Straße zu, die als Tanzfläche genutzt wurde, und zog Sophia erbarmungslos mit sich.

Die Musik hatte gerade umgeschlagen und es wurde ein rhythmisches, schnelles Lied gespielt. Zudem stand an einer der Ecken der Tanzfläche der junge Mann, der ihr eben als Misrac gezeigt worden war.

»Wir gehen jetzt tanzen. Euer Misrac wird schon nicht weglaufen«, sagte sie entschlossen.

»Tanzen? Ich weiß nicht …« Doch Belle hatte sie schon auf die Tanzfläche manövriert und wiegte sich im Takt.

»Na gut, die Melodie klingt ganz annehmbar«, gab sich das Mädchen geschlagen und zwinkerte ihr zu. Wenig später verausgabten sie sich völlig. Die beiden jungen Frauen tanzten ausgelassen, und als das Lied wechselte und einen noch schnelleren Takt vorgab, kamen sie ganz schön ins Schwitzen.

Die Tänze an sich waren gar nicht so fremd und unkontrolliert, wie Belle anfangs gedacht hatte. Viele der Schritte der anderen Tanzpaare waren ihr vertraut, nur das Tempo und die Ausführung schienen sich zu unterscheiden. So begannen die beiden, nachdem sie sich wild und ausgelassen bewegt hatten, geordneter zu tanzen. Sie drehten, tanzten und lachten beide um die Wette. Und merkten dabei gar nicht, dass sie starkes Interesse auf sich zogen.

Nach dem nächsten Lied waren beide ziemlich außer Atem und wollten gerade eine Pause machen, als eine Gestalt von hinten an sie herantrat. Die Frauen wandten sich um, es war Misrac.

»Dürfte ich die Dame wohl entführen?«, begann er mit seiner tiefen Stimme und machte eine kleine Verbeugung vor Sophia. Diese wurde rot, versuchte aber, möglichst gelassen zu klingen. »Wenn meine Freundin nichts dagegen hat, gerne.«

»Aber bitte, wenn Ihr sie mir später wieder zurückbringt«, antwortete Belle mit einem bezaubernden Lächeln. Ihr war es zwar nicht wohl dabei, allein auf diesem Fest zu bleiben, aber der Blick ihrer Freundin hatte keinen Spielraum für eine andere Antwort gelassen. Sie würde das Beste daraus machen müssen.

»Vielen Dank«, sagte der junge Mann höflich und verschwand mit Sophia in der Menge.

Belle blieb allein in dem Trubel auf der Tanzfläche zurück und beschloss, sich zurückzuziehen. Sie steuerte auf eine kleine, noch freie Bank zu.

Kurz nachdem sie sich gesetzt hatte und eigentlich in Ruhe verschnaufen wollte, wurde sie von der Seite angesprochen.

»Wollt Ihr tanzen?« Ein unrasierter Mann, vielleicht Mitte zwanzig, mit dreckig grinsendem Gesicht, setzte sich neben sie und glotzte sie so unverhohlen an, dass Belle rot wurde.

»Nein danke. Ich brauche eine Pause.« Sie zwang sich dazu, betont ruhig zu sprechen und nach unten zu schauen, in der Hoffnung, dass der Mann sie einfach in Ruhe lassen würde.

Dieser dachte jedoch gar nicht daran, sie wieder allein zu lassen. Nein, im Gegenteil: Er schien es sich richtig gemütlich zu machen.

Die Nähe dieses Mannes war ihr ganz und gar nicht behaglich. Sein Atem roch säuerlich und seine aufdringliche Art gefiel ihr nicht. Doch statt Angst zu haben, dass sie allein mit diesem Mann abseits saß, waren da nur Wut und Empörung darüber, dass er sie nicht in Ruhe lassen konnte.

»Wollt Ihr tanzen?«, begann der Mann noch einmal und rutschte noch ein Stück näher zu ihr. Belle fühlte sich immer unwohler, aber sie ermahnte sich, stark zu sein und es ihm nicht zu zeigen. Gleichzeitig kämpfte sie mit ihrem Ärger und musste sich schließlich beherrschen, als sie ihm höflich antwortete: »Nein, ich möchte nicht, vielen Dank.«

Doch der Mann schien nicht aufgeben zu wollen. »Jetzt kommt schon, Herzchen. Stellt Euch nicht so an. Tut nicht so, als wäret Ihr etwas Besseres. Kommt jetzt, ich will tanzen!« Er war aufgestanden und sah auffordernd zu ihr hinunter. Der Unrasierte schien weder ihre Worte noch ihre Körpersprache verstanden zu haben.

Als er bis auf wenige Zentimeter an sie herangetreten war und seine Nähe wie auch seine Hand, die er ihr demonstrativ vor die Nase hielt, kein einfaches Nein mehr zuließen, riss Belle der Geduldsfaden. Sie stand auf und wollte diesem ungehobelten Typen gerade klarmachen, was sie von ihm und seinesgleichen hielt, als ein schlanker, gut gebauter Mann mit haselnussbraunen kurzen Haaren zu ihrer Rechten erschien. Er zog sofort ihre Aufmerksamkeit auf sich. Neugierig musterte sie ihn, etwas an ihm kam ihr seltsam bekannt vor. Auch der Betrunkene sah den Dazugekommenen an und knurrte knapp: »Was wollt Ihr?«

Der Fremde nickte ihr kurz zu. »Ich glaube, die Dame hat Euch gesagt, dass sie nicht tanzen möchte!«

Belle wurde rot. Was bildete der Fremde sich ein, dass er einfach für sie sprach?

»Wer glaubt Ihr, Bürschchen, wer Ihr seid?«, fuhr der Unrasierte ihn wütend an und baute sich vor ihm auf.

»Ich habe nur noch einmal wiederholt, was die Dame Euch bereits erfolglos versucht hat klarzumachen. Aber ich sehe schon, Euer Verständnis scheint mir nicht das beste …«

Nun war es an dem Unrasierten, dass er rot anlief. Belle musste unweigerlich kichern, mahnte sich jedoch schnell zur Räson, als sie sah, dass dessen Gesicht noch röter wurde. Sie wollte auf gar keinen Fall Streit provozieren und schritt mit fester Stimme in das Geschehen ein.

»Vielen Dank, mein Herr, aber Ihr braucht nicht für mich einzutreten. Ich kann ganz gut für mich allein sprechen und brauche Eure Hilfe nicht. Mit solchen komme ich noch zurecht.« Abfällig deutete sie auf den schnaufenden Mann.

Ihr war es unangenehm, dass ein Fremder dachte, sich für sie einsetzen zu müssen. Sie war schließlich eine Prinzessin und kein dummes, wortloses Ding, was sich nicht zu wehren vermochte.

»Ihr habt die Dame gehört, Jungchen. Ihr seid hier überflüssig. Verzieht Euch«, rief der Betrunkene drohend.

Der junge Mann lächelte verschmitzt. »Ich befürchte, mein Lieber, Ihr wart mit ›solchen‹ gemeint und solltet lieber gehen.«

»Bastard! Ihr habt mir gar nichts zu sagen und von einem Weibsstück wie diesem«, er deutete nun verächtlich auf sie, »lasse ich mir erst recht nichts sagen«, schimpfte der Unrasierte und griff mit einem Mal nach ihrer Hand. Als er sie hart packte, schrie sie erschrocken der ungewohnten Grobheit wegen auf. Die Hand ihres Angreifers blieb jedoch nur für einen Bruchteil einer Sekunde an Ort und Stelle und es war mehr der Schreck, der sie einholte, als ein wirklicher Schmerz.

Ihr Gegenüber indes hatte hastig die Hand zurückgezogen und rieb sich wütend darüber.

»Was war das?«, donnerte er los und schien mit einem Schlag nüchtern zu sein. »Miststück! Hexe!«, spie er aus und holte mit der Faust zu einem Schlag nach ihr aus. Sie wollte sich schon ducken, als sich der Fremde vor sie stellte und den Schlag mit einer Hand abfing.

Belle war zu erstarrt, als dass sie etwas dagegen sagen konnte. Während der Trunkenbold nun versuchte auf ihren Verteidiger loszugehen, kamen zwei große Gestalten wie aus dem Nichts und stellten sich hinter ihren unbekannten Retter. Interessiert musterten sie die Szene und fragten im Chor: »Alles in Ordnung?«

Der Unrasierte blickte die Dazugekommenen wütend an und schien abzuwägen, was das Beste für ihn wäre. Angesichts der veränderten Situation schien er seine Meinung jedoch lieber ändern zu wollen. Er stellte seinen Angriff gegen den jungen Mann ein und suchte so schnell es ihm möglich war das Weite. Belle sah ihm verwirrt nach.

»Alles bestens, Jungs«, antwortete der Braunhaarige grinsend über seine Schulter hinweg, ehe er sich wieder ihr zuwandte. Die zwei Männer zogen sich diskret zurück. Aus den Augenwinkeln nahm sie jedoch wahr, dass mindestens einer der beiden in der Nähe Stellung bezogen und ein Auge auf sie hatte. Was wurde hier gespielt? Wer war der junge Mann?

Chace

Chace und seine Begleiter hatten sich für eine der ersten Schenken unmittelbar am Markt entschieden. Sie lag nur gut hundert Meter von ihrem Gasthof entfernt, aber der Weg war ihnen unendlich lang vorgekommen.

Überall hatten Menschen dicht an dicht gestanden und ihr Durchkommen erschwert. Genervt waren sie daher in den Außenbereich der ersten Schenke eingekehrt, der mit Bänken und Tischen notdürftig auf der Straße errichtet worden war, und dort geblieben. Mit Ach und Krach hatten sie noch einen freien Tisch unter dem mittlerweile leuchtenden Sternenhimmel ergattern können, und nun sah sich Chace interessiert um. Doch was er sah, beeindruckte ihn nicht sonderlich. Als ihnen das Bier an den Tisch gebracht wurde, meinte er daher mehr zu sich selbst: »Ich weiß gar nicht, was dieses Fest so besonders machen soll.«

»Ich auch nicht, ein einfaches Stadtfest eben. Auch wenn einige sich hier mehr zu amüsieren scheinen als andere …«, antwortete Ed und prostete ihm zu, während sein Blick vielsagend zum Nachbartisch hinüberglitt. Auch er sah hinüber und verdrehte die Augen.

Twin, der sich ursprünglich entschuldigt hatte, weil er sich erleichtern wollte, war nicht weit gekommen und sein Bedürfnis schien plötzlich in den Hintergrund getreten zu sein. Eng umschlungen mit einer Dunkelhaarigen saß er nun am Nachbartisch und tauschte fleißig Körperflüssigkeiten aus. Er würde es wohl nie lernen …

Chace wandte sich ab und seine Gedanken wanderten zu der jungen Brünetten, die er vorhin vor dem Fall bewahrt hatte. Ihm fiel ihre Art ein und der Knicks. Unweigerlich musste er lächeln. Sie war so schön gewesen und so anders. *Wer sie wohl ist?* Diese Frage beschäftigte Chace, seit er sie gesehen hatte, und nun ertappte er sich immer wieder dabei, wie seine Augen die Menschenmasse absuchten.

Erst als Ed ihn schmerzhaft gegen das Schienbein trat, wandte er sich wieder seinem Freund zu.

»Aua. Was sollte das denn jetzt?«, fragte er verärgert.

»Was das sollte? Wir sind hier, um uns zu amüsieren und nicht, um zu träumen oder irgendwelchen Frauenzimmern hinterherzurennen, die uns schon längst vergessen haben«, meinte Ed grimmig. Chace fühlte sich ertappt. »Ihr habt recht und ich tue gut daran, wenn ich das Mädchen schnellstmöglich aus meinen Gedanken verbanne. Dies ist schließlich unser Abend, und wenn ich Pech habe, einer der letzten, den ich in Freiheit genießen darf.«

Es sollte scherzhaft klingen, aber er merkte selbst, dass es nicht danach klang.

»Wollt Ihr tanzen?«, fragte Ed schließlich und sein Blick erkundete die in eine Tanzfläche umgewandelte Straße.

»Lasst mich überlegen, mein Freund. Ich befürchte aber fast, dass ich noch nicht annähernd genug getrunken habe, um mit Euch zu tanzen, und ... nehmt es mir nicht übel, aber Ihr seid leider nicht mein Typ«, brachte Chace lachend hervor. »Euer Angebot ist nett gemeint, aber lasst uns einfach noch eine Runde Bier ordern und dann auf die Freiheit anstoßen.«

Mit einem Winken machte Chace eines der Schankmädchen auf sich aufmerksam und bestellte zwei Krüge, die wenige Augenblicke später vor ihnen standen.

»Dann auf uns und die Freiheit«, prosteten sie sich zu und leerten genüsslich ihr Bier in wenigen Zügen. Dabei sah Chace, wie Ed die Tanzfläche im Auge behielt.

»Schade, dass Ihr nicht tanzen wollt«, begann sein Gegenüber plötzlich. »Dort ist nämlich etwas, das Euch sicherlich interessieren würde ...«

Chace folgte Eds Blick wenig enthusiastisch. »Die dort würde mir übrigens gefallen.« Ed deutete in die Menge auf eine Schwarzhaarige in einem auffälligen türkisen Kleid und hochgesteckten Haaren, die etwas fehl am Platze wirkte. Sein Herz setzte einen Schlag aus, als er sah, mit wem sie tanzte. Interessiert betrachtete er die Szene. Sollte er nicht doch einmal sein Glück versuchen?

»Hallo?« Etwas zwickte ihn in den Arm und holte ihn unsanft aus seinen Gedanken.

»Was?« Er wandte sich fragend um.

»Was sagt Ihr zu der Schwarzhaarigen?«

»Ganz niedlich, aber sie wirkt eher wie eine dieser Porzellanpuppen, die meine kleine Schwester sammelt, als eine richtige Frau. Mein Typ wäre sie zumindest nicht«, gab er ehrlich zu.

»Hm«, machte Ed, »vielleicht habt Ihr recht. So eine wird sich auch kaum für mich interessieren, aber die daneben mit dem rosa Kleid scheint mir auch ganz annehmbar. Ich glaube, ich sollte mich ihr mal vorstellen.« Sein Freund grinste verschmitzt, scheinbar in der Hoffnung, ihn zu provozieren. Doch den Gefallen würde er ihm nicht tun.

Betont gelassen erwiderte Chace nur ein »Macht das«, lehnte sich zurück und ignorierte demonstrativ jedes weitere Geschehen.

»Das werde ich«, sagte sein Freund, stand auf und marschierte in Richtung der beiden Frauen. Erstaunt sah er ihm nach. Das Gefühl, dass er Ed aufhalten musste, machte sich in ihm breit. Warum?

Chace mahnte sich, standhaft zu sein und sitzen zu bleiben, während sein Blick auf Wanderschaft ging.

Nachdem die hübsche Brünette anfänglich beim Tanzen etwas steif gewirkt hatte, schien sie sich mit jedem Lied mehr zu entspannen und bewegte sich leichtfüßig und anmutig. Ihre Bewegungen fingen ihn ein und faszinierten ihn.

Ein Lied wurde beendet und ein neues begann. Er nahm wahr, wie die Frauen, atemlos und erschöpft, aufhörten zu tanzen und wie eine große männliche Gestalt plötzlich hinter ihnen auftauchte und sie sich erstaunt umdrehten.

Ed, der sie fast erreicht hatte, hatte den Mann ebenfalls gesehen und trat sofort seinen Rückzug an. Chace musste grinsen. *Typisch.*

Ed ließ sich missmutig auf die Bank neben ihm fallen.

»Das war wohl nichts«, stöhnte er, winkte einer Bediensteten zu und bestellte sich noch ein Bier.

Chace beachtete ihn jedoch nicht weiter. Sein Blick weilte noch immer auf der Straße. Der Mann hatte sich nach einem kurzen Gespräch die Schwarzhaarige gegriffen und war mit ihr in der Menge verschwunden. Die hübsche Brünette war allein zurückgeblieben. Er fasste einen Entschluss, stand auf und setzte sich in Bewegung, ohne noch weiter auf Ed zu achten, der ihm irritiert etwas hinterherrief.

Zu dem Mädchen vorzudringen, war gar nicht so einfach wie gedacht. Nur langsam gelang es ihm, sich durch die Menschenmasse zu schieben, und als er endlich auf der provisorischen Tanzfläche angekommen war, musste er feststellen, dass die Brünette nicht mehr dort war. Suchend sah er sich um, konnte sie jedoch nicht finden. Um nicht ganz mit leeren Händen zurückzukehren, beschloss er, sich noch ein Bier an einer der Ausschänke zu holen. Dabei kam er an einer kleinen Bank vorbei und hörte durch Zufall, wie ein Mann ein Mädchen belästigte.

»Wollt Ihr tanzen?«, schien der Mann zum wiederholten Male zu fragen und rückte immer näher an das Mädchen heran, das sich sichtlich unwohl fühlte.

»Nein danke. Ich brauche eine Pause«, erwiderte das Mädchen, dass Chace nun als die hübsche Brünette erkannte. Sie schaute nach unten und sprach die Worte betont ruhig aus.

»Wollt Ihr tanzen?«, begann der Mann nun noch einmal und rutschte dabei ein Stück näher auf.

»Nein, ich möchte nicht, vielen Dank.«

Chace bewunderte die Frau für ihr beherrschtes Auftreten, spürte aber auch die Spannung der Situation und blieb sicherheitshalber in der Nähe.

»Jetzt kommt schon, Herzchen. Stellt Euch nicht so an. Tut nicht so, als wäret Ihr etwas Besseres. Kommt jetzt, ich will tanzen.«

Der fremde Mann war plötzlich aufgestanden und bis auf wenige Zentimeter an die Brünette, deren Gesicht inzwischen rot angelaufen war, herangetreten.

Ohne nachzudenken handelte Chace aus dem Affekt. Er stellte sich neben die Brünette und erwiderte, bevor sie es tun konnte, mit seiner ruhigen, aber bestimmten Art:

»Ich glaube, die Dame hat Euch deutlich gesagt, dass sie nicht tanzen möchte.«

Dem Mädchen wich die Röte aus dem Gesicht und sie sah ihn entgeistert an. Chace war sich unsicher, was das zu bedeuten hatte.

»Wer glaubt Ihr, Bürschchen, wer Ihr seid?«, fuhr der Betrunkene ihn wütend an. Er war ein Stück von dem Mädchen abgerückt und musterte ihn grimmig. Der Mann war groß und kräftig, aus ihm schien jedoch mehr der Alkohol zu sprechen als alles andere.

Chace zuckte nicht einmal mit der Wimper, als der Mann sich vor ihm aufbaute. Mit fester Stimme wiederholte er noch einmal: »Ich habe nur wiederholt, was die Dame Euch bereits erfolglos versucht hat klarzumachen. Aber ich sehe schon, Euer Verständnis scheint mir nicht das beste …«

Zu seinem Erstaunen antwortete ihm nicht sein betrunkenes Gegenüber, sondern die zierliche Brünette: »Vielen Dank, mein Herr, aber Ihr braucht nicht für mich einzutreten. Ich kann ganz gut für mich allein sprechen und brauche Eure Hilfe nicht. Mit solchen komme ich noch zurecht.« Sie zeigte auf ihr Gegenüber und sprach mit klarer, kräftiger Stimme. Ihr schien es unangenehm zu sein, dass er sich für sie einsetzte, aber entweder war diese Frau sehr mutig oder einfach nur dumm. Sie konnte doch nicht wirklich glauben, dass der Mann sie nur ihrer Worte wegen in Ruhe lassen würde?

Mit Betrunkenen ließ sich nicht spaßen, Chace hatte schon genug vergewaltigte und verprügelte Frauen gesehen, als dass er sie allein lassen würde.

»Ihr habt die Dame gehört, Jungchen. Ihr seid hier überflüssig. Verzieht Euch«, setzte der Betrunkene, der sich anscheinend in seiner Tat bestätigt fühlte, nach.

Chace lächelte verschmitzt. Er dachte gar nicht daran, sich zurückzuziehen. »Ich befürchte, mein Lieber, Ihr wart mit ›solchen‹ gemeint und solltet lieber gehen.«

»Bastard! Ihr habt mir gar nichts zu sagen und von einem Weibsstück wie diesem«, er deutete verächtlich auf die Brünette, »lasse ich mir erst recht nichts sagen«, schimpfte der Unrasierte und griff mit einem Mal nach der Hand des Mädchens und wollte sie gewaltsam mit sich fortziehen. Das Mädchen schrie auf, statt sie jedoch weiter mit sich zu zerren, ließ der Angreifer sie blitzschnell wieder los und hielt sich die eigene Hand. Mit hochrotem Gesicht richtete er den Blick auf sie. Chace sah ihn an.

»Was war das?«, donnerte der ungehobelte Mann wütend los und schien mit einem Schlag nüchtern. »Miststück! Hexe!«, polterte er und Chace, der diese Art von Männern zur Genüge kannte, stellte sich im letzten Augenblick schützend vor die junge Frau und hielt die Faust des Mannes fest. Dieser schluckte kurz, ehe er sich daranmachte, Chace zu attackieren. Für Chace war es jedoch kein wirklicher Kampf, der Ungehobelte konnte zwar zulangen, aber seine Bewegungen waren zu schwerfällig und langsam. Wenig später standen bereits Ed und Twin hinter ihm und sein Gegner ließ sofort von ihm ab. Die beiden fragten nur kurz: »Alles in Ordnung?«, und in diesem Moment schien sein Gegenüber verstanden zu haben, dass er verloren hatte.

»Alles bestens, Jungs«, antworte Chace, als der Betrunkene von dannen zog.

Belle, die solch einen Trubel um sich nicht gewohnt war, hatte sich so weit wieder gefasst, dass sie wieder klar sprechen konnte.

»Vielen Dank, mein Herr. Das hättet Ihr jedoch nicht tun müssen.«

Die ganze Situation war ihr mehr als unangenehm. Sie starrte auf ihr Handgelenk. *Was ist geschehen – Was habe ich getan?*

Dem Mann schien dasselbe passiert zu sein wie ihrer Stiefmutter. Sie erstarrte.

»Ihr seid stark mit Worten, Mylady, aber manche Menschen lassen sich nicht allein mit diesen bezwingen. Ist alles in Ordnung mit Euch?« Er machte einen Schritt auf sie zu, nahm behutsam ihren Arm und untersuchte ihr Handgelenk.

Belle versagte fast der Atem, als er sie berührte, und ihr Herz setzte einen Moment aus. Schnell entzog sie ihm die Hand. »Ja, mir geht es gut. Es war vielmehr der Schock als ein tatsächlicher Schmerz.«

Der junge Mann sah sie stirnrunzelnd an und Belle erinnerte sich plötzlich, warum er ihr so bekannt vorkam.

»Wart Ihr nicht bereits mein Retter von vorhin? Euer Gesicht kommt mir bekannt vor.«

Sie spürte, dass sie rot wurde. Hätte sie sich nicht einfach bedanken und gehen können? Der junge Mann grinste.

»Ich fühle mich geehrt, dass Mylady sich noch an mich erinnern. In der Tat scheinen sich unsere Wege heute öfter zu kreuzen und verzeiht mir bitte mein Eingreifen.« Er grinste. »Ihr wäret Euren Verehrer sicherlich selbst losgeworden.«

Der Fremde zwinkerte ihr amüsiert zu und bot ihr seinen Arm an.

Belle war überfordert. Wollte dieser Mann sich über sie lustig machen? Darauf konnte sie gekonnt verzichten. Was wusste er schon von ihr? Sie hätte diesem Grobian auch ohne seine Hilfe in die Wüste schicken können.

Sie starrte auf den hingehaltenen Arm.

Natürlich sah er gut aus, das musste sie sich eingestehen, aber sie war keine Eroberung, die er gemacht hatte und nun herumzeigen konnte.

Sie ignorierte seinen Arm, auch wenn es ihr schwerfiel, und begann stattdessen:

»Mein Vater sagt immer, man sollte Fremden nicht einfach vertrauen. Warum sollte ich Euch also begleiten? Ich kann ganz gut allein auf mich achten.«

»Euer Vater scheint ein kluger Mann zu sein, Mylady. Verzeiht, wenn ich in Eure Angelegenheiten eingedrungen bin. Ich dachte, Ihr wäret eine Jungfer in Nöten, nicht alle Frauen sind so wie Ihr, müsst Ihr wissen. Die meisten sind hilfloser.« Der Unterton in seiner Stimme war ihr nicht entgangen. »Man weiß bei Betrunkenen nur leider nie, wie weit sie gehen. Ich habe zu viel Elend gesehen, als dass ich einfach hätte vorbeigehen können«, begründete der Fremde seine Tat.

Belle überlegte kurz. War sie wirklich in Gefahr gewesen, ohne es bemerkt zu haben? Die Wut hatte sie so sehr ergriffen, dass sie sich über Konsequenzen gar keine Gedanken gemacht hatte. Vielleicht war es doch ganz gut, dass dieser gut aussehende junge Mann sich eingemischt hatte, aber das würde sie ihm nicht auf die Nase binden.

»Ich heiße übrigens Chace«, unterbrach der Fremde die Stille und riss sie aus ihren Gedanken.

»Und mit wem habe ich die Ehre?« Er bot ihr noch einmal seinen Arm an und lächelte ihr aufmunternd zu, bevor er noch dazusetzte: »Erweist Ihr mir nun Eure Gunst?«

Sie dachte einen Moment nach, in Anbetracht seiner Bemühungen gab sie nach. Was war schon dabei?

»Mein Name ist Belle«, stellte sie sich vor, als sie ein paar Schritte gegangen waren.

»Belle – ein ungewöhnlicher Name. Zumindest war er mir bis heute unbekannt. Wo kommt er her?« Chace klang interessiert und sah sie fragend an.

»Es ist ein Spitzname, den ich seit Kindertagen trage. Meine ganze Familie und meine Freunde nennen mich so, auf etwas anderes reagiere ich kaum noch.«

Belle fühlte sich zwar von diesem Mann angezogen, wusste jedoch nicht, wie weit sie ihm vertrauen konnte und würde es tunlichst vermeiden, ihm ihren vollen Namen preiszugeben. *Namen sind wertvoll.* Mittlerweile hatten sie sich durch das Gedränge am Marktplatz gekämpft und folgten einer der Straßen in Richtung der Stadtmauer. Hier waren deutlich weniger Menschen unterwegs und die Musik war auf ein angenehmes Maß reduziert, wodurch sie sich besser unterhalten konnten.

Was mache ich eigentlich hier?, schoss es Belle durch den Kopf. Sie kannte diesen Mann nicht und war ihm blauäugig gefolgt. *Was wäre …?* Sie zwang sich, nicht weiter darüber nachzudenken. Im Augenblick konnte ihr sowieso niemand helfen.

»Ihr seid nicht oft bei solchen Festen, oder?«, begann Chace. Irritiert sah sie ihn an. *Weiß er etwas?* Sie schüttelte den Kopf. »Nein, wie kommt Ihr darauf?«

»Ich beobachte die Menschen, Mylady. Eure Art ist einfach anders. Sie ist nicht die eines gewöhnlichen Bauernmädchens, auch wenn Ihr Euch so kleidet. Ihr scheint mir höfische Feste und die Etikette eher zu kennen als so etwas …« Er zeigte in Richtung des Marktplatzes. Belle fühlte sich ertappt und suchte fieberhaft nach einem Ausweg. Wusste dieser junge Mann vielleicht gar, wer sie war? Einen kurzen Moment verfiel sie in eine Art Angststarre, fing sich aber umgehend wieder und war darauf bedacht, sich langsam an das Wissen des jungen Mannes heranzutasten.

Was wusste er? Und wer war er? Sie sah sich um, weglaufen stellte augenblicklich keine Möglichkeit dar. Die wenigen Menschen auf der Straße beachteten sie kaum und strömten in Richtung Marktplatz. Er müsste sie nur in eine der Gassen ziehen und keiner würde etwas mitbekommen. Niemand würde ihre Schreie hören. Sie waren alle auf dem Fest.

»Ihr habt recht, in der Tat bin ich auch nur wegen meiner Freundin hier«, begann sie. »Ansonsten bin ich bei anderen Arten von Festen zugegen, auch damit habt Ihr recht. Aber ich wüsste nicht, was Euch das angeht, zumal Ihr gar nicht von hier kommt.«

Chace

Bei ihren letzten Worten lief es ihm eiskalt über den Rücken.

»Woher wisst Ihr das?« Er sah sie mit festem, fragendem Blick an und versuchte dabei, aus ihrer Mimik zu lesen. Doch das Mädchen ließ ihn nicht in seine Karten schauen. Ihr Blick wirkte unschuldig und dann setzte sie zu einer Erklärung an, die ihn staunen ließ.

»Euer Akzent«, sagte sie nur und machte eine kurze Pause, bevor sie weitersprach. »Ihr sprecht zwar fast akzentfrei, aber an Eurem ›A‹ höre ich es.« Er starrte sie an. *Glaubt sie etwa, sie kann mich zum Narren halten?*

Belle schien den Zweifel in seinem Gesicht gesehen zu haben und sprach weiter. »Jedes Land Symantriets hat seinen eigenen Dialekt, den die Menschen mehr oder weniger stark sprechen. Und auch wenn Ihr der Meinung seid, Ihr würdet dialektfrei reden, so bleibt doch immer ein Stück Heimat in Eurer Sprache zurück. Ich würde sagen, dass Ihr aus Tesslon kommt, und zwar ziemlich weit aus dem Norden. Habe ich recht?«

Ihr Blick wirkte unschuldig, doch er war wie vom Donner gerührt. Kannte sie ihn vielleicht doch? Das war beinahe unmöglich. Er hätte sich doch an sie erinnert, so schön wie sie war.

Sollte sie es wirklich an seiner Stimme gehört haben? Das schien noch unmöglicher …

Als hätte sie seine Gedanken gelesen, sprach sie weiter, ohne auf seine Antwort zu warten.

»Mein Vater kommt viel herum und hat Freunde aus dem ganzen Reich, die uns öfter einen Besuch abstatten. Ihm war neben meinem Unterricht immer wichtig, dass ich seine Freunde und ihre Heimat kennenlerne, ich bin also mit den verschiedenen Dialekten aufgewachsen.«

»Euer Vater lässt Euch unterrichten?«, hinterfragte er ihren letzten Satz und zog ungläubig die Augenbrauen nach oben, als sie nickte. Er kannte nur wenige Frauen, die Bildung genossen hatten. Selbst in den großen Herrscherhäusern des Landes war Bildung den Männern vorbehalten. Die Töchter wurden meist nur als Anhängsel gesehen, die schön aussehen und hoch heiraten mussten, um die Familie voranzubringen. Ihre Bildung indes spielte keine Rolle.

»Ja natürlich!« Chace hörte die Empörung in ihrer Stimme.

»Entschuldigt, dass sollte keine Beleidigung sein. Ich war nur überrascht, dass Euer Vater in Eure Bildung investiert. Die meisten Frauen, die ich kenne, hatten nicht das Glück. Sie sind eher …«

Fieberhaft suchte er nach einem passenden Wort, ohne sein Gegenüber zu verärgern.

»Ungebildet? Oberflächlich? Uninteressiert?« Sie sah ihn aufmunternd an. »Sprecht es ruhig aus. Auch ich kenne genug Frauen, die nicht so ein Glück haben wie ich. Es gibt aber auch genug Männer, die keine Bildung genießen durften oder an denen sie spurlos vorbeigegangen ist.«

»Spielt Ihr etwa auf Euren Freund an?«, witzelte Chace mit einem Augenzwinkern. Die junge Frau musste unwillkürlich lachen. Das Eis schien gebrochen.

Chace betrachtete sie näher. Ihr langes dunkelbraunes Haar war zumeist glatt, wellte sich an manchen Stellen jedoch leicht. Zwei Strähnen waren zu einer Art Kranz um den Kopf geflochten und umrahmten malerisch ihr Gesicht. Es wirkte kindlich und doch merkwürdig erhaben. Er blickte in ihre haselnussbraunen Augen, und als sie über seinen Witz lachte, zeigen sich ihre strahlend weißen Zähne. Ihr Aussehen zog ihn so sehr in seinen Bann, dass er nicht mitbekam, wie sich die Worte in seinem Mund selbstständig machten.

»Wollt Ihr tanzen?«, fragte er, tief zu ihr gebeugt.

Sie waren wieder in Richtung des Marktplatzes gelaufen und die Musik wurde unablässig lauter, sodass er ihre Antwort gerade so verstand.

»Ja, gerne«, antwortete das Mädchen. Sein Lächeln schien ehrlich und aus irgendeinem Grund war es entspannter als vorhin.

Chace selbst verstand nur langsam, was ihre Antwort zu bedeuten hatte. Er war eigentlich viel zu nüchtern, um zu tanzen, und er wusste nicht, was ihn zu der Frage geritten hatte, aber er gab sich einen Ruck.

Entschlossen führte er Belle an seinem Arm zurück zu dem Marktplatz und der provisorischen Tanzfläche. Eine Violine gab den Takt vor und die ersten Schritte sahen bei beiden gewiss nur wenig elegant aus, da war er sich sicher. Doch nach einigen kleinen Startschwierigkeiten bewegten sie sich leichtfüßig durch die Masse und wider Erwarten fand Chace Gefallen daran.

Sein Blick lag unablässig auf der jungen Frau, die sich prächtig zu amüsieren schien. Unablässig wirbelte sie um ihn herum und Chace vergaß völlig seine Umgebung. Plötzlich spielte es keine Rolle, wer er war oder was ihn ursprünglich nach Trebin getrieben hatte.

Als der Takt flotter wurde, musste Chace sich anstrengen, nicht den Anschluss zu verlieren. Seiner aufmerksamen Tanzpartnerin entging diese Tatsache nicht.

»Alter Mann«, warf sie ihm vor, woraufhin er sich künstlich aufspielte und versuchte, ernst ein: »Na wartet« hervorzubringen. Er und alt? Niemals! Sein Ehrgeiz war geweckt. Entschlossen drehte er Belle und zog sie zu sich heran, um sie dann wieder herumzuwirbeln, als plötzlich die Musik sekundenlang aussetzte. Erschrocken hielt er inne und drückte Belle an sich.

Als die Musiker die Musik wieder aufnahmen und das nächste Lied anspielten, hatten sich die Töne verändert. Sie wirkten sanfter, ruhiger und auch der Takt war langsamer. Es waren nur Sekunden, die zwischen den Liedern lagen, doch für Chace waren es gefühlte Stunden. Sein Herz raste und als er an sich herunterblickte, bemerkte er, dass er Belle immer noch fest umklammert hielt. Augenblicklich ließ er sie los und nuschelte ihr entschuldigende Worte zu.

Die junge Frau sah ihn unschlüssig an. Sollte er etwas sagen? Erfolglos versuchte er ihre Gedanken zu ergründen, als sie sich abwandte und die Richtung zu den Tischen einschlug.

Instinktiv streckte Chace seine Hand aus und hielt sie fest. Ihm blieben nur wenige Sekunden, um eine Entscheidung zu treffen, und er betete zu Gott, dass es die Richtige war …

Die ruhigeren Takte des neuen Musikstückes ließen kein schnelles Herumwirbeln zu und auch seine Reaktion von eben konnte Belle falsch gedeutet haben. Entschlossen, ihr seine Absicht zu zeigen, zog er sie zu sich heran. Er spürte, dass sie ihm Widerstand leisten wollte, ließ aber keinerlei Spielraum dafür.

Belle veränderte abrupt ihr Verhalten …

Belle

Das Gefühl, das in ihr aufgestiegen war, als sie so nah an Chace verharrt hatte, ließ sich nicht beschreiben. Er hatte sie so plötzlich losgelassen und eine Entschuldigung gestammelt … Was sollte sie tun? Erwartete er etwas von ihr?

Angst und Unwissenheit hatten sich in ihr breitgemacht und ihr die Entscheidung abgenommen. Entschlossen, die Tanzfläche und damit den jungen Mann zu verlassen, hatte sie sich umgewandt. Doch eine Hand hatte sie zurückgehalten: seine Hand.

Wut und Empörung ergriffen sie. Belle versuchte Widerstand zu leisten. Sollte sie schreien? Was bildete sich dieser Chace überhaupt ein? Wenn sie von der Tanzfläche wollte, dann würde sie gehen! Sie war keine Magd, die sich so etwas befehlen ließ.

Seine nächste Handlung ließ ihre Gegenwehr jedoch sofort versiegen: Er zog sie einfach zu sich heran. Belles Herz begann wie wild zu pochen und schien aus der Brust springen zu wollen. Chaces Hände glitten zu ihrer Taille und zogen sie sacht immer näher, bis sich ihre Körper berührten. Wie in Trance legte sie ihren Kopf an seine Brust und spürte, dass auch sein Herz schneller schlug.

Sie bewegten sich eng umschlungen im Takt der Musik.

Belle blickte nach oben in das Gesicht dieses Mannes. Er lächelte sie zaghaft an, augenscheinlich ebenso überrascht wie sie selbst. Belle hielt sich an ihm fest, während sich tief in ihrem Inneren ein wohliges Gefühl breitmachte und sie hoffte, dass dieses Lied ewig dauern würde.

Aber nichts ist für ewig. Das eine ruhige Lied beendet, stimmten die Musiker gleich wieder ein flinkes Tanzlied an. Der Moment schien verloren, doch ihr Gegenüber hielt sie fest und blieb einfach mitten im Getümmel stehen. Belle richtete sich erstaunt auf und blickte in seine grünen Augen.

Chace

Wie erstarrt stand er da und sah auf Belle hinunter. *Ist das der richtige Moment?*

Zu gerne würde er sie küssen, war sich aber unsicher, wie Belle es aufnehmen würde. Fühlte sie genauso? Wenn nicht, würde sie ihn einfach stehen lassen oder ihm eine Ohrfeige verpassen, da war er sich sicher.

Um sie herum wurde das Gedränge stärker und die Musik lauter. Doch er hielt sie fest im Arm und fasste einen Entschluss …

Wie in Zeitlupe beugte er sich zu ihr hinunter …

Belle

»BELLE«, schrie eine hysterisch klingende Stimme sie von der Seite an. Erschrocken ließ Chace von ihr ab und richtete sich wieder auf. Der Moment war vorbei. Belle wandte sich um und sah eine völlig zerzauste und nur halb angezogene Sophia vor sich stehen. Die Freundin zitterte wie Espenlaub und schien sich kaum mehr auf den Füßen halten zu können.

»Sophia, was ist geschehen?«

Die Blicke ihrer Freundin wanderten nervös umher. »Nichts, ich will nur nach Hause. Kommt. Bitte!« Sophia sah sie flehend an.

»Natürlich, wir gehen sofort. Aber Sophia, sagt, ist alles in Ordnung mit Euch?« Vollkommen schockiert vom Anblick ihrer Freundin versuchte Belle ruhig zu bleiben.

»Ja«, schniefte das Mädchen, doch Belle war ganz und gar nicht überzeugt und musterte ihre beste Freundin.

»Ich lasse Belone fertig machen«, brachte Sophia wie in Trance hervor, drehte sich abrupt um und lief in Richtung der Stadtmauer.

Chace, der sich während des Gespräches dezent zurückgezogen hatte, ergriff das Wort. »Ich nehme mal an, damit ist dieser Abend wohl leider vorbei? Schade, aber sagt mir, sehen wir uns wieder?«

Belle sah ihn an, ihre Gedanken waren schon bei Sophia. »Ich weiß nicht, ob das eine gute Idee ist, Mylord«, begann sie mit beherrschter Stimme und versuchte ihn auf nette Art abzuweisen. Sie konnte ihn nicht wiedersehen. Diese Gefühle … Sie durfte nicht daran denken, was geschehen wäre, wenn Sophia nicht aufgetaucht wäre.

»Ich würde Euch aber gerne wiedersehen, Mylady. Ich bin nur wenige Tage in der Stadt. Bitte gewährt mir diesen kleinen Gefallen.« Er sah sie flehend an.

»Ich weiß nicht …«

»Bitte!« Sein Blick schien sie zu durchdringen und sie konnte nicht anders als nachzugeben.

»Also gut.« Sie atmete kurz ein. »Morgen um die Mittagstunde werde ich mich am Brunnen vor dem Stadttor einfinden. Ich kann niemandem verbieten, ebenfalls dort zu sein, und nun auf Wiedersehen.« Entschlossen nickte sie ihm zu und lief, ohne sich noch einmal umzusehen, Sophia nach. Sie sah nicht, wie Chace ihr nachstarrte.

Es war keine Verabredung, damit konnte sie leben.

Als Belle den Stall betrat, in den sie Sophias Stute eingestellt hatten, schlug ihr ein säuerlicher Geruch entgegen. Mit jedem Schritt, den sie tat, wurde der Geruch stärker und sie musste sich ein Tuch vor den Mund und die Nase halten, um sich nicht zu übergeben.

Sie zwang sich, die Boxengasse weiter hinunterzulaufen und fand schließlich Belone gesattelt vor. Das Tier schnaubte nervös und Belle trat neben es, um ihm beruhigend die Nüstern zu streicheln. Zunächst dachte sie, sie wäre allein, doch dann sah sie ein dunkles Knäuel in einer Ecke am Boden sitzen und erkannte es.

»Sophia!«, rief sie aus und bewegte sich vorsichtig auf ihre Freundin zu. Der Gestank wurde immer schlimmer und als sie näher kam, sah sie, dass ihre Freundin sich mehrmals übergeben hatte.

Ihre eigene Übelkeit verdrängend, beugte Belle sich über Sophia, die sich tief in ihren Umhang gehüllt hatte, und schüttelte sie.

Nur langsam, als wäre es in einer weit entfernten Welt, hob das Mädchen den blassen Kopf, behielt die Augen jedoch geschlossen und murmelte unverständliche Worte.

»Sophia!«, rief Belle noch einmal und schüttelte stärker, bis die junge Frau zu ihren Füßen endlich die Augen öffnete.

»Lasst mich in Ruhe«, stöhnte es.

»Sophia, ich werde Euch nicht in Ruhe lassen. Was ist geschehen? Geht es Euch gut? Hat Misrac Euch etwas angetan? *Sophia!*«

Belles Stimme klang einige Töne schärfer als gewollt, aber endlich sah Sophia sie an und brach das Schweigen.

»Nein, Misrac hat nichts getan. Ich habe ihn einfach stehen lassen. Jetzt lasst mich in Ruhe!«

»Was ist dann passiert? Jetzt sprecht doch endlich mit mir oder lasst uns wenigstens von diesem grässlichen Ort verschwinden!«

»Es ist egal, was passiert ist.« Mit einem Mal schien ihre Freundin wieder neue Kraft gefunden zu haben und war aufgestanden. Wackelig lief sie auf Belone zu. Belle war kurz darauf an ihrer Seite und half ihr auf das Pferd.

Das Tier schnaubte nervös, als Sophia ihren Kopf müde an den Hals der Stute legte und ihre Hände im Mähnenkamm versenkte.

»Ruhig, Belone«, sprach Belle beschwichtigend auf das Tier ein und führte es am Zügel nach draußen.

Wenig später trat sie in die kalte Nachtluft hinaus, atmete tief ein und zog ihren Umgang fester um sich. Ein Blick über die Schulter sagte ihr, dass ihre Freundin ihr heute nichts mehr erzählen würde. Die blasse Sophia hatte die Augen geschlossen und rührte sich nicht einmal, als sie sich schließlich hinter ihr in den Sattel fallen ließ und die Stute behutsam durch die Nacht lenkte.

Was ist heute Abend geschehen?, ging es Belle durch den Kopf, als sie schweigend durch das Stadttor ritten.

Kapitel 13

Endline

Chace

Er sah Belle noch lange hinterher und dachte darüber nach, was geschehen wäre, wenn diese Schwarzhaarige nicht aufgetaucht wäre … Hätte er es wirklich getan und wie hätte Belle reagiert? Er würde es nie erfahren – außer vielleicht, wenn er morgen …?

Sie würde um die Mittagszeit am Brunnen vor der Stadt sein. Es war keine Verabredung, sondern einfach nur eine Aussage von ihr, und diese Art gefiel ihm. Sie schien es ihm nicht einfach machen zu wollen, und das machte sie äußerst attraktiv.

Chace musste stark gegen den Drang ankämpfen, diesen Brunnen nicht sofort zu suchen.

»Mensch, Euch hat es aber ganz schön erwischt, oder?« Twin trat breit grinsend auf ihn zu und klopfte ihm anerkennend auf die Schulter. Auch Ed erschien an seiner Seite, zu dritt machten sie sich auf die Suche nach einem Tisch und wurden wenig später fündig.

»Ich habe Euch beobachtet und muss schon sagen, ziemlich unkameradschaftlich von Euch. Einfach zu verschwinden und das Mädchen anzusprechen, das ich zuerst wollte.«

»Erstens habe ich sie als Erstes entdeckt und zweitens hättet Ihr hingehen und sie ansprechen können. Ich habe Euch schließlich nicht aufgehalten.« Chace klopfte Ed versöhnlich auf den Rücken, auch wenn er wusste, dass sein Freund nicht ernsthaft beleidigt war. »Danke übrigens, dass Ihr vorhin so schnell da wart. Der Gute hätte sich sonst womöglich noch richtig schlagen wollen, und darauf hatte ich keine wirkliche Lust.«

»Kein Problem, dafür sind wir doch da. Und lieber so, als das etwas geschehen wäre – Ich glaube kaum, dass Euer Vater begeistert gewesen wäre, von einer Wirtshausschlägerei zu hören. Noch dazu, wenn in ihrem Zentrum eine Frau gestanden hätte.« Twin grinste und zwinkerte ihm zu

»Aber sagt mal, die Kleine war ja wirklich eine Augenweide. Warum habt Ihr sie so einfach ziehen lassen? Euer Bett wärmt sich schließlich nicht von allein«, sprach er in seiner groben Art.

»Nicht jeder geht so ran wie Ihr, mein Guter«, mischte sich Ed belehrend in das Gespräch.

»Redet nicht so ignorant, mein Freund. Die Weiber hier sind doch alle gleich. Die Kleine wird schon richtig traurig sein, dass Ihr sie nicht rangenommen habt.«

Chace ignorierte die überhebliche Art, die Twin an den Tag legte. Er kannte seinen Freund gut genug, um zu wissen, dass der sehr tief ins Glas geschaut haben musste.

»Wenn Ihr Euch da mal nicht täuscht, mein lieber Twin. Es gab andere Absichten, nicht für jeden ist das Eine alles!«

»Ach Quatsch, Frauen sind nur für das Eine gut«, polterte Twin ungehobelt und winkte einen Wirt heran, um sich Nachschub zu bestellen, doch Ed schritt ein.

»Kommt, lasst gut sein, Twin. Ihr seid betrunken. Es reicht für heute.«

»Ich entscheide verdammt noch mal selbst, wann es genug ist. Hört auf, Euch in meine Angelegenheiten zu mischen!« Mit einem Ruck stand Twin auf und wankte zum Tresen der Schenke, wo er sich ein neues Bier bestellte.

»Ich glaube, das hier steigt ihm alles zu Kopf.« Ed sah zu Chace. »Vielleicht sollten wir es für heute gut sein lassen und zurück zum Gasthof gehen? Der lange Tag schlägt uns auf das Gemüt.«

Chaces Blick wanderte zum Himmel, der sich bereits hell verfärbte, und er nickte. »Ja, wir sollten uns zurückziehen, aber Twin müssen wir mitnehmen. Allein darf er hier auf keinen Fall bleiben!«

Die beiden Freunde blickten zu ihrem Weggefährten, der sich mittlerweile am Tresen festhalten musste, um nicht umzukippen. Chace lachte. »Oje, ich fürchte glatt, wir brauchen etwas länger zurück zur Unterkunft, auch wenn sich die Straßen langsam leeren.«

Als sich der Himmel am Horizont rot färbte, machten die drei gemeinsam die ersten Schritte in Richtung Gasthof. Ed und Chace stützten den stark wankenden Twin und kamen, wie vorhergesehen, nur langsam voran. Als sie sich schließlich durch das Gassengewirr am Marktplatz gekämpft hatten und ziemlich entkräftet vor dem Gasthof standen, war der Mond bereits der aufgehenden Sonne gewichen.

Augenblicke später hatten sie den Gastraum durchschritten und Chace holte noch einmal tief Luft, bevor er mit Ed versuchte, den fast schlafenden Twin die Treppe nach oben zu hieven. Die vielen steilen Stufen kamen ihm endlos vor, und als sie endlich das kleine Zimmer unter dem Dachfirst erreichten und die Tür aufstießen, ließen sie Twin auf das erstbeste Bett fallen.

Während Ed sich ebenfalls auf ein Bett warf, beschloss Chace, noch das Fenster zu öffnen. Draußen fiel das erste Licht des Tages auf die Dächer. Weit hinten konnte er die Umrisse des Schlosses erkennen. Sein eigentliches Ziel, und er dankte den Göttern jede Sekunde, die sie ihm fernab dieser Mauern verschafften. Unweigerlich musste Chace an Belle denken … Würde er sie einfach so vergessen können, wenn er im Schloss offiziell Einzug hielt?

»Na, Ihr träumt wohl von Eurer holden Maid?«, riss Ed ihn aus den Gedanken. Chace wandte sich dem Zimmer zu und sah seinen Freund hellwach auf einem der Betten sitzen.

»Nein, ich war nur kurz in Gedanken.«

»Chace, ich kenne Euch, seit wir Kinder waren. Ihr glaubt doch nicht wirklich, dass Ihr mir auch nur irgendetwas verheimlichen könnt?«

»Ertappt. Ich gestehe.« Er musste grinsen. Sein Freund kannte ihn einfach zu gut.

»Wie hieß sie eigentlich? Diese hübsche Brünette, die Ihr mir einfach weggeschnappt habt.« Ed zwinkerte ihm aufmunternd zu.

»Ihr seid mir nicht böse?«

»Ach Quatsch. Mir war die Schwarzhaarige viel sympathischer, aber nachdem Ihr sie mir so madig gemacht habt und ich gesehen habe, wie sehr ihr diese Brünette anstarrt, musste ich Euch einfach ein bisschen ärgern. Selbst wenn dieser Kerl nicht aufgetaucht wäre, hätte ich sie nicht angesprochen.« Ed lachte. »Jetzt erzählt aber, wie ist ihr Name?«

»Belle, und sie ist irgendwie ganz anders. Schlagfertig und …« Er musste ungewollt lachen. »Sie ist eher der Typ Frau, der sich nicht so einfach unterkriegen lässt. Ich bezweifle, dass jemand wie Twin bei ihr gute Chancen hätte.«

»Also keine leichte Beute.« Er zwinkerte. »Und sie gefällt Euch?«

Ed hatte die seltene Gabe, die Dinge genau zu sehen. Ein Widerspruch wäre zwecklos gewesen.

»Ja, schon. Auf ihre Art und Weise zieht sie mich an.«

Chace schüttelte sich. Da waren sie, die Worte, die sein Vater schon seit Jahren von ihm hören wollte.

Ed nickte ihm nur aufmunternd zu und fragte nicht weiter. Sein Freund wusste genau, wann er sich zurückziehen musste.

Kapitel 14

Maux

Camelia

Es war früher Morgen und Tau bedeckte die Büsche und Gräser, als Camelia durch das Eingangsportal der Kirche trat. Die letzte Nacht hatte sie im Pfarrhaus verbracht, da die Kirche klein war und über keine anderen Übernachtungsmöglichkeiten verfügte. Einen eigenen Pfarrer gab es hier schon seit Jahren nicht mehr. Den Geistlichen teilte man sich mit den anderen Gemeinden und so blieb dessen Zimmer die meiste Zeit ungenutzt. Das Bett war hart gewesen und das Zimmer selbst kaum größer als ein Besenschrank, aber trotz allem hätte Camelias Stimmung an diesem Tag nicht besser sein können.

Sie war mit dem Verlauf der letzten Nacht sehr zufrieden. Unweigerlich musste sie an Gregor denken, an seine Bewegungen, seine Männlichkeit. Camelia wurde rot und schalt sich sogleich. Dies war nicht der richtige Ort für solche Gedanken. Was sie gestern hier getrieben hatten, war schlimm genug gewesen.

Ihr Blick wanderte nach vorn zum Altar. Sie hätte nie gedacht, dass es nach seiner Zustimmung zu ihrem Plan noch besser werden würde. Doch es war besser geworden. Viel besser sogar …

Langsam bewegte sie sich auf den Altar zu und ließ dabei den Blick durch die leere Kirche gleiten. Die Wände waren mit so prunkvollen Gobelins geschmückt, dass sie sich wunderte, warum diese noch niemand entwendet und verkauft hatte. Eine gewisse Ehrfurcht schienen die Menschen doch noch vor den Göttern zu haben. Auch sie glaubte an Edid und Selfin und war sich sicher, dass jeder im Leben seine Strafe und seinen Lohn erhalten würde.

Dennoch hatte sie die Kirche in Trebin nur wenige Male besucht. Oft hatte sie allein an dem kleinen Altar, den sie sich hatte im Zimmer aufstellen lassen, gekniet und gebetet.

Die Angst, dass ihre Stieftochter ihre wahren Gedanken und Gefühle lesen konnte, war einfach zu groß gewesen und so war sie stets darauf bedacht, vor Vater und Tochter ihre Gedanken zu kontrollieren. Doch hier war sie allein.

Als sie endlich vor den Altar trat, betete sie das erste Mal seit Jahren laut und voller Inbrunst für sich, anstatt leise und andächtig für ihre Mutter.

Wehmütig dachte sie an jene Zeiten zurück …

Das Schicksal hatte es schon in jungen Jahren nicht gut mit ihr gemeint.

Als erstes und einziges Kind einer gutbürgerlichen Familie gab es einst eine Zeit, in der es ihr an nichts fehlte. Sie hatten Bedienstete und Nahrung in Hülle und Fülle, doch diese Zeit endete abrupt.

Camelia war gerade fünf Jahre alt geworden, als ihr Vater an Tuberkulose erkrankte und kurz darauf starb. Das Einkommen des Vaters blieb plötzlich aus und ihre Mutter schaffte es nicht, sich von ihrem bisherigen Lebensstil abzuwenden. Tag für Tag gab sie Gold aus, das sie nicht besaßen. Ihr Vermögen schrumpfte merklich und eines Tages war alles weg. Kein Bediensteter erschien mehr zur Arbeit.

Stattdessen kamen andere Männer. Sie holten die teuren Möbel, Kleider und jeglichen Schmuck. Fast alles wurde ihnen genommen, bis schließlich der Tag kam, an dem ihnen auch ihr Zuhause genommen wurde.

Mit dem wenigen Hab und Gut, das sie noch besaßen und zumeist am Leibe trugen, bezogen sie ein kleines Zimmer in einer heruntergekommenen Herberge, das sie sich noch mit zwei weiteren Frauen teilen mussten. Doch auch dafür mussten sie zahlen. Ihre Mutter, die nie gearbeitet hatte, tat daraufhin das Einzige, das ihr einfiel: sich verkaufen.

Serne war eine wunderschöne Frau gewesen, die mit dem letzten kostbaren Kleid, das sie noch hatte retten können, sogar den Männern der obersten Ränge den Kopf verdrehen konnte. Einer dieser Männer war König Elias gewesen. Damals noch ein junger und unbescholtener Prinz, hatte er ihre Mutter in sein Bett geholt, ihr viele Geschenke gemacht und den Himmel auf Erden versprochen. Ihre Mutter hatte daran geglaubt, dass er ihr Ausweg aus dem schäbigen Leben wäre, was mittlerweile ihr Alltag war. Doch sie hatte sich getäuscht.

An dem Tag, an dem Elias Endline kennenlernte, verstieß er Serne.

Aus Trauer und Verzweiflung nahm sie sich daraufhin das Leben und ließ sie, Camelia, allein zurück.

Dass sie noch lebte, glich einem Wunder, aber damals hatte sie Elias Rache geschworen. Rache dafür, dass er ihr die Mutter genommen und sie hatte leiden lassen. Nun würde ihm und den Seinen dasselbe widerfahren. Camelia dachte an ihre Stieftochter. Hass und Vergeltung kochten in ihr hoch. Isabelle würde genauso leiden müssen wie sie damals, wenn nicht sogar noch schlimmer. Dafür würde sie Sorge tragen.

Ihr eigener Stern war im Steigen, während andere fallen würden. Das war nun mal der Lauf der Dinge.

Camelia lächelte, als sie vom Altar zurücktrat.

Die Zeit war gekommen. Ihre Zeit.

Endline

Belle

»Guten Morgen, Prinzessin.« Mit diesen Worten rauschte Selina in das Gemach und zog schwungvoll die Vorhänge zurück. In wenigen Sekunden war das gesamte Zimmer in gleißendes Sonnenlicht getaucht und Belle hielt sich schützend die Hand vor die Augen, bis diese sich an die Helligkeit gewöhnt hatten.

»Habt Ihr die ganze Nacht bei geöffnetem Fenster verbracht?«, fragte Selina verwundert. Sie stand am offenen Balkonfenster und warf ihr fragende Blicke zu.

Belle erstarrte. Für gewöhnlich schlief sie bei geschlossenem Fenster. Ihr Schlaf war leicht und die kleinsten Geräusche weckten sie. Normalerweise.

Nur im Sommer, wenn es brütend heiß war und kaum ein Windstoß Linderung zu schaffen vermochte, ließ Belle es widerstrebend zu, dass ihr Fenster die Nacht über geöffnet blieb. Kein Wunder, dass die Amme sie fragend ansah.

Verdammt, dachte Belle. Sie wusste kaum noch, wie sie in ihr Bett gelangt war, geschweige denn hatte sie daran gedacht, das Fenster hinter sich zu verschließen.

Vielleicht etwas zu rasch, setzte sie zu einer Erklärung an: »Ach Selina.« Sie winkte ab, als wäre es nichts. »Mir war gestern plötzlich so warm, ich befürchte fast, ich habe dem Wein zu viel zugesprochen. Ich hatte das Gefühl, keine Luft mehr zu bekommen. Ich brauchte frische Luft und bin eingeschlafen, bevor ich es wieder schließen konnte.«

Augenblicklich hellwach und mit festem Blick sah sie die Amme an. Würde sich die alte Frau mit dieser Erklärung zufriedengeben?

Belle sah die Ungläubigkeit in deren Augen, als sich ihre Blicke trafen. Doch ohne ein weiteres Wort wandte sich die Amme ab und ging wieder ihrer Arbeit nach.

Eine der Zofen betrat den Raum, aber Belle schenkte ihr keine Aufmerksamkeit. Es war Selinas Aufgabe, die Zofen einzuweisen.

Sie selbst rekelte sich noch einen Moment auf ihrem Bett und versuchte sich über den letzten Abend klar zu werden. Sie dachte an Chace, sein Aussehen und seine Art. Sie spürte, wie ihre Wangen zu glühen begannen. Schuldbewusst sah sie sich um und bemerkte, dass Selinas wacher Blick auf ihr lag.

Zu ihrem Glück wurde in ebendiesem Moment der Bottich für ihr morgendliches Bad hereingetragen und zog die Aufmerksamkeit der Amme auf sich, die sich, wie zu erwarten war, sofort daranmachte, Befehle zu bellen.

Aufgeregt liefen die Zofen umher, holten Wasser, Handtücher und allerlei Duftwässerchen.

Als Selina an ihr Bett trat und Anstalten machte, ihr die Decke wegzunehmen, stand Belle schließlich auf. Noch müde und mit wenig Elan wurde sie kurz darauf von zwei Zofen sorgsam entkleidet und zum Bottich geführt.

Ihr linker Fuß fand als Erstes seinen Weg in das warme Wasser. Angenehme Schauer zogen über ihren Nacken, als sie die mollige

Wärme spürte. Kurz darauf tauchte sie schließlich ganz in das Wasser ein. Es war eine Wohltat, die ihrem müden Körper wieder neue Kraft zu verleihen schien. Entspannt schloss sie die Augen und tauchte einen Moment unter.

Daher bemerkte sie nicht, dass Selina die Zofen nach draußen schickte und wie die letzte, die den Raum verließ, ihr noch einen abschätzigen Blick zuwarf.

Erst als sie wieder auftauchte und sich umblickte, war sie allein mit der Amme.

Die Frau trat an den Bottich heran und musterte misstrauisch ihren Schützling. »Nun?«

Kapitel 15

Fallenday

Gregor

»Wo warst du, Junge?« Die Worte des alten Königs klangen erzürnt und die Diener zogen sich sicherheitshalber in die Ecken der großen Halle zurück. Er war gerade durch die Tür getreten und wollte zu seinen Räumlichkeiten schleichen, als sein Vater ihn stellte.

Ursprünglich wollte er vor dem Morgengrauen zurück sein und sich unbemerkt in sein Zimmer begeben. Sorgsam hatte er zuvor darauf geachtet, dass niemand sein Verschwinden mitbekam, und war sich sicher, dass sein Plan funktioniert hätte, wenn nicht …

Diese Nacht mit Camelia war nicht geplant gewesen und selbst das schnellste Pferd im Stall hatte ihn nicht vor dem Morgen ins Schloss zurückbringen können.

Nun schritt er zähneknirschend auf seinen Vater zu und versuchte herauszufinden, wie verärgert sein alter Herr wirklich war.

»Nun, mein Sohn?« Edwin schnaubte und sah ihn herablassend an. Seine Miene verriet nur Tadel und Ablehnung.

Sein ganzes Leben lang hatte ihm dieser alte Mann keine Grenzen aufgezeigt. Er hatte sich nur an wenige Regeln halten müssen. In letzter Zeit jedoch war der Umgangston seines Vaters schärfer. Versuchte dieser Mann tatsächlich, ihn nach dreiundzwanzig Jahren zu seinen Gunsten zu erziehen? Er glaubte doch selbst nicht, dass ihm das gelingen würde.

Die anderen Könige mussten ihn bei ihrem Treffen wieder stark unter Druck gesetzt und manipuliert haben. *Dieser Schwächling,* dachte Gregor, riss sich jedoch zusammen.

»Ja, Vater?«, sprach er aus und verbarg seine Geringschätzigkeit. Auch wenn er nicht viel von dem alten Mann hielt, so brauchte er noch dessen Unterstützung. Zumindest im Augenblick. Er durfte ihn nicht zu sehr verärgern.

»Stell dich nicht dumm! Wo warst du, Sohn? Die Zofen haben mir mitgeteilt, dass dein Bett unberührt sei und nun kommst du von draußen hereinspaziert. Was soll ich also denken? Warst du wieder auf einem Streifzug? Hatten wir nicht erst darüber gesprochen, dass ich keine Ausschreitungen mehr dulde?« Sein Vater erwartete keine Antwort auf seine Frage und schimpfte ohne Unterlass weiter: »Du bringst in letzter Zeit nichts als Ärger. Gnaden dir die Götter, dass mir nicht wieder irgendwelche Dinge zu Ohren kommen. Junge, siehst du nicht, dass du alles kaputt machst? Du hast eine Chance auf eine Thronerbin und musst mich so bitter enttäuschen! Du bist ein zukünftiger König, kein Graf oder Knecht!«, spie Edwin zornig aus.

Die Worte hatten Gregor getroffen, entsprachen sie doch in keinster Weise der Wahrheit, und am liebsten hätte er seinem Vater Entsprechendes erwidert, stattdessen schluckte er die Worte und seinen Zorn herunter, verneigte sich tief und sprach dann mit ruhiger und beherrschter Stimme: »Ich wollte Euch nicht erzürnen, mein König. Seid versichert, ich habe mir Eure Worte bereits beim letzten Mal zu Herzen genommen und nichts dergleichen getan. Es waren nur die Gefühle eines jungen Mannes, die in mir aufkeimten. Verzeiht mein Handeln. Es kommt nicht noch einmal vor.«

Gregor war selbst erstaunt, wie ehrlich seine geheuchelten Worte klangen, und mit einem Blick in das Gesicht seines Vaters wurde ihm bewusst, dass er diesen getäuscht haben musste. Zumindest schien sein Vater ihm glauben zu *wollen*.

»Nun gut, mein Sohn. Du weißt, wie ungern ich Ärger habe. Dann lass uns diese Nacht vergessen und uns zum Frühstück begeben.«

Edwin gab seinen Dienern einen Wink, stand vom Thron auf und begab sich dicht gefolgt von Gregors Mutter und seiner Leibwache zum Frühstück nach nebenan in den Saal.

Gregor sah ihm nach und schüttelte verächtlich den Kopf. Sein Vater war so leicht zu manipulieren, ließ sich so leicht lenken. Er verabscheute so sehr einen Konflikt, dass man ihn glauben machen konnte, was man wollte. Er war einfach … schwach. Wie konnte so jemand nur König sein?

Mit Abstand folgte er dem Pulk, und als er den Saal betrat, sah er, dass sein Vater bereits am höchsten Tisch Platz genommen hatte und das Geschehen um sich herum musterte.

Erst als Gregor neben seinem Vater Platz nahm, hörte der König auf sich umzusehen und wandte sich an ihn. »Ich habe etwas beschlossen, Sohn. Du wirst dich heute noch auf den Weg nach Endline machen. Ich habe Elias geschrieben und angefragt, ob du bereits vor dem Fest Hof halten darfst. Seine Zusage kam vorhin. Du wirst gleich nach dem Frühstück abreisen. Es steht viel auf dem Spiel und du sollst einen möglichst guten Eindruck auf das Mädchen machen. Je mehr sie dich vor dem Ball schätzt, umso höher sind unsere Chancen!« Die Worte klangen eindringlich, und da Gregor kein Problem darin sah, seinem Vater so schnell wie möglich den Rücken zu kehren, eher das Gegenteil war der Fall, willigte er ein. »Wenn das Euer Wunsch ist, dann komme ich ihm selbstverständlich nach«, antwortete der junge Prinz, sorgsam auf Unterwürfigkeit in seiner Stimme bedacht. Sein Vater nickte ahnungslos.

Gregor

Die Sonne tauchte den Hof des Schlosses in ihr helles Licht. Die Strahlen waren warm und kein Windstoß regte sich, sodass Gregor, der nach dem Frühstück in den Schlosshof getreten war, an seinem Umhang nestelte, um diesen zu öffnen.

Es war bereits später Vormittag und er wartete auf Grip, Bled und Sep, die er hatte rufen lassen.

Als er es endlich geschafft hatte, seinen Mantel abzulegen, öffnete sich am gegenüberliegenden Ende des Schlosshofes eine Tür und seine Freunde traten in den Hof.

Wachsam musterte Gregor sie. Grip, groß und kräftig, mit braunem Haar und grünlich schimmernden Augen; Bled, eher klein und schlank, mit rabenschwarzem dichtem Haar; und schließlich Sep, von mittlerer Größe, etwas fülliger und fast kahl. Jeder Fremde, der sie betrachtete, sah in ihnen nur einfache, ganz normale Menschen. Gregor wusste jedoch um ihre tödliche Besonderheit.

Um ihren Vater, einem nicht menschlichen Wesen … Wie viel Angst und Schrecken dieser doch vor Jahren verbreitet hatte, ehe er einfach verschwunden war. *Der Halbdämon Dragon.*

Gregor ließ seinen prüfenden Blick erneut über die Männer, die doch keine waren, gleiten. Seine Aufmerksamkeit blieb zunächst bei Sep hängen, der ihm als Erster entgegenlief. Seine Gabe war einfach gestrickt, aber sehr effektiv. Mithilfe von Furcht und Angst war er in der Lage, Menschen zu beeinflussen. Beinahe jeden konnte sein Freund zu seiner hilflosen Marionette machen …

Sein Blick wanderte weiter zu Bled und Grip. Auch sie hatten eine sehr nützliche Gabe ihres Vaters geerbt. Sie konnten sich in jeden und alles verwandeln, das ihnen jemals zu Gesicht gekommen war. Als Botschafter und Spürhunde waren sie im Laufe der Zeit von unschätzbarem Wert für ihn geworden.

Während Bled für das Grobe zuständig war und nie einen Befehl hinterfragte, war Grip der Intelligentere von beiden und Gregor nutze ihn gern als Bote.

Gewaltsam riss sich Gregor aus den Gedanken und gab den dreien, die ihn inzwischen erreicht hatten, ein Zeichen, ihn ein Stück zu begleiten. Unauffällig sah er sich um, ob jemand sich in Hörweite befand. Doch niemand schien in der Nähe zu sein.

»Meine Freunde, nun ist sie endlich gekommen, unsere Zeit. Allem, was wir seit Langem planen, können nun endlich Taten folgen. In den letzten Stunden hat sich einiges ergeben, doch alles zu gegebener Zeit.« Er pausierte und sah sich noch einmal um. »Grip, ich brauche Euch. Lasst Euch, wie einst besprochen, ein schnelles Pferd geben und reitet in die Berge. Ihr kennt Euer Ziel, und nun geht!«

Ohne weitere Fragen wandte sich Grip um und lief in Richtung Stall. Es war alles gesagt.

Gregor richtete seine Worte nun an die Verbliebenen. »Ihr beide werdet mich nachher begleiten. Sucht die Männer aus, macht selbst unsere Pferde fertig und sorgt dafür, dass wir *gut* ausgestattet sind.«

Er betonte das Wort absichtlich und die beiden Männer sahen sich an und nickten. Sie wussten, was dies zu bedeuten hatte.

»Ach, und Sep?« Er wandte sich an den breiten Mann. »Schickt einen vertrauenswürdigen Boten zu unseren Freunden ans Meer.«

»Jawohl!«

»Gut, dann treffen wir uns in einer Stunde wieder hier und brechen auf!«

Wieder nur entschlossenes Nicken, dann machten sich die beiden Männer an die Arbeit und verschwanden aus seinen Blickfeld.

Gregor wandte sich um und blickte gen Himmel. Es verlief alles genau nach Plan, wenn nicht sogar noch besser. Plötzlich hörte er ein Geräusch und drehte sich zur Seite. Er sah gerade noch, wie eine in Lumpen gehüllte Gestalt mit vernarbtem Gesicht im gestreckten Galopp aus dem Hof ritt und lächelte zufrieden. Niemand würde Verdacht schöpfen.

Entschlossenen Schrittes machte Gregor sich nun selbst auf den Weg in Richtung der Schmieden. Jetzt blieb nur noch eine Sache zu tun.

In seiner Tasche klimperte ein Beutel voll Gold.

Kapitel 16

Endline

Chace

Als Chace von den morgendlichen Geräuschen der Stadt, wie dem Scheppern von Töpfen und dem Gebrüll der Marktschreier, geweckt wurde, schliefen Ed und Twin noch fest und schnarchten dabei wie zwei Bären im Winterschlaf.

Es musste noch früher Morgen sein, das sagte ihm ein Blick auf die nicht hoch stehende Sonne vor seinem Fenster, und auch wenn seine Nacht eher kurz gewesen war, so gelang es ihm nicht, noch einmal einzuschlafen. Zu viele Gedanken kreisten in seinem Kopf.

Was würde der heutige Tag wohl bringen? Unruhig drehte er sich von einer Seite auf die andere und spielte schon mit dem Gedanken aufzustehen, als sich plötzlich im Bett neben der Tür etwas regte. Aus seinen halb geschlossenen Augenlidern sah er, dass Twin verschlafen die Augen geöffnet hatte, sich kurz streckte und aufstand.

Wenig elegant bewegte sich sein Freund zur Tür, stieß dabei mit dem Fuß an einen Stuhl und machte so einen Heidenlärm, dass Chace sich wunderte, dass Ed nicht erwachte. Nach Twins geräuschvollem Abgang war es einige Minuten still im Raum. Er schien den Abort aufgesucht zu haben, und als er endlich wiederkehrte, warf er sich mehr oder weniger auf sein Bett, blieb liegen und nur Sekunden später vernahm Chace wieder das vertraute Grunzen. Auch er versuchte, wieder die Augen zu schließen und krampfhaft zu ruhen, aber seine Gedanken ließen ihn nicht los und auch die Geräusche von draußen, die bis zu dem kleinen Dachfenster hinaufdrangen, waren nicht förderlich für seinen Schlaf.

Mit einem Ruck richtete er sich im Bett auf und stieß die Decke von sich. Sein Blick streifte seine noch im Tiefschlaf befindlichen Freunde und sein Entschluss stand fest. Er würde den Brunnen suchen.

Im Treppenaufgang war es noch still, als er die Tür des kleinen Dachzimmers leise hinter sich zuzog.

Leise nahm er die Stufen nach unten und zuckte zusammen, als vor ihm plötzlich eine junge Frau stand. Sie murmelte nur schnell ein paar Worte, die er nicht verstand, und schob sich dann an ihm vorbei weiter die Treppe hinauf. Erst jetzt, als er ihr hinterherblickte, sah Chace das auffällige rote Kleid und die wirren Haare. Eine Magd war sie keinesfalls … Er schüttelte den Kopf und stieg weiter nach unten.

Im Gastraum herrschte, im Gegensatz zum Abend, gähnende Leere. Nur drei Menschen befanden sich im Raum. Der Wirt selbst und zwei Pferdeknechte, die vor der Arbeit noch eine Stärkung zu sich nahmen.

Keiner der Männer schien ihn wahrzunehmen. Erst als er die Tische erreicht hatte und sich an einem von ihnen niederließ, schaute der Wirt auf und fragte ihn nach seinen Wünschen. Chace bestellte für sich Rührei, Brot und einen Krug Wasser.

Wortlos servierte der Mann ihm kurz darauf das Essen. Mit etwas Argwohn beäugte Chace das dunkle Ei, entschied sich dann aber, es zu probieren und zu seinem Erstaunen schmeckte es ihm sogar. Anerkennend nickte er dem Wirt zu, der fleißig weiter seine Tische polierte.

Das Sonnenlicht, das durch die dreckigen Fenster des Gastraumes fiel, tauchte den Raum in einen angenehmen Schimmer, und als sein Blick zum Wirt glitt, sah er, wie unzählige Staubpartikel um ihn herum tanzten.

Unweigerlich musste Chace erneut an Belle denken. Den Kopf schüttelnd versuchte er, die Gedanken loszuwerden. Was war nur mit ihm los?

Als er den letzten Rest verspeist hatte, kramte er in seiner Tasche, warf eine Goldmünze auf den Tresen, stand auf und begab sich in Richtung der Tür. Er brauchte dringend frische Luft, um auf andere Gedanken zu kommen.

Die Tür zum Hof schien ihn in eine andere Welt zu führen. Gleißendes Licht umfing ihn, sodass sich seine Augen erst daran gewöhnen mussten – und mit dem Gewöhnen kamen auch die Kopfschmerzen. Ganz ohne Nachwirkungen schien die letzte Nacht doch nicht an ihm vorbeigegangen zu sein.

Im Hof herrschte im Gegensatz zum Gastraum an diesem Morgen schon reges Treiben. Mägde klopften Teppiche und schrubbten Bottiche, während einige Knechte Töpfe und Pfannen über den Hof schleppten.

Am frühen Morgen und dank seiner Kopfschmerzen war das für Chace einfach zu viel. Er beschloss, sich in den Stall zu seinem Pferd zurückzuziehen, doch auch dort war es laut und geschäftig.

Die Knechte misteten aus und tratschten laut über den letzten Abend. Unweigerlich musste Chace schmunzeln, während er den Gang hinunterlief. Jedes Waschweib, das er kannte, wäre nichts gegen diese Männer.

Neben der Sattelkammer der Knechte erreichte er endlich sein Ziel: Goatee. Der Hengst kam sofort zu ihm und reckte ihm den Kopf entgegen. Chace streckte seine Hand nach vorn, das große Tier legte seine Nüstern zur Begrüßung dagegen und schnaubte sacht.

»Na, mein Freund? Dir scheint ein bisschen Bewegung zu fehlen. Wollen wir uns etwas in der Stadt umsehen?« Chace schaute über seine Schulter und sah, wie ein Knecht ungeduldig vor der Box von einem Bein aufs andere trat. Er wollte sie augenscheinlich reinigen, fasste aber nicht den Mut, ihn nach draußen zu bitten. Chace atmete entnervt aus. »Und ich brauche ein bisschen Ruhe. Komm, mein Kleiner.« Er streifte Goatee ein Halfter über und führte ihn nach draußen. Als sie durch die Tür traten, stürmte der Knecht wortlos an ihnen vorbei und Chace zwang sich, ihn nicht zu beachten oder es ihm gar krumm zu nehmen. *Er macht ja nur seine Arbeit.*

Belle

Trotz hartem Verhör hatte Belle sich nicht dazu verleiten lassen, Selina auch nur einen Ton von ihrem nächtlichen Abenteuer zu verraten.

Nun saß sie neben ihrem Vater am Tisch und das Essen wurde ihnen aufgetragen. Elias, der die Farbe und Fröhlichkeit in ihrem Gesicht gesehen haben musste, wandte sich fragend an sie: »Belle, du scheinst ja das blühende Leben zu sein. Ist etwas vorgefallen?«

Sie erstarrte einen Augenblick. Hatte Selina ihm etwas gesagt? Belle musterte ihren Vater. Nein, dann würde er anders reagieren, aber sie musste sich unbedingt etwas einfallen lassen …

»Ach Vater, ich bin noch glücklich wegen des schönen Abends gestern und freue mich schon auf den bevorstehenden Ball. Sollten heute denn nicht die Schneider für meine neuen Kleider kommen?«

Zwar sträubte sich ihr Inneres zutiefst gegen diesen Ball, bei dem sie an den Höchstbietenden versteigert werden sollte, aber ihr fiel in diesem Moment einfach nichts Besseres ein, um das Thema von sich zu lenken.

»Ja, heute Nachmittag sollten sie eintreffen. Aber Belle, mein Schatz, ich freue mich, wenn ich sehe, wie du wegen des bevorstehenden Balles erblühst. Da ist es mir umso mehr eine Freude, dass wir schon Morgen einen unserer Ehrengäste bei uns begrüßen dürfen.

Prinz Gregor von Fallenday.«

»Morgen schon?« Sie erstarrte. »Ich dachte, das Fest beginnt erst in …«

Weiter kam sie nicht, bevor ihre Stimme versagte. Das konnte doch nicht wahr sein! Warum hatte man es plötzlich so eilig, sie in Ketten zu legen? Warum konnte nicht einfach alles so bleiben, wie es war?

»Ja, Tochter«, riss ihr Vater sie aus den Gedanken. »Ich habe Nachricht von Edwin erhalten, dass Prinz Gregor darauf drängt, dich kennenlernen zu dürfen, und ich konnte es ihm schlecht verwehren. Ich hoffe, es stört dich nicht?«

Es war eine Frage, die doch keine war und Belle wusste nicht, wie sie darauf reagieren sollte. Sie war inzwischen fünfzehn Jahre auf dieser Welt und nun plötzlich ging es diesem Herrn nicht schnell genug, sie kennenzulernen? Ihr Innerstes wollte protestieren, aber die hoffnungsvollen Blicke ihres Vaters erstickten den Protest im Keim. Stattdessen seufzte sie nur leise und murmelte: »Natürlich nicht, Vater.«

Nach dem Frühstück, bei dem nur noch über Belangloses geredet wurde, begab sich Belle nach draußen in den Hof. Sie wollte Sophia suchen, um mit ihr zu reden. Nachdem sich ihre Wege getrennt und Sophia sich auf den Heimweg begeben hatte, waren einige Stunden vergangen und sie musste wissen, ob es ihrer Freundin gut ging. Ein Blick in den Hof sagte ihr jedoch, dass die Gesuchte nicht dort war. Sie drehte sich um und beschloss, sie in der Küche zu suchen. Doch auch dort war keine Sophia zu finden. Eine der Küchenmägde sah ihren suchenden Blick und kam zu ihr.

»Sucht Ihr etwas oder jemanden, Mylady? Kann ich Euch helfen?«

»Ja, vielleicht könnt Ihr das. Ich suche jemanden, und zwar Sophia. Sie ist …«

»Ach, die Sophia!«, rief die Magd aus und unterdrückte ein Lachen.

»Die hat sich heute von ihrer Mutter entschuldigen lassen. Ihr scheint es nicht sonderlich gut zu gehen.« Das Mädchen zwinkerte ihr zu und erhoffte sich, noch eine Runde tratschen zu können, aber Belle wandte sich ab. Zweifel stiegen in ihr hoch. Sollte es Sophia wirklich vom Bier so schlecht gehen? Sie hatte sich zwar gestern mehrfach übergeben, aber so viel hatte ihre Freundin, zumindest in ihrem Beisein, nicht getrunken.

Was ist gestern Abend nur geschehen? Sie musste der Sache auf den Grund gehen und beschloss, in Erfahrung zu bringen, was Sophias Mutter wusste.

Die vielen Gänge im Schloss wimmelten von Bediensteten, jedoch keine Spur von der, die sie suchte. Draußen im Schlosshof hatte sie mehr Glück. Sophias Mutter war gerade dabei, Teppiche zu klopfen. Besonders ängstlich oder besorgt um ihre Tochter wirkte sie jedoch nicht und Belle entspannte sich etwas.

»Guten Morgen«, begann sie.

»Guten Morgen, Prinzessin.« Die Frau deutete einen Knicks vor ihr an und warf einen prüfenden Blick auf sie. »Ihr kommt sicherlich wegen meiner Tochter.«

Belle versuchte, die Frau unschuldig anzusehen. Sie wusste nicht, wie viel diese von gestern wusste oder zumindest erahnte.

»Ja, Madame. Ich habe Sophia heute noch nicht gesehen. Ich vermisse sie schmerzlich und mache mir etwas Sorgen.«

Sophias Mutter winkte ab. »Keine Angst, die hat sich gestern nur wieder auf das Stadtfest geschlichen und dort zu tief ins Glas geschaut. Da geschieht es diesem Balg nur recht, dass es ihm heute dreckig geht. Morgen geht es ihr wieder gut, zumindest hoffe ich das für sie. Ansonsten schleife ich sie auf die Arbeit.«

»Also ist alles in Ordnung mit ihr?«, hakte Belle unvorsichtig nach.

»Was sollte denn nicht in Ordnung sein, Prinzessin?« Die Frau sah sie misstrauisch an.

»Nichts«, antwortete sie nur, entschlossen, das Gespräch zu beenden, bevor sie die falschen Dinge preisgab.

Sophias Mutter ließ jedoch nicht locker und wollte gerade zu einer Befragung ausholen, als sie eine neue Ladung Teppiche aus dem Schloss vor die Füße geworfen bekam. Der Hofmeister kam mit schnellen Schritten auf sie zu. »Hier wird nicht geschnattert. Macht Euch wieder an die Arbeit. Die Königsgattin will, dass das ganze Schloss glänzt.«

Die Stalltür schlug knarrend hinter ihr zu und Belle atmete geräuschvoll aus. Fast hätte sie etwas verraten …

Ihre Augen brauchten einen Augenblick, um sich an das Halbdunkel im Stall zu gewöhnen, bevor sie den Gang entlang zu einer der mittleren Boxen lief.

»Hallo, Charlotte, meine Kleine«, rief Belle, noch bevor sie die Tür erreicht hatte. Ein erfreutes Wiehern erklang und kurz darauf sah sie, wie die kleine Stute ihren Kopf über die Tür schob. Zur Begrüßung streichelte Belle ihr sanft über die Nüstern. Das Tier schnaubte zufrieden.

Mit einem Stockmaß von gerade einmal ein Meter vierzig war die Stute zwar eher ein Pony als ein Pferd und kaum einer jungen Dame königlichen Geblütes würdig, aber Belle konnte sich nicht von ihrer treuen Freundin trennen. Durch ihren hohen Blutanteil war die Kleine viel flinker und wendiger als manche Großpferde, und noch dazu war sie eine Seele von Pferd.

»Noch ein wenig Geduld. Du willst endlich los, meine Gute, oder?«, redete Belle beschwichtigend auf die kleine Stute ein und nestelte am Verschluss des Türriegels. Er klemmte und resigniert gab Belle auf. Es half nichts, sie musste nach einem Knecht rufen.

Im Schlosshof reckte Belle ihre Nase den warmen Strahlen der Sonne entgegen. Der Knecht, der ihr geholfen hatte die Tür zu öffnen, machte ihr Charlotte in ebendiesem Moment fertig und so hatte Belle kurz Gelegenheit, zu verschnaufen. Der Tag würde noch anstrengend genug werden.

Ein Blick auf den Stand der Sonne sagte ihr, dass es noch viel zu früh war, um zum Brunnen zu reiten, aber sie konnte auch nicht hierbleiben und warten. Was wäre, wenn ihrer Stiefmutter oder ihrem Vater irgendeine Sinnlosigkeit kam und sie nicht mehr vor heute Nachmittag aus dem Schloss fliehen konnte? Durch das bevorstehende Fest lag der Fokus noch viel stärker auf ihr, als ihr lieb war.

Nach einer für Belle gefühlten Ewigkeit, die in Wirklichkeit kaum länger als zehn Minuten gewesen sein konnte, war Charlotte bereit für ihren Ausritt und der Knecht zog sich mit einer Verbeugung zurück.

»Vielen Dank«, rief sie ihm noch hinterher, aber er war bereits wieder im Stall verschwunden.

Belle trat an das Pferd heran, tätschelte behutsam den Hals und schwang sich dann mit einer anmutigen Leichtigkeit in den Sattel. Sie wollte gerade Charlotte im Schritt anreiten, als ihr Vater wie aus dem Nichts neben ihr erschien und ihr ins Zaumzeug griff.

»Tochter! Du willst heute ausreiten?« Sein Blick war fragend, fast anklagend.

»Ja, Vater. Der Tag heute ist so wunderschön, und solange ich noch etwas Zeit habe, wollte ich gern Charlotte etwas bewegen. Ihr habt doch nichts dagegen?« Ein unschuldiges Lächeln zierte ihre Lippen, als sie auf ihren Vater hinunterblickte.

Ihr Vater schien kurz zu überlegen. »Nun gut. Aber komm nicht zu spät. Du weißt, wir erwarten heute Nachmittag die Schneider und deine Stiefmutter wird ungehalten, wenn du diese warten lasst.« Seine Stimme ließ keinen Zweifel daran, dass er den Ausritt als unsinnig und unnötig empfand, doch er sprach nicht dagegen.

»Aber sag, Kind, reitest du etwa allein?« Ungläubig betrachtete er das einzelne Pferd im Hof.

So war das alles nicht geplant gewesen … Sie wusste, dass ihr Vater sie nie allein würde ziehen lassen, und überlegte fieberhaft, was sie ihm auftischen konnte, damit er ihr nicht seine Leibwachen als Begleitung aufdrückte.

»Nein, Vater, ich reite mit Sophia. Sie musste nur noch etwas von zu Hause holen. Wir treffen uns draußen vor dem Tor. Wir wollen auch nicht weit. Nur eine kleine Runde über die Felder. Ich bin bald wieder da …«

Elias sah sie zunächst etwas unschlüssig an, gab dann aber nach. »Nun gut, aber pass auf dich auf! Und achte auf die Zeit!« Er gab das Pferd frei und trat einen Schritt zurück.

»Das werde ich.« Ihr Lächeln war ehrlich, auch wenn es ihre Worte nicht gewesen waren. Mit leichtem Druck ihrer Schenkel setzte sich das Tier unter ihr in Richtung des Schlosstores in Bewegung. Ein Blick über die Schulter sagte ihr, dass König Elias ihr kopfschüttelnd hinterhersah.

Beim Überqueren der Zugbrücke kam ihr Camelia mit ihrem Boten im Schlepptau entgehen. Sie nickten sich gegenseitig nur kurz zu. Worte hatten sie keine füreinander.

Schade, ihre Stiefmutter war also aus Tweslin zurück, dachte sie und trieb Charlotte zu einem schnellen Trab an, damit sie außer Hörweite sein würde, falls ihr Vater sie zurückrief.

Kapitel 17

Endline

Camelia

Ihr Mann stand noch im Schlosshof und blickte seiner Tochter nach, als sie einritt.

»Eure Tochter scheint es ja eilig zu haben, mein lieber Mann«, warf sie ihm missbilligend vor.

»Euch ebenso einen guten Morgen, werte Frau. Ihr seid schon zurück?«, begann Elias schlichtend, entschlossen, jedem Ärger aus dem Weg zu gehen.

»Guten Morgen, werter Mann.« Ihre Stimme tropfte vor Ironie und mit zusätzlichem Tadel setzte sie, ohne auf seine Worte einzugehen, dazu: »Ihr lasst sie also schon wieder allein nach draußen?«

»Meine liebe Gemahlin, ich wäre Euch verbunden, wenn ihr Euch nicht in meine Erziehung einmischt. Ich weiß, was ich tue und ich glaube, im Schloss gibt es genug zu tun, als dass Ihr Euch um so etwas Gedanken machen müsstet.«

Seine Stimme klang entschieden und Camelia schluckte eine entsprechende Erwiderung herunter.

»Ich habe für sie und uns gebetet und hoffe, ich werde erhört«, begann sie stattdessen versöhnlich das Thema zu wechseln, auch wenn es in ihr brodelte. Sie musste ihr Temperament zügeln und sich in Geduld üben. Noch.

»Das freut mich zu hören, meine Liebste.« Ein Lächeln glitt über Elias' Gesicht, als er ihr die Hand reichte und ihr beim Absteigen von ihrem schönen, aber auch großen Ross half.

Er wollte sie gerade in Richtung der großen Halle führen, da ließ Camelia schlagartig seine Hand los. Verständnislos sah Elias sie an.

»Ich bin müde und dreckig von der Reise. Ich möchte mich erst frisch machen und umziehen, bevor ich vor den anderen in Erscheinung trete, wenn Ihr gestattet«, begründete sie ihr Verhalten in einem unterwürfigen Tonfall.

»Natürlich, meine Liebste. Euch sei alles gestattet, was Ihr wollt. Kommt einfach zu uns, wenn Ihr fertig seid.«

Camelia machte einen leichten Knicks und begab sich anstatt in die große Halle über die äußere Wendeltreppe davor nach oben in Richtung ihrer Gemächer.

Ihre Räumlichkeiten lagen genau neben denen des Königs und waren durch eine kleine Tür miteinander verbunden. Als Camelia ihr Schlafgemach betrat, erschrak sie.

In ihrem Zimmer befand sich jemand: Eine Frau stand am Fenster und schaute nach draußen.

»Was macht Ihr in meinem Gemach?«, fuhr Camelia sie an. Wut entflammte.

Die Frau drehte sich um und Camelia blickte in ein bekanntes Gesicht. »Aurelia. Was macht Ihr hier?«, fragte sie eine Spur freundlicher.

Die Zofe verneigte sich kurz. »Willkommen zurück, Königsgattin, Madame, Freundin … Ihr habt mir die Aufgabe übertragen, den Hof im Auge zu behalten und *sie* zu beobachten. Ich sollte Euch über alles, ob gewöhnlich oder ungewöhnlich, in Kenntnis setzen und hier bin ich nun, um meine Aufgabe zu erfüllen. Als ich hörte, dass Ihr gesichtet wurdet, wollte ich die Erste sein, die mit Euch allein redet. Während Eurer Abwesenheit hat der König ein kleines Fest mit Hofnarren und Gauklern ausgerichtet, bei dem es sehr munter zuging. Daran selbst war nichts Ungewöhnliches, aber seitdem ist die Prinzessin anders. Sie war heute Morgen in sich gekehrt, strahlte aber zugleich mit der Sonne um die Wette. Von ihrer Aura geht Glück und Zufriedenheit aus. Wenn ich es nicht besser wüsste, würde ich glauben, dass sie verliebt ist. Aber das kann nicht sein …«

Camelia hatte zunächst gelangweilt zugehört, es war selten, dass etwas geschah, das sie nicht vorhersehen konnte. Bei den letzten Worten ihrer Getreuen war sie jedoch hellhörig und unruhig geworden.

Diese Art kannte sie von ihrer Stieftochter nicht. Was sollte ihr Verhalten dermaßen beeinflusst haben?

Sie musterte Aurelia. Ihre Vertraute konnte die Menschen lesen wie ein Buch. Diese Eigenschaft machte sie so nützlich, aber vielleicht hatte sie sich in diesem einen Punkt geirrt? Nur was wäre, wenn nicht?

Das durfte nicht sein. Es könnte unter Umständen alles zunichtemachen. Camelia fasste sich ein Herz und bemühte sich, die Stimme nicht zittern zu lassen: »Vielleicht habt Ihr Euch geirrt? Wie sollte sie auch? Der einzige Kontakt, den sie regelmäßig pflegt, ist dieses Dienstmädchen. Ansonsten gibt es hier nur Knechte und das restliche Gefolge, und wenn sich dort etwas entspinnt, wäre es uns zu Ohren gekommen.«

»Vielleicht ist es auch nichts«, die Zofe schaute nach unten, »ich wollte Euch nur davon in Kenntnis setzen.«

»Vielen Dank, Aurelia. Ihr wisst, ich schätze Euch sehr.« Anerkennend nickte sie ihr zu und Aurelia wiederum machte einen kleinen Knicks.

»Ist Euch sonst noch etwas zu Ohren gekommen? Hat die Prinzessin etwas erwähnt? Wollte sie ihren Vater wieder gegen mich aufbringen?«

»Dergleichen habe ich nichts vernommen. Sie sprach lediglich mit dieser Sophia von einem Fest, auf das das Dienstmädchen gehen wollte. Mehr habe ich nicht verstehen können.«

»Ach, das Fest«, Camelia wiegelte ab, »dieses Bauernmädchen sprach sicherlich über das Stadtfest. Das zieht jedes Jahr die Bauerntrampel aus ganz Endline an. Ob das Dienstmädchen da hingegangen ist, ist nicht von Belang. Wenn Ihr keine weiteren Informationen habt, geht wieder an die Arbeit und behaltet sie im Auge.«

Die Informantin knickste und verließ eilig den Raum.

Camelia dachte über die Worte Aurelias nach. Wenn wirklich ein Funken Wahrheit an ihnen haftete, dann konnte sie nur beten, dass nichts geschah, bis Gregor ankam. Außer …

Ihr Reifrock bauschte sich imposant auf, als sie sich zur Tür wandte und den Knauf drehte, um einen Diener zu sich zu rufen. Ein Junge kam sofort zu ihr gelaufen.

»Holt meinen Boten«, bellte sie ihm zu. Das ließ er sich nicht zweimal sagen, machte auf dem Absatz kehrt und verschwand. Camelia schloss die Tür hinter ihm und schritt zum Fenster. Sie hatte es eben erreicht, als die Tür erneut geöffnet wurde und ihr Bote eintrat.

»Werte Herrin!« Er verneigte sich ehrfurchtsvoll.

»Danke, dass Ihr so schnell gekommen seid, Israc. Ich weiß, dass auch Ihr geschafft von der Reise seid, aber ich brauche Euch. Unser Plan braucht Euch. Bringt mir zwei zuverlässige Soldaten, sie müssen leicht von unserer Sache überzeugt werden können oder gar bereits überzeugt sein. Aber ich bin der Meinung, Ihr wisst selbst am besten, wem *wir* vertrauen können. Nun geht.«

Ohne ein weiteres Wort verließ Israc den Raum. Er schien sein Ziel genau zu kennen.

Camelia blieb allein zurück, kontrollierte die hinter Gobelins verborgenen Türen und zog die Vorhänge zu. Sie konnte weder Zuhörer noch Zuschauer gebrauchen. Als sie sich versichert hatte, dass niemand sie stören würde, wandte sie sich dem kleinen Altar in der Ecke ihres Empfangszimmers zu. Ehrfurchtsvoll ging sie darauf zu und kniete nieder, aber anstatt zu beten, schob sie den Altar ein Stück nach hinten und ließ ihre Hände tastend über den Boden gleiten.

Wenig später hatte sie gefunden, was sie suchte und löste eine der Dielen am Boden. Darunter kamen mehrere Beutel aus Samt zum Vorschein. Einen davon griff sie sich, legte die Diele wieder an ihren Platz und schob den Altar zurück.

Ihre Hände waren noch am Altar, da klopfte es laut und die Tür wurde mit so einem Ruck geöffnet, dass Camelia erschrocken hochfuhr und den Beutel hinter ihrem Rücken versteckte.

»Verzeiht, Herrin, ich dachte …«, versuchte Israc sich zu rechtfertigen.

Doch Camelia winkte ab und schob ihren aufkeimenden Ärger und Schreck beiseite. »Schon gut, Israc, Ihr wisst, Ihr seid immer willkommen. Ich war nur im Gebet vertieft und habe Euch nicht gehört. Tretet ruhig ein.«

Unterwürfig verneigend machte Israc einige Schritte in den Raum und hinter ihm erschienen zwei Soldaten, die unschlüssig im Türrahmen stehen blieben. Als die Königsgattin ihnen zunickte, verneigten sie sich ebenfalls und traten zögerlich in das Gemach. Die beiden Männer waren im mittleren Alter. Der eine von ihnen war groß und schlank. Sein Gesicht war über und über von Narben gezeichnet und wirkte abschreckend. Sein kurzes Haar war verstrubbelt und schimmerte in einem dreckigen Blond. Aus dunklen Augen, die Unbarmherzigkeit und Hass ausstrahlten, starrte er sie stumm an.

Der Kleinere von beiden war stämmiger und hatte braunes langes Haar. Sein Blick schien sie zu durchdringen und Camelia musste sich abwenden. Sie hatte diese Männer schon mehrfach im Schloss gesehen, aber waren sie auch die richtigen für ihr Vorhaben? Israc schien zumindest von ihnen überzeugt, und bisher hatte sie sich stets auf ihn verlassen können.

»Guten Tag, werte Herren«, sagte sie schließlich, als Israc die Tür hinter ihnen geschlossen und sich unauffällig in eine Ecke des Raumes zurückgezogen hatte.

»Königsgattin«, sprachen die Soldaten im Chor und verneigten sich noch einmal tief.

»Richtet Euch wieder auf und hört mir zu!«, befahl sie und die beiden erhoben sich, erstaunt über die harsche Art und Wortwahl.

»Ich habe Euch von meinem Boten holen lassen. Wisst Ihr warum?«

Als Antwort kam nur ein Kopfschütteln. *Natürlich nicht …*

»Ich habe eine wichtige Aufgabe für jemanden, dem ich vertrauen kann. Israc hat mir Euch gebracht, weil er der Meinung scheint, Ihr währet vertrauenswürdig. Daher frage ich mich, wem Eure Loyalität wohl gilt«, begann sie und lief vor den Männern im anmutigen Schritt auf und ab.

»Natürlich dem König«, antwortete der Große eine Spur zu hastig.

»Natürlich«, wiederholte Camelia ironisch. »Und wie steht es mit Eurer Loyalität zu dessen Gemahlin?«

»Natürlich sind wir Euch ebenso treu. Wir …«

Sie schnitt dem zweiten Soldaten das Wort ab. »Das glaube ich Euch, aber wem wäret Ihr mehr verbunden? Meinem lieben Mann oder mir?«

Verständnislos sah der Große sie an. »Ich verstehe nicht?«

»Wenn Ihr Euch entscheiden müsstet? Zwischen dem König und mir?«

»Aber warum sollten wir das?«

Camelia warf Israc einen fragenden Blick zu. War er sich bei seiner Wahl wirklich sicher gewesen? Der Bote nickte.

»Vielleicht, weil sich in nächster Zeit einiges ändern wird? Beginnen wir anders, welcher Seite würdet Ihr lieber angehören – der Seite der Sieger oder jener der Verlierer?«

Die beiden Soldaten sahen einander zögerlich an, ehe sie im Chor antworteten: »Der Sieger!«

Camelia lächelte. »Natürlich, wer will denn auch nicht zu den Siegern gehören?«

Sie zog den klimpernden Beutel hinter ihrem Rücken hervor und behielt die Männer unablässig im Auge. Diese verfolgten starr ihre Bewegungen und Gier zeichnete sich in ihren Gesichtern ab, als sie verstanden, was sich in ihrer Hand befand.

»Jeder hat nur einmal die Chance, sich zu entscheiden, auf welcher Seite er stehen will, und die Seite der Gewinner ist sicherlich um einiges vielversprechender als die der Verlierer.«

Sie hob den Beutel nach oben. »Das hier ist nur ein kleiner Vorgeschmack auf das, was man für seine Treue mir gegenüber erhält. Ich überlasse es Euch gern, aber dazu muss ich sichergehen, dass Ihr auf meiner Seite steht und nur noch mir Loyalität schwört. Was sagt Ihr?«

Die beiden Soldaten sahen sich nur wenige Augenblicke an, dann nickten sie.

»Perfekt, und ich habe sogleich einen Auftrag für Euch, bei dem Ihr Euch beweisen dürft: Folgt der Prinzessin diskret und überwacht jegliche ihrer Schritte. Erstattet mir regelmäßig Bericht über alles. Ich will wissen, was sie tut, mit wem sie spricht und was sie sagt. Seid unauffällig und sprecht mit niemandem über Eure Aufgabe und ich werde Euch nicht vergessen, wenn meine Zeit gekommen ist. Haben wir uns verstanden?«

Ihre Gegenüber blieben stumm. Camelia sah sie kalt an. »Als zusätzlichen Anreiz vielleicht noch eins: Wenn nur eines der eben gesprochenen Worte nach außen dringt oder Ihr etwas über Euren Auftrag verratet, werde ich dafür Sorge tragen, dass man Euch und Eure Familie überall im Land aufspüren und einem grausamen Tod zutragen wird. Ich hoffe, ich habe mich verständlich ausgedrückt?«

»Jawohl«, kam ohne zu zögern die Antwort.

Zufrieden blieb Camelia stehen, musterte die beiden Soldaten ein letztes Mal und gab ihnen dann den Beutel. »Nun geht und erfüllt meinen Auftrag!«

Mit einer kurzen Verneigung drehten die beiden sich um und verließen den Raum.

»Ihr seid Euch wirklich sicher, dass wir ihnen trauen können?«, wandte sie sich an Israc.

»Absolut!«

Fallenday

Gregor

Die Stunde war schon lange um, als Gregor endlich wieder in den Burghof trat. Seine Verabredung hatte länger gedauert und er war um einiges an Gold leichter, aber dafür schien nahezu alles perfekt.

Ein Blick sagte ihm, dass seine Begleiter bereits zurück waren und bei den Pferden auf ihn warteten. Er trat zu ihnen und ließ seinen Blick über den weiteren Tross schweifen. Insgesamt zwanzig Mann begleiteten ihn. Alles hervorragend ausgebildete Männer, Kämpfer und am wichtigsten: Fast alle waren ihm, und nur ihm treu ergeben. Seine Freunde hatten ganze Arbeit geleistet.

»Nun, Bled und Sep, wie sieht es aus?«

»Die Pferde sind fertig, Proviant und Ausrüstung gepackt und auch alle Männer sind bereit zum Abmarsch. Von unserer Seite können wir los.« Sep sah ihn fragend an und Gregor nickte ihm zu als Zeichen, dass sie aufbrechen konnten.

Sofort gab Sep die Befehle an die Männer weiter. Gregor beobachtete ihn. Sein Vater hatte damals mit Recht gehandelt, als er Sep zum Hauptmann seiner persönlichen Leibgarde bestimmte. Er war erfahren und schien genau zu wissen, was er tun musste. Der Tross war vollkommen in seiner Hand.

Gregor nahm sein Pferd entgegen und stieg auf. Er war gerade dabei, seine Zügel zu sortieren, als Bled sich von seinem Pferd zu ihm herüberbeugte.

»Sagt, Meister, wie lange werden wir unterwegs sein?«

»Wenn wir sofort losreiten, sollten wir spätestens morgen Nachmittag in Trebin sein.«

Während er noch sprach, trieb er bereits sein Pferd in Richtung des Tores. Er wollte endlich los, und da nicht alle der Männer zu Pferd den Weg antraten, würden sie bei Weitem nicht so schnell vorankommen, wie er es sich gewünscht hatte. Außerdem hatte er noch ein kleines Zwischenziel, das er vor allen anderen erreichen musste.

Aus den Augenwinkeln sah er, wie der Trupp hinter ihm sich in Bewegung setzte. Er wollte gerade aus dem Schlosstor reiten, da fiel ihm noch etwas ein und er zügelte sein Pferd. Sein Blick glitt einen Moment suchend über den Hof, dann wendete er sein Ross und ritt bis auf wenige Zentimeter an einen der Knechte heran, der starr vor Angst das schnell näher kommende Tier anstarrte. Der Junge konnte kaum mehr als dreizehn Jahre zählen und zitterte wie Espenlaub, als Gregor sich zu ihm herunterbeugte. Mit einer schnellen Geste zog er einen Fetzen Papier aus einer seiner Innentaschen und hielt es dem Jungen vor die Nase.

»Hier, Junge, gebt das dem Boten Senil, er müsste sich noch in der Halle befinden. Er weiß, was er zu tun hat. Los!«

Mit diesen Worten wendete Gregor sein Pferd und trabte zu der Gruppe zurück, die am Tor auf ihn gewartet hatte.

»Können wir los?«, fragte er und trieb seinen Hengst erneut an.

Der Tross verließ mit ihm an der Spitze den Burghof.

Edwin

Ein alter Mann betrachtete die immer kleiner werdende Gruppe aus dem großen Fenster seiner Gemächer und hoffte, dass er das Richtige getan hatte.

Kapitel 18

Endline

Belle

Belle schwebte mit ihrer Stute förmlich über die Felder. Der ganze Stress und die Aufregung des letzten Tages schienen von ihr abzufallen. Hier draußen gab es kein Gewusel oder gehässige Frauen, die sie angifteten, weil sie ihren Ehemännern angeblich schöne Augen gemacht hatte. Es gab keine Männer, die ihr permanent nachstellten, und vor allem gab es keine Camelia und keine Spitzel, die sie überwachten.

Zu ihrem Ärger hatte Belle schon mehrfach feststellen müssen, dass Camelia ihre Hofdamen beauftragt hatte, sie auszuhorchen. Leider war es ihnen das ein oder andere Mal auch gelungen und Belle hasste sich selbst dafür, wusste sie doch, wie hoch diese Frauen in der Gunst ihrer Stiefmutter standen. Doch nun gab es dieses eine kleine Geheimnis. Ein Geheimnis, von dem niemand erfahren durfte, das sie hüten musste, wo sie sich doch so gerne jemandem anvertraut hätte. Aber gab es überhaupt etwas zu hüten?

Als sie den Fluss Sumil sah, zügelte Belle ihr Pferd und ließ es im Schritt weiterlaufen. Es war noch viel zu früh, um die Richtung zum Brunnen einzuschlagen.

Sie war kein Hund, der auf sein Herrchen warten würde. Aber zum Schloss konnte sie auch nicht zurückkehren.

Um sich die verbleibende Zeit zu vertreiben, beschloss sie daher, den Sumachen, einem Auenwäldchen unmittelbar am Flusslauf, das im Frühjahr und Herbst größtenteils unter Wasser stand, einen Besuch abzustatten.

Die Bäume des Waldes waren so alt, dass sie so groß waren wie die höchsten Türme Trebins. In ihrem Schatten lebten kaum Pflanzen und noch weniger Tiere. An manchen Tagen hörte sie selten einen Vogel singen und die Menschen in der Stadt und den umliegenden Dörfern erzählten sich die schaurigsten Geschichten über diesen Wald.

Frauen in weißen Kleidern mit langen Haaren, die plötzlich erschienen und angeblich den Tod ankündigten. Pferde, die grundlos scheuten und deren Reiter nie wieder gesehen wurden.

Die Liste der Schauermärchen war lang, aber Belle hatte keine Angst vor dem Wald. Er war ihr mehr Freund, als Menschen es jemals gewesen waren, und aus einem unbekannten Grund wurde sie seit jeher von den Sumachen angezogen, auch wenn ihr Vater ihr in jungen Jahren den Zutritt verboten hatte. Dennoch … im Wald fühlte sie sich sicher und gestärkt. Die Lieblingsblumen ihrer Mutter, die Rosen, wuchsen unerklärlich das ganze Jahr über auf einer kleinen Lichtung im tiefsten Inneren des Waldes und hatten ihr bereits so manches Mal Hoffnung und Trost gespendet. Sie kannte jeden Winkel, jeden Stein.

Belle lenkte ihre Stute in Richtung des Waldes auf die Volnana und gab die Zügel frei. Das Tier kannte den Weg und war genau wie seine Herrin furchtlos.

Camelia

»Und Ihr seid Euch *wirklich* sicher?«

»Irrtum ausgeschlossen, Eure Hoheit, meine Nachforschungen haben es ergeben. Sie wurde gesehen in Begleitung dieses Dienstmädchens. Die Beschreibung passt haargenau, auch wenn sie sich verkleidet haben muss. Sie war es!«

»Wurde sie erkannt?«

»Nein, anscheinend nicht. Man beschrieb sie mir nur als auffallend hübsch, niemand scheint eine Verbindung hergestellt zu haben.«

»Und Ihr seid Euch zu hundert Prozent sicher, dass sie es war? Eine Verwechslung ist um jeden Preis ausgeschlossen?«

»Ja!«, antwortete der Mann in einfacher Kleidung. Er war im spärlichen Kerzenschein des Raumes kaum zu erkennen. Obwohl draußen die Sonne mit voller Kraft schien, war es im Zimmer stockdunkel. Die schweren Vorhänge waren zugezogen und die Fensterläden zusätzlich verriegelt.

»Gut. Das muss auch so bleiben.« Camelia schritt in ihren Gemächern auf und ab. In ihr arbeitete es. Es lief ganz und gar nicht gut. Sie blieb kurz stehen und sah zu dem Mann.

»Dann tut, was ich Euch befohlen habe. Wir müssen diesen Störfaktor entfernen.«

»Jawohl.« Der Mann salutierte vor ihr, drehte sich um und verschwand hinter einem dicken Vorhang, der eine der vielen Geheimtüren verdeckte.

Camelia blickte ihm nach. Hoffentlich würde er es schaffen, bevor alles zerstört war. So ein Ärger aber auch. Warum ausgerechnet jetzt?

Belle

Als Belle den kleinen Pfad, der vom Hauptweg abbog, erreichte, zügelte sie Charlotte und brachte sie zum Stehen.

Der Eingang zu den Sumachen befand sich direkt an der Volnana für jeden sichtbar und zugänglich, dennoch war der Weg in den Wald nur wenig mehr als ein Trampelpfad. Zu wenige suchten den Einlass und noch weniger kamen wieder heraus. Zumindest wenn es nach den Bewohner Trebins und der umliegenden Dörfer ging. Freiwillig wollte den Wald kaum jemand betreten. Doch sie glaubte nicht an die ganzen Ammenmärchen. Auch jetzt, wo sie allein im Schatten der hohen Bäume stand, hatte sie keine Angst.

Vor was auch? Vor den großen Bäumen, die an manchen Stellen nicht einmal das gleißendste Sonnenlicht auf den Waldboden ließen? Vor den wenigen Tieren? Oder vor der Stille? Belle wusste nicht, wovor sie Angst haben sollte.

Dennoch zögerte Belle heute kurz. Mit suchendem Blick gen Himmel drehte sie sich im Sattel um. Wo war die Sonne? Hatte sie noch genug Zeit?

Der Stand der Sonne, die sich etwas verdeckt durch die Bäume über dem Feld auf der anderen Seite der Volnana befand, sagte ihr, dass sie mindestens noch eine Stunde Zeit haben würde. Das musste genügen. Entschlossen setzte sie sich im Sattel zurecht und gab Charlotte ein Zeichen.

Die sanftmütige Stute bog ohne den geringsten Widerstand auf den kleinen Pfad ab und folgte ihm, immer tiefer in den Wald. Das Licht war bereits nach wenigen Metern nur noch schummrig und das Vogelgezwitscher, das sie draußen noch so laut vernommen hatte, beinahe ganz verklungen.

Nur ab und zu schrie ein Käuzchen. Ein kühler Wind wehte ihr vom Fluss Sumil, der sich nur wenige Hundert Meter von ihr entfernt durch sein Flussbett schlängelte, entgegen und ließ sie leicht frösteln. Obwohl die Sonne in diesem Frühjahr die Wärme bereits mitgebracht hatte, war es hier eiskalt. Dennoch, Belle liebte den Wald. Er war für sie wie ein zweites Zuhause. Wenn sie je eine Auszeit von ihrer Stiefmutter gebraucht hatte, so hatte sie sie hier gefunden und sich immer geborgen gefühlt.

Belle atmete die kalte, aber dafür klare und reine Luft ein und ließ die Zügel lang. Charlotte, die wusste, wo ihre Herrin hinwollte, suchte sich ihren Weg durch das Dickicht. Ihr Ziel lag an einem kleineren Nebenarm des Sumils. Wenn im Frühjahr und Herbst nach dem Abtauen des Schnees die Bäche und Flüsse anschwollen, wurde aus diesem kleinen Nebenarm ein breiter, reißender Fluss, der alles mit sich spülte, was ihm in den Weg kam. Da es in diesem Jahr jedoch kaum Regen gegeben hatte, war es bei dem kleinen trägen Fluss, der sich durch die Landschaft kämpfte, geblieben und Belle konnte mit ihrer Stute dicht heranreiten. Als der Pfad immer schmaler wurde, parierte sie das Tier durch und stieg ab. Mit geübtem Griff warf sie ihrem Pferd die Zügel über den Hals. Charlottes Kopf sauste sofort nach unten zum spärlichen Grün und sie fing an, zufrieden an der wenigen Vegetation zu knabbern. Belle musste lachen, dann wandte sie sich ab und raffte ihr Kleid. Die letzten Meter würde sie zu Fuß zurücklegen müssen.

»Mist, und das Balg ist wirklich dort hinein? Vielleicht hat sie bemerkt, dass wir Ihr gefolgt sind und hat heimlich einen anderen Weg gewählt?«

»Ausgeschlossen, ansonsten hätte sie die Volnana weiterreiten müssen und dort vorn werden die Felder bestellt. Die Bauern sagen, dass niemand vorbeigekommen ist. Das hier ist die einzige Abzweigung, die sie genommen haben kann. Sie muss dort hinein sein.« Er zeigte auf den kleinen Pfad und sein Gegenüber fröstelte.

»In diesen verfluchten Wald setze ich keinen Fuß hinein!«

Der große Mann war mittlerweile von seinem Pferd gestiegen und betonte die letzten Worte wie ein Kind, das seinen Willen nicht bekam.

»Jetzt hört aber auf, Euch wie ein verhätscheltes Gör zu benehmen. Wir haben schließlich einen Auftrag und wurden reich dafür entlohnt, wenn Ihr Euch erinnert. Außerdem war *sie* sehr deutlich. *Wir* haben also gar keine andere Wahl, um unsere Loyalität zu beweisen.«

Der Kleine schaute sein Gegenüber durchdringend an. Auch er hatte keinerlei Ambitionen, in diesen Wald zu reiten. Es gab zu viele Geschichten, und auch wenn er ein gestandener Mann war, hatte er zu großen Respekt vor diesem Wald, als diese Geschichten zu ignorieren. Doch sie hatten keine andere Möglichkeit, um ihren Auftrag auszuführen. Nicht auszudenken, wenn sie das Mädchen verlieren würden …

»Doch, wir haben eine Wahl. Wir bleiben einfach hier und warten«, der Große nickte zu den Büschen, die sich wie ein Gürtel um den Wald wanden, »dort im Gebüsch. Es gibt doch keinen anderen Weg hinein oder hinaus. Das Mädchen *muss* hier wieder vorbeikommen. Wir bleiben einfach hier und warten.«

Der Große zog sein Pferd schon in Richtung der Büsche, während der Kleine seinen Blick unschlüssig zu dem Pfad streifen ließ. Schließlich knickte er ein, was sein Freund sagte, klang logisch. »Okay, aber was sagen wir *ihr?*«

»Wir denken uns einfach etwas aus. Dann war die Kleine eben Blumen pflücken. Es ist doch egal. Wen soll sie in diesem verfluchten Wald schon treffen? Wenn sie überhaupt selbst wieder herauskommt.«

Mittlerweile war auch der Kleine abgestiegen und hatte sein Pferd zu dem Gebüsch gezogen. Gemeinsam suchten sich die beiden Männer einen Platz im Unterholz am Rande des Waldes. Immer wieder schauten sie sich suchend um. So nah an diesem verdammten Wald zu sein, behagte keinem von ihnen. Das freie Feld, das gegenüber in der warmen Frühlingssonne lag, war viel attraktiver, aber dort hatten sie keine Möglichkeit, sich zu verstecken.

Im Schatten der großen alten Bäume und zitternd vor Kälte und Angst warteten sie. Schier endlose Zeit war vergangen, als der Größere plötzlich aufstand.

»Ich muss mal«, zischte er, gab die Zügel seines Pferdes ab und schlich einige Meter in den Wald hinein. Da knackte ein Ast unter seinen Füßen und unterbrach die Stille. Vor Schreck blieb er stehen und lauschte angestrengt. Doch alles schien ruhig zu bleiben. Er schlüpfte weiter.

Israc

Zum gefühlt hundertsten Male an diesem Tag betrat Israc die Gemächer seiner Herrin. Die Vorhänge waren immer noch zugezogen und das Feuer im Kamin fast heruntergebrannt. Als er auf sie zuschritt, sah er ihre Anspannung. Es war haarscharf gewesen. Beinahe hätten sie alles verlieren können. Aber nun konnte er sie beruhigen.

»Alles erledigt, Madame.« Mit einer Verneigung brachte er seine Treue zum Ausdruck.

Camelias Gesichtsausdruck änderte sich schlagartig. Ihre Anspannung schwand und sie schien glücklich.

»*Wundervoll. Ist alles zu unserer vollen Zufriedenheit verlaufen?*«

»Es ging schnell. Ohne Zeugen und der Mann befindet sich bereits außerhalb unserer Grenzen.«

Er sah das Glänzen in ihren Augen.

Camelia

Seine Worte waren wie Musik in ihren Ohren.

»Wunderbar. Ihr könnt Euch dann entfernen.« Camelia klatschte in die Hände und als Israc sie verließ, ließ er eine lächelnde Königsgattin zurück.

»Esmeralda? Bringt mir ein angemessenes Kleid. Meine Kopfschmerzen sind wie weggeblasen. Ich werde doch am

Mittagsmahl in der großen Halle teilnehmen. Und lasst die Zofen die Fensterläden und Vorhänge wieder öffnen. Es ist eindeutig zu dunkel. Dadurch kommt nur trübe Stimmung auf.«

Die herbeieilende Hofdame war erstaunt über die Veränderung ihrer Herrin, fragte aber nicht. Fragen waren nicht erwünscht, man führte nur Befehle aus.

Belle

Belle hatte ihr Ziel fast erreicht, als sie ein Knacken hörte. Es war nicht sonderlich laut, aber in dem sonst stillen Wald kam es ihr unheimlich und vor allen nah vor. Sie lauschte.

Natürlich gab es in den Sumachen Tiere, aber diese blieben meist für sich und Belle wusste nicht wie, aber egal ob Bär oder Hase, kaum eines der Tiere in den Sumachen machte Geräusche. Lautlos schienen sie sich durch den Wald zu bewegen. Woher war also dieses Knacken gekommen? Ein seltsames Gefühl beschlich sie.

War ihr jemand gefolgt? Wurde sie gar beobachtet?

Suchend blickt sie sich um, konnte aber nichts erkennen. Dennoch, in dem schummrigen Licht gab es genug Möglichkeiten, sich zu verbergen. Mit einem mulmigen Gefühl beschloss sie umzukehren. Leichtfüßig und sorgsam darauf bedacht, auf nichts zu treten, schlich sie im Schutz des Unterholzes zurück.

Die Stute hatte aufgehört zu fressen und stand regungslos mit erhobenem Kopf da. Nur die Ohren zuckten, als würde das Tier lauschen.

Mit einem geübten Handgriff nahm Belle die Zügel auf und schwang sich lautlos auf den Rücken des Tieres. Von oben sah sie sich noch einmal um. Das wenige Licht, das durch die Baumkronen kroch, schaffte große Schatten am Boden und bot genug Versteckmöglichkeiten. Das Gefühl, dass man sie beobachtete, war immer noch da, doch wenn wirklich etwas hier war, dann konnte sie es nicht ausmachen. Ein leichter Schauer lief ihr über den Rücken und sie traf eine Entscheidung.

Geschickt wendete sie die kleine Stute und trieb sie im leichten Trab den engen Pfad entlang. Ihre Umgebung hatte sie stets im Blick, konnte jedoch nichts Ungewöhnliches entdecken. Belle war fast aus dem Wald raus, nur wenige Hundert Meter bevor der Pfad wieder auf die Volnana stieß, da blieb Charlotte so abrupt stehen, dass sie beinahe über den kleinen, kräftigen Hals nach vorn gefallen wäre. Glücklicherweise bekam Belle im letzten Moment noch die Mähne zu greifen. Verwirrt und mit klopfendem Herzen sah sie sich um und wollte ihr Pferd weitertreiben, als ihr Blick auf etwas fiel, dass sie in ihrer Bewegung erstarren ließ. Etwas, vielleicht gar ein Mensch, verharrte weiter vorn im Gebüsch nahe der Straße und schien zu warten. Belle konnte nicht erkennen, wer es war, aber der Anblick ließ sie auf nichts Gutes schließen. Wartete dort etwa ein Räuber? Die Stute unter ihr schien die Unsicherheit zu spüren und machte einige Schritte rückwärts. Dabei trat sie auf Gestrüpp und ein verdächtiges Rascheln erklang. Starr vor Angst hielt Belle ihren Blick auf die Gestalt.

»Ruhig, meine Gute«, flüsterte Belle beruhigend und tätschelte den Hals des Pferdes. Gleichzeitig warf sie bange Blicke nach vorn und hoffte inständig, dass man sie weder hörte noch sah. Was sollte sie tun? Der Pfad war der einzige Weg nach draußen. Fieberhaft blickte Belle sich um und nahm zu ihrer Rechten einen kleinen Pfad wahr, der ihr vorher noch nie aufgefallen war. Es war mehr eine Nische als ein Trampelpfad, die sich ihren Weg durch das dichte Unterholz bahnte, aber das musste genügen. Mit leichtem Schenkeldruck lenkte sie Charlotte auf den Weg.

Der Pfad führte so dicht durch das Gehölz, dass sie sich auf den Hals der stämmigen Stute legen musste, um nicht durch Äste vom Pferd gerissen zu werden.

Skepsis stieg in ihr auf, ob sie die richtige Entscheidung getroffen hatte, doch wenig später fand sie sich bereits in blendendem Sonnenlicht wieder. Erstaunt schaute Belle sich um. Sie stand mitten auf einer der großen Auenwiesen des Sumils, die sich rund um die Sumachen erstreckten. Nur wenige Hundert Meter von der Volnana entfernt.

Erleichterung machte sich in dem Mädchen breit, aber auch die Frage, wie es sein konnte, dass es nichts von der Existenz dieses Weges gewusst hatte. Fragend, als würde der Wald ihr eine Antwort geben, drehte sich Belle im Sattel um und starrte auf die Stelle, an der sie den Wald verlassen hatten. Ein dichtes Gewirr aus Gebüsch und Geäst blickte ihr entgegen. Ein Durchkommen war schier unmöglich. Belle schluckte.

Chace

Im leichten Trab verließ Chace den Hof des Gasthauses. Er hatte zwar noch ein paar Stunden Zeit, bis er Belle am Brunnen vorfinden würde, aber noch hatte er diesen nicht gefunden. Suchend blickte er sich auf der Straße um. Welchen Weg sollte er wählen? Schließlich entschied er sich, auf der Hauptstraße in Richtung der Stadtmauer zu bleiben. Es hatte wenig Sinn, sich durch die engen Gassen zu kämpfen, um sich am Ende zu verirren.

Die Hauptstraße war trotz der frühen Stunde schon gut besucht und Chace spürte die neugierigen Blicke der Menschen. Er musste auf sie einen merkwürdigen Eindruck machen. Ohne Sattel und Zaumzeug, zu solch früher Stunde wirkte er entweder wie ein Dieb oder ein Betrunkener vom Stadtfest, der die Hälfte seines Hab und Guts verspielt hatte und nun den Heimweg antrat. Doch niemand sprach ihn an, und so folgte er der immer belebteren Hauptstraße, an deren Seiten die ersten Bauern und Marktfrauen damit begannen, ihre Stände aufzubauen. Hier und da wurden bereits die ersten Waren verkauft und immer wieder kamen ihm weitere Bauern mit schweren Karren und demselben Ziel entgegen.

Nach schier endlosem Weg wand sich die Hauptstraße um eine Ecke und er fand sich vor der Stadtmauer wieder, an der sich sein Weg in zwei Richtungen teilte. Welche Richtung sollte er nehmen? Chace späte nach links. Von dort waren sie gestern gekommen, aber er konnte sich beim besten Willen nicht mehr daran erinnern, ob sie vor den Toren der Stadt einen Brunnen passiert hatten. Sollte er es wagen und diesem Weg folgen? Sein Kopf wanderte nach oben. Die Sonne hatte es eben erst über die ersten Häuser geschafft, das bedeutete, es würde noch Stunden bis zum Mittag dauern. Dennoch … Etwas drängte ihn, das Treffen nicht zu versäumen. Entschieden trieb er seinen Hengst an und ritt in die Richtung, aus der sie den Tag zuvor gekommen waren. Den Weg hatte er sich eingeprägt und wenn er den Brunnen dort nicht fand, würde er ihn, wenn nötig, woanders finden.

Als er schließlich durch das große Stadttor auf die Volnana ritt und sich umblickte, überfiel ihn Erleichterung. Ein Stück entfernt von der Straße, im Schutze einiger Bäume, machte er die Umrisse eines kleinen Brunnens aus. *Das muss er sein,* schoss es ihm durch den Kopf.

Fast krampfhaft ließ er seinen Blick über die Umgebung des Brunnens gleiten. Er erstarrte. Eine Frau mit langen braunen Haaren bückte sich über die Öffnung des Brunnens und war gerade dabei, einen Eimer Wasser nach oben zu holen. Sein Herz setzte einen Moment aus, doch als die Frau sich umdrehte, war der Zauber vorbei. Es war nicht Belle.

Chace schüttelte den Kopf und wandte sich ab. Es war bei Weitem noch nicht die Mittagsstunde. Aber sollte er hierbleiben und warten?

Er entschied sich dagegen und wandte sich um. Vor ihm erstreckte sich die Volnana, die Handelsstraße, die die Hauptstädte der Reiche miteinander verband.

Wenn er dieser nach Westen folgte, würde er unweigerlich auf das Schloss treffen, aber das musste heute nicht sein. Daher entschloss er sich dazu, die Straße in Richtung Nordosten zu nehmen. Gestern hatte er einige Feldwege und Wiesen an der Straße ausmachen können. Denen wollte er folgen und die Umgebung erkunden. Mit leichtem Schenkeldruck signalisierte er Goatee, dass sie weiterkonnten. Der Hengst trabte sofort an.

Kapitel 19

Fallenday

Gregor

Gregor trieb seinen Hengst immer stärker an. Der Trupp hinter ihm hatte sich gelichtet und in zwei Gruppen gespaltet, die Reiter versuchten ihm hinterherzukommen und die, die zu Fuß folgen mussten, waren schon lange nicht mehr in Sichtweite. Das Tier unter ihm hechelte und war bereits wenige Meilen von der Burg entfernt klitschnass geschwitzt und am Ende seiner Kräfte, aber er kannte kein Erbarmen. Er musste sich beeilen und möglichst als Erster ankommen. Er konnte keine Zeugen gebrauchen, zumindest noch nicht. Gregor blickte über seine Schulter nach hinten. Die Einzigen, die sich überhaupt nur annähernd in seiner Nähe befanden, waren Sep und Bled, aber auch sie hatten Schwierigkeiten, ihre Tiere in dem Tempo zu halten.

Als ihre Pferde schließlich am Ende ihrer Kräfte waren, parierten sie sie durch und fielen zurück. Er hörte, wie sie ihm etwas zuriefen, aber verstand es nicht. Nun war er endlich allein.

Nur das keuchende Tier unter seinen Beinen machte ihm nunmehr Sorge. Würde es durchhalten bis zum Kloster? Es war nicht mehr weit, aber er spürte, wie es stetig langsamer wurde und das machte ihn wütend. Er schrie und tobte, doch das Pferd reagierte nicht. Schließlich holte er mit seiner Peitsche kräftig aus und schlug einige Male mit voller Kraft zu. Nun war es an dem Pferd unter ihm, das aufschrie. Es machte einige Sätze erfolglos nach vorn, um seinem Peiniger zu entfliehen, und erreichte mit letzter Kraft den kleinen Klosterhof, in dem Gregor hart in die Zügel griff und das keuchende

Tier zum Stehen brachte. Er sprang ab und lief, ohne das zu Boden sinkende Tier zu beachten, auf das Kloster zu.

Wenig später trat Gregor in den Schatten des mächtigen Gebäudes, das versteckt zwischen großen Buchen ein Stück entfernt von der Straße stand. Seine Ankunft schien bereits bemerkt worden zu sein, denn ein Riese von Mann in einer einfachen groben Mönchskutte, mit kurzen braunen Haaren öffnete ihm die schwere Eichenholztür, noch bevor er hatte klopfen können.

»Guten Tag. Was wollt Ihr, mein Herr? Unser Kloster ist für Reisende nicht zugänglich. Eine schwere Krankheit geht um«, sagte der Mönch mit wenig freundlicher Miene und war im Begriff, die Tür zu schließen, als Gregor seinem Instinkt folgend den Fuß dazwischenstellte.

»Ich bin kein Reisender! Geht zur Seite und lasst mich ein. Mit Eurer Krankheit bin ich bestens vertraut«, sagte er in einem bestimmenden Ton, der keine Ablehnung zuließ. Doch sein Gegenüber war alles andere als überzeugt. Mit grimmigem Blick öffnete der die Tür erneut und baute sich vor ihm auf. Die Hände in die Seiten gestemmt, betrachtete der Mönch ihn von oben herab.

»Woher wollt Ihr wissen, mit welcher Krankheit wir kämpfen? Folgt Ihr etwa dem Irrglauben, Ihr wäret allmächtig?« Gregor fühlte die Wut in sich aufsteigen, sein Kopf wurde heiß und instinktiv suchte seine Hand den unter dem Mantel verborgenen Jagddolch. Doch bevor er etwas tat, was er später bereuen konnte, huschte hinter dem Mönch eine Gestalt mit bekannten Umrissen hervor.

»Grip!«

»Willkommen, Herr, Ihr kommt früh. Wir hatten Euch nicht so zeitig erwartet. Verzeiht bitte diesem Unwissenden. Seid Ihr allein?« Suchend glitt Grips Blick an ihm vorbei.

»Ja.«

Sein Diener nickte. »Dann tretet ein und folgt mir.« Grip gab dem Mann an der Tür ein Zeichen. Mit einer angedeuteten Verneigung ließ der Mönch ihn widerstrebend eintreten.

Gregor folgte Grip in das Innere des Klosters hinein. Kühle Luft umfing ihn und ließ ihn frösteln. Neugierig sah er sich um, der hohe

Raum, den sie eben betreten hatten und der sich fast über die gesamte Länge des Gebäudes zu ziehen schien, fungierte anscheinend als Gebets- und Essensraum der Mönche. In einer Ecke stapelten sich Tische und Bänke, der Rest des Raumes war leer.

Sein Blick wanderte an den Wänden entlang. Bis auf ein großes Kreuz im hinteren Teil und einige kunstvoll gearbeitete Fenster, durch die das helle Sonnenlicht einfiel und farbenfrohe Bilder an die Wände warfen, waren sie schmucklos. Der riesige Raum war bis auf eine Handvoll Menschen, die still in dunklen Kutten verharrten und ihn musterten, leer. Die Ruhe wirkte erdrückend, fast unheimlich und ein leichter Schauer glitt unwillkürlich über seinen Rücken.

Gregors Augen richteten sich wieder auf Grip, der ihn zielstrebig auf die andere Seite der Halle führte. Plötzlich blieb Grip abrupt stehen. Alarmiert suchte Gregor den Schaft seines Dolches und sah sich verwirrt um. War es eine Falle gewesen?

Grips irritierter Blick und das Kopfschütteln ließen Gregor sich wieder beruhigen. Seine Nerven waren eindeutig angespannt. Überall witterte er schon Verrat. Unbemerkt ließ er den Dolch wieder in die Tiefen seiner Tasche verschwinden, während sein Getreuer sich an der kleinen Tür, die sie an der hinteren Wand des Klosters erreicht hatten, zu schaffen machte. Wenig später schwang die Tür mit einem kräftigen Ächzen auf. Eine schmale, sehr steile Treppe, die nach unten führte, kam zum Vorschein.

»Es gibt ihn also wirklich?«, flüsterte Gregor kaum hörbar.

»Ja, mein Prinz, Ihr hattet recht. Mit allem. Die Mönche haben ihn gut verborgen, nur nicht gut genug«, bestätigte Grip und nahm eine der Fackeln, die flackernd an der Tür hingen, in die Hand und begann, den Stufen nach unten zu folgen.

Gregor blickte sich noch einmal um. Der Riese von Mann hatte sich wieder hinter der Eingangstür am anderen Ende des Raumes positioniert und wartete dort, um weitere Reisende abzuwimmeln. Der Mann würdigte Gregor keines Blickes, doch seine Art und sein Gesicht kamen ihm seltsam bekannt vor. Er wusste nur nicht woher.

Gregor riss sich aus seinen Gedanken und machte sich daran, Grip zu folgen, ehe er im Dunkeln umherirren musste. Langsam stiegen sie gemeinsam Stufe um Stufe hinab in die Tiefe. Ein kalter Windhauch drang ihnen entgegen und ließ Gregor erneut frösteln. Je weiter sie sich unter die Erde begaben, desto kälter wurde es. Wie weit würden die Stufen noch gehen und was würde ihn dort unten erwarten?

Nach zwei weiteren Stufen erhielt er seine Antwort. Unter sich sah er das Ende der Treppe und eine kleine Tür, durch die Grip ihn kurz darauf führte. Gregor verschlug es kurzzeitig den Atem. Ein fauliger Geruch kam ihm entgegen, angewidert drehte er sich zur Seite und nahm dabei den Auslöser des Geruches wahr. In einer kleinen Kammer, deren Tür offen stand, waren mehrere Körper übereinandergestapelt worden. Er zählte gut zwanzig Tote, manche von ihnen in dunklen Kutten, andere waren bis auf die Haut ausgezogen. Mönche. Angeekelt wandte er sein Gesicht ab. Doch Grip hatte ihn beobachtet.

»Irgendetwas mussten wir mit denen machen. Draußen liegen lassen konnten wir sie nicht«, beantwortete sein Gegenüber die unausgesprochene Frage.

»Haben sie welche am Leben gelassen?«

»Nein, jedes zusätzliche Risiko wurde ausgelöscht.«

Die Kälte, mit der Grip die Worte über die Lippen kamen, gefiel Gregor.

»Wir sollten weitergehen. Ich weiß nicht, wie viel Zeit wir noch haben, bevor die anderen eintreffen, und niemand soll vorerst hiervon erfahren.« Gregor nickte in Richtung des kleinen Flurs, den sie betreten hatten. Grip verstand und führte ihn weiter, durch den mit Fackeln nur spärlich erhellten Korridor. Niemand kam ihnen entgegen, nur eine weitere schwere Holztür am Ende des Flures hieß sie willkommen. Zu seinem Erstaunen ließ sie sich leicht und geräuschlos öffnen. Sofort drang ihm Lärm entgegen. Gregor hörte das Lachen und Scherzen von Männern, aber auch den ein oder anderen raueren Ton und das Klirren von Schwertern.

Grip bedeutete ihm einzutreten. Er war nur einen Schritt in den unterirdischen und schlecht beleuchteten Raum gegangen, da schlug der Lärm in schlagartige Stille um. Er nahm wahr, wie viele Augenpaare auf ihn gerichtet wurden und ihn argwöhnisch musterten. In dem spärlichen Licht konnte Gregor nur schlecht ausmachen, wie viele es waren. Vielleicht hundert oder zweihundert? Da trat ein kleiner hagerer Mann mit sauber zurechtgetrimmtem Schnauzbart und kurzen braunen Haaren auf ihn zu und ergriff das Wort, mit dem er die Stille und Anspannung durchbrach. Mit seinen gut vierzig Jahren schien er das Sagen über die Männer zu haben.

»Ihr kommt früh, Prinz von Fallenday.« Seine Tonlage hatte er mit Bedacht gewählt und die Männer blickten ihn nunmehr mit Neugierde an.

»Mein Name ist Giesberg. Ich heiße Euch im Namen aller hier unten willkommen und freue mich, Euch endlich persönlich kennenzulernen. Verzeiht bitte das Durcheinander. Wir haben Euch nicht so früh erwartet und sind gerade erst dabei, uns zu sammeln und kennenzulernen. Eure Einladung kam doch sehr kurzfristig. Aber wie Ihr seht«, er zeigte in die Runde, »sind viele Eurem Ruf bereits gefolgt und nun versuchen wir, das Beste daraus zu machen.«

Zustimmendes Gemurmel erklang von den Umstehenden. Giesberg trat näher an Gregor heran.

»Ich hoffe, Ihr seid Euch bewusst darüber, was Ihr in Gang gesetzt habt. Ein Zurück kann es nun nie mehr geben«, sprach er leise, damit nur Gregor es hören konnte.

»Ja, dessen bin ich mir durchaus bewusst und Ihr habt meinen Dank, Giesberg, dass Ihr meine Interessen so fleißig vertretet. Ich freue mich, endlich die Männer kennenzulernen, die für mich kämpfen und mit mir gemeinsam mächtig werden«, antwortete er laut und mit betont süßlicher Stimme, während er den Männern zunickte. Doch kaum einer von diesen schien ihn überhaupt noch wahrzunehmen. Viele waren wieder dazu übergegangen, ihren jeweiligen Beschäftigungen nachzugehen. Die Irritation schien ihm im Gesicht zu stehen, denn kurz darauf sprach Giesberg ihn mit gedämpfter Stimme erneut an.

»Nun, mein Prinz, ich bezweifle, dass sie sich wirklich führen lassen. Ihr seht ja selbst, wie wenig sie an dem interessiert sind, was Ihr oder ich ihnen zu sagen haben. Sie sind zwar dem Ruf gefolgt, aber nicht dem Ruf eines Prinzen, sondern eher dem Ruf nach Gold und Macht. Ihr seht hier keine Soldaten, sondern Männer, die vom Gesetz gejagt werden. Sie folgen nicht einfach jemandem, sondern nur sich selbst. Ich werde mein Bestes geben, aber Wunder kann ich nicht versprechen und diese solltet Ihr auch nicht erwarten!«

Gregor blickte sich um. Kaum einer im Raum schien sich auch nur noch einen Deut um ihn zu scheren. Daran hatte er nicht gedacht. Er überlegte einen Moment, dann räusperte er sich laut und fing mit energischer Stimme an zu reden. Es dauerte zwar einen Augenblick und einige Worte waren vonnöten, aber dann schien er wieder ihre Aufmerksamkeit erlangt zu haben …

»Ihr seid Vogelfreie … Diebe, Mörder und Gauner. Vom Gesetz und den Herrschern Symantriets werdet Ihr gejagt und verfolgt. Dazu verdammt, ein einsames, armseliges Leben zu führen, das jederzeit von jedem legal beendet werden kann. Ich weiß, dass kaum einer von Euch etwas davon hält, jemandem folgen zu müssen, aber gerade tut Ihr genau das. Ihr folgtet meinen Ruf, hierherzukommen, genau wie viele andere auch, die sich ebenfalls auf den Weg gemacht haben und bald zu uns stoßen werden. Aber warum tatet Ihr es? Warum solltet Ihr mir in Zukunft folgen? Einem Prinz, der nichts von dem Leben versteht, das Ihr führen musstet. Der Euch nichts bieten kann … Doch das stimmt nicht. Ich biete Euch einen Ausweg. Die Dinge in Symantriet befinden sich im Umbruch und ich verspreche, dass jeder, der MIR die Treue schwört und für mich kämpft, frei sein wird. Frei von jeglicher Schuld, egal ob durch Mord oder Diebstahl verursacht. In meinem Reich wäret Ihr freie Männer, Soldaten, die tun und lassen können, was ihnen beliebt. Natürlich werdet Ihr zusätzlich noch fürstlich entlohnt werden. Dies hier«, er zog einen Beutel voll klimpernder Goldmünzen aus einer seiner Innentaschen, verteilte dessen Inhalt an die Männer und ein gieriges Murmeln ging durch die Reihen, »ist nur ein kleiner Vorgeschmack auf das, was Euch erwartet. Die Schatzkammern von Endline sind voll davon und ich habe gehört, dass es dort die schönsten Frauen und das beste Bier ganz Symantriets gibt. Folgt mir und lasst es uns herausfinden.«

Mit diesem Worten beendete Gregor seine Ansprache, ohne auf eine Antwort zu warten, und winkte Giesberg zu, ihm zu folgen. Flüsternd beugte er sich zu dem Mann:

»Wie viele sind es?«

»Ich schätze, es sind bisher gut dreihundert Mann, aber ich erwarte noch mehr als das Doppelte. Dies sind allein die Männer des unteren

Berges. Euer Aufruf kam so kurzfristig, dass die Organisation nicht ganz so geklappt hat, wie wir es eigentlich korrespondiert hatten.«

»Und wann werden die übrigen Männer eintreffen?«

»Morgen werden sie zu großen Teilen hier sein. Die aus den weiter entfernten Regionen des Gebirges werden gar nicht erst hierherkommen, sondern uns mit Abstand nach Endline folgen. Euer Botschafter hat übrigens ganze Arbeit geleistet. Alle sind informiert.«

»Gut. Das ist sehr gut. Sorgt dafür, dass Ihr morgen, komme was wolle, losmarschiert. Ich brauche die Männer schnellstmöglich in Endline.«

Gregor ließ seinen Blick über die Menge gleiten. »Lasst ein paar Vertrauenswürdige zurück, die den Nachzüglern den Weg weisen, wir brauchen jeden, den wir bekommen können. Was glaubt Ihr, mit wie vielen kann ich rechnen?«

Giesberg überlegte kurz. »Mit den Männern hier, denen, die sich angekündigt haben und noch folgen werden, und den Menschen auf der Straße, von denen sich der ein oder andere sicherlich auch noch bekehren lässt, können wir schon mit vier- oder fünftausend rechnen. Zunächst natürlich. Wir können davon ausgehen, dass es stetig mehr werden. Mit Verlaub noch eine Frage, wie wollt Ihr die Leute versorgen?«

»Versorgt Euch selbst.« Gregor hatte diese Frage schon erwartet und eine bessere Lösung war ihm nicht eingefallen.

Giesberg nickte, er hatte verstanden. »Eure Ansprache eben war übrigens klug. Ihr müsst immer an ihre Gier appellieren, das ist die einzige Schwäche. Wie kamt Ihr darauf?«

Gregor sah ihn triumphierend an. »Jeder Mensch hat einen Preis. Man muss ihn nur herausfinden und das habe ich.« Gregor konnte sich ein selbstgefälliges Grinsen nicht verkneifen. Er wandte sich wieder Giesberg zu. »Der Möchtegern-Mönch oben, wie ist sein Name? Er kommt mir seltsam bekannt vor.«

»Der Große am Eingang? Das ist Edison. Ihr überrascht mich, Prinz, er sollte Euch eigentlich mehr als nur bekannt vorkommen. Er hat im Reich Eures Vaters mehrere Männer gefoltert und auf grausamste Weise ermordet. Auch vor Frauen schreckte er nicht zurück. Sein bekanntestes Opfer war die Frau Eures Cousins, die er erst brutal vergewaltigt und dann ertränkt hat. Kurz nach der Tat hat man ihn festgesetzt und er sollte bei lebendigem Leibe gehäutet und gevierteilt werden, doch aus unbekannten Gründen gelang ihm die Flucht und er hat sich in die Berge zurückgezogen. Dieser Mann ist einer von der übelsten Sorte. So jemanden möchte man nicht als Feind, nicht einmal wir, die Böses anstreben.« Er zwinkerte.

»*Böse* nennt es nur der, der auf der andere Seite steht. Für mich sind wir die Guten.«

»Wie auch immer. Edison hat fast alle Mönche, die hier waren, allein umgebracht, und es schien ihm richtig Freude zu bereiten. Wenn Ihr mich fragt, ist er eine reine Tötungsmaschine.«

»Dann sollten wir darauf achten, dass er auf der richtigen Seite steht.«

Gregor musste unwillkürlich grinsen. Er wusste schon genau, wo er Edison am ehesten gebrauchen würde.

Plötzlich kam ihm ein anderer Gedanke und mit seinen Augen versuchte er, in dem blassen Licht das Gewölbe zu erkunden. Es schien riesig und die dreihundert Menschen, die laut Giesbergs Aussage hier unten ausharrten, füllten den Raum nicht im Entferntesten aus.

»Wie viele Männer finden hier Unterschlupf?«, stellte er die Frage, deren Antwort ihn brennend interessierte.

»Um die siebenhundert könnten hier problemlos Platz finden, wenn nicht sogar noch mehr. Schaut Euch um, das Gewölbe ist um ein Vielfaches größer als das Kloster, unter dem es sich befindet. Es ist uns zudem gelungen, einen weiteren Ausgang zu finden. Er führt durch einen in den Stein gehauenen Tunnel direkt in einen nahen Wald. Durch ihn können wir, ohne gesehen zu werden, nach draußen. So erregen wir kein Aufsehen.«

»Und oben laufen einige der Männer in Mönchskutten herum, um den Anschein zu erwecken, dass alles in Ordnung ist, und um die Leute auf der Straße mit der Krankheitsbegründung abzuwimmeln? Sehr klug von Euch.« Giesberg wurde rot und nickte.

Gregor rieb sich die kalten Hände. Bisher lief alles besser als erwartet.

»Und wie lauten Eure weiteren Befehle, Prinz?« Giesberg sah ihn fragend an.

»Ihr werdet heute noch hierbleiben und auf die übrigen Männer warten. Morgen in aller Frühe marschiert Ihr los. Unauffällig in kleinen Gruppen, versteht sich! Teilt Euch den Weg und die Zeit sorgsam ein. Ich erwarte Euch spätestens übermorgen Abend in Trebin. Bis dahin werde ich alles geregelt haben und brauche Euch, um unseren Anspruch durchzusetzen. Die weiteren Befehle erhaltet Ihr dann vor Ort!«

Giesberg nickte und schaute ihn auffordernd an.

»Und natürlich werde ich Eure Treue nicht vergessen, und sobald es mir möglich ist, werdet Ihr Euren Preis bekommen. Hier habt Ihr vorerst eine Kleinigkeit für Eure Dienste.«

Gregor gab seinem Gegenüber einen weiteren prall gefüllten Lederbeutel. Giesberg nahm den Beutel gierig entgegen, wog ihn in seiner Hand und verneigte sich.

»Es ist mir eine Ehre, mit Euch Geschäfte zu machen, aber ich hoffe, Ihr wisst, was Treue bei uns bedeutet, mein Prinz.« Der Mann Gregor gegenüber verneigte sich leicht.

»Ich kann es mir schon denken, aber jeder ist käuflich und Macht, Gold und Freiheit können einiges bewirken, meint Ihr nicht?« Aufmerksam betrachtete er das Gesicht seines Gegenübers. Gier und Verlangen glänzten in dessen Augen. Der junge Prinz wusste nur zu gut, wie diese Leute danach lechzten, sich wieder frei bewegen zu können und Gold zwischen ihren Fingern zu spüren. Ihm wurde bewusst, dass er auf einen Mann blickte, der vor Jahren viel Angst und Schrecken verbreitet hatte. Allein und mit nur einem Schwert hatte er bei seinen Raubzügen ganze Soldatentrosse erledigt und war mehr als nur einmal knapp dem Tode entgangen. Solche Männer würde er brauchen. Und hier hatte er sie alle beisammen. Mörder, Verräter und Diebe. Seine Armee.

»Nun gut. Ich sollte wieder nach oben gehen. Mein Gefolge wird jeden Moment eintreffen und darf unter keinen Umständen von Euch erfahren.«

Gregor machte eine bedächtige Pause und fuhr dann fort:

»Ich zähle auf Euch. Schickt mir einen Boten, wenn Ihr vor der Stadt seid, aber haltet Euch bis zu meiner Antwort bedeckt!«

»Wie Ihr wünscht, mein Herr.« Giesberg klatschte kurz in die Hände und verbeugte sich. Da erschien Grip plötzlich wie aus dem Nichts.

»Folgt mir, Herr. Ich bringe Euch nach oben.«

Gregor nickte und schickte sich an, ihm zu folgen, als Giesberg ihm noch einen Abschiedsgruß hinterherrief.

»Dann sehen wir uns in Endline, mein Prinz.«

Gregor drehte sich elegant zu ihm um. »Für Euch beim nächsten Mal König, Herr Giesberg.«

Dann folgte er Grip hocherhobenen Hauptes durch die Menge. Sein Blick glitt beim Laufen über die Menschen. Die Männer um ihn herum blickten ihn nur abschätzig an oder ignorierten ihn völlig. Kaum einer schien ihn, trotz seiner Ansprache, als Prinz oder gar zukünftiger Herrscher wahrzunehmen, und das ärgerte ihn.

Wut stieg in ihm hoch. Nur *seinem* Gutdünken war es zu verdanken, dass diese Männer überhaupt hier waren. Ohne ihn würden sie sich noch immer in den Tiefen der Berge verstecken und hausen wie Tiere, die kurz vor dem Sterben waren. Gregor bewegte sich weiter und versuchte, seine Wut im Zaum zu halten. Er brauchte dieser Männer … Dennoch, bitter lag die Wut auf seiner Zunge.

Er hatte eben die Tür erreicht, da nahm er aus den Augenwinkeln wahr, wie sich einer der Männer herausnahm, ihn nachzuäffen und dem jungen Prinzen platzte der Kragen. Mit einem Ruck drehte er sich um, griff nach seiner Klinge und Sekunden später sank der Mann mit durchtrennter Kehle in sich zusammen. Die Männer um ihn herum verstummten sofort und ließen ihn nicht aus den Augen.

»Ich dulde keinen Ungehorsam«, zischte er eiskalt und marschierte davon, den gurgelnden Leichnam einfach hinter sich liegen lassend.

Als Gregor wieder in den Hauptraum des Klosters trat und den Raum in Richtung der Tür durchquerte, vernahm er von draußen lauter werdende Geräusche. Pferde wieherten und Soldaten riefen sich gegenseitig etwas zu, was er nicht verstand. Der Tross war also angekommen. Zumindest der berittene Teil. Schnell drehte er sich zu Grip um. »Kein Wort zu den anderen. Es muss noch unter uns bleiben. Am besten man sieht Euch gar nicht. Sie sollen nur die Pferde wechseln und dann werden wir weiterziehen.« Grip nickte.

Sie waren inzwischen bei dem großen Mann angekommen. »Und Ihr, Edison, bleibt bei Eurer Rolle und sorgt dafür, dass die Männer im Verdeckten bleiben, solange wir hier sind.«

»Wie Ihr befehlt, Herr.« Der falsche Mönch nickte und öffnete ihnen die Tür, um sie in den kleinen Hof zu lassen.

Das helle Sonnenlicht empfing sie und wohltuende Wärme machte sich auf Gregors Armen und Gesicht breit. Er hatte gar nicht gemerkt, wie kalt es in dem Gemäuer gewesen war, so sehr hatten ihn andere Gedanken gefangen genommen. Aus den Augenwinkeln sah er, wie Grip neben ihn trat.

»Ist alles so, wie Ihr es Euch gewünscht habt?«

»Sogar noch besser, als ich es erwartet habe.« Erfreut drehte er sich zu seinem Begleiter um. »Aber einen Auftrag hätte ich noch für Euch. Habt Ihr ein frisches Pferd?«

»Natürlich. Es steht im Stall.«

»Gut. Dann begebt Euch auf dem kürzesten Weg nach Trebin. Ich habe einen Brief für eine gewisse Dame.« Er griff in seine Tasche und übergab ihm einen kleinen Zettel. Ohne zu zögern, nahm Grip das Schriftstück entgegen und steckte es, vor neugierigen Augen geschützt, unter sein Wams.

»Er ist nur für *sie* bestimmt. Ist das klar?«

»Natürlich.«

Grip verneigte sich kurz und als Gregor ihm ein letztes Mal ins Gesicht sah, starrte ihm nicht mehr sein Freund, sondern ein großer hagerer Mann mit Augenklappe an, der sich wenig später abwandte, um sich sein Pferd aus dem Stall zu holen. Gregor blieb allein zurück, aber nicht lange. Wie aus dem Nichts erschienen Bled und Sep an seiner Seite.

»War das eben nicht Grip? Oder haben mich meine Augen betrogen?«, fragte Sep und schaute der Gestalt hinterher.

»Ja, Eure Augen hatten recht. Das war er, er hat aber noch einen letzten Auftrag. Erst danach stößt er wieder zu unserer Gruppe, bis dahin muss niemand wissen, dass er in der Nähe ist.«

Gregor machte eine Pause und nickte dann den beiden Männern zu. »Kommt, wir gehen zu den anderen. Sie sollen die Pferde austauschen, damit wir weiterreiten können. Bald ist Mittag, bis dahin will ich einen Gasthof erreicht haben.«

»Warum bleiben wir nicht hier? Die Fußsoldaten werden noch eine Weile brauchen, ehe sie eintreffen. Die Mönche dieses Klosters sind im ganzen Land für ihre Gastfreundschaft bekannt. Sie haben doch sicher auch für uns eine offene Tür?«Verständnislosigkeit lag in Bleds Blick.

»Gewiss, das war auch mein erster Gedanke, aber in dem Kloster sind fast alle Brüder krank. Ich habe soeben mit einem von ihnen gesprochen und der Mönch hat mich freundlich, aber entschieden abgewiesen. Wir können hier nicht bleiben. Das Risiko einer Ansteckung ist zu hoch.«

Keine Widerworte duldend, lief Gregor in Richtung der Männer, die sich neben dem Stall gesammelt hatten. Dort stand der königliche Tross und einer der Männer richtete sofort das Wort an Gregor, als er diesen wahrnahm. Er erkannte ihn als den Getreuen seines Vaters.

»Mein Prinz, bleiben wir über Mittag hier? Ich wollte die Pferde versorgen lassen, doch leider ist kein Bruder zu sehen und die Türen sind verriegelt. Habt Ihr mit den Mönchen gesprochen? Gewähren sie uns keinen Aufenthalt?«

Der Mann versuchte unterwürfig zu klingen, aber Gregor hörte doch die Ignoranz und Geringschätzigkeit in dessen Stimme. Es war einer der wenigen Männer, die mehr seinem Vater treu waren als ihm. Gregor schluckte eine entsprechende Erwiderung herunter. Einen Streit konnte er nun wirklich nicht gebrauchen.

»Sie würden uns gern Aufenthalt gewähren, aber fast alle Brüder sind schwer erkrankt. Ihr könnt gerne am Kloster fragen und hierbleiben, nur weiß niemand, was sie befallen hat und ich werde gewiss nicht bleiben und darauf warten, es herauszufinden. Also wechselt die Pferde, wir reiten sofort weiter!«

Murrend machten sich die Berittenen an die Arbeit, während die Fußsoldaten weit hinten am Horizont erschienen.

Kapitel 20

Endline

Belle

Auf der Wiese blickte sich Belle noch einmal um. Nichts und niemand war zu sehen. Vielleicht war im Wald auch keiner gewesen? Vielleicht hatte sie sich alles nur eingebildet? Ihr Blick glitt zur Sonne hinauf, die inzwischen weitergewandert war und sich ihrem Höhepunkt näherte. Die Zeit lief ihr davon und sie beschloss, sich auf den Weg zu machen.

Belle überlegte einen Augenblick. Die Volnana war zwar der kürzeste Weg nach Trebin, wenn sie ihr aber folgte, musste sie unweigerlich an der Stelle vorbei, an der sie die Umrisse ausgemacht hatte. Was wäre, wenn dort wirklich ein Räuber auf sein nächstes Opfer wartete? Entschlossen verwarf sie den Gedanken und ließ ihren Blick schweifen, um sich zu orientieren.

Sie befand sich auf dem schmalen Wiesenstreifen zwischen dem Sumil und den Sumachen. Diese Wiese war im Frühjahr und Herbst, wenn der Sumil Hochwasser führte, zumeist überflutet. Dieses Jahr jedoch war das Hochwasser ausgeblieben und die sumpfige Landschaft einer saftigen Wiese gewichen. Belle traf eine Entscheidung, wendete geschickt ihre Stute und trieb sie energisch an. Im sanften Trab folgte sie der Wiese in Richtung Nordwesten. Sie würde gegen den Sonnenlauf am Wald entlangreiten. Ihr Weg war dadurch zwar um einiges länger, sie würde sich jedoch ersparen, die Stelle am Wald zu passieren. Gerade als Belle sich entspannte und Charlotte die Zügel freigab, wechselte das Tier in einen schnellen Galopp und schnaubte unruhig. Geistesgegenwärtig fasste Belle die Zügel straff und versuchte die Stute durchzuparieren, aber das Tier reagierte nicht. Stattdessen wurde es immer schneller. Belle versuchte mit aller Macht dagegenzuhalten, doch plötzlich ging der Kopf des Tieres nach unten, es entzog ihr die Zügel und machte einige Buckler, die Belle zwangen, sich an den Sattel zu klammern. Sie preschten über die weite Auenwiese und aus dem Nichts zog ein Pferd-Reiter-Gespann, ohne Sattel und Trense, an ihnen vorbei. Charlotte wieherte erfreut und rannte hinterher.

Egal, wie sehr sich Belle auch bemühte, die Stute reagierte nicht mehr auf sie, sondern lief nur noch dem Fremden hinterher. Wut stieg in ihr auf. Was bildete sich dieser Mann ein? Man überholte nicht aus heiterem Himmel im gestreckten Galopp. Das war mehr als leichtsinnig und gefährlich. Nur was sollte sie tun? Der Fremde hielt es nicht für nötig, zu warten und Charlotte ließ sich nicht mehr kontrollieren. Lauthals stieß Belle Flüche und Verwünschungen gegen den Mann vor sich aus, während sie sich weiter am Sattel festhielt und hoffte, dass sie irgendwie oben bleiben würde.

Überraschend spürte sie, wie Charlotte unter ihr langsamer wurde. Ihr Blick ging nach vorn. Der fremde Reiter hatte sein Pferd durchpariert. Es lief nur noch in gemäßigtem Schritt über die Wiese, während der Mann auf seinem Rücken ihr amüsierte Blicke zuwarf. Sie schnaubte, während ihr Pferd noch immer mit erfreutem Wiehern auf Ross und Reiter zulief.

Die Wangen rot vor Wut und Wärme, schloss sie auf und Charlotte blieb endlich stehen. Wütend suchte Belle den Blick des Mannes und wollte ihm die Meinung sagen, als sie in ein bekanntes grinsendes Gesicht blickte.

»Chace«, entfuhr es ihr. Der Mann ihr gegenüber nickte und konnte sich ein Lachen nicht mehr verkneifen. Nur mühsam gelang es ihm, eine verständliche Antwort hervorzubringen.

»Gut erkannt, Belle. Ich dachte nicht, dass wir uns so schnell wiedersehen. Da habt Ihr ja ein richtiges Rennpony unter Euch. Könnt Ihr überhaupt damit umgehen?«

Er zog gekünstelt eine Augenbraue nach oben.

»Natürlich kann ich das«, herrschte sie ihn um einiges schärfer an als beabsichtigt.

»Das habe ich gesehen.« Sie hörte die Ironie in seiner Stimme, ignorierte sie jedoch beflissen. »Reitet Ihr eigentlich immer wie ein

Geisteskranker anderen hinterher und erschreckt deren Pferde? Hat man Euch nicht beigebracht, dass man so etwas nicht tut? Dass es gefährlich werden kann?«

»Entschuldigt, Mylady. Ich wusste nicht, dass es Euch so aufregt. Eigentlich ist es nicht meine Art, aber ich habe einen der Feldwege genommen und Euch nur von Weitem gesehen. Ihr kamt mir so seltsam bekannt vor, dass ich einfach zu Euch reiten musste. Dass Euer Pony gleich ein Wettrennen daraus macht, hätte ich nicht gedacht, aber so schlimm war es doch gar nicht. Ihr konntet Euch doch noch halten.« Er zwinkerte ihr zu und verkniff sich nur mit Mühe ein Lachen. »Und wie es scheint, bin ich der Sieger«, fügte er hinzu.

»Einen Sieger gibt es nur, wenn man ein ehrliches Rennen bestreitet. Ihr habt unfair gekämpft. Ihr seid aus dem Nichts aufgetaucht und habt mich erschreckt. Außerdem ist meine Stute ohne Sattel auch deutlich schneller.«

»Also meint Ihr, ohne Sattel und mit einem ordentlichen Start hättet Ihr eine Chance? Ich habe noch kein Pony gesehen, dass mit meinen Hengst mithalten kann. Egal ob mit oder ohne Sattel. Zumal Ihr bestimmt nur im Damensitz reiten könnt. Wir sollten es also lieber lassen, bevor Ihr noch herunterfallt.«

Belle las Geringschätzigkeit in seinem Blick, und das weckte ihren Ehrgeiz. Dachte er wirklich, dass sie nicht richtig reiten und Charlotte nicht mithalten konnte?

»Ihr glaubt viel über mich zu wissen, aber ich wette, dass ich Euch, entgegen Eurer Meinung, schlagen kann.«

»Wettet lieber nicht, Mylady. Durch Wetten haben schon so manche ihr Hab und Gut verloren.«

Belle ignorierte seine Worte und schaute sich um. Die Auenwiese zog sich wie ein Gürtel um den ganzen Wald. Niemand war zu sehen. Kaum jemand hielt sich freiwillig in der Nähe der Sumachen auf.

Belle entschied, dass man sie hier nicht sehen, geschweige denn erkennen würde und stieg von Charlotte. Sie führte ihre Stute in den Schatten der Bäume und begann damit, ihr Sattel und Zaumzeug abzunehmen.

Aus den Augenwinkeln sah sie, wie Chace von seinem Hengst abstieg und sich ihr näherte.

»Was wollt Ihr?«, fragte Belle und sah ihn stirnrunzelnd an, als er neben sie trat. Inzwischen hatte sie das Sattelzeug entfernt und sorgsam unter den tief hängenden Ästen eines Baumes verstaut. Suchende Blicke würden es nicht gleich finden.

»Entschuldigung, ich wollte Euch meine Hilfe anbieten und Euch aufhelfen, wenn Ihr schon vorhabt mir zu zeigen, wie man elegant wie eine Dame vom Pferd fällt«, antwortete Chace betont höflich und hielt ihr die Hände hin, damit sie ihren Fuß daraufstellen konnte. Belle ignorierte seine Geste und führte Charlotte an ihm vorbei. Sie spürte seinen überraschten, aber auch neugierigen Blick auf sich ruhen, reagierte jedoch nicht weiter darauf. Stattdessen gab sie ihrer Stute ein Zeichen. Nur wenig später legte sich das Tier hin und Belle nahm auf dem breiten Rücken Platz. Als sie ihr Kleid geordnet hatte, gab sie ein erneutes Zeichen und das Pferd stand auf. Belle setzte sich noch einmal zurecht, wendete dann Charlotte und sah Chace auffordernd an.

»Respekt. Wie habt Ihr das fertiggebracht?« Chace schien ehrlich beeindruckt zu sein.

»Jedes Pferd kann das, Ihr müsst nur seine Sprache sprechen«, war ihre knappe Antwort und mit einem leichten Schenkeldruck ließ sie ihre Stute antraben, die Wiese entlang.

Mit wenigen Schritten war Chace bei Goatee, packte den Strick mit der linken Hand und schwang sich auf dessen Rücken.

Belle drosselte etwas das Tempo, damit Chace aufschließen konnte. Als sie auf derselben Höhe waren, gab Belle ihm ein Zeichen.

»Da vorne, vielleicht noch gut vierhundert Meter entfernt, kommt ein altes Gehöft, das ist das Ziel. Wer zuerst ankommt, ist der Sieger. Möge der Bessere gewinnen!«

Sie hatte das letzte Wort noch nicht ganz ausgesprochen, da hatte sie bereits Charlotte angetrieben.

Chace

Er hatte kaum Zeit gehabt zu reagieren, da war das Pony neben ihm schon im Galopp. Das kleine Tier hatte einige Bocksprünge gemacht, bei denen er so manchen Reiter hätte fliegen sehen, doch das Mädchen saß sicher auf dem breiten Rücken und schien sich kaum darum zu kümmern. Mit echtem Erstaunen versuchte er Goatee anzutreiben, doch der schwere Hengst schien in der Tat kaum mithalten zu können, geschweige denn aufzuholen. Ohne den Sattel war das Pony wirklich bedeutend flotter unterwegs. Chaces großer Hengst hatte Schwierigkeiten, das Tempo überhaupt zu halten, und Chace wurde bewusst, dass er verloren und das Pony zu sehr unterschätzt hatte. Er wollte ihr gerade hinterherrufen und sich geschlagen geben, als das Mädchen vor ihm abrupt ihre Stute zügelte und kurz darauf zum Stehen brachte. Überrascht parierte er ebenfalls durch, holte auf und blieb neben ihr stehen.

»Ihr habt gewonnen, das gebe ich zu«, begann er grinsend, bemerkte dann aber, dass sie nicht seinetwegen angehalten hatte.

Belles Blick war starr auf einen kleinen Hof in der Ferne gerichtet.

Belle

»Was ist los?« Besorgnis lag in seiner Stimme.

Sie antwortete ihm nicht und schaute weiter zu dem Hof.

»Hier stimmt etwas nicht«, murmelte sie schließlich und gab Charlotte ein Zeichen. Das Tier setzte sich langsam in Richtung der kleinen Gebäudeansammlung in Bewegung.

Vor ihr lag der Hof von Sophias Eltern. Ein mulmiges Gefühl beschlich sie, etwas war dort unten anders als sonst. Belle wusste nur noch nicht, was.

Als Belle mit Chace im Schlepptau den Hof des kleinen Bauernhauses erreicht hatte, verriet ihr von außen nichts, dass jemand zu Hause war. Die einfachen Vorhänge waren zugezogen, kein Rauch stieg aus dem Kamin. Das Haus lag ruhig und leblos da, fast ausgestorben. Keine Tiere rannten draußen umher, kaum ein Geräusch drang an ihr Ohr.

Belle stieg, wie in Trance, von Charlotte und ließ sie einfach stehen.

Chace

Chace, der nicht wusste, was von ihm erwartet wurde, hielt sich im Hintergrund. Das Haus machte für ihn einen gewöhnlichen Eindruck, wenn es auch unbewohnt schien. Was Belle hier suchte, war ihm schleierhaft. Er stieg von Goatee und ließ ihn ebenfalls laufen. Der Hengst wieherte und begab sich zu der kleinen Stute. Wenig später machten sich die Tiere daran, genüsslich das Gras vor einer alten Scheune abzufressen.

Er wandte seinen Blick von den Pferden wieder zu der jungen Frau, die inzwischen auf das Haus zuging. Zunächst unsicher, ob er ihr folgen sollte, entschied er sich dagegen.

Belle

Belle kam an dem niedrigen Stallgebäude vorbei. Von drinnen hörte sie lautes Hühnergeschrei und Ziegen, die meckerten.

Bei jedem ihrer Besuche hatte sie diese Tiere sich frei auf dem Hof bewegen sehen. Warum waren sie heute eingesperrt? Ging es Sophia so schlecht, dass sie es noch nicht geschafft hatte, die Tiere zu versorgen? *Das ist nicht ihre Art …*

Das mulmige Gefühl kehrte wieder und sie entschloss sich, die Tiere nach draußen zu lassen. Als sie die Stalltür öffnete, schoss die Hühnermeute an ihr vorbei, die Ziegen folgten auf dem Fuß und wenig später suchten sich die Tiere ihr Futter laut schimpfend auf dem Hof.

Sehr merkwürdig, dachte sie sich und lief weiter zum Haupthaus, einem einfachen einstöckigen Bauernhaus mit Strohdach. An der Tür klopfte sie.

Chace

Aufmerksam sah sich Chace auf dem Hof um. Etwas kam nun auch ihm merkwürdig vor. Aber vielleicht war es nur Einbildung? Die Ziegen und Hühner, die Belle eben aus dem Stall gelassen hatte, erfüllten das Gehöft mit Leben. Plötzlich wirkte der Hof nicht mehr ganz verlassen. Chace zuckte die Achseln, vielleicht war er einfach nur zu vorsichtig. Um auf andere Gedanken zu kommen, suchte er sich eine Arbeit und beschloss, die Pferde zu tränken. Auf der Suche nach einem Eimer ging er auf den kleinen Stall zu, dessen Tür Belle eben geöffnet hatte, trat ein und blieb wie angewurzelt stehen.

Er wusste sofort, dass sein Gefühl ihn nicht getäuscht hatte.

Belle

»Hallo? Sophia? Hallo?«

Bis auf das Bellen von Betlon auf der anderen Seite der Tür war keine Reaktion zu vernehmen. Nichts schien sich zu regen, weder auf ihr Klopfen noch auf ihre Rufe.

Da Sophias Eltern Dienst im Schloss taten und tagsüber nur selten jemand auf dem Hof anzutreffen war, war dies nicht unüblich. Doch die Tiere waren immer versorgt und Betlon als Wachhund eigentlich auf dem Hof unterwegs. Was war heute nur los? Sophia sollte doch hier sein? Warum also reagierte niemand?

Belle klopfte noch einmal, aber auch diesmal kam keine Reaktion. Leicht drückte sie sich gegen die Tür und zu ihrem Erstaunen ging diese problemlos mit einem lauten Knarren auf und Betlon, Sophias Hund, stürzte ihr schwanzwedelnd entgegen, sprang an ihr hoch und leckte ihr über das Gesicht. Belle musste unweigerlich lachen.

»Pfui, böser Hund«, rief sie, scheuchte ihn herunter und entließ ihn auf den Hof. Allein trat sie durch die niedrige Tür.

Das Haus der Sedins bestand nur aus drei Räumen: der Küche, in der sie sich nun befand, und einem großen sowie einem kleinen Schlafzimmer. Das große auf der linken Seite des Raumes bewohnten die Eltern und das kleinere auf der rechten Seite der Küche hatte Sophia mit ihrer Schwester bewohnt. Da ihre Schwester jedoch im letzten Jahr geheiratet hatte und ausgezogen war, hatte die Freundin seitdem ihr eigenes Reich.

Belle blieb noch einen Moment stehen, um ihre Augen an das schwache Licht, das aus den dreckigen Fensterscheiben unter den Vorhängen drang, zu gewöhnen, bevor sie sich nach rechts wandte. Mit kleinen, vorsichtigen Schritten arbeitete sie sich im Halbdunkel in Richtung der Zimmertür ihrer Freundin vor.

»Sophia? Hallo? Bist du da? Ist alles in Ordnung?«, rief sie und lauschte. Niemand antwortete. Angst stieg in ihr hoch.

Vorsichtig drückte Belle die Klinke nach unten und öffnete die Tür.

Das Zimmer vor ihr war noch dunkler. Die Vorhänge hier waren komplett zugezogen und nur durch die von ihr soeben geöffnete Tür drang das leicht schummrige Licht aus der Küche. Nur schemenhaft nahm sie die Umrisse des Raumes wahr und ihr Blick glitt mehr aufs Geratewohl durch die Räumlichkeit. Im ersten Moment war das Zimmer leer, doch dann sah sie etwas, das dort nicht hingehörte. In einer Ecke des Raumes lag etwas Zusammengekrümmtes am Boden. Eine Puppe? Doch dann realisierte sie es.

»Sophia!«, rief sie und stürzte auf sie zu. Kurz bevor sie ihre Freundin erreicht hatte, fiel sie über etwas. Sie schob es zur Seite. Es fühlte sich warm und nass an. Sie stand wieder auf, lief weiter und nur Sekunden später begann sie zu schreien.

Chace

Ein markerschütternder Schrei erklang, als Chace durch die niedrige Tür in die kleine, schäbige Küche trat. Mit wenigen Schritten durchquerte er den Raum und folgte dem Hilferuf. Wenig später fand er Belle am Boden sitzend in einer Ecke eines kleinen Schlafgemaches.

Er musste seine Augen einen Moment an die Dunkelheit gewöhnen, um das ganze Ausmaß der Situation zu erfassen. Belle saß am Boden, wiegte sich hin und her und hielt dabei etwas Regungsloses im Arm. Ihr helles Kleid war über und über mit dunklen Flecken übersät und als er auf sie zulief, stolperte er beinahe über etwas. Angewidert erkannte er, was es war. Sein Blick glitt wieder zu dem Ding in Belles Armen. Nun wusste er, was es war: das Mädchen von gestern Abend.

»Oh mein Gott, Sophia. Was ist geschehen? Was ist mit Euch? Wacht auf! Bitte wacht auf!«

Belles Stimme riss ihn aus seinen Gedanken. Sie klang verzweifelt und der Hysterie nahe. Immer wieder wiegte Belle den Körper hin und her und schien nahe daran, den Verstand zu verlieren.

Mit wenigen Schritten war er bei ihr. Ein Blick sagte ihm, dass für das Mädchen jede Hilfe zu spät kam. Man hatte ihm die Kehle durchgeschnitten und es wie ein Tier einfach verbluten lassen. Ein grausamer Tod. Sorgsam musterte er den Körper und den Raum. Blaue Flecke, Einschnitte an den Armen und am Oberkörper sowie der abgetrennte Fuß deuteten darauf hin, dass man das arme Ding eine ganze Weile gefoltert haben musste, bevor man es endlich tötete. Aber warum? So etwas tat niemand aus heiterem Himmel. Sein Blick glitt zu Belle. Sie saß noch immer vollkommen geschockt am Boden und weinte. Sie musste hier raus.

Mit aller Kraft, die er in diesem Moment aufbringen konnte, entriss er ihr den toten Körper, packte sie und trug sie nach draußen. Belle wehrte sich jedoch erbittert. Sie trat, schlug und biss nach ihm, aber Chace hielt sie fest. Draußen angekommen, verfrachtete er sie ins Gras neben den Pferden, setzte sich ebenfalls und nahm die immer noch verstörte Belle in den Arm. Bitterlich begann das Mädchen zu weinen.

Camelia

Es war Mittag, als Camelia den dunkel gekleideten Mann empfing. Er hatte die Kapuze seines Umhangs tief in sein Gesicht gezogen und verbarg es vor neugierigen Blicken. Niemand, nicht einmal sie, konnte mit Bestimmtheit sagen, wie er wirklich aussah.

»Habt Ihr *es* erledigt?«

»Jawohl, Madame.«

»Ich kann mich auf Eure Diskretion verlassen?«

»Natürlich, Madame.« Die in den Umhang gehüllte Gestalt nickte und zog sich dann lautlos zurück.

Besser konnte ihr Tag kaum mehr werden, dachte Camelia, doch kurz darauf klopfte es erneut. Die Tür öffnete sich und eine ihrer Wachen erschien im Türrahmen.

»Königsgattin, hier steht ein Mann, der zu Euch vorgelassen werden will. Er kann sich nicht ausweisen und hat auch keinen

Termin. Sollen wir ihn wegschaffen?« Camelia winkte ab. »Nein, nein, lasst ihn eintreten.«

Konnte der Tag wirklich noch besser werden?

Mit einem Salut verschwand die Wache und ließ nur Augenblicke später einen kleinen hageren Mann eintreten. Er schien völlig erschöpft, die schweißnasse Kleidung klebte ihm am Leib und Camelia roch den üblen Gestank von Pferdeschweiß, was sie die Nase rümpfen ließ. Der Mann selbst kam ihr nicht im Entferntesten bekannt vor, und wenn er keinen guten Grund hatte, sie SO zu besuchen, würden ihn ihre Wachen schnellstmöglich entfernen, so viel stand fest. Der Mann nahm seine Mütze ab und verneigte sich vor ihr.

»Madame«, begann er und sie schaute ihm zum ersten Mal richtig in das von Staub bedeckte Gesicht.

»Mein Herr schickt mich zu Euch. Ich sollte nur Euch persönlich dies hier übergeben.«

Er griff unter sein vor Schmutz starres Wams und reichte ihr einen kleinen Zettel.

Darauf standen nur zwei Wörter, aber als Camelia die Handschrift erkannte, war ihre zuvor nur gute Stimmung plötzlich grandios:

Morgen Vormittag

Sie warf den Zettel sofort ins Feuer und schaute den Mann prüfend an.

»Wer seid Ihr?«

»Keine Angst, Mylady. Mein Herr und ich kennen uns bereits viele Sommer. Das ist alles, was zählt. Namen sind nur sinnlose Klänge. Sie bedeuten zu wissen – und Wissen ist gefährlich.«

»Da habt Ihr wohl recht. Nur sagt mir, wo?«

»Kurz vor dem Mittagsmahl, zehn Meilen vor der ersten Grenze«, war die Antwort.

»So bald also? Nun gut. Habt Dank für Eure Mühe und diese erfreuliche Nachricht. Lasst Euch in der Küche etwas zu essen geben, nutzt das Waschhaus und Ihr könnt Euch auch aus dem Stall ein frisches Pferd nehmen, wenn es Euer Wunsch ist.«

Der Mann nickte und verschwand. Auch sie wandte sich von der Tür ab und lief in ihr Ankleidezimmer. Am Fenster blieb sie stehen und spähte nach unten.

Camelia sah den Mann, der die Informationen gebracht hatte, auf das niedrige Küchengebäude zugehen. Ihre Gedanken schweiften ab.

ER war also im Anflug und würde bald hier eintreffen. Wie sehr sie sich nach ihm sehnte und wie gut es tun würde, endlich selbst zum Zuge zu kommen. Bald.

Kapitel 21

Endline

Belle & Chace

Wie lange sie so dagesessen hatten, wusste Belle nicht mehr. Immer und immer wieder tauchten die letzten Minuten vor ihren Augen auf und immer wieder hatte sie gebetet, dass es nicht der Wahrheit entsprach, was sie gesehen hatte. Ein Blick an ihr hinunter zerstörte jedoch jegliche Illusion. Ihr ganzes Kleid, ihre Hände, ja sogar ihr Gesicht war voll mit einer dunkelroten schmierigen Flüssigkeit. Blut. Sophias Blut.

»Was ist nur geschehen? Wer tut so etwas?« stotterte sie. »Hätte ich doch heute Morgen nur nach ihr gesehen. Ach, was rede ich da, ich hätte sie gestern gar nicht erst allein lassen dürfen!«

Chace hatte sie die ganze Zeit über im Arm gehalten und ihr stumm zugehört. Er wusste, dass er das Geschehene mit seinen Worten nicht rückgängig machen konnte, aber auch Belles Schuldgefühle brachten das Mädchen nicht wieder.

»Jetzt hört aber auf, Belle! Gebt Euch nicht die Schuld daran, Ihr hättet nichts ändern können. Stattdessen hätte man am Ende auch noch Euch etwas angetan. Versucht Euch zu beruhigen!«

Statt einer Antwort, versuchte sich Belle aus seinem Griff zu lösen. Erschöpft lockerte Chace seinen Hände und ließ sie schließlich los. Belle stand auf, taumelte kurz und als er sah, welchen Weg sie versuchte einzuschlagen, war er augenblicklich wieder auf den Beinen und hielt sie zurück.

»Ihr könnt nicht wieder hinein!«, sagte er bestimmt.

»Ich muss aber. Ich kann sie nicht einfach dort liegen lassen. Sie hat bestimmt Angst …«, stammelte Belle geistesabwesend und versuchte sich loszumachen. Als sie spürte, dass er sie eisern festhielt, versuchte sie, sich mit Kratzen und Beißen zur Wehr zu setzen und wegzulaufen. Daraufhin zog Chace sie mit einem Ruck an seine Brust, drehte sie zu sich um und nahm ihr Gesicht in seine Hände. Entschlossen sah er ihr in die Augen.

»Seht mich an!«

Als sie nicht reagierte, wurde seine Stimme bestimmter und fordernder: »Belle, seht mich an!«

Endlich schienen seine Worte durchzudringen. Ihre traurig blickenden Augen streiften seinen Blick.

»Belle«, sagte er eine Spur sanfter. »Ihr könnt nichts mehr für sie tun. Lasst es gut sein. Vielleicht sind diejenigen, die dafür verantwortlich sind, noch in der Nähe, wir müssen vorsichtig sein. Wir werden uns jetzt so gut es geht von dem Blut befreien und dann in die Stadt reiten, um dort Hilfe zu holen. Man wird sich um alles kümmern, aber nicht jetzt!«

Belle sah ihn mit großen Augen an. »Ihre Mutter«, stammelte sie.

»Was?« Verständnislos sah Chace sie an.

»Wir müssen ihrer Mutter Bescheid geben.«

»Ja, das tun wir, wenn wir in der Stadt sind.« Erleichtert ließ er Belle los. Das Mädchen blieb still stehen und schaute ihn an. Es schien endlich verstanden zu haben.

»Es tut mir leid. Ich weiß nicht, was eben in mich gefahren war. Ich … ich weiß einfach nicht. Ich …«

Chace winkte ab. »Ist schon gut. Ich verstehe Euch. Lasst uns nur endlich versuchen, das Blut etwas abzuwaschen. Wir sollten so schnell wie möglich von hier verschwinden.«

Entschlossen nahm er ihre Hand und führte sie zu dem kleinen Bach, den er an der hinteren Seite des Hofes entdeckt hatte. Dort wuschen sie sich behelfsmäßig Gesicht und Hände und Belle versuchte, notdürftig die Blutflecken aus ihrem Kleid zu waschen.

Während Belle mit dem inzwischen klitschnassen Kleid kämpfte, machte Chace sich auf, wenigstens die Türen zu Stall und Haus zu verschließen. Raubtiere sollte keine Chance finden, sich zu bereichern.

Er war gerade dabei, die Haustür hinter sich zu schließen, da hörte er Belles Schrei. Ein kalter Schauer lief ihm über den Rücken und so schnell seine Beine ihn trugen, rannte er um das Haus herum, aber er kam zu spät …

Belle saß nicht mehr am Bach. Stattdessen waren überall Hufspuren zu finden und am Waldrand sah er gerade noch zwei Reiter verschwinden – und einer von ihnen hatte ein kreischendes Bündel im Arm.

Soldaten

»Die Kleine ist aber ziemlich lange dort drinnen. Meint Ihr nicht?«

Der große Mann schaute skeptisch auf den Eingang der Sumachen. Sie warteten nun seit gut einer Stunde in diesem Gebüsch und es war nicht nur unbequem, sondern auch unheimlich. Auch ihre Pferde schienen mit jedem Augenblick unruhiger zu werden.

»Seid Ihr sicher, dass es nur den einen Weg gibt?«

»Mir ist zumindest kein weiterer bekannt. In diesem verfluchten Wald kenne ich mich nicht wirklich aus.«

»Na wunderbar! Also haben wir sie vielleicht verloren? Und was sollen wir *ihr* jetzt sagen? Nichtsnutz, ich dachte, Ihr kennt Euch hier aus!«, stöhnte der Große und schlug mit der Faust auf einen Baum, um seinem Ärger Luft zu machen. Das würde der Königsgattin gar nicht gefallen …

»Ich kenne doch auch nur die Geschichten! Ich war in meinem Leben noch nie in diesem Wald und werde jetzt auch keinen Fuß hineintun, nur um dieses Balg zu finden!«

Der Große stöhnte erneut, auch er wollte nicht in den Wald … Entschlossen stand er auf.

»Kommt! Lasst uns der Volnana folgen. Die Wiesen am Sumil sind in diesem Frühjahr nicht überschwemmt, die können wir entlangreiten. Vielleicht haben wir Glück und finden sie irgendwo. Schlimmer kann es sowieso nicht mehr werden.«

Während seiner letzten Worte war der Große bereits zu seinem Pferd gelaufen und hatte damit begonnen, es aus dem Gebüsch zu führen. Der andere Soldat folgte seinem Beispiel. Wenig später saßen sie auf ihren Pferden und verließen den Schatten der gespenstischen Bäume. Je weiter sie sich entfernten, desto mehr fiel die Anspannung von ihnen ab.

»Dieser elendige Wald sollte niedergemacht werden«, schimpfte der Große und schaute über seine Schulter zurück. »Nur Schlimmes hört man von dort. Vielleicht hat er die Prinzessin auch einfach geschluckt wie so viele andere, und wir sehen sie nie wieder?«

»Das wäre mehr als schlecht für uns. Was würde *sie* dazu sagen? Am Ende verlangt sie von uns noch, dass wir in den Wald müssen, um ihren Körper zu bergen. Das könnte auch für uns dumm ausgehen. Aber lasst uns den Teufel nicht an die Wand malen. Vielleicht hat die Prinzessin den Wald ja wirklich auf einem anderen Weg verlassen. Sofern sie sich noch auf dieser Flussseite befindet, finden wir sie!« Der kleine Soldat trieb sein Pferd energisch an und verfiel in einen flotten Galopp.

Sie folgten der Volnana bis kurz vor der Brücke über den Sumil und bogen dort nach links ab. Eine weitläufige Auenwiese erstreckte sich vor ihnen.

»Ihr behaltet den Waldrand im Auge, vielleicht sichtet Ihr sie irgendwo. Ich kümmere mich um das Flussufer. Wenn sie hier irgendwo ist, finden wir sie. Los!«

Ein bestätigendes Brummen erklang und die beiden setzten ihren Weg in gemäßigtem Trab und mit offenen Augen fort.

Plötzlich lenkte der Große sein Schlachtross nach links auf eine Baumgruppe zu.

»Was zum …?«, schimpfte der Kleine.

»Dort!« Sie hatten die Bäume erreicht und erkannten, was vor ihnen lag. »Das Sattelzeug der Prinzessin«, rief er erstaunt. »Ob sie ausgeraubt wurde?«

»Und welcher Dieb ist so dumm und lässt sein Beute liegen? Das Mädchen muss hier irgendwo sein«, herrschte der andere ihn an.

»Und wenn der Dieb nur die Prinzessin entführen wollte?«

»Aber warum sollte er dann das Pferd absatteln? Ihr seid manchmal solch ein Dummkopf. Kommt! Weit kann sie ohne Sattel nicht sein.«

Der Große trieb sein Pferd an und ließ seinen Blick suchend über die Umgebung gleiten.

In der Ferne nahm er ein kleines Gehöft wahr, ignorierte es jedoch, bis er einen Frauenschrei hörte. Interessiert sah er zu der kleinen Ansammlung von Häusern und gab seinem Gegenüber ein Zeichen, innezuhalten.

Sorgsam betrachtete er die Umgebung genauer … Er sah zwei Pferde, beide ungesattelt und friedlich grasend, und wenig später tauchten auch zwei Menschen in der Szene auf. Der eine trug den anderen. Was war wohl dort unten geschehen?

Ein Blick auf die Kleidung sagte ihm, dass es sich bei der getragenen Person um das gesuchte Mädchen handeln musste, dennoch stürzte er nicht gleich los.

»Ist das etwa die Prinzessin? Und wer ist der andere? Wir müssen sie holen«, polterte sein Kumpane und wollte losstürmen, doch der Große hielt ihn zurück. »Nein, müssen wir nicht. Wir sollen diskret bleiben und darum warten wir!«

»Seit wann gebt Ihr hier die Befehle? Was ist, wenn ihr etwas passiert? Man wird uns beschuldigen!«

»Die Herrin war deutlich. Wir haben im Hintergrund zu bleiben. Niemand soll wissen, dass wir hier sind. Wir müssen erst einmal die Lage auskundschaften. Wer weiß, wie viele dort unten sind? Vielleicht ist es eine Falle, weil wir bemerkt wurden? Wir holen sie noch, aber unerkannt. Habt Geduld.«

Er hatte einen Plan.

Belle

Als Chace sie allein ließ, hatte sie sich wieder einigermaßen beruhigt. Mit dem klaren Bachwasser hatte sie ihre Hände und ihr Gesicht notdürftig vom Blut befreien können, aber egal, wie sehr sie sich anstrengte, die Flecken auf ihrem Kleid wurden nicht weniger. Inzwischen war ihr ganzes Kleid klitschnass und sie begann unweigerlich vor Kälte zu zittern. Doch es machte ihr nichts aus. Es waren eher die Fragen in ihrem Kopf, die sie beschäftigten.

Was würde jetzt passieren? Wie wollte sie Elisa, Sophias Mutter, beibringen, dass ihre Jüngste tot war?

Belle war froh, dass Chace sie einen Moment allein gelassen hatte. Sie hatte nie gewollt, dass er sie so sah, dass irgendjemand sie so sah. Aber sie konnte nicht anders. Sie war in ihrem Leben immer stark gewesen, aber heute konnte sie nicht stark sein.

Tränen traten ihr erneut in die Augen.

Plötzlich hörte sie hinter sich ein Geräusch und wandte sich um. Unmittelbar hinter ihr war, wie aus dem Nichts, ein großer, stämmiger Mann aufgetaucht. Als er sie packte, schrie sie auf und versuchte sich zu wehren. Nur Sekunden später wurde ihr etwas über Kopf und Oberkörper gestülpt und sie spürte, wie sie rittlings über ein Pferd geworfen wurde. Panisch versuchte sie sich zu befreien, aber nur ein kantiges Lachen kam als Antwort.

Chace

Er war so schnell wie möglich zu Goatee gestürmt und den beiden Reitern mit der kleinen Stute im Schlepptau hinterhergeprescht. Vor seinem geistigen Auge spielten sich schreckliche Szenen ab.

Waren diese Männer für den Tod des Mädchens verantwortlich? Oder waren es nur irgendwelche Räuber? Am Ende war es egal, sie hatten Belle!

Als Chace im gestreckten Galopp den Waldrand erreicht hatte, parierte er durch und versuchte sich zu orientieren. Doch er konnte weder Reiter noch entsprechende Spuren auf der staubtrockenen Straße ausmachen. Unschlüssig sah er sich um. Die beiden Halunken hatten einen deutlichen Vorsprung. Welchen Weg sollte er wählen?

Da kamen ihm zwei bekannte Gestalten auf dem Hauptweg entgegen. »Hallo, Chace, wolltet Ihr uns nicht sagen, dass Ihr einen Ausritt unternehmt? Die Schönheit der Natur kann man doch auch zusammen genießen«, rief die eine Person ihm künstlich gekränkt entgegen und trabte auf ihn zu.

»Habt Ihr eben zwei Reiter mit einem Mädchen gesehen?«, fragte Chace, ohne eine Begrüßung zu erwidern.

»Auch Euch einen schönen Tag. Woher kommt denn das Pferd? Die holde Maid hat sich wohl aus dem Staub gemacht?«, witzelte Twin und musste lachen.

Chace wurde ungeduldig und seine Worte waren mehr Geschrei als eine Rede. »HABT IHR ZWEI REITER GESEHEN?«

»Jetzt beruhigt Euch doch. Ja, uns sind gerade zwei mit ungeheurem Tempo und einem Sack entgegengekommen, aber warum …?«

Weiter kam Ed nicht, da hatte Chace Goatee bereits angaloppiert und folgte der Straße.

»Was zum Teufel …?«, schimpfte Ed und sah ihm nach. Schließlich blieb den beiden nichts anderes übrig, als ihre Pferde zu wenden und Chace zu folgen. Der trieb allerdings seinen Hengst bis aufs Äußerste und die Begleiter hatten Mühe und Not, um mitzuhalten. Plötzlich lichteten sich die Bäume und Chace befand sich vor einer kargen und felsigen Formation, die weit den Berg hinaufführte und in massive Mauern überging.

Das muss Schloss Trebin sein, schoss es ihm durch den Kopf. Weit vor sich sah er die zwei Gestalten. Sie hielten auf das große heruntergelassene Falltor zu und waren kurz darauf verschwunden. Geistesgegenwärtig parierte er sein Pferd durch und blieb stehen.

Ed und Twin schafften es endlich, zu ihm aufzuschließen.

»Würdet Ihr uns die Freundlichkeit erweisen, uns aufzuklären, was eigentlich los ist? Warum reitet Ihr wie der Teufel und warum ist hier noch ein Pferd?« Verständnislos sah Ed ihn an.

»Es ist … Belle. Sie wurde entführt und ich …«

»Belle, das Mädchen von gestern?« Ed runzelte die Stirn. »Warum sollte man sie entführen und ins Schloss schaffen?«

»Ich weiß es nicht«, hauchte Chace, »aber ich muss ihr helfen.«

Er wollte losreiten, doch Twin hielt ihn am Arm zurück und zog ihn samt Pferd zurück in den Schatten der Bäume.

»Ihr könnt nicht ins Schloss. Nicht so«, stellte er mit einem Blick auf seinen besten Freund fest. Chace sah überrascht an sich hinunter und verzog angeekelt das Gesicht. Twin hatte recht, er war über und über mit Blut besprenkelt. Es war ein Wunder, dass ihn die Wachen auf den Türmen noch nicht gesehen und Alarm geschlagen hatten.

»Aber ich muss … Was sollen wir sonst tun? Ich kann nicht hier stehen und warten. Was ist, wenn man sie verdächtigt?«

»Verdächtigt wegen was?« Twin sah ihn aufmerksam an. Er würde nicht umhinkommen, es ihnen zu erzählen, also fing er an, die Geschehnisse offenzulegen. Erstaunen, aber auch Furcht machte sich in den Gesichtern seiner Freunde breit, und als Chace schließlich geendet hatte, sahen diese sich wortlos einige Sekunden an, bevor Ed das Schweigen brach. »Ich bezweifle, dass man sie verdächtigt. Ich meine sogar, dass dieser Mord nichts mit der Entführung zu tun hat, wenn der Mord überhaupt schon entdeckt worden ist. Hier geht etwas anderes vor, Euer Vater hatte bereits eine Vorahnung. Es wäre ganz gut, wenn sich einer von uns im Schloss etwas umsieht.«

Nachdenklich sah sein Freund zu den Zinnen hinauf.

»Ich werde gehen. Habe ich Eure Erlaubnis?«

»Natürlich. Was fragt Ihr noch? Geht!«

Sein Gegenüber nickte, gab dem Pferd die Sporen, um es anzutraben, und ritt den Weg entlang, den die beiden Männer zuvor genommen hatten. Binnen weniger Minuten wurde auch er von dem hoch oben auf einem Felsen thronenden Schloss geschluckt. Chace betete, dass er seinen Freund heil wiedersehen würde.

Chace und Twin waren allein zurückgeblieben und hatten schließlich den Rückweg angetreten. Tief in Gedanken ritten sie still nebeneinanderher. Erst kurz vor der Stadtmauer brach Twin das Schweigen.

»Hier«, er reichte Chace seinen Umhang, »werft den über. Damit sieht man die Flecken nicht so sehr. Nur was wir mit dem zusätzlichen Pferd machen sollen, ist mir schleierhaft. Ich hoffe, dass es niemand erkennt.«

Chace drehte sich im Sattel um und sah die kleine Stute an, die Goatee nicht von der Seite gewichen war. Er seufzte.

Ed

Die riesigen Mauern, in die der schroffe Fels übergegangen war, wirkten mächtig, einschüchternd und unüberwindbar. Doch die große Zugbrücke war heruntergelassen, und als er sie überquerte und durch das Schlossportal ritt, verwehrte ihm niemand den Einlass. Einer der Wachen musterte ihn zwar argwöhnisch, sagte jedoch nichts. Erleichterung machte sich in ihm breit. Doch was nun – was sollte er tun?

Im Hof herrschte ein dichtes Gewusel von Mägden und Knechten. Alle liefen durcheinander und waren in ihre Arbeit vertieft. Niemand nahm ihn wahr, als er sich nach den beiden Männern umsah. Sollte er sich vorsichtig nach ihnen erkundigen? Ed entschied sich dagegen. Stattdessen stieg er von seinem Ross und führte es an der Schlossmauer entlang zu einem niedrigen, länglichen Gebäude. Davor waren zwei gesattelte Pferde angebunden, es musste sich also um den Stall handeln. Unschlüssig, wie er weiter vorgehen sollte, entschied er sich, zunächst sein eigenes Pferd zu versorgen, um dann auf eigene Faust das Schloss näher in Augenschein zu nehmen. Er stellte es neben die anderen Pferde und begann, den Gurt zu öffnen, als sich zwei Pferdeknechte zu ihm gesellten, die anderen Reittiere absattelten und dabei ein sehr interessantes Gespräch führten.

Ed schluckte.

Kapitel 22

Endline

Chace

Es war später Nachmittag, als die drei Freunde gemeinsam bei einem Bier in einer Ecke der Gaststube saßen. Chace hing Ed förmlich an den Lippen und konnte seinen Ohren kaum trauen.

»Und das haben die Knechte wirklich gesagt? Aber wie kann das sein?«

Dass Belle keine einfach Magd sein konnte, das hatte er sich bereits denken können, aber dass sie aus so gutem Hause stammte? Trotzdem passte für ihn einiges ganz und gar nicht zusammen. Warum war sie auf dem Fest gewesen? Warum hatte sie ihn wiedersehen wollen? Und diese Männer … Sie hatten ganz und gar nicht den Eindruck von einer königlichen Leibgarde gemacht. Außerdem – warum hatte Belle geschrien? Sie musste doch ihre Beschützer kennen?!

»Ausgeschlossen, dass sie nicht Prinzessin Isabelle ist. Es schien auch einen riesigen Aufruhr gegeben zu haben. Der König selbst wusste nicht, dass die Königsgattin seine Tochter überwachen ließ und war ziemlich erbost über diesen Umstand. Er soll ihr lautstark vorgehalten haben, dass sie seine Tochter bespitzle, aber sie muss ihm einiges von dem, was sie herausgefunden hat, verraten haben. Zumindest soll der König unvermittelt innegehalten haben und seither darf die Prinzessin nicht mehr das Schloss verlassen und keinen Besuch mehr empfangen. Genaueres zu den Umständen wussten die Knechte jedoch nicht … Ich war danach noch einige Zeit im Schloss, die Mägde in der Küche waren sehr redselig; die eine erzählte mir, dass die Prinzessin, kurz nachdem sie ins Schloss gebracht wurde, einen Zusammenbruch erlitten haben muss, als ihr Vater ihr jeglichen Kontakt nach außen versagte und bestimmte, dass sie heiraten müsse, am besten sofort. Es gäbe keine Wahl mehr für sie.«

»Sie denken doch nicht etwa, dass sie und ich …?«

»Ich weiß nicht, was sie wissen oder glauben zu wissen. Sie haben sie auf jeden Fall heute überwacht, aber ob gestern, kann ich nicht sagen. Man hat von einem jungen Mann geredet, aber ob man Euch erkannt hat, steht in den Sternen. Doch mein Gefühl sagt mir Nein, zumal ich mir nicht vorstellen kann, dass der König es ansonsten so dramatisch fände.«

»Wieso denn dramatisch?«, polterte Chace. »Es ist nichts geschehen, wir haben uns doch nur unterhalten.«

»Ruhig, Chace, man schaut schon zu uns rüber!«, versuchte Twin ihn zu beruhigen.

»Keiner von uns bezweifelt das, aber man scheint zu glauben, dass ihre Ehre von irgendeinem Knecht beschmutzt wurde. Versteht Ihr mich?«

Chace schnaubte. »Was wäre, wenn ich mich einfach zu erkennen gebe? Wenn ich alles erkläre? Diese ganze Situation ist doch absurd.«

Ed sah ihn an und schien zu überlegen. »Ich bezweifle, dass es solch eine gute Idee ist. Die Prinzessin hat zwar Arrest, ist jedoch in keiner gefährlichen Lage. Bis zum Ball haben wir ja noch etwas Zeit. Mein Gefühl sagt mir, dass wir nichts überstürzen sollten«, erwiderte sein Freund ehrlich.

Chace wollte noch etwas einwerfen, aber er hatte keine Argumente dagegen. Belle war in Sicherheit, nur das zählte.

Nur noch wenige Tage, dachte Chace und lehnte sich zurück.

Belle

Belle saß auf dem kalten, harten Boden des fast leeren Audienzsaales. Man hatte alle Bittsteller nach draußen geschickt, um mit ihr verfahren zu können.

Die beiden Grobiane hatten sie am Bach gepackt und einen Sack über Kopf, Arme und Oberkörper gestülpt und zugebunden. Wie ein

Geschenk geschnürt, hatte man sie anschließend ins Schloss befördert, dort unsanft vom Pferd gezogen und wenig später auf den Steinboden des Saales fallen lassen. Seitdem saß sie dort, unfähig, aufzustehen.

Bei ihrer Entführung hatte sie Todesängste erlitten, war aber nicht in der Lage gewesen, sich zu wehren. Alles war zu schnell gegangen. Nun starrte sie in die wütend blickenden Augen ihres Vaters, der über sie gebeugt stand und sie anbrüllte, während Camelia genüsslich im Hintergrund blieb und Zwietracht säte.

»Was hast du dir eigentlich gedacht?«, schrie Elias sie an.

»Du hast mein Vertrauen und meine Großzügigkeit missbraucht! Alles habe ich dir gegeben, und dann triffst du dich hinter meinem Rücken mit so einem Straßenjungen?!«

Er erwartete keine Antwort, doch Camelia flüsterte etwas, das Belle nicht verstand. Die Wut wurde stärker. Ängstlich zuckte die Prinzessin bei seinen nächsten Worten zusammen. »Und was muss ich von meiner Frau noch erfahren? Das dies nicht das erste Mal ist, dass du diesen Jungen triffst? Wenn ich daran denke, dass du mit aufgeschnittener Kehle irgendwo hättest liegen können anstatt dieses Dienstmädchens. Nicht auszudenken. Was wäre aus Endline geworden? Hast du daran mal gedacht? Es geht hier nicht nur um dich und was du willst, es geht um unser Land!«

Strafende Blicke glitten auf sie hernieder und schienen sie zu durchbohren. Belle musste sich abwenden.

Ihr Blick schweifte zu dem kleinen Erker. Dorthin hatte sich Camelia zurückgezogen. Mit verschränkten Armen und einem triumphalen Lächeln im Gesicht konnte sie sich augenscheinlich eine Steigerung der Situation nicht entgehen lassen.

»Und was machen wir, wenn sie nicht mehr rein ist, mein Gemahl? Kein Prinz wird sie mehr haben wollen.«

Ihr Vater schnaubte. »Ich hoffe sie war klug genug, das nicht zu tun. Oder hast du mich so sehr enttäuscht, Isabelle?«

»Neeein …«, stammelte sie bloß und versuchte, die Tränen zurückzuhalten. Belle erkannte sich in diesem Augenblick selbst kaum wieder. Sie hätte ihrem Vater gerne alles erklärt und sich gerechtfertigt, aber sie konnte nicht. Es war einfach zu viel. Sie fühlte sich seltsam schwach und müde.

»Du wirst übermorgen auf diesem Ball deinen zukünftigen Gemahl treffen. Ich werde dafür sorgen, dass unser guter Name nicht in den Schmutz gezogen wird. Weder von dir noch von sonst wem. Ich hoffe für dich, dass du noch Jungfrau bist oder es überzeugend zu spielen vermagst, denn du wirst einen der Prinzen so schnell wie möglich ehelichen und dann dieses Schloss verlassen.«

Der Blick, mit dem Elias in diesem Moment seine Tochter betrachtete, war starr vor Wut. Kein Funken Liebe oder Besorgnis war darin zu sehen.

»Aber Vater …«, versuchte Belle ihm zuzureden, doch Camelia schnitt ihr das Wort ab.

»Du hast genug gesagt. Wachen! Bringt die Prinzessin in ihr Zimmer und sorgt dafür, dass sie es nicht verlässt. Und lasst niemanden zu ihr. Wir können nicht noch mehr Probleme mit ihr gebrauchen.«

Zu ihrem Vater gewandt, fügte sie noch hinzu: »Wir müssen jetzt Schadensbegrenzung betreiben. Am besten niemand erfährt, dass Isabelle dieses Mädchen gefunden hat. Das wirft nur unnötige Fragen auf, und über die *andere Sache* sollten wir sowieso stillschweigen.«

Der Vater nickte nur.

Als die zwei Wachen sie ergriffen und nach oben hievten, sah Belle, dass ein Lächeln auf Camelias Lippen lag.

Camelia

Sie konnte sich ein weiteres Lächeln nicht verkneifen. Alles lief mehr als gut. Dass Isabelle dieses Dienstmädchen fand, war zwar nicht Teil ihres Planes gewesen, aber ihre Soldaten hatten ihre Arbeit sehr gut gemacht. Sie hatten die Prinzessin, die sich unerlaubterweise allein entfernt hatte, doch tatsächlich bei einem Stelldichein erwischt. Besser hätte es gar nicht mehr laufen können.

Auf diese Weise war der Weg so gut wie frei.

Getreue des König Edwin

Der Wirt war mit dem königlichen Tross vollkommen überfordert gewesen und konnte gerade noch für die Gäste in dem kleinen Gastraum ein ordentliches Essen zusammenkratzen. Die Männer im Hof erhielten nur fade Suppe und versuchten, sich mit dem kargen Mahl aufzuwärmen.

Obwohl die Frühlingssonne auf sie herniederbrannte, war es kühl geworden. Ein leichter Wind fegte aus Richtung der Berge und ließ die Soldaten zusammenzucken. Der Getreue des Königs Edwin, der eben aus der Gaststube getreten war, spürte den kalten Luftzug und schlotterte. Instinktiv drehte er sich den Bergen zu. Das Gefühl, beobachtet und verfolgt zu werden, beschlich ihn. Beinahe schien es ihm, als käme etwas auf sie zu. Etwas Gewaltiges. Ein Schauer lief ihm über den Rücken.

Als sein Schützling hinter ihm aus der Tür trat, wandte er seine ganze Aufmerksamkeit ihm zu und verbot sich weitere Hirngespinste.

»Prinz, ich würde vorschlagen, wir bleiben heute Nacht hier. Die Männer sind nach dem schnellen Marsch von heute Morgen erschöpft und die Pferde auch. Ich bezweifle, dass wir Wolfin noch vor der Dunkelheit erreichen werden, und denke …«

Gregors Hand kam wie aus dem Nichts und schloss sich fest um seinen Hals. Überrascht von dem Angriff, keuchte er nur und versuchte erfolglos, sich dem würgenden Griff des Königsohnes zu entziehen.

Gregor

»Ihr denkt? Es ist mir egal, was Ihr denkt, oder wollt Ihr Euch wirklich herausnehmen, mir zu sagen, was ich tun oder lassen soll?« Gregor lachte ein grausames Lachen, als der Mann versuchte, ihn zu zwingen, den Griff zu lockern und dabei nach Atem rang.

»Ich bin nicht mein Vater, das mag wohl sein, aber ich bin der Prinz und Ihr habt mir zu dienen. Ihr hört und macht, was ich befehle und ICH befehle, dass wir weitermarschieren. Ich will und werde heute noch in Wolfin ankommen. Habe ich mich klar ausgedrückt?«

Während er sprach, wurde sein Griff immer fester. Der Mann hechelte, schlug um sich und versuchte, sich im Todeskampf zu befreien.

Die Soldaten um sie herum beobachteten die Szene. Unschlüssig, ob sie eingreifen sollten. Als einer von ihnen sich anschickte, dem Mann zu helfen, erschienen Bled und Sep zu Gregors Seiten und der Soldat zog sich wieder zurück. Erst als der Mann in seinem Griff kreidebleich war und sein Bewusstsein zu verlieren drohte, ließ er ihn los. Der Getreue fiel wie ein Stein zu Boden und blieb liegen.

»Ich hoffe, wir haben uns verstanden«, zischte Gregor ihm zu, bevor er sich zu den Übrigen umdrehte.

»Nun seht Ihr, was ich mit Leuten mache, die meine Worte infrage stellen, und glaubt ja nicht, dass ich mit jedem so gnädig verfahre!

Macht Euch bereit zum Aufbruch, in zehn Minuten will ich hier weg sein.«

Mit diesen Worten drehte er sich um. Der Getreue hatte sich leicht aufgerichtet und rang nach Luft. Ohne mit der Wimper zu zucken, schlitzte Gregor ihm die Kehle auf. Der Mann gurgelte und kurz darauf fiel dessen lebloser Körper zu Boden. Warmes, in der kühlen Luft dampfendes Blut wich dem Mann aus den Adern und floss auf den Boden, wo es innerhalb kurzer Zeit große Blutlachen bildete.

Die Männer seines Vaters sahen ihn mit Furcht in den Augen an. Genau das war es, was er gebraucht hatte … Angst. Perfekt!

Er nickte Sep zu. Dieser verstand und machte sich sogleich an die Arbeit. Sie würden gleich aufbrechen können.

Eine halbe Stunde später hatten sie den Gasthof weit hinter sich gelassen und zogen auf der Volnana in Richtung Wolfin weiter. Der Abstecher zum Kloster hatte zwar einige zusätzliche Zeit in Anspruch genommen, doch zu diesem Zeitpunkt war er sich sicher gewesen, Wolfin noch bei Tageslicht zu sehen. Nun, einige Meilen weiter, musste Gregor feststellen, dass sein Ziel immer weiter in die Ferne rückte. Die Sonne war schon am Sinken und trotz des Drucks, den Sep auf die Soldaten ausübte, kamen sie nur langsam voran. Ständig mussten Pausen eingelegt werden, weil insbesondere die Fußsoldaten müde oder hungrig waren.

Die Männer waren geschwächt und sie hatten noch einige Meilen vor sich. Gregor war sich sicher, würden jetzt Räuber auf sie aufmerksam werden, sie hätten keine Chance.

Tief im Inneren wurde ihm bewusst, dass der Getreue seines Vaters recht gehabt hatte. Sie hätten in dem Gasthof bleiben sollen, doch nun durfte er keine Schwäche zeigen. Er hatte Bled angewiesen voranzureiten, um den Weg nach möglichen Gefahren auszukundschaften und in Wolfin eine Unterkunft für sie zu suchen.

Er selbst trieb den Tross immer stärker an, und als die letzten Kräfte die Männer zu verlassen drohten, sahen sie vor sich die ersten Türme der Stadt, die von Fackeln erhellt in der dunklen Umgebung lag.

Der Anblick verlieh den Männern wieder neue Kraft und als sie endlich die Straßen Wolfins betraten und Bled, der am Haupttor wieder zu ihnen gestoßen war, folgten, fiel die Anspannung von Gregor ab. Sie hatten es geschafft!

Der Gasthof, in dessen Hof Bled sie führte, trug den Namen ›Das Pferd‹, und nach den Pferden im Hof zu urteilen, war er gut besucht. Das Haus an sich war ein imposantes Gebäude aus Stein. Drei Stockwerke ragte es in die Höhe und aus seinen Schornsteinen stieg Rauch auf. Die Fassade des Hauses war mit Ornamenten wie Figuren und Ranken verziert.

Wahrhaft königlich, schoss es Gregor durch den Kopf und er ließ sein Pferd vor einer der Mauern im Hof halten. Augenblicklich wurde er von Dienern umringt, die ihm beim Absteigen halfen und ihm seine Sachen vom Pferd luden. Auch ein Knecht war zur Stelle und nahm sein Pferd entgegen. Zufrieden ließ sich Gregor von einem weiteren Diener in den Gasthof führen. Er war eben durch die Tür getreten, da kam bereits der Wirt des Hauses auf ihn zu.

»Werter Prinz, vielen Dank, dass Ihr gerade meinen bescheidenen Gasthof als Unterkunft gewählt habt. Solltet Ihr einen Wunsch haben, so zögert nicht, ihn mir zu nennen.«

Der Mann verneigte sich ehrfürchtig und schien auf Befehle oder nette Worte zu warten. Gregor war jedoch müde und hungrig und beschränkte sich daher auf das Wichtigste.

»Vielen Dank für Eure Gastfreundschaft. Im Moment habe ich nur zwei Wünsche. Bereitet uns ein kräftiges Mal und zeigt mir mein

Zimmer. Ich will mich umkleiden.« Er deutete auf seinen staubigen Umhang.

»Sehr wohl, Majestät.« Der Wirt verbeugte sich wieder und winkte eine junge Magd heran, die vor Gregor knickste und dann den Wirt fragend ansah. »Ihr habt mich gerufen, Vater?«

»Ja, mein Kind, wir haben hohe Gäste. Zeig doch bitte dem Prinzen unser schönstes Zimmer und sei ihm zu Diensten, wenn er etwas braucht.«

Das Mädchen wurde rot und nickte. »Natürlich. Folgt mir, werter Prinz«, sagte sie mit angenehm klingender Stimme und ging voraus. Mit gewecktem Interesse folgte Gregor ihr.

Diese Nacht würde sich vielleicht noch lohnen, dachte er und versuchte, sein Grinsen zu verbergen, bis er außer Sichtweite des Wirtes war.

Als er aus dem kleinen, schlichten Flur weiter in das Haus trat, erschlug ihn der schiere Reichtum. Die Wände waren über und über mit kostbaren Gobelins bedeckt und die Kerzenhalter, in denen weiße Kerzen brannten und tänzelnde Lichtscheine auf die Wände warfen, schienen aus purem Gold zu bestehen. So prunkvoll eingerichtet war nicht einmal das Schloss, in dem er geboren und aufgewachsen war. Dem Mädchen entging sein Blick nicht.

»Mein Vater ist einer der reichsten Männer der Stadt. Nur die reichen Leute suchen hier eine Unterkunft und bezahlen auch entsprechend. Mein Vater legt daher besonderen Wert darauf, dass sie sich wohlfühlen. Ihr fühlt Euch doch wohl, mein Prinz, oder?«

Gregor war tief in Gedanken und hörte ihre Stimme kaum; als das Mädchen keine Antwort erhielt, wurde es rot und lief weiter. Über eine große Treppe aus kunstvoll verziertem Kastanienholz und einigen mit dicken Teppichen ausgelegten Fluren erreichten sie schließlich eine Tür, vor der das Mädchen stehen blieb.

»Hier ist Euer Zimmer, Majestät, wenn Ihr mich brauchen solltet, gleich hinter der Tür ist eine Klingel.« Mit diesen Worten drehte sie sich auf dem Absatz um und war verschwunden. Er wachte aus seinen Gedanken auf und schaute ihr interessiert nach. Die Klingel würde er definitiv gebrauchen …

Kapitel 23

Endline

Belle

Die schweren Damastvorhänge waren zugezogen, kein Feuer brannte im Kamin und spendete Wärme oder Licht. Belles Gemächer lagen fast vollkommen im Dunkeln. Nur wenige Strahlen der Frühlingssonne fanden ihren Weg durch die kleinen Spalten der Vorhänge. Die Prinzessin lag allein auf ihrem Bett. Ihre Hofdamen und Zofen mussten in ihrem Audienzzimmer harren. Niemand durfte zu ihr und sie durfte nicht nach draußen. Nein, sie wurde sogar bewacht.

Ihre Einsamkeit zwang sie, über das Geschehene nachzudenken, doch ihr Kopf wollte ihr glauben machen, dass ihre Augen sie betrogen haben mussten. Sophia konnte nicht tot sein.

Belle setzte sich im Bett auf. Um sie herum war nichts außer der selbst geschaffenen Dunkelheit. Durch den Schlitz unter der Tür zu ihrem Audienzzimmer drang nur gedämpftes Licht. Die Stille von der anderen Seite war erdrückend, doch plötzlich wurde es laut und wenig später öffnete sich die Tür zu ihrem Gemach.

Camelia schritt energisch hinein. »Was ist denn hier los?«, rief sie klagend aus, als sie sich umblickte und das dunkle Zimmer wahrnahm. Sie klatschte in die Hände. »Meine Damen, macht Licht und den Kamin an. Wir haben zu tun. Isabelle, komm von dem Bett runter. Du bist kein Kind mehr. Nimm den Verlust hin, es wird nicht der letzte sein. Der Schneider kommt jeden Moment.«

Die Worte drangen nur langsam an ihr Ohr. Wie konnte ihre Stiefmutter in diesem Moment an neue Kleider denken?

Als sie nicht sofort aufstand, war Camelia mit wenigen Schritten bei ihr und zerrte sie am Handgelenk vom Bett herunter. Sie war so verwirrt, dass sie die Berührung kaum wahrnahm und aus irgendeinem Grund sah sie ein zufriedenes Lächeln auf Camelias Gesicht.

Nur Sekunden später kam der Schneider zur Tür herein. Dicht auf seinen Fersen erschienen zwei Burschen, die eine schwere Holztruhe hereintrugen, in der Mitte des Raumes absetzten, sich verneigten und wieder verschwanden. Die Hofdamen liefen geschäftig umher, schoben die Vorhänge zurück und entzündeten das Feuer und einige Kerzen.

Belle nahm das ganze Ausmaß um sich herum nur langsam wahr und seufzte. »Muss das jetzt wirklich sein?«, versuchte sie an die Gnade ihrer Stiefmutter zu appellieren. Erfolglos. Ein selbstgefälliges Grinsen und zuckersüße Worte waren die Reaktion.

»Aber natürlich, Kind. Dein Vater hatte dir doch bereits gesagt, dass wir den Schneider heute erwarten. Hattest du das etwa vergessen? Wegen so etwas«, sie machte eine abfällige Handbewegung, »bleibt unser Leben doch nicht stehen. Jetzt lass dich bis auf das Unterkleid auskleiden, ich fürchte, die Schneider müssen deine Maße noch einmal nehmen, du bist ja doch etwas gewachsen.«

Belle war müde und wusste, dass sie sich Camelia nicht entziehen konnte. Ohne ein Widerwort gab sie sich geschlagen und ließ ihre Amme das Kleid öffnen. Während man sie bis auf das Unterkleid auszog, breitete der Schneider eine Vielzahl an wertvollen Stoffen auf dem Bett aus und sie nahm wahr, wie Camelia andächtig mit den Fingern darüberfuhr.

»Isabelle, komm zu mir und sag mir, welche Stoffe und Farben du haben willst. Es ist der Wunsch deines Vaters, dass du nur die besten zur Auswahl hast, ich hoffe, es ist etwas für dich dabei.«

Der sarkastische Unterton in Camelias Stimme entging ihr nicht, als sie an das Bett trat, und mit nüchterner Stimme erwiderte sie nur: »Ich bezweifle, dass ich jemals so eitel wie Ihr sein werde. Trugt Ihr nicht zu den letzten Bällen reines Gold und zu Eurer Hochzeit mit meinem Vater meiner Mutters Juwelen und ein blaues Kleid, bestickt mit Saphiren? Mir reichen im Gegensatz dazu einfache Stoffe.«

Aufmerksam beobachtete sie das Gesicht ihrer Stiefmutter. Es verfärbte sich rot. Ihre Worte hatten also getroffen. Mit unschuldigen Blick und kindlichen Getue wandte sie sich ab und der Auswahl auf dem Bett zu. Ein seidiger Stoff in einem schimmernden Grau zog ihre Aufmerksamkeit auf sich. Tastend glitten ihre Finger darüber. Er fühlte sich weich und tröstend an.

»Der hier«, entschied sie daher und griff noch gezielt nach einem grau-weiß schimmernden Rüschenbesatz, den sie sich gut im Bereich der Taille und dem Mieder vorstellen konnte, »und das hier.«

Camelia rümpfte nur die Nase.

»Eine sehr gute Wahl, Prinzessin. Nun bitte ich Euch, dass Ihr Euch gerade hinstellt und die Arme seitlich ausbreitet, damit ich Eure Maße nehmen kann«, bat der königliche Schneider und ließ sich von seinem Gehilfen das Maßband reichen. Belle tat wie befohlen, und während der Schneider eifrig maß und seinem Gesellen die Zahlen zurief, sah Belle, wie Camelia im Zimmer auf und ab lief.

»Und welche Stoffe wählst du noch?«, fragte die Stiefmutter hochnäsig und betrachtete dabei das schlicht eingerichtete Zimmer mit offenem Hohn.

»Wozu brauche ich denn noch mehr Kleider?« Verständnislos sah sie Camelia an.

»Na, für deine Hochzeit, Dummerchen. Du wirst in wenigen Tagen schließlich noch heiraten.«

Die Zufriedenheit in ihrer Stimme und die Worte selbst verschlugen Belle die Sprache. Ihr Vater hatte seine Worte doch nicht ernst gemeint? Das konnte doch nicht sein … Er hatte nur im Zorn gesprochen …

»Das kann nicht sein. Vater würde nie …«

»Oh doch, meine Liebe. Er würde und er wird es tun. Du hast ihn schwer enttäuscht und damit dein Schicksal selbst besiegelt.«

»Das ist nicht wahr …«

»Dann frag ihn doch – insofern er überhaupt mit dir sprechen möchte.«

Mit einem gehässigen Grinsen verließ Camelia den Raum. In der Tür drehte sie sich noch einmal um, gab dem Schneider die Anweisung, den beigen Stoff als Hochzeitskleid zu fertigen, und den Hofdamen noch einige Befehle. Dann war sie verschwunden. Als auch die Schneider mit ihrer Arbeit fertig und die Sachen zusammengepackt waren, leerte sich der Raum und Belle blieb allein zurück. Eine einzelne Träne rollte über ihre Wange.

Chace

Es war später Abend und die drei Freunde saßen immer noch in einer Ecke des Gastraumes, vor sich ihre gefüllten Krüge mit Bier. Während Ed und Twin sich lebhaft unterhielten, war Chace tief in seinen Gedanken versunken und auffallend still.

»Warum führt Ihr Euch wie ein Trauerkloß auf?«, wandte sich Ed unvermittelt an ihn und erschreckt fuhr er zusammen.

»Was?«, stammelte er.

»Ich wollte wissen, was Euch bedrückt. Das Mädchen ist doch in Sicherheit. Also? Gibt es etwas, das Ihr uns vorhin nicht gesagt habt, oder was ist los?«

»Nein, ich habe Euch alles gesagt. Zumindest das, was ich wusste. Ich weiß, sie ist in Sicherheit, aber sie lässt mich einfach nicht los … und unsere Geschichte macht alles irgendwie nur noch komplizierter. Kann ich nicht einfach in das Schloss und alles erklären? Sie ist sicher traurig und fühlt sich allein. Jemand sollte zu ihr …«

Twin unterbrach ihn unwirsch. »Sprecht Ihr da oder ein verliebter Idiot? Wollt Ihr wahrhaft jetzt in das Schloss, diese ganze Schmierenkomödie offenlegen? Was, denkt Ihr, wird man dazu sagen? Macht es einen guten Eindruck für einen zukünftigen Herrscher, dass er fremde junge Mädchen verführen will? Seid nicht dumm, hier geht es um mehr als das Mädchen. Wir sollten im Hintergrund bleiben und es aus der Ferne beobachten.«

Ed nickte. »Nicht ganz meine Worte, aber Twin hat recht. Mein Instinkt sagt mir, dass wir nichts überstürzen sollten. Ihr dürft Euch nicht von Gefühlen leiten lassen, auch wenn es verlockend ist. Außerdem, so wie Ihr das Mädchen beschrieben habt, scheint sie weder Aufpasser noch Tröster zu brauchen …« Er versuchte amüsiert zu klingen, doch es gelang ihm nicht. Chace blieb unschlüssig.

Als sie endlich die Wirtsstube in Richtung ihres Zimmers verließen, war es beinahe Mitternacht. Auf der Treppe blieb Ed jedoch stehen, entschuldigte sich und verschwand wieder nach unten. Achselzuckend sah Twin ihm nach und machte sich daran, die Stufen weiter zu erklimmen.

Chace blieb noch einen Moment stehen und sah Ed hinterher. *Wo will er nur hin?*

Belle

Es war bereits dunkel, als Belle die Augen wieder öffnete. Verwirrt sah sie sich um. Nachdem man sie allein zurückgelassen hatte, hatte sie sich mehr oder weniger in den Schlaf geweint. Nun war es Nacht und nur der Mond schickte sein fahles Licht durch ihre Fenster. Das Feuer im Kamin war heruntergebrannt und Kälte erfüllte den Raum. Sie zog die Decke stärker um sich und versuchte, das Frösteln zu unterbinden.

Belle wusste nicht, wann sie jemals so verzweifelt gewesen war. Gestern noch war ihre ganze Welt in Ordnung.

Sophia, Selina, ihr Vater … alle waren ein Teil davon gewesen und hatten sie geliebt. Und jetzt? Ihre Welt war gefühlt in Tausende von Scherben zerbrochen.

Um sich abzulenken, ließ Belle ihren Blick durch das Gemach schweifen. Es lag fast komplett im Dunkeln, nur unter der Tür zum Audienzzimmer flackerte ein schwacher Lichtschein hindurch. Der Kamin musste noch an sein und das konnte nur bedeuten, dass vor ihrem Zimmer jemand ausharrte, um auf sie aufzupassen. Angestrengt lauschte sie in die Nacht, doch kein Laut drang an ihr Ohr. Entweder war ihr Bewacher eingeschlafen oder er verhielt sich absolut lautlos.

Sie überlegte einen Moment, stand dann bemüht leise vom Bett auf und bewegte sich auf die Tür zu. Dort angekommen, legte sie die Hand auf den Knauf und musste dem Drang widerstehen, ihn einfach zu drehen und die Tür zu öffnen. Stattdessen wollte sie versuchen, die Tür irgendwie von innen zu blockieren, damit niemand des Nachts unbemerkt hineinkommen konnte. Da ihre Stiefmutter schon vor Jahren alle Türschlösser im Schloss hatte entfernen lassen, musste sie sich etwas anderes einfallen lassen. Angestrengt schaute sie sich im

Zimmer um und wollte eben den Knauf loslassen, um einen Stuhl zu holen, als wie aus dem Nichts ein Riegel erschien und die Tür sich selbst verschloss. Erschrocken konnte Belle im letzten Moment noch einen Schrei unterdrücken. *Wie? War ich das?* Unsicher betrachtete Belle ihre Hände. Sie sahen ganz normal aus. Dann lauschte sie in die Nacht. Hatte man sie vielleicht auf der anderen Seite gehört? Doch alles blieb ruhig, nur das Knacken des sich dem Ende neigenden Kaminfeuers war wahrzunehmen. Belle entspannte sich und wandte sich um. Ihr Blick fiel auf ihren Wandspiegel. Im fahlen Licht des Mondscheins sah sie ihr eigenes Spiegelbild und zuckte zusammen. Sie blickte nicht in ihr Spiegelbild. Ihr Bild war weitergewandert und stand am geöffneten Fenster. Wenig später schwang sich das Bild nur mit einem Mantel über dem Unterkleid bekleidet aus ebendiesem und verschwand.

Die wirkliche Belle blieb einen Moment wie vom Donner gerührt stehen, dann folgte sie ihrer inneren Stimme, griff sich ihrem Mantel und lief zum Fenster.

Den Mantel um ihre schlanke Gestalt geschlungen, kam sie am Fenster an und versuchte, es zu öffnen. Niemand hatte es verschlossen und als sie aus dem Fenster sah, befand sich auch die Rankhilfe noch an ihrem Platz. Ihren Weg nach draußen hatte also niemand entdeckt.

Inzwischen hatte es angefangen zu regnen und ihr Blick glitt nach unten. Sie sah die dunklen Rosen ihrer Mutter am unteren Ende des Holzes. Sie bewegten sich im eisigen Wind, der immer stärker auffrischte, und es sah so aus, als würden die Rosen ihr zunicken.

Entschlossen kletterte Belle nach draußen. Das Holz war nass und sie musste sich konzentrieren, um nicht den Halt zu verlieren. Nach einer gefühlten Ewigkeit erreichte sie schließlich den Boden und blieb fröstelnd, aber erleichtert stehen.

Der Regen hatte ihren Mantel durchnässt und die Kälte machte sich in ihr breit. Dennoch… Sie zog die Kapuze tief ins Gesicht und folgte ihrer Eingebung. Irgendetwas zog sie zum Schlosstor, wenn sie nur wüsste, was …

Tief in Gedanken schlich Belle an der Schlossmauer entlang, kurz vor dem Tor stieß sie plötzlich mit einem Mann zusammen. Panisch fuhr sie zusammen und wollte sich schnell entfernen, aber eine Hand griff nach ihr und hielt sie unbarmherzig fest. Belle erschrak. *Wer ist das?,* dachte sie und versuchte sich loszureißen. Sollte sie schreien? Würde sie überhaupt jemand hören? Ehe sie sich weiter Gedanken machen konnte, hatte ihr Gegenüber sich die Kapuze vom Kopf gezogen und Belle starrte in ein Gesicht, das ihr bekannt vorkam.

»Prinzessin«, flüsterte der Mann, »was macht Ihr hier?«

Belle erschrak. Er wusste, wer sie war. Aber wer war er? Würde er Alarm schlagen?

»Ich …«, stammelte sie nur und machte sich innerlich darauf gefasst, dass er nach den Soldaten rufen würde, die sie sogleich in ihr Zimmer verfrachten würden, aber nichts dergleichen geschah. Der junge Mann grinste sie an und bedeutete ihr, ihm zu folgen. Interessiert tat sie wie geheißen. Wenig später fand sie sich in einem der Ställe wieder, und nachdem der Mann sich vergewissert hatte, dass sie allein waren, legte er seinen nassen Mantel ab und schaute sie auffordernd an.

»Wer seid Ihr?«

Der Fremde ignorierte ihre Frage. »Prinzessin Isabelle, ich bin überrascht, Euch hier zu treffen. Auch wenn ich nicht bestreiten kann, dass ich erfreut bin. Ich dachte schon, ich müsste mir etwas einfallen lassen, um Euch zu Gesicht zu bekommen. Aber der Zufall ist uns hold. Wir sind uns erst einmal begegnet, gestern auf dem Fest in Trebin. Ich hoffe, ich habe Euch nicht zu sehr verschreckt?«

Belle beobachtete ihr Gegenüber fasziniert. Jetzt erkannte sie ihn. Er war einer der Männer gewesen, die Chace im Auge behalten hatte. Chace …

»Seid Ihr ein Freund von Chace? Schickt er Euch?«

»In gewisser Weise ja«, antwortete er und begann, geschützt von der Dunkelheit der Nacht, zu erzählen …

Kapitel 24

Endline

Camelia

Es war bereits nach Mitternacht, als Camelia erschöpft in ihr Gemach zurückkehrte. Um sie herum wimmelte es noch von Knechten und Zofen, die ihr Bett herrichteten und Feuer machten. Mit harschen Worten gab sie die letzten Befehle und wies das Gesinde an, sich zu beeilen. Wenig später leerte sich der Raum und nach einer gefühlten Ewigkeit war sie endlich allein.

Ein erleichterter Seufzer entglitt ihrer Kehle. Der letzte Tag war anstrengend gewesen, dafür aber mehr als nur nach Plan verlaufen. Unwillkürlich bildete sich ein Lächeln auf ihren Lippen, als sie an den Nachmittag in den Gemächern ihrer Stieftochter dachte. Sie hatte das Mädchen endlich berühren können – aber warum? Hatte sie endlich ihren Geist gebrochen? Oder hatte sie sich diese Schmerzen von Anfang an nur eingebildet?

Wie in Trance bewegte sie sich auf das leicht geöffnete Fenster zu. Ein Blick nach draußen verriet ihr, dass es zu regnen begonnen hatte. Eine kühle Brise wehte ihr entgegen und trug den Geruch von nassem Gras mit sich. Unvermittelt schweiften ihre Gedanken ab und Bilder aus ihrer Kindheit erschienen vor ihrem geistigen Auge. Energisch schüttelte Camelia den Kopf. Dies war weder die richtige Zeit noch der richtige Ort für ihre Vergangenheit, die sie so mühsam in die unterste Schublade ihrer Erinnerungen verbannt hatte.

Eine Tür knarrte und ließ sie erschrocken zusammenzucken. Als sie sich umdrehte, blickte sie in die Augen ihres Boten.

»Was ist?«, fuhr sie ihn an, um ihre Unsicherheit zu kaschieren.

»Ihr hattet nach mir rufen lassen, Madame …«

Verwirrt sah sie ihn an, dann drang die Bedeutung seiner Worte in ihr Bewusstsein und sie winkte ab.

»Ja, Ihr habt recht. Entschuldigt, das hatte ich ganz vergessen.«

Sie zwang sich zur Ruhe und ging hocherhobenen Hauptes hinüber zu ihrer Kommode, die aus sorgsam bearbeitetem Mahagoni bestand und ein Vermögen gekostet hatte. Ohne auf deren Schönheit zu achten, öffnete sie die unterste Schublade und zog einige unversiegelte Briefe heraus.

»Diese hier sollt Ihr an ihre jeweiligen Empfänger überbringen. Die Namen stehen darauf. Ihr wisst, dass ich mich auf Euch verlasse. Und Israc? Kein Wort zu irgendjemandem und vernichtet diese Briefe lieber, als dass sie in die falsche Hände gelangen.«

Israc nickte ihr zu und ohne ein weiteres Wort übergab sie ihm die Schriftstücke. Wenig später war er verschwunden und Camelia blieb allein zurück. Ein erneutes Lächeln huschte über ihre Lippen.

Gregor

Der neue Tag war bereits in greifbarer Nähe, als Gregor endlich von dem Mädchen abließ. Er hatte die Klingel des Wirtshauses nur einmal gebraucht, das Mädchen aber dafür umso öfter.

Bewegungslos und flach atmend lag sie da, doch er kümmerte sich nicht um sie. Er hatte, was er wollte, erschöpft ließ er sich in seine Kissen sinken und ließ die letzten Stunden noch einmal Revue passieren.

Mädchen

Erst in den frühen Morgenstunden ließ er von ihr ab und sich selbst erschöpft in die Kissen sinken. Wenig später vernahm sie ein gleichmäßiges Schnarchen. Sie blieb noch einen Augenblick still liegen, um sicherzugehen, dass er auch wirklich schlief. Dann stand sie auf, schlang sich das befleckte Laken um die schmale Taille und trat mit

Tränen in den Augen an das weit geöffnete Fenster. Am Horizont sah die bereits die ersten Strahlen des neuen Tages. Doch sie nahm sie nur verschwommen wahr.

Sie schaute auf den Fluss, der weit unter ihr träge dahinfloss. Tränen rannen ihre Wange hinab und sie sah nur diesen einen Ausweg …

Chace

Lautes Geklirr und Rufe drangen an sein Ohr und Chace fuhr erschrocken auf. Benommen und verwirrt blickte er sich im Zimmer um.

Wo zum Teufel befinde ich mich? Und was sind das für Geräusche? Gibt es einen Angriff?

Irritiert blickte er sich weiter um und langsam kehrte mit der Umgebung die Erinnerung zurück. Er befand sich in dem kleinen Dachzimmer des Wirtshauses. Sein Blick wanderte zum Fenster. Es musste früh am Morgen sein, denn nur wenig Tageslicht fand seinen Weg zu ihm hinein. Angestrengt versuchte er sich zu konzentrieren und lauschend die Geräusche einzuordnen. Er hörte das Gelächter von Frauen und das Klappern von Geschirr und Töpfen tief unter dem geöffneten Fenster und langsam entspannte er sich.

Chace sank zurück auf sein Kissen und schloss die Augen, in der Hoffnung, noch einmal einschlafen zu können. Aber der Schlaf kam nicht. Sobald er die Augen schloss, sah er nur die Geschehnisse der letzten Stunden vor sich und kalte Schauer liefen ihm über den Rücken. Es grenzte an ein Wunder, dass er am letzten Abend überhaupt hatte einschlafen können.

Während er so dalag, hörte er plötzlich ein Rascheln. Instinktiv öffnete er die Augen und sah gerade noch, wie sich auf der anderen Seite des Raumes die Tür von außen schloss. Im ersten Moment dachte er sich nichts dabei, es könnte doch einer seiner Begleiter den Abort aufgesucht haben. Aber als die Minuten verstrichen und niemand wiederkehrte, richtete sich Chace auf und sah zu den beiden Betten hinüber. Eds Bett war leer und Chace stutzte.

Sein Freund war gestern erst später wiedergekehrt und hatte kaum ein Wort mit ihnen gewechselt, was mehr als untypisch für diesen war. Dennoch hatten sie ihn in Ruhe gelassen und sich keine weiteren Gedanken gemacht. Zumindest bis jetzt.

Irgendwas stimmt nicht, kam es Chace in den Sinn. Hellwach stand er auf und schlich zur Tür, presste sein Ohr an das Holz und versuchte zu lauschen. Kein Geräusch war wahrzunehmen, daraufhin drückte er die Klinke nach unten, öffnete die Tür und schlüpfte hindurch. Kurz darauf trat er auf den dunklen Treppenaufsatz, der nur spärlich durch eine fast erloschene Fackel an der gegenüberliegenden Wand erleuchtet wurde. Von unten drangen dumpfe Geräusche zu ihm hinauf.

Geschwind und leise begann er, vorsichtig die steilen Stufen in den Gastraum hinabzusteigen. Die Geräusche schwollen immer mehr an. Der Gastraum schien zu dieser frühen Stunde bereits gut besucht, und als Chace die letzte Stufe erreicht hatte und sich umblickte, konnte er in dem herrschenden Getümmel keinen Ed mehr ausmachen.

Was sollte er tun? Entschlossen, es wenigstens zu versuchen, machte er ein paar Schritte in den Gastraum und blickte sich um. Resigniert wollte er schon aufgeben, als ein Stallknecht sich von der Küche in Richtung Hof seinen Weg bahnte und dabei die Menge einen Moment lang teilte. Dieser Moment reichte aus, damit er einen dunklen Mantel, wie Ed ihn immer trug, ausmachen konnte.

Sein Gefühl sagte ihm, dass es sein Freund sein musste und er folgte der Gestalt. Chace behielt recht, aber er kam zu spät. Im Hof traf er seinen Freund nicht mehr an, sondern konnte nur noch mit ansehen, wie dieser im leichten Trab aus dem Hoftor ritt. Fassungslos blickte Chace ihm hinterher.

Egal, was hier gespielt wurde, Ed musste alles geplant haben. Aber warum?

Entschlossen, dem Verhalten seines Freundes auf den Grund zu gehen, trat Chace wenig später in den Stalltrakt und machte Goatee fertig. Kurz darauf machte auch er sich auf den Weg …

Gregor

Auf dem Hof des Wirtshauses ›Das Pferd‹ herrschte trotz der frühen Stunde an diesem Morgen bereits Trubel. Menschen wie Tiere liefen aufgeregt und ungeordnet umher. Gregor hatte kurz zuvor den Abmarsch befohlen und die Soldaten sammelten ihr Hab und Gut so schnell es ihnen möglich war zusammen, wuschen sich und machten sich abmarschbereit. All dies geschah unter der strengen Aufsicht Seps. Trotz der herrschenden Hektik ging es dem Prinzen nicht schnell genug.

»Los, Beeilung, ich will so schnell wie möglich von hier fort!«

Gregors ungeduldiger Blick glitt über die Soldaten des königlichen Trosses, die immer noch nicht fertig waren. Er schlug nach einem der Knechte, als dieser einen schweren Wasserbottich für die Pferde heranschleppte, anstatt weiterzusatteln.

»Los, faules Pack, macht die Pferde bereit«, zischte er und der Mann versuchte vergeblich, den Bottich schneller zu tragen.

»Wir reiten jetzt los«, sagte Gregor schließlich und stieg auf sein wartendes Pferd.

»Aber wir können nicht einfach los. Noch nicht. Der Tross ist noch nicht bereit«, versuchte Sep seinen Herrn zu bremsen, ohne dessen Wut auf sich zu ziehen.

Gregor verdrehte nur die Augen. »*Das* sehe ich und ich sehe, wie unfähig Ihr seid, doch wir haben einen Plan und wollten so schnell wie möglich Trebin erreichen. Habt Ihr das vergessen? Ich nicht! Wir kommen sowieso zu langsam voran. Ich schlage vor, wir teilen uns in zwei Gruppen. Ihr bleibt bei den Fußsoldaten und führt sie nach Trebin, alle Berittenen kommen mit mir. Beeilt Euch, wir brechen in wenigen Augenblicken auf!«

Seine Stimme war absichtlich immer lauter geworden und neugierig reckten die Soldaten ihre Köpfe. Sep nickte und die Männer um sie herum schienen erstaunt, leisteten jedoch keinen Widerspruch. Im Gegenteil, sie machten sich sofort daran, die letzten Vorbereitungen zu treffen.

Die kleine Einlage vom vorherigen Tag und Seps Einfluss schienen Wirkung zu zeigen. Zufrieden wollte Gregor sich wieder seinen beiden

Begleitern zuwenden, als die Menge der Soldaten sich teilte und ein einzelner Reiter zu ihnen kam.

»Grip, welche freudige Überraschung.« In Gregors Stimme lag Ehrlichkeit, er hatte gewusst, dass er sich auf ihn verlassen konnte.

Er winkte seinen Freund näher zu sich, bis sie dicht nebeneinander standen. Die Pferde schnaubten unruhig und legten die Ohren an, aber Gregor achtete nicht darauf.

»Mein Freund, ich habe noch einen letzten Auftrag für Euch. Alles ist so weit vorbereitet, wir stehen kurz vor Trebin und es ist an der Zeit, dass unsere Freunde aus dem Norden, Goutier und seine Männer, zu uns stoßen können. Meint Ihr nicht auch? Noch agieren sie im Verborgenen, aber ich denke, das sollten wir ändern. Ihr wisst noch, was wir besprochen haben?«

Grip erwiderte den Blick seinen Herrn und nickte.

»Gut, dann geht. Hier ist ein Brief für Goutier. Ich erwarte, dass er alles genau so macht, wie es darin steht. Verdeutlicht ihm das und nun geht. Wir dürfen keine kostbare Zeit mehr verlieren.«

Grip nickte wieder, steckte den Brief sorgsam unter sein Wams, wendete sein Pferd und galoppierte ohne weiteren Gruß zwischen den Soldaten hindurch gen Norden davon. Gregor blickte ihm noch einen Moment nach, ehe er sein Pferd Schritt gehen ließ und den Befehl zum Abmarsch gab.

Die Berittenen sammelten sich hinter ihm und er wollte gerade aus dem Tor reiten, als der Wirt wild gestikulierend mit wirren Wortfetzen auf den Lippen auf ihn zugelaufen kam. Genervt zwang er sich, den Worten des Mannes zuzuhören.

»Verzeiht, ehm … Majestät, dass ich Euren Aufbruch verzögere. Habt Ihr zufällig meine Tochter gesehen?« Der Wirt blieb prustend und nach Luft schnappend vor ihm stehen und sah ihn mit großen Augen an. »Die Mägde sagten mir, dass sie sie gestern nach dem Abendmahl nicht mehr gesehen hätten und heute Morgen wäre sie nicht zur Arbeit in der Küche erschienen. Es klingt mir nicht nach ihr und da dachte ich …«

Bevor er zu Ende reden konnte, unterbrach ihn Gregor, seine Stimme war dabei kalt wie Eis.

»Ihr dachtet, ich wüsste, wo sie ist? Nein, Wirt, deine Tochter habe ich nicht gesehen. Warum auch?« Er sah ihn verächtlich an und wandte sich dann schnell ab, damit der Mann sein Grinsen nicht sah. Das Gespräch war für ihn beendet. Verwirrt und tief in Gedanken machte sich der Wirt Unverständliches nuschelnd wieder auf die Suche. Gregor drehte sich derweil im Sattel um und musterte die Männer, die auf seinen Befehl warteten.

»Also los«, brüllte er und trabte sein schwarzes Ross an, das er aus dem Stall des Wirtes genommen hatte und das eines Königs würdig war. Die Berittenen folgten ihm und als Nachhut die Männer zu Fuß.

Sie waren eben von einer der Seitenstraßen auf die Hauptstraße Wolfins abgebogen, das Stadttor lag schon vor ihnen, als der gellende Schrei eines Mannes, der etwas Schreckliches gefunden haben musste, hinter ihnen erklang.

Belle

Lärm und Geschrei erfüllten den Raum, aber sie konnte nichts sehen, um sie herum war alles dunkel. Plötzlich nahm sie etwas wahr. Sie stand allein vor einem riesigen Richtertisch. Die dunkle Gestalt des Richters, bis zur Unkenntlichkeit in einen schwarzen Mantel gehüllt, hoch über ihr. Kein anderer Mensch war zu sehen, aber der Lärm schien von Hunderten zu kommen und stetig anzuschwellen.

Der Richter war gerade dabei, das Urteil zu fällen. Die Anklage hatte man ihr nicht genannt, da erschienen wie aus dem Nichts überall Menschen. Gesichtslose Massen, die immer näher zu ihr drängten und sie niederzutrampeln drohten. Mit flehendem Blick sah sie zum Richter empor. Seine Kapuze verrutschte, als er sich auf seinem Stuhl zurechtsetzte, und so konnte sie das Gesicht erkennen. Die Mengte tobte, während sie erstarrte. Camelia! Die ungeliebte Stiefmutter holte mit dem Hammer aus, um sich Gehör zu verschaffen. Das Gesicht war vor Grausamkeit und Hass zerfressen. Auf einmal herrschte Stille. Verächtliche und bösartige Blicke richteten sich auf sie und schienen auf etwas zu warten. Nervös sah Belle sich um. Dann hörte sie die

Stimme ihrer Stiefmutter, hörte, wie sie das Urteil verkündete und sah dann, wie sich der Hammer ein letztes Mal, nervenaufreibend langsam, nach unten zum Tisch bewegte, um das Urteil zu besiegeln. Der Hammer hatte sein Ziel fast erreicht und Soldaten marschierten bereits auf, um sie abzuführen. Nie zuvor gekannte Angst stieg in ihr hoch – und plötzlich …

Lautes Geschrei und Lärm waren allgegenwärtig und Belle riss die Augen auf. Von Angst erfüllt sah sie sich um. Sie befand sich in ihrem Bett in ihrem Zimmer! Es war alles nur ein Traum gewesen.

Nur ein Traum.

Sie suchte die Ursache des Tumults. Ihr Blick glitt zur Tür. Ein Soldat der Leibwache ihrer Stiefmutter stand im Türrahmen, die Hände schützend vor den Körper gelegt. Die einst geschlossene Tür lag aus den Angeln gerissen auf dem Boden. Er schien sie mit Gewalt geöffnet zu haben.

Erinnerungsfetzen des letzten Abends drangen ihr ins Gedächtnis: Wie die Tür sich von allein verschlossen hatte – oder nicht? Während Belle versuchte ihre Gedanken zu ordnen, sammelten sich ihre Hofdamen um den Soldaten herum und starrten ihn fassungslos an. Einige von den Frauen begannen wild zu schimpfen, doch dann wurde es unvermittelt still. Camelia hatte sich an dem Soldaten vorbeigeschoben und war in das Zimmer getreten. In ihrer Begleitung zwei Wachen.

»Warum in Gottes Namen war die Tür verschlossen? Habe ich dir nicht schon einmal erklärt, dass mir das missfällt? Und wie hast du es überhaupt bewerkstelligt?«, begann sie zu keifen, schien jedoch keine Antwort zu erwarten und drehte sich kurz darauf zu den wartenden Hofdamen um.

»Aurelia, holt jemanden, der diese verdammte Tür repariert und dafür Sorge trägt, dass man sie nie wieder verschließen kann! Ihr anderen ruft die Zofen, macht hier drinnen Licht und bereitet alles vor, Ihr unnützen Dinger. Heute muss alles perfekt sein!«

Ihr Tonfall ließ Belle das Blut in den Adern gefrieren, selbst die Hofdamen wagten nicht, etwas dagegen zu sagen, dass Camelia sie wie einfache Zofen behandelte, sondern stoben auseinander und taten wie geheißen. Der Raum leerte sich, aber die Soldaten blieben an Ort und Stelle zurück und schienen auf etwas zu warten.

Mit einem zufriedenen Ausdruck im Gesicht wandte sich Camelia nun an sie und trat vor ihr Bett.

»Nun, Tochter, warum hältst du es für nötig, die Tür zu verschließen? Du fürchtest dich doch wohl nicht etwa?« Ein prüfender Blick brannte auf sie hernieder. »Komm! Steh auf! Es ist Zeit für das Frühstück, und du hast noch einen langen Weg vor dir, bevor du annehmbar aussiehst. Also *auf, auf!*«

Ohne ihre Antwort abzuwarten, zog Camelia an der Decke und von einer Sekunde auf die andere saß Belle nur noch mit einem durchscheinenden Unterkleid bekleidet auf dem Bett. Die Soldaten traten sichtlich unwohl auf der Stelle und wandten sich ab. Camelias gehässiges Lächeln verriet, dass ihr die Situation gefiel.

»Das sind deine neuen Leibwachen. Steh auf und begrüße sie! Sie sind aus meiner persönlichen Wache und absolut zuverlässig. Aufgrund der letzten Vorkommnisse hat dein Vater es so bestimmt. Sie werden dir ab jetzt auf Schritt und Tritt folgen und dich beschützen.«

Belle musterte die beiden Männer. Warum stimmte ihr Vater zu, sie durch Camelias rechte Hände bewachen zu lassen? Das konnte nur ein Irrtum sein!

Ihr Blick ging zu ihrer Stiefmutter, die sie auffordernd ansah. Musste sie sich wirklich in ihrem Unterkleid diesen Männern präsentieren? Kannte die Gehässigkeit dieser Frau keine Grenzen? Scham stieg in ihr auf und als sie eben aufstehen wollte, um sich ihrem unausweichlichem Schicksal zu fügen und sich im einfallenden Licht im halb durchsichtigen Kleid zu zeigen, kam Selina mit energischem Schritt in das Zimmer marschiert, gefolgt von einigen Zofen, die einen Bottich schleppten. Leicht verzögert folgten Zofen mit den ersten Eimern voll mit dampfendem Wasser. Mit einer herrischen Geste schickte die stämmige Amme die Männer vor die aus den Angeln gerissene Tür.

Camelia schluckte eine entsprechende Bemerkung herunter. Stattdessen legte sie ihren ganzen Sarkasmus in ihre nächsten Worte.

»Du darfst dich frei bewegen, zumindest im Schloss, aber meine Wachen verfolgen und überwachen alles. Glaub nicht, dass mir auch nur der kleinste Ungehorsam verborgen bleiben wird«, hauchte sie und begab sich dann in Richtung der Tür. Dort drehte sie sich noch einmal um.

»Ich wünsche, dass die Prinzessin heute auffallend gekleidet ist. Wir erwarten hohen Besuch und es liegt in unserem Interesse, dass dieser sich wohlfühlt.«

Mit diesen Worten entschwand sie und Belle blieb allein mit Selina und den Zofen zurück, während die Wachen sich vor der Tür postierten und warteten.

»Versteh einer diese Frau«, nuschelte Selina, wies zwei Zofen an, ein Bettlaken vor die Tür zu spannen, damit wenigstens etwas Privatsphäre gewahrt wurde, und half ihrem Schützling dann aus ihrem Unterkleid.

»Warum hasst sie mich eigentlich so sehr?«

»Ich befürchte fast, dass Eure Stiefmutter keinen wirklichen Grund für ihren Hass braucht. Sie ist von Herzen einfach böse«, seufzte Selina und half ihr in die Wanne. »Euer Vater ist so gut, ich verstehe nicht, was er an dieser Frau findet …«, setzte Selina kopfschüttelnd noch hinzu und ging dann still weiter ihrer Arbeit nach.

Als das warme Wasser Belle umfing, fiel aller Kummer von ihr ab. Müde und erschöpft schloss sie die Augen. Selina gab verschiedene Öle in das Wasser und der süße Duft ließ sie wenigstens für eine kurze Zeit entspannen und Ruhe finden. Sie vergaß alles um sich herum, was war und was geschehen würde. Erst als ein dunkler Schatten auf ihr Gesicht fiel, öffnete sie die Augen wieder.

Eine der Hofdamen ihrer Stiefmutter stand vor ihr. Lautlos musste sie in das Zimmer geschlüpft und an der im Umkleidezimmer befindlichen Selina vorbeigehuscht sein. In ihren Händen hatte die Dame, die gut dreißig Jahre zählte, ein grünes Kleid aus Seide, reich bestickt und prunkvoll, mit tiefem Ausschnitt, aber dennoch auf gewisse Weise dezent gehalten. Die Frau hatte sich vor ihr aufgebaut und sah abschätzig und hochnäsig auf sie herab.

»Eure Mutter schickt mich. Dieses Kleid«, sie schwang es in ihren Händen, »sollt Ihr zum Frühstück tragen.«

Die Hofdame drehte sich um, legte das Kleid auf das frisch gemachte Bett und wandte sich wieder an Belle: »Sie wünscht Euer Erscheinen zum schnellstmöglichen Zeitpunkt.«

Damit ging sie ebenso lautlos wieder aus dem Zimmer, wie sie gekommen war. Selina, die wenig später mit einem Kleid auf dem Arm aus dem Umkleidezimmer kam, sah das andere auf dem Bett liegen und schüttelte den Kopf, bevor sie sich wieder daranmachte, das von ihr ausgewählte Kleid wegzuhängen.

Belle seufzte nur und sank tiefer in die Wanne. So tief, bis das Wasser über ihr zusammenschlug und sie ihre Umgebung nicht mehr wahrnahm.

Kapitel 25

Endline

Chace

In welche Richtung Ed geritten war, konnte er nur mutmaßen. Ziellos ritt er die Straßen Trebins entlang, fand aber keine Spur von seinem Freund. Alle Vorsicht und Achtsamkeit vergessend, irrte er durch das Gassengewirr. Als er schließlich in eine Gasse ritt, die nach Dreck und Urin stank, beschloss er, die Suche abzubrechen. Er würde warten müssen, bis Ed wieder zurückkehrte und ihn sich dann vornehmen.

Chace wendete Goatee mit Schenkeldruck und verließ die kleine Gasse auf dem schnellsten Weg. Als die engen, schmalen Gassen den breiten, sonnendurchfluteten Straßen Platz machten, musste er sich kurz orientieren. Von allen Seiten drängten Händler an ihm vorbei und zogen die Anhöhe hinauf Richtung Markt, um ihre Waren anzubieten. Um dem Gedränge und den Menschenmassen zu entkommen, beschloss Chace, die entgegengesetzte Richtung zu nehmen und der Sonne zu folgen. Je weiter er sich vom Zentrum wegbewegte, desto leerer wurden die Straßen und die Häuser um ihn herum veränderten sich. Aus Stein wurde Holz, aus zwei- wurde einstöckig. Auch die Menschen sahen einfacher gekleidet aus und betrachteten ihn neugierig, während er zuvor im dichten Gedränge kaum aufgefallen war.

Die Straße führte ihn an den Rand von Trebin und ging in eine lange Kaimauer über, an der die Schiffe andocken konnten und auf der bereits zu dieser frühen Stunde einige Fischer ihre Ware an Händler verkauften. Der starke Geruch nach Fisch und Seetang machte sich breit. Hoch über seinen Kopf kreischten die Möwen, die über die Kähne flogen und begierig auf Fischreste warteten. Wellen schlugen gegen den Kai, die vertäuten Boote schaukelten und das Meer schäumte auf. Goatee wieherte aufgeregt. »Ruhig, mein Großer«, flüsterte Chace ihm beruhigend zu. Der Geruch nach Salz stieg ihm in die Nase.

Im Gegensatz zum hektischen Treiben im Zentrum der Stadt war es am Hafen ruhig und friedlich. Sein Blick wanderte von den schäumenden Wellen nach oben zum Horizont. Weit hinten sah er einige kleine Boote, die malerisch im türkisen Wasser vor der Kulisse eines atemberaubenden Sonnenaufgangs schaukelten.

Chace fasste einen Entschluss und sah sich um. Ein kleiner Pfad führte wenige Meter neben ihm am Kai vorbei eine Böschung hinunter in Richtung Meer. Mit leichtem Schenkeldruck bedeutete Chace seinem Hengst, in den Schritt zu fallen und lenkte ihn sanft zu dem Pfad. Die Böschung fiel steil ab, dahinter jedoch begannen die sandigen Dünen, die zum Meer flacher abzufallen schienen, und er trabte Goatee an.

Das Tier schnaubte erschreckt aufgrund des schäumenden und wellenschlagenden Wassers, das unvermittelt seine Vorderhufe umspielte, beruhigte sich jedoch schnell und fing an, mit den Beinen im Wasser zu spielen und seinen Reiter dabei ordentlich nass zu spritzen. Chace musste lachen und ließ ihm einen Moment diesen Spaß, bis er die Zügel wieder annahm und sein Pferd weitertrieb. Bedacht darauf, im seichten Wasser zu bleiben und keine Spuren zu hinterlassen, ließ Chace seine Umgebung nicht aus den Augen und Ohren. Aufmerksam registrierte er alles um sich herum.

Irgendwo hier muss es doch sein, dachte er und suchte die Umgebung des Strandes ab. Nach gut einer Meile sah er einen dichten Waldgürtel und hoch über den Wipfeln der Bäume fand er, was er gesucht hatte: Schloss Trebin.

Vom Meer her wirkte es majestätisch und überlegen. Die hoch gelegene Festungsanlage hatte über die Jahrhunderte hinweg jeglichem Wind und Wetter getrotzt. Stolz und uneinnehmbar lag sie auf dem Felsen, der hoch aus dem Wald herausragte. Sie schienen eins zu sein. Die Klippen um das Schloss waren unbezwingbar, der Wald so dicht, so undurchdringbar. Dort oben lag es also: sein Ziel.

Chace dirigierte sein Pferd aus dem Wasser heraus. Goatee schnaubte widerwillig, als er das kühle Nass, an dem er anscheinend Gefallen gefunden hatte, wieder verlassen musste, und als der Boden unter seinen Hufen wieder zu Sand wurde, ließ es sich der Hengst nicht nehmen, sich und damit auch seinen Reiter ordentlich durchzuschütteln und mit Wassertropfen zu übersäen.

In leichten Trab setzten sie ihren Weg über den trockenen und leichten Sand fort, der durch die Hufe des Tieres aufgewirbelt wurde. Im Nu waren seine Hose, der Sattel und die Beine des Tieres mit Sand bedeckt und Chace schimpfte über seine eigene Dummheit.

Als er den Waldrand erreichte, gab er seinen Hengst frei und vertraute darauf, dass das Tier den Weg finden würde. Sein treuer Begleiter bog sofort in das Unterholz ein und schritt zielstrebig über Baumstämme und Felsen hinweg. Chace musste mehr als einmal tief hängenden Ästen, die ihn beinahe vom Pferd gezogen hätten, ausweichen. Doch dafür befand er sich nur Minuten später auf dem Hauptweg, auf dem er den Tag zuvor die beiden Männer verfolgt hatte.

Je näher er dem Schloss kam, desto lichter wurde der Wald. Hier und da schauten Felsbrocken des Gesteins hervor, auf dem auch das Schloss erbaut worden war. Er hörte den Gesang von Vögeln und auch ein einzelnes Reh stand im Gebüsch und graste, als er vorbeiritt. Sein Blick wanderte zum Himmel, während sie dem Weg folgten. Der Stand der Sonne verriet ihm, dass es bereits kurz vor dem Mittag sein musste. Wie zur Bestätigung fing plötzlich sein Magen an zu knurren und Chace fühlte den lange verdrängten Hunger nun umso stärker. Er hatte die Zeit vollkommen aus den Augen verloren und sollte langsam umkehren.

Was wollte er überhaupt hier? Wollte er einfach in das Schloss mit einfacher, vom Sand verklebter Kleidung? Wer würde ihm glauben?

In seiner Vorstellung war alles so einfach gewesen, aber je näher er dem Schloss kam, desto unsicherer wurde er und umso mehr Schwächen hatte sein Plan. In seinem Kopf hämmerten die Gedanken aufeinander ein und wurden jäh unterbrochen, als sein Hengst ruckartig stehen blieb und die Ohren anlegte. Völlig überrascht versuchte er ihn nach vorn zu treiben, erntete aber nur ein Schnauben und bewirkte das Gegenteil: Goatee machte einige Schritte rückwärts.

»Ganz ruhig, mein Großer. Was hast du denn?«

Er blickte sich um, um die Ursache auszumachen, fand aber nichts und versuchte, das Tier weiterzutreiben, doch der Hengst wollte partout nicht vorwärtslaufen. Aufgeregt schüttelte er den Kopf und lief weiter rückwärts, und bevor Chace realisieren konnte, was unter ihm geschah, wandte sich der Hengst zur Seite und galoppierte mit seinem Reiter in das dichte Unterholz.

Chace verlor die Zügel und konnte gerade so einem großen Ast entgehen, der ihn fast vom Pferd gestoßen hätte. Mit Müh und Not hielt er sich auf dem davonstürmenden Tier fest. Sie durchbrachen ein letztes Gebüsch und abrupt blieb der Hengst stehen, senkte den Kopf nach unten und begann zu grasen. Mit klopfenden Herzen sah Chace sich um. Sie befanden sich auf einer kleinen Lichtung. Mit zitternden Knien stieg er vom Pferd. *Oh Mann. Was war das? So etwas hat Goatee bisher noch nie getan …*

Auf einmal wurde die Luft um ihn herum mit Hufgetrampel erfüllt, das immer lauter wurde. Er hörte Menschen durcheinanderrufen und wenig später sah er zeitweise Teile von ihnen durch das dichte Gebüsch. Es waren Männer hoch zu Ross, die ein königliches Wappen trugen, und in ihrer Mitte ritten zwei Edelmänner. Einer davon trug eine kleine Krone. Sein Blick war kalt und gierig. Chace betrachtete den Zug interessiert aus seinem Versteck. Hatte Goatee gewittert, das hier etwas nicht stimmte? Er erstickte den Gedanken im Keim. Woher sollte ein Tier das gewusst haben?

Verwirrt stieg Chace wieder auf das Pferd, als die Reiter vorüberwaren, und zu seiner Verwunderung reagierte es sofort lammfromm.

Während es sich wieder ihren Weg durch das Unterholz suchte, schweiften Chaces Gedanken ab. Sein Vater hatte erwähnt, dass auch der Prinz von Fallenday zu dem Ball geladen war, dem fallendayeschen Wappen und der Krone nach zu urteilen, musste dies ebendieser Prinz gewesen sein. Würde er mit seiner arroganten Art eine Konkurrenz für ihn sein?

Tief in Gedanken versunken traten sie aus dem Unterholz, Goatee nahm seinem Reiter die Entscheidung ab und wählte den Weg in Richtung Trebin. Seine Umgebung nicht wahrnehmend, hörte er nicht, wie sich von hinten jemand näherte. Erst als ihn etwas Hartes an der Schulter traf, schreckte er auf und sah sich um.

»Ihr wäret schon tot«, stellte Ed mit nüchterner Stimme fest. Sein Freund war wie aus dem Nichts aufgetaucht und Chace blickte ihn verwundert an. »Wo kommt Ihr denn her?«

»Die Frage sollte ich wohl eher Euch stellen. Haben sie Euch gesehen?«

»Wer? Die Reiter? Nein, Goatee hatte vor etwas Angst und ist panisch ins Gebüsch gelaufen.«

Ed ritt näher heran und tätschelte den Hengst. »Braves Pferd«, sagte er ehe er sich wieder an Chace wandte, der ihn verständnislos ansah.

»Es ist gut, dass sie Euch nicht gesehen haben. Es gibt einige dringliche Neuigkeiten, die ich Euch mitteilen muss.«

Als Chace den Mund aufmachte, um etwas zu erwidern, kam ihm Ed zuvor: »Hier nicht. Lasst uns einen sicheren Platz suchen, wo wir unter vier Augen reden können. Auch der Wald hat Augen und Ohren. Sehr viele sogar.«

Geheimnisvoll wies sein Freund mit einer ausladenden Geste auf die Bäume rings um sie herum, Chace verstand nicht und zuckte fragend mit den Schultern.

Was ist hier bloß los?, schoss es ihm durch den Kopf.

Ed, der sein Schweigen als Bestätigung zu deuten schien, trabte auf einmal an und Chace musste sich beeilen, um den Anschluss nicht zu verlieren.

Sie hatten gerade die letzten Ausläufer des Waldes erreicht, als hoch über ihnen ein Horn erklang. Der andere Prinz war also wirklich angekommen.

Gregor

Im flotten Trab ritten sie den Weg durch den dichten Wald des Schlossparks, da zügelte Gregor sein Pferd plötzlich, gab den Männern hinter ihm ein Zeichen und wandte sich an Bled.

»Wie weit ist es noch?«

»Nur noch eine knappe Meile. Der Wald verläuft wie ein Gürtel um das Schloss, wir sind schon sehr nahe. Bald müssten wir die Türme aus dem Wald ragen sehen und die Bäume sich langsam lichten.«

»Sehr gut, das heißt, wir kommen früher an als erwartet. Das passt doch perfekt. Meint Ihr nicht?«

Mit einer erhabenen Geste winkte er Bled näher zu kommen. Dieser ritt bis auf wenige Zentimeter heran und beugte sich zu seinem Herrn. »Mein lieber Bled, ich weiß, dass ich mich auf Euch verlassen kann und habe daher noch einen Auftrag, der allein von Euch zu bewältigen ist. Erst dann wird der Weg vollkommen frei sein.«

»Ja?«

Gregor warf einen Blick über seine Schulter und vergewisserte sich, dass die anderen Männer weit genug entfernt waren, um nicht den kleinsten Gesprächsfetzen aufzuschnappen. Zufrieden wandte er sich wieder Bled zu und begann flüsternd:

»Wie Ihr wisst, bin ich nicht der einzige Prinz, der sich auf dem Weg nach Endline befindet. Wir müssen unter allen Umständen verhindern, dass der Thronerbe von Tesslon Trebin erreicht und so eine Chance wie jetzt, dass er nie wieder auftaucht, werden wir so schnell nicht wieder bekommen.«

Bled nickte und schien einen Moment nachzudenken. »Und soll ich …«, begann er, wurde aber unsanft von Gregor unterbrochen.

»Natürlich sollt Ihr! Ich will keine Zeugen und erst recht keine Rivalen. Macht es schnell und diskret. Niemand, und ich meine wirklich *niemand,* darf mich damit in Verbindung bringen. Habt Ihr verstanden? Und kommt erst wieder, wenn alles erledigt ist. Jetzt geht!«

»Jawohl.« Bled salutierte und entfernte sich zu Pferd von ihm.

Gregors Gedanken kreisten bereits über seine nächsten Schritte, als eine alte, hässliche Gestalt an ihm vorbeiritt. Das vernarbte Gesicht drehte sich ein letztes Mal zu ihm und Gregor erschauerte. Faule Zähne und Augen, so kalt und hart wie das Eis der Luntren im tiefsten Winter, starrten ihn an. Niemand würden diesen Mann jemals mit ihm in Verbindung bringen.

Die letzte Meile hatten sie, nachdem sie die Türme des Schlosses aufragen gesehen hatten, im Schutz des Waldes in stürmischem Galopp den

Berg hinauf zurückgelegt. Als der Wald sich endlich lichtete und die Felsformation zum Vorschein kam, hatte er sein Pferd durchpariert, um das letzte Stück im ruhigen Schritt zu reiten. Niemand sollte erahnen, wie eilig er es hatte.

Um sich abzulenken, sah er sich um. Den Wald hatten sie nun hinter sich gelassen und nur das Schloss auf seinem felsigen Vorsprung erstreckte sich majestätisch und erhaben vor ihnen. Es war ein prachtvolles Gemäuer und mit nichts zu vergleichen, was er in Fallenday kannte. Mehrere hohe Türme zierten die kräftige Außenmauer, die das ganze Schloss zusammen mit steil abfallenden Klippen umschlang und damit sicherte. Das Gemäuer selbst war nur durch eine Zugbrücke zu betreten und musste in Kriegszeiten einer uneinnehmbaren Festung gleichkommen.

Die dicken Spinnweben, die er bereits von Weitem an den oberen Gittern des Falltores wahrnehmen konnte, sagten ihm jedoch, dass man diese Mechanik schon seit Ewigkeiten nicht mehr benutzt haben musste. Ein aufkeimendes Lächeln zwang er sich zu unterbinden, war es doch fast schon zu einfach.

Seine Männer hatten inzwischen zu ihm aufgeschlossen und in gewohnter Formation näherten sie sich dem Schloss. Gregor ließ seinen Blick in die Ferne schweifen. Er konnte das Rauschen des Meeres weit unter ihm ausmachen, sah die brechenden Wellen, und als sein Blick auf der anderen Seite des Felsens ins Landesinnere glitt, hatte er einen atemberaubenden Ausblick. Welch weite Sicht musste man wohl von den Türmen haben? Feinde und größere Menschenzüge musste man von dort meilenweit ausmachen können, das hatte er nicht bedacht – und genau das machte ihm Sorgen. Was würde geschehen, wenn …? Energisch verbannte er diesen Gedanken aus seinem Kopf. Es würde den Männern einfach noch einen Boten zukommen lassen, dann *musste* alles gelingen.

Als er kurz danach die Zugbrücke überquerte und durch das imposante Tor ritt, erklang ein lautes Horn und nur Augenblicke später war der Schlosshof voller Menschen. Knechte und Diener eilten herbei und nahmen die Pferde und das Gepäck entgegen.

Gregor stieg vom Pferd, erleichtert, nach dem anstrengenden Ritt endlich festen Boden unter den Füßen zu spüren. Aus den Augenwinkeln sah er, wie eine prunkvolle rundliche Gestalt sich ihm humpelnd näherte und wandte sich um. Elias von Endline.

Ein Diener trat von rechts an ihn heran und bat um seine Aufmerksamkeit:

»König Elias von Endline«, kündigte er unnötigerweise den König an, der sich mittlerweile bei Gregor eingefunden hatte und ihn freundschaftlich begrüßte.

»Mein lieber Prinz, Ihr seid endlich angekommen. Vielen Dank für Euren Besuch in meinem bescheidenen Heim. Ich habe bereits viel von Euch gehört und hoffe natürlich, dass Ihr Euch hier wohlfühlen werdet.« Elias zwinkerte ihm zu und drückte ihn.

Gregor gefiel es ganz und gar nicht, aber er versuchte, tapfer zu lächeln und wollte eben etwas erwidern, als der König weitersprach:

»Wir haben noch gar nicht mit Euch gerechnet. In Eurem Brief hieß es, frühestens am späten Nachmittag, also verzeiht uns bitte das Durcheinander und fühlt Euch willkommen.«

Elias' Augen blickten freundlich und Gregor überlegte einen Moment, was er am besten antworten konnte.

»Vielen Dank für Eure Einladung, Eure Majestät, und Eure damit verbundene Gastfreundschaft. Ich bin ihr sehr gern gefolgt. Ihr sprecht wahr, mein Freund, und ich hoffe, Ihr verzeiht mir, dass wir schon um einiges eher angekommen sind. Doch die Aussicht auf Eure Tochter hat mich nahezu beflügelt.«

Schelmisch sah der alte Mann ihn an.

»Ach, daher weht also der Wind.« Elias lächelte. »Ich kann Euch verstehen, mein Prinz, bisher war jeder von ihr ganz verzaubert. Nun sagt mir aber«, sein Blick glitt über die wenigen Männer in Gregors Gefolge, die inzwischen ebenfalls abgestiegen waren und sich hinter ihrem Herren versammelt hatten, »reist Ihr nur mit diesen wenigen Berittenen?«

Elias blickte wieder zu den Männern, scheinbar in der Hoffnung, dass es wie durch Zauberhand mehr geworden waren. »Der Tross erscheint mir etwas klein für einen offiziellen Besuch. Wenn ich da an Euren Vater denke …«

Bevor Elias zum Ende kommen konnte, fiel ihm Gregor ins Wort: »Nein, nein, wir sind einige Männer mehr. Dies hier ist nur mein persönliches Gefolge, das zu Pferd unterwegs ist. Der Rest wird heute Abend oder im Laufe des nächsten Tages eintreffen und meine treuesten Begleiter sind noch in wichtigen Dingen meinerseits unterwegs. Eure Einladung kam sehr kurzfristig und meine Neugierde war zu groß, um noch länger zu warten, wodurch es mir nicht möglich war, diese Dinge früher zu erledigen.«

»Natürlich, das hätte mir gleich bewusst sein müssen.«

Anerkennend klopfte ihm der alte Mann auf die Schulter und lud ihn ein, ihm zu folgen. »Kommt mit! Wie egoistisch von mir, Ihr müsst von Eurer Reise ganz erschöpft und hungrig sein. Und ich alter Trottel behellige Euch vor der Tür mit Dingen, die man auch bei einem gemütlichen Mahl erörtern kann. Ich hoffe, Ihr könnt mir das verzeihen. Kommt, begleitet mich nach drinnen!«

Mit zügigen Schritten überquerten sie den Hof. Die Menschen, die ihnen begegneten, machten Platz und verneigten sich vor ihrem König und seinem königlichen Gast. Kurz darauf traten sie durch das Portal in die große Halle.

War das Portal mit seinen Verzierungen aus Gold und Silber nicht schon prunkvoll genug gewesen, so war die Einrichtung der Halle erlesen und wertvoll.

An den Wänden hingen Gobelins aus den hochwertigsten Materialen, teilweise mit Edelsteinen wie Smaragden und Saphiren bestickt und sorgsam gepflegt. Der Boden bestand nicht wie üblich aus Holz, sondern aus dunklen Marmorplatten, die jeden ihrer Schritte ankündigten.

Ehrfürchtig sah Gregor sich in der riesigen Halle um und sein Blick glitt nach oben.

Sie muss mindestens zehn Meter hoch sein, schoss es ihm durch den Kopf. Das Gewölbe hoch über ihnen war kunstvoll gearbeitet und mit Malereien verziert worden. An einer der Seiten führte eine Treppe nach oben und endete in einer Brüstung. Was dahinter lag, konnte er nicht erkennen. Er wandte sich wieder der Einrichtung auf Augenhöhe zu und nahm Bänke und Tafeln wahr, die Platz für mindestens zweihundert Gäste bieten mussten. Alle bestanden aus erlesenem Holz und waren kunstvoll verziert und geschnitzt worden. Obwohl Gregor versuchte, sich nicht anmerken zu lassen, wie sehr ihm dieser Reichtum imponierte, entging dem König sein bewundernder Blick nicht.

»Wunderschön, nicht wahr?«, sprach der Alte und ließ seine Hand anerkennend über die Schnitzereien auf einem der Tische fahren. »Ich habe dieses Schloss als meinen Hauptsitz gewählt und es entsprechend ausbauen lassen. Die Stadt Trebin ist eine der reichsten Städte Symantriets, dementsprechend brauche ich hier einen prunkvollen Sitz. Es kann doch nicht angehen, dass die Handwerker meiner Stadt, die zu einer Audienz kommen, besser leben als ich.«

Er lachte, doch sein freundliches Gesicht mit dem strahlenden Lächeln war Gregor zuwider und er fühlte Hass und Neid in sich aufsteigen. Er spürte den prüfenden Blick seines Gegenübers und beschloss, das Thema zu wechseln, damit Elias seinen Ausdruck nicht deuten oder gar seine Gedanken erraten konnte.

»Wo befindet sich eigentlich unsere Hauptperson? Ich kann leider niemanden entdecken, auf den die Beschreibung zutreffen könnte.«

»Mein lieber Freund, Euer Auge hat recht. Die Prinzessin, meine Tochter, ist noch nicht hier. Ihr könnt es wohl kaum erwarten, sie endlich zu treffen? Sie befindet sich noch in ihren Gemächern und kleidet sich für das Mittagsmahl um. Ich werde sofort einen Diener nach ihr schicken.«

Der König drehte sich um und winkte einen jungen Mann zu sich, dem er einige Anweisungen gab.

Gregor nutzte den unbeobachteten Augenblick und sah sich noch einmal unauffällig um. Der Raum strotzte nur so vor Reichtum und würde ihm sicherlich ein hübsches Sümmchen einbringen. Gold, das er für seine Soldaten gut gebrauchen konnte – und wenn alles gut ging …

Vielleicht würde er Trebin auch zu seinem persönlichen Sitz machen. Man konnte so etwas Prachtvolles ja nicht einfach verkümmern lassen und sein Vater würde vor Neid erblassen …

»Sie wird sicherlich bald zu uns stoßen. Ihr müsst ihr verzeihen, sie hat vor nicht allzu langer Zeit ihre beste Freundin aus Kindertagen durch unglückliche Umstände verloren und ist daher noch etwas aufgewühlt und in Trauer. Wollt Ihr Euch, anstatt zu warten, vor dem Essen noch frisch machen und etwas erholen?«

»Wenn das möglich ist, wäre ich Euch sehr dankbar«, heuchelte Gregor.

»Aber natürlich.« Elias nickte und klatschte in die Hände. Sekunden später war ein anderer Diener zur Stelle, dem der König einige Worte zuflüsterte. Der Mann nickte und verschwand, während Elias erneut winkte.

Gregor musste seine Überraschung darüber verbergen, wer kurz darauf zu ihnen trat, und versuchte, möglichst unbeteiligt auszusehen.

»Camelia, meine Teuerste, das hier ist unser Gast. Darf ich ihn Euch vorstellen? Prinz Gregor von Fallenday.«

Er wandte sich an Gregor.

»Werter Prinz, dies ist meine treue Gemahlin Camelia, Isabelles Stiefmutter und meine engste Begleiterin.«

Camelia verneigte sich leicht vor ihm und auch Gregor brachte ihr seine Ehrerbietung entgegen. Elias sah wieder zu seiner Frau. »Wärt Ihr so freundlich, unserem Ehrengast das Zimmer zu zeigen? Er möchte noch einen Moment ausruhen, bevor das Essen aufgetragen wird. Die Diener bereiten in diesem Moment alles vor.«

Camelia nickte. »Sehr gern«, entgegnete sie und lud Gregor ein, ihr zu folgen.

Kurz darauf gingen sie in Richtung Treppe.

Belle

»Ihr könnt mich hier nicht gefangen halten wie eine ungehorsame Magd. Ich bin die Prinzessin!«, schrie Belle die Hofdame ihrer Stiefmutter an.

Nachdem sie den ganzen Morgen nach einem wortlosen Frühstück in ihrem Gemach sinnlos damit verbracht hatte, um eine Audienz bei ihrem Vater zu bitten, war sie deutlich genügsamer geworden. Sie wollte nur noch ihr Zimmer verlassen. Aber auch das war ihr nicht gestattet.

»Die Befehle Eurer Stiefmutter waren eindeutig!«, wiederholte die oberste Hofdame zum hundertsten Mal und war sichtlich genervt.

Da die Stiefmutter wusste, wie nah sich Belle und ihre Amme Selina standen, hatte Camelia Selina aus den Gemächern entfernen lassen. Im selben Atemzug hatte die verhasste Frau ihre oberste Hofdame darauf angesetzt, ihre Aufpasserin zu spielen, und diese furchtbare Person übernahm diese Rolle sehr gut – Aurelia war ein Bluthund. Sie spürte jeden Ungehorsam und jede Regelverletzung bereits im Vorfeld auf und unterband dementsprechend jeglichen Versuch. Belle hatte nicht einmal die Möglichkeit gehabt, mit Sophias Mutter zu sprechen.

Niemand war in ihrer Nähe, mit dem sie über das Geschehene hätte reden können, und nun durfte sie sich nicht einmal mehr ablenken. Camelias Anweisung war klar gewesen. Kein Verlassen des Schlosses. Kein Besuch. Nichts. Niemand. Daran hielt diese Aurelia fest.

»Meine Stiefmutter sagte, dass ich nicht das Schloss verlassen darf. Nicht meine Gemächer! Ich war dabei, als sie Euch befehligte! Also was ist daran, wenn ich in die Halle gehen will? *Ihr* habt mir nichts zu sagen!«, wurde Belle ungehalten und stürmte zur Tür. Als einer der Soldaten sie aufhalten wollte und am Arm festhielt, zuckte er schmerzvoll zusammen und ließ sie nur Sekunden später wieder los. Wie erstarrt blieb sie stehen.

Der Soldat blickte sich nur verängstigt um und trat dann hastig zur Seite, um Belle nicht noch einmal zu berühren. Der andere sah ihn ratlos an, beschloss dann aber, dass es besser war, der Prinzessin nicht in die Quere zu kommen, und blieb, wo er war.

Aurelia

Die Bewegungen an der Tür waren ihren Adleraugen nicht entgangen. Auch sie kannte die Geschichten über ihren Schützling. Das Gerede … Bisher hatte sie es für unwahr gehalten, aber … Sie schauderte … Als sich Belle im Türrahmen umdrehte und auf Aurelia blickte, gab diese sich geschlagen. Diese banale Situation war es nicht wert, einen Aufstand zu veranstalten. Die Befehle ihrer Herrin waren zudem tatsächlich nur gewesen, dass die Prinzessin das Gemäuer nicht verlassen sollte, und das tat sie schließlich nicht. Wenn sie nur in ihrem Zimmer blieb, wäre die Aufsicht zwar einfacher … Aber was sollte sie anderes tun? Anscheinend waren diese Soldaten nicht in der Lage, die Prinzessin davon abzuhalten, nach draußen zu gehen. Um ihr Gesicht zu wahren, würde sie einfach so tun, als wäre es ihre Idee gewesen.

»Nun gut.« Aurelia seufzte, und als sie weitersprach, klang ihre Stimme hart und bestimmt.

»Ich bin der Meinung, daran ist nichts verwerflich. Es wird Euch sicherlich auch guttun zu sehen, wie sich Edeldamen zu verhalten haben. Nehmt Eure Stickereien mit, damit Ihr dort unten etwas Sinnvolles treibt. *Aber*: Geredet wird nicht!«

Mit diesen Worten erhob sich die große, schlanke Hofdame und nickte den beiden Soldaten zu. Mit zügigem Schritt war sie an der Tür, lief an ihr vorbei, sorgsam drauf bedacht, sie nicht zu berühren. Wie in Trance lief Belle ihr nach, flankiert von den beiden Soldaten. Auf dem Flur blickte sie sich hilflos und unsicher um. Diese Männer gaben ihr mehr das Gefühl, eine Gefangene zu sein als eine Prinzessin. Ihre Gedanken schweiften zurück zu den unbeschwerten Tagen, die kaum mehr als eine Woche her waren, ihr aber wie Jahre vorkamen.

Auf der Galerie blieb Aurelia so schlagartig stehen, dass Belle in sie hineinlief und unsanft aus ihren Gedanken gerissen wurde. Neugierig blickte sie sich nach der Ursache um. Ein Blick über die Brüstung nach unten in die große Halle verriet ihr, dass etwas passiert sein musste. Überall liefen Diener umher, Höflinge drängten sich durch die Massen und dann nahm sie fremdartige Männer wahr. Soldaten mit einem königlichen Wappen standen im Zentrum der Aufmerksamkeit.

Das kann doch nur bedeuten, dass …? Suchend blickte sie sich nach ihrem Vater um. Er stand mit einem schmächtigen jungen Mann zusammen … Sie schluckte. Dennoch trat sie interessiert näher an das Geländer und umfasste es, während sie hinabstarrte. Der junge Mann unterhielt sich mit ihrem Vater und seine Haltung verriet nichts als reine Arroganz. Ihr Vater schien erfreut und selbst von hier oben konnte sie sein strahlendes Lächeln erkennen. Konnte oder wollte er die Arroganz nicht wahrnehmen? Als ihr Vater auf etwas zeigte und der fremde Prinz sich umwandte, konnte sie einen Moment lang in seine Augen sehen. Sie strahlten keinerlei Wärme aus. Kalt und hart blickten sie sich um. Ganz anders als die Augen von …

Belle wandte sich ab.

Aurelia stand immer noch am Treppenaufsatz. Unschlüssig darüber, was ihre Herrin wollen würde, verharrte sie wie eine steinerne Statur.

Ein Diener hechtete die Treppe hinauf, schob sich an der Hofdame vorbei und verschwand. Aurelia schenkte ihm keinerlei Beachtung, doch auf einmal wurde es laut auf der Galerie, die urplötzlich voller Menschen schien.

»Was macht Ihr hier?«, herrschte Camelia, die eben aus ihren Gemächern gekommen sein musste, ihre oberste Hofdame an.

Aurelia, den harschen Umgang gewöhnt, verneigte sich tief und begann, ohne eingeschüchtert zu klingen: »Ich fand, ein Besuch in der Halle, um zu sehen, wie sich Edelfrauen zu benehmen hätten, würde der Prinzessin guttun. Das Gemäuer hätte sie nicht verlassen. Ich dachte, darin würde kein Problem bestehen. Nun musste ich jedoch feststellen, dass der Besuch bereits eingetroffen ist. Ich wollte Euch eben eine Nachricht zukommen lassen, ob wir dennoch …«

»Natürlich nicht«, fiel Camelia ihr ins Wort. Darauf folgte ein Moment der Stille, in dem Camelia fieberhaft zu überlegen schien.

»Bringt die Prinzessin wieder auf ihr Zimmer. Ich will sie bis zum Essen nicht sehen. Macht sie fertig, aber nicht mehr als nötig, Aurelia. Ich verlasse mich auf Euch. Und jetzt schafft sie mir aus den Augen.«

Camelia winkte ab, ignorierte sie und stieg hocherhobenen Hauptes die Treppe nach unten in die Halle.

Belle sah ihrer Stiefmutter hinterher. *Was habe ich dieser Frau nur getan, dass sie solch einen Hass auf mich verspürt?*

Sie merkte, wie Wut in ihr aufstieg. Das war genauso ihr Zuhause wie das ihrer Stiefmutter. Was bildete sich diese Frau nur ein? Belle raffte ihre Röcke und marschierte Richtung Treppe. Sie würde Camelia schon zeigen, was sie von ihren Regeln hielt. Als Prinzessin konnte sie immer noch selbst entscheiden, wann sie sich wo im Schloss befand.

Aurelia, überrascht vom Auftreten ihrer Schutzbefohlenen, war unfähig, sofort zu handeln, doch noch bevor Belle die oberste Stufe erreicht hatte und nach unten steigen konnte, versperrte ihr eine massive Gestalt den Weg.

»Prinzessin, ich muss Euch darauf hinweisen, dass es Euch untersagt wurde, die Halle zu betreten«, sprach einer der Soldaten und baute sich vor ihr auf. Bevor sie etwas antworten und sich an ihm vorbeischieben konnte, war Aurelia zur Stelle. »Kommt, Isabelle, Ihr müsst Euch fertig machen. Es ist bald Zeit für das Mittagsmahl und Ihr wollt Euren Gast doch gebührend empfangen?!«

»Ich bezweifle, dass man dieses Brokatkleid mit Saphiren noch übertreffen kann, Madame, und jetzt lasst mich nach unten«, antwortete sie sarkastisch und mit einem Tonfall, der ihre Herkunft mehr als verdeutlichte. Entschlossen trat sie nach vorn und versuchte, sich an den Soldaten vorbeizuschieben. Mit seinen behandschuhten Händen hielt er sie jedoch zurück. Aurelia kochte vor Zorn.

»Ihr macht, was ich Euch sage, Isabelle! Kommt mit und führt Euch nicht wie ein Kind auf! Es war der Befehl der Königin«, giftete die Hofdame.

»Sie ist nicht die Königin!«

»Ruhe jetzt, oder wollt Ihr hier einen Aufstand machen, den die ganze Halle mitbekommt? Eure Amme hat Euch viel zu sehr verzogen. Es wird Zeit, dass endlich andere Zeiten kommen! *Kommt!*«

Die Hand der Hofdame schnellte nach vorn und packte ihr Handgelenk. Belle spürte den Schmerz und wurde zurückgezerrt. Doch so schnell wie die Hand gekommen war, war sie auch wieder verschwunden. Aus dem Gleichgewicht gerissen, taumelte Belle und drohte zu stürzen. Im letzten Moment hielt einer Wachen sie fest und gab ihr Halt. Belle blickte zu Aurelia. Schmerz und Angst spiegelte sich im Gesicht der Hofdame, die sich die Hand rieb.

»Was erlaubt Ihr Euch?«, donnerte die Hofdame. »Das ist Teufelswerk! Ihr Hexe! Wehe, Ihr wagt das noch einmal!«, spie sie ihre Drohung aus.

»Bringt Sie mir sofort aus den Augen! Sie soll in ihre Gemächer und tragt dafür Sorge, dass sie auch dort bleibt!«, keifte sie und eilte flink, ohne sich noch einmal umzudrehen, an ihr und den Soldaten vorbei die Treppen hinab.

Kapitel 26

Endline

Chace

Nachdem sie den Wald hinter sich gelassen hatten, entschieden sie sich für einen kleinen Pfad an der Küste entlang, um die Hauptstraße zu vermeiden. Weit und breit war seitdem kein Mensch mehr zu sehen gewesen, doch Ed hatte sich immer wieder misstrauisch umgesehen und sich vergewissert, dass ihnen niemand folgte.

Chace verstand das Verhalten seines Freundes nicht. Warum mussten sie unerkannt durch die Einöde reiten, wo niemand sie sah, anstatt dem schnellsten Weg nach Trebin zu folgen? *Was ist nur los mit ihm?*, schoss es ihm durch den Kopf und er musterte das angespannte Gesicht seines Freundes. *Warum macht er sich solche Sorgen? Wer sollte uns schon erkennen?*

Chace sah an sich herunter. Sein Hemd war fleckig und an manchen Stellen mit einer feinen Schicht aus Sand bedeckt. Erfolglos versuchte er ihn abzuklopfen, verteilte dabei aber nur weiter den Sand und einige Sandkörner fanden dabei ihren Weg unter seine Kleidung, was ein unangenehmes Kratzen hervorrief.

Seine Haare fielen ihm ins Gesicht. Sie waren strähnig und bedurften dringend einer Reinigung. Auch sein Kinn brauchte Pflege, zumindest eine Rasur, denn da er sich nun den dritten Tag nicht rasiert hatte, stand ihm ein leichter Bart, was ihm ganz und gar missfiel. Das einzige Positive an seiner Erscheinung war, dass er kein Stück mehr wie ein Prinz aussah. Wer also sollte ihn erkennen?

Als das Schweigen immer unerträglicher wurde, trabte er sein Pferd an, ließ es an Ed vorbeilaufen und stellte sich quer auf den Weg. Ed musste sein Pferd gezwungenermaßen ebenfalls durchparieren und blickte mit Erstaunen in Chaces Gesicht.

»Was ist …?«

»Was habt Ihr da draußen gemacht? Und warum bewegen wir uns wie Verbrecher auf der Flucht fort? Ihr sagtet, Ihr würdet es mir erklären. Stattdessen schweigen wir uns an. Also? Ihr seid mir endlich eine Antwort schuldig.« Er würde sich nicht mit faulen Ausreden abspeisen lassen.

»Ich finde, wir sollten dies nicht hier erörtern. Die Straßen sind nicht sicher …« Weiter kam sein Gegenüber nicht.

»Oh doch, das sind sie. Sicherer zumindest als in der Stadt. Hier ist weit und breit niemand.«

Er deutete in beide Richtungen. Die Umgebung war menschenleer und bis auf das Rauschen des Meeres drangen auch keine Geräusche an sein Ohr.

»Aber …«

Auch diesen Einwurf erstickte Chace im Keim. »Kein Aber. Ich will wissen, was los ist, und zwar *jetzt*. Redet mit mir oder ich folge Euch nicht weiter. Ich bin zwar Euer Freund, aber auch Euer Prinz, und damit habt Ihr mir zu gehorchen. Habt Ihr mich verstanden? Und nun sprecht!«

Seine Worte schienen die gewünschte Wirkung zu haben.

Die beiden jungen Männer kannten sich seit Kindertagen, waren zusammen aufgewachsen und hatten sich immer gleichberechtigt behandelt, dennoch stand Chace weit über Ed, und wenn sein Freund nicht mehr als Freund mit ihm reden wollte, dann musste er sich als Prinz Gehör verschaffen.

Ed schien zu überlegen, zuckte dann mit den Schultern und gab sich schließlich geschlagen. »Nun gut.«

Chace nickte zufrieden.

»Ich habe heute einige Dinge herausgefunden, die mehr oder weniger unser Handeln beeinflussen werden, mein *Prinz*.« Ed betonte das letzte Wort, als wäre es Gift, und Chace sah ihm an, dass die Karte, die er soeben ausgespielt hatte, seinen Freund getroffen haben musste.

»Zuerst und sicherlich das, was Euch am meisten beschäftigt, der Prinzessin geht es den Umständen entsprechend gut. Mir ist es gelungen, gestern Nacht in das Schloss einzudringen und mit ihr zu sprechen. Sie weiß nicht, wer Ihr seid, und unter den gegebenen Umständen ist es sehr gut für uns und sicherer für sie.«

»Wie meint Ihr das? Warum sicherer und von welchen Umständen sprecht Ihr?«

Chace sah ihn fragend an. Er verstand nicht, auf was sein Freund hinauswollte. Warum sollten sie in Gefahr sein?

Anstatt zu antworten, sah Ed sich jedoch erst misstrauisch um und als er endlich begann, war seine Stimme kaum mehr als ein Flüstern.

»Damit kommen wir zum Nächsten, was ich erfahren habe. Wir alle wussten doch von Anfang an, dass Ihr nicht der einzige Prinz seid, der in Trebin erwartet wird. Die Reiter von eben ... Das waren der Prinz von Fallenday und sein berittenes Gefolge. Gerade müssen sie das Schloss erreicht haben. Das Horn ...«

Chace unterbrach ihn: »Aber was hat dieser Prinz mit mir zu tun? Er ist mein Konkurrent, ich weiß. Aber warum das Versteckspiel? Es liegt doch an Prinzessin Isabelle, und wäre es dann jetzt nicht an der Zeit, dass auch ich öffentlich auftrete? Warum verstecken wir uns hier?«

Ed sah ihn an und seine Miene verriet nichts Gutes. Als sein Freund zu erzählen begann, schien die Welt um Chace herum stehen zu bleiben.

Belle

Es war Mittagzeit und in der großen Halle hatte man zusätzlich noch Tische und Bänke aufgestellt, damit auch die Neuankömmlinge genug Platz fanden. Trotz des herrlichen Sonnenscheins draußen war es noch recht frisch, und in den Kaminen, die links und rechts des Herrschaftstisches in die Wand eingelassen waren, brannte ein herrlich wärmendes Feuer. Der Boden war mit getrocknetem Jasmin und Lavendel ausgelegt worden und bei jedem Schritt, bei dem ihre Röcke die Kräuter aufwirbelten, schlug Belle der angenehme Duft entgegen.

Als sie die Halle hinter Aurelia betreten hatte, waren bereits alle auf ihren Plätzen und die Aufmerksamkeit, die sie damit verursachte, hatte ihr gar nicht gefallen. Während die Schlossbewohner ihr Aussehen gewöhnt waren und ihr kaum mehr Beachtung schenkten, hatte sie die Blicke der fremden Soldaten auf sich gespürt und ihr Getuschel gehört. Unweigerlich war die Röte in ihr aufgestiegen und mit gesenktem Kopf war sie ihrer Aufpasserin gefolgt. Am Tisch erfolgte die nächste Überraschung. Man hatte ihr nicht wie üblich einen Platz neben ihrem Vater, sondern einen Platz zwischen Camelia und dem fremden Prinzen zugewiesen. Unbehaglich hatte sie sich darauf zubewegt und dort stand sie nun, verneigte sich leicht und schaute in das Gesicht ihres Vaters.

»Vielen Dank, Tochter, dass du uns endlich beehrst.« Sie hörte die sonst nie vorhandene Ironie in der Stimme des Königs und sah seinen Blick voller Missfallen, als er aufstand, um sie einander vorzustellen.

»Dies hier, werte Tochter, ist unser Ehrengast Prinz Gregor von Fallenday. Ich hätte ihn dir gern eher vorgestellt, nur warst du leider nicht zugegen.« Er wandte sich nun an den Prinzen. »Ich hoffe, es ist nicht allzu schlimm …«, begann er entschuldigend. Doch der Prinz sah mehr amüsiert als ärgerlich auf und schüttelte den Kopf.

In Belle jedoch brodelte es. Es war nicht ihre Schuld, dass sie erst so spät zum Essen erschienen war. Aurelia hatte sie erst vor wenigen Augenblicken abgeholt und die Wachen hatten sie nicht eher nach draußen gelassen. *Was hätte ich also tun sollen?*, schoss es ihr durch den Kopf.

»Es stört mich keineswegs. Schönheit braucht halt ihre Zeit und ich lerne sie lieber später kennen als nie«, antwortete der junge Mann, der ihr nun als Gregor bekannt war, und die betonte Freundlichkeit in seiner Stimme riss Belle aus ihren Gedanken. Neugierig sah sie ihn an und erschauerte. Der Blick, mit dem er sie musterte, war einer Fleischschau würdig.

»Ich danke Euch, Prinz Gregor, für Euer Verständnis. Darf ich Euch nun also offiziell meine Tochter vorstellen: Isabelle Estelle Sophie Prinzessin von Endline. Ihr werdet in den nächsten Tagen sicherlich noch genug Zeit haben, Euch ausgiebig kennenzulernen.«

Der junge Mann erhobt sich nun ebenfalls und verneigte sich vor Belle.

»Ich freue mich, Euch endlich persönlich kennenzulernen, werte Prinzessin. Man spricht so viel über Eure Schönheit und nun, wo ich endlich Gelegenheit habe, mir persönlich ein Bild zu machen, muss ich feststellen, dass alles nur Lügen waren. Ihr seid viel schöner als jegliches menschliches Wesen, das mir bisher begegnet ist. Ihr seid eher göttergleich statt menschlich und ich freue mich bereits auf unsere gemeinsame Zeit.«

Seine schwülstigen Worte waren zu viel für Belle und spontan fiel ihr keine nette Antwort ein, die sie erwidern konnte. Prompt erntete sie einen missfallenden Blick ihres Vaters, der anstatt ihrer das Gespräch fortsetzte und geschickt das Thema beendete.

»Dann sind wir uns also einig und ich bin gespannt auf die nächsten Tage. Ich schlage vor, dass wir nun mit dem Essen beginnen.«

Mit diesen Worten setzte er sich und klatschte in die Hände, worauf diverse Diener angelaufen kamen und begannen, das Essen aufzutragen. Der junge Mann wartete, bis sie sich hingesetzt und ein Diener ihr den Stuhl herangeschoben hatte, dann erst setzte er sich. *Na, wenigstens hat er Manieren,* war ihr erster Gedanke.

»Ich hoffe, Ihr habt nichts dagegen, dass Ihr an meiner Seite statt an der Eures Vaters sitzt. Ich dachte nur, dass wir uns dadurch besser unterhalten und aneinander gewöhnen können.«

»Nein, Euer Gnaden, ich habe kein Problem damit, woanders zu sitzen.« Sie bemühte sich, gelassen und höflich zu bleiben, konnte jedoch nicht anders und musste noch etwas nachsetzen.

»Ihr meint wohl eher kennenlernen? Gewöhnen klingt sehr endgültig und wir wissen ja noch nichts Näheres voneinander.« Bittersüß kamen ihr die Worte über die Lippen.

»So wie es mir scheint, wisst *Ihr* noch nichts. Aber keine Angst, zur rechten Zeit werdet auch Ihr eingeweiht. Belassen wir es also dabei.«

Der überhebliche Blick eines Mannes, der sich seines Sieges sicher war, streifte sie.

Belle musste ein Lachen unterdrücken. *Glaubt er etwa, ich lasse mich wie ein Vieh verschachern? Vater würde doch nie gegen meinen Willen …?*

Ihr Blick glitt zu ihrem Vater, der sich angeregt mit ihrer Stiefmutter unterhielt, und sie verbat sich jeglichen Gedanken. Es gab schließlich noch einen anderen Prinzen … Sie atmete tief durch und zwang sich zur Ruhe.

»Ich wüsste nicht, dass ich Euch als meinen Mann ausgewählt hätte, Mylord. Wenn der Ball vorüber ist …«, versuchte sie es diplomatisch, auch wenn ihr wirkliches Ich ihn am liebsten angeschrien hätte.

»Der Ball wird kaum etwas ändern, aber lasst uns nicht weiter darüber sprechen. Erweist Ihr mir nach dem Essen die Ehre, mit mir zu tanzen?«

Seine Art gefiel ihr ganz und gar nicht. *Was weiß dieser Mann?* Die Frage kam immer und immer wieder und machte sie langsam, aber sicher verrückt.

»Verzeiht mir, Mylord, aber ich fühle mich heute nicht in der rechten Stimmung zum Tanzen, zumal meine Schuhe«, sie deutete nach unten und zeigte auf ihre hohen, nur von Riemchen an ihren Füßen gehaltenen Schuhe, »ganz und gar nicht zum Tanzen gemacht sind. Vielleicht ein anderes Mal.« Belle versuchte, bestürzt zu klingen, um Gregor nicht zu verärgern und um den Zorn ihres Vaters nicht auf sich zu ziehen. Dennoch, eines stand für sie fest: Mit ihm zu tanzen, war eines der letzten Dinge, die sie wollte.

Der junge Mann an ihrer Seite ersparte sich eine Antwort und grinste nur in sich hinein. Mädchenhaft sah sie nach unten und tat, als würde sie ihre Suppe studieren, während sie ihn aus den Augenwinkeln beobachtete.

Warum verhält er sich so komisch? Er wirkt so falsch … Kann Vater es nicht sehen?

Ihr Blick wanderte zu Elias, doch der unterhielt sich mit Camelia und würdigte sie keines Blickes. Belle seufzte.

Als endlich die Nachspeisen serviert wurden, ergriff König Elias mit lauter Stimme das Wort und wandte sich an seinen Ehrengast.

»Da Ihr so früh den Weg zu uns gefunden habt, werter Freund, möchte ich Euch gerne einladen, mich heute auf die Jagd zu begleiten. Erweist Ihr mir die Ehre? Meine Frau«, er deutete auf Camelia, die zu seiner Rechten saß, »hatte soeben diesen glorreichen Einfall und sie hat recht. Wo sollte ich meinen zukünftigen Schwiegersohn besser kennenlernen als bei etwas, was wir beide lieben?«

Belle erstarrte bei diesen Worten. *Schwiegersohn …*

Gregor

»Sehr gerne nehme ich Eure Einladung an.«

Ein triumphierendes Lächeln konnte er nicht zurückhalten, doch niemand schien es zu bemerken.

Dieser König ist einfach zu gutgläubig und manipulierbar, dachte sich Gregor und nickte Camelia und dem alten König zu. Der Alte lächelte nur selig. *Schwachkopf!*

Gregors Blick wanderte wieder zu der Prinzessin. Sie war nicht so einfach zu lenken und er spürte ihre misstrauischen Blicke. *Ich muss auf der Hut sein, sie muss etwas gemerkt haben,* sagte ihm sein Gespür, und das täuschte ihn sonst nie.

Camelia hatte ihn zwar gewarnt, dass das Mädchen klug und nicht einfach war, aber er hatte ihre Worte nicht ernst genommen.

Doch die Charakterzüge der jungen Prinzessin reizten ihn. Isabelle zu brechen, würde eine Herausforderung werden und er liebte Herausforderungen …

Jeder Mensch hatte eine Schwäche und ihre würde er schon finden. Spätestens morgen war vieles ohnehin nicht mehr von Belang, aber bis dahin musste er sich noch bedeckt halten.

Chace

Sie hatten gerade das Stadttor passiert, da stürmte ihm bereits eine vertraute Gestalt entgegen.

»Wo zum Henker seid Ihr gewesen? Als ich aufgewacht bin, waren Eure Betten leer. Keine Nachricht! Nichts! Niemand konnte mir sagen, wo Ihr seid! Ich dachte schon, Ihr wäret entführt worden. Was habt Ihr Euch nur dabei gedacht, mich allein zurückzulassen!«, blaffte Twin und kam mit großen Schritten näher.

»Beruhigt Euch doch und schreit hier nicht herum wie ein sitzen gelassenes Waschweib!«, wies Ed ihn zurecht, erbost über die keifende Art seines Freundes.

»Wie könnt Ihr …« Chace bedachte Twin mit einem Blick, der diesen augenblicklich verstummen ließ. Zähneknirschend sah er zu Boden und hielt die Pferde fest, während die beiden Reiter abstiegen. Ihm war anzusehen, dass er sich ausgeschlossen und vielleicht sogar verraten fühlte, doch dies war weder der rechte Ort noch die beste Zeit, um sich ihm zu erklären.

Schweigend versorgten sie die Pferde und begaben sich zum Gasthof.

In der Türöffnung schwang ihnen die bekannte stickige und qualmverhangene Luft entgegen. Männer grölten und schon jetzt um die Mittagszeit lagen die ersten der Länge nach auf dem Boden und schnarchten. Ed bahnte sich zielsicher den Weg zwischen den trinkenden Männern hindurch, dicht gefolgt von Chace und Twin. Keiner der anderen Gäste schien sie auch nur wahrzunehmen.

Zu Chaces Erleichterung hatten sie alsbald die Treppe erreicht und die ersten Stufen hinter sich gelassen, als plötzlich eine halb entblößte Frau vor ihnen stand. Sie musste aus einem der Zimmer gekommen sein und hatte ihr rotes, vor Dreck strotzendes Kleid bis zum Oberschenkel nach oben gezogen, um einige Münzen in einem Beutel zu stecken, der an ebendiesem befestigt war.

Chace entging Twins hungriger Blick nicht und auch die Hure schien ein Geschäft zu wittern.

»Na, Jungchen, das hättest du gern, oder? Kostet dich nur zwei Münzen und du kannst tun …«

Die restlichen Worte der Hure drangen nur noch gedämpft zu ihnen. Ed hatte entschieden eingegriffen und Twin am Arm mitgeschleift, bevor dieser sich auf das Geschäft einlassen konnte.

»Was sollte das denn, Ed? Was ist los mit Euch? Erst verschwindet Ihr stundenlang, und dann seid Ihr plötzlich so ernst und erlaubt mir keinen Spaß mehr! Ich will jetzt wissen, was hier gespielt wird! Diese Heimlichtuerei ist ja nicht zu aushalten!«, schimpfte Twin, während sie ihn nach oben manövrierten. Sie hatten das Dachzimmer fast erreicht, als Twin sich losriss und den beiden in den weiteren Aufstieg versperrte.

»Jetzt reicht es mir. Sprecht!« Ed schob sich grob an ihm vorbei.

»Seid nicht kindisch. Wir erklären uns gleich, aber nicht hier!«

Er sah sich sorgenvoll um, ob jemand sie beobachtete, zog dann den Schlüssel heraus, schloss die Tür zur Dachkammer auf und bedeutete ihnen, hineinzugehen. Verständnislos sah Twin ihn an, schlüpfte dann jedoch an ihm vorbei. Sorgsam wurde die Tür hinter ihnen wieder verschlossen.

Twin zog die Brauen nach oben. »Nun?«, fragte er und sah sie auffordernd an. »Ich glaube, Ihr seid mir eine Erklärung schuldig. Ich warte!«

Mit einem Seufzer ließ Ed sich auf das nächste Bett sinken und winkten sie zu sich heran. Als er zu erzählen begann, blickten Twins Augen ernst.

Chace musterte seinen Freund. Dieser schien die Worte gewichtiger zu nehmen als er selbst, und das beunruhigte ihn doch mehr, als er gedacht hatte. *Was ist, wenn Ed wirklich recht hat? Dann sind wir alle in Gefahr ...*

Twins Stimme riss ihn aus seinen trüben Gedanken. »Gut, dann werden wir alles so machen, wie Ihr gesagt habt. Wir suchen uns ein sicheres Versteck im Wald und halten uns bedeckt. Zumindest so lange, bis wie Genaueres sagen können. Dann sehen wir weiter.«

Ed nickte. Twin sah sein Gegenüber mit festem Blick an. »Nun ist es also so weit.«

»Ja, ist es«, sagte dieser nur.

Chace sah verwirrt von einem zum anderen.

Belle

Nachdem das Essen beendet war, hatte Aurelia Belle förmlich auf ihre Gemächer geschoben.

Camelias neuer Befehl war eindeutig: Belle hatte auf ihrem Zimmer zu bleiben.

Aus irgendeinem Grund wollte ihre Stiefmutter sie aus dem Sichtfeld halten.

Aber warum? Diese Frage hielt sich hartnäckig in ihrem Kopf. Belle trat an ihr Fenster und schaute nach unten in den Hof. Sie sah, wie die Knechte einige Pferde aus dem Stall nach draußen führten und geschäftig damit begannen, die Tiere fertig zu machen. Ihr Blick fiel auf das prachtvolle weiße Ross ihres Vaters. Es stand neben einem ebenso prachtvollen und muskulösen schwarzen Hengst, der ebenfalls ihrem Vater gehörte und der nur den höchsten Gästen vorbehalten war. Ihr Vater musste ihm diesen Gregor versprochen haben. Der Gedanke an den Mann ließ ihr einen Schauer über den Rücken gleiten.

Um sich abzulenken, schaute sie wieder zu den Tieren. Die Knechte waren fast fertig mit ihrer Arbeit. Es würde nicht mehr lange dauern, bis die Gesellschaft aufbrechen konnte.

Sie wandte sich von dem Geschehen vor ihrem Fenster ab und sah sich im Zimmer um. Bis auf Aurelia war sie allein. Die anderen Frauen waren dazu angehalten, in ihrem Audienzzimmer auszuharren und sich dort die Zeit zu vertreiben. Die Frauen würden allein zurückbleiben bis auf einige Soldaten, die jedoch mehr ihrer Bewachung dienen würden als der des Schlosses.

Belle seufzte auf, was ihr sofort einen tadelnden Blick von Aurelia einbrachte. Die Hofdame ihrer Stiefmutter hatte es sich in einer Ecke des Raumes bequem gemacht und hielt wachsam sie und die Tür im Blick.

»Ihr solltet lieber arbeiten, statt Eure Zeit mit träumen und nachdenken zu verschwenden«, sagte Aurelia und zeigte auf Belles Stickerei, welche unordentlich auf einen der Stühle abgelegt worden war. Ursprünglich sollte es ein kostbar verziertes Tuch werden, das sie ihrem zukünftigen Gemahl als Bestätigung ihrer baldigen Heirat auf dem Ball überreichen sollte. Doch sie hatte wenig Lust, das Tuch zu vollenden, zum einen, weil sie nicht heiraten wollte und das Sticken hasste, und zum anderen wies es einige dunkelrote Flecken auf, die von ihren mit Nadeln zerstochenen Händen herrührten.

Sie sah auf ihre Finger herunter, für solche Arbeiten war sie einfach nicht geschaffen und würde nur unter Zwang weiter daran arbeiten. Ohne zu antworten, schaute sie daher wieder nach draußen. Auf dem Hof war es inzwischen voller geworden. Ihr Vater war weit unter ihr in den schwachen Schein der Frühlingssonne getreten und hatte die Augen geschlossen. Belle betrachtete ihn. Er war ein großer, kräftiger Mann. Gut gebaut und für sein Alter noch sehr fit und wendig. Nur sein Bart und sein Haar, das an manchen Stellen grau und leicht weißlich schimmerte, verrieten, dass es sich nicht mehr um einen jungen, sondern um einen Mann im mittleren Alter handeln musste.

Ihr Vater öffnete plötzlich die Augen und sie konnte ein Lächeln auf seinen Lippen erkennen. Sie blickte sich um, die Ursache suchend, und sah ihren Gast, den ihr Vater strahlend empfing. Sie sah dessen schlanke Gestalt, die von hoch oben eher schmächtig als kräftig wirkte.

Dieser Gregor wirkt eher, als würde ihn der nächste Windstoß umwerfen. Oder liegt es an dem viel zu weitem Umhang? Warum trägt er solch unvorteilhafte Kleidung? Er wirkt nicht gerade wie ein guter Kämpfer oder Jäger …

Es würde sich zeigen, ob er mit ihrem Vater mithalten konnte und wenn sie Glück hatte, würde ihr Vater ihn nach der Jagd nicht mehr als geeignete Partie ansehen – oder aber er würde sofort auf eine Verlobung bestehen. Sie erschauerte, doch nicht nur, weil ihr der Gedanke Angst machte, nein, dieser Gregor hatte sich nach oben gewandt und als hätte er ihren Blick gespürt, sah er ihr in die Augen. Das Lächeln auf seinen Lippen ließ sie frösteln.

Es war falsch, doch seine Augen schienen die Wahrheit zu sprechen. Sie waren kalt und gierig. Fraßen sie förmlich auf und ließen sie zu Stein erstarren. Egal, wie sehr sie sich bemühte, sie konnte sich nicht bewegen, geschweige denn abwenden und fühlte sich komisch beherrscht. Der Prinz grinste weiter.

Belle versuchte sich zu konzentrieren, ihre Gedanken zu ordnen und dann plötzlich wandte er seinen Blick wieder von ihr und das Gefühl war weg. *Was zum Teufel war das?*

Ein weiterer Blick nach unten sagte ihr, dass ihr Vater nicht einmal mitbekommen hatte, dass sie hier oben stand. Er war so fasziniert von seinem Gast, dass er die Welt um sich herum vergessen zu haben schien.

Wild gestikulierend manövrierte er Gregor in Richtung der Pferde und stellte ihm den schönen Rappen vor. Als Gregor diesem anerkennend den Hals tätschelte, zuckte das Tier zusammen. Belle konnte sich genau vorstellen, wie es sich fühlen musste …

Irgendetwas war hier ganz und gar nicht in Ordnung …

»Seid Ihr fertig mit träumen?«

Gregor

Als Gregor in die Sonne trat, musste er einen Moment seine Augen an das gleißende Licht gewöhnen. Erst als wieder klare Umrisse erschienen und er die Gestalt des alten Königs ausmachen konnte, bewegte er sich weiter. Mit wenigen Schritten war er bei dem alten Mann, der die Augen geschlossen hatte und mit einem zufriedenen Gesicht in die Sonne schaute. Der Höflichkeit wegen blieb er neben ihm stehen und verkniff sich gehässige Worte. König Elias schien seine Anwesenheit gespürt zu haben und öffnete nur Sekunden später seine Augen, die ihn sofort anstrahlten.

Trotz seines Alters hatte er eine beachtliche Statur, die jene so manchen Jünglings locker in den Schatten stellte. Neidvoll blickte Gregor an sich selbst hinunter. Ihm war nur die schwache Statur seiner Mutter zuteilgeworden. Während sein Vater ebenfalls groß und stark war, war ihm zwar die Größe, nicht aber die kräftige Gestalt in die Wiege gelegt worden. Ganz egal, wie sehr er sich im Kampf übte und wie viel Erfahrung er auch sammelte, sein Körper schien eher der eines dünnen Jungens als der eines kräftigen Mannes zu sein. Von seinem eigenen Vater hatte er daher stets nur Spott entgegengebracht bekommen. Als Thronfolger sollte er nichts wert sein. Zwar hatte sein Vater ihn nach außen hin unterstützt und verteidigt, aber innerlich hatte er sich immer für seinen Sohn geschämt und auch nicht daran gespart, es so oft wie möglich zum Ausdruck zu bringen.

Aber bald würde er es allen zeigen, bald käme seine Zeit.

Kurz nach dem Mittagsmahl hatte ihn die Nachricht erreicht, dass jemand in seinen zugewiesenen Gemächern warten würde. Nach dem reichhaltigen Mahl hatte es einige Zeit gedauert, bis Gregor die steilen Stufen zu seinem Zimmer erklommen hatte. Als er die Tür geöffnet und in das gedämpfte Licht des Zimmers getreten war, hatte er zunächst niemanden ausmachen können. Erst als er die Tür geschlossen und seine Augen einen Moment an die Dunkelheit gewöhnt hatte, sah er in einer Fensternische die Umrisse einer vertrauten Gestalt: Grip.

»Guten Tag, Meister.«

»Habt Ihr alles erledigt?«

»Jawohl, und ich hoffe, es wird alles zu Eurer Zufriedenheit verlaufen.«

»Dann ist auch für heute alles bereit?« Sein Gegenüber hatte genickt. Zufrieden hatte Gregor sich dem Fenster genähert und auf den Hof gestarrt, während seine Vorfreude immer größer wurde.

Kapitel 27

Endline

Chace

Vier Pferde standen gesattelt und beladen im Hof des Gasthauses. Zwei Menschen, daneben ein dritter, der zur Gruppe gehörte, standen etwas abseits mit einem großen, stämmigen Mann zusammen.

»Warum soll ich den vollen Preis bezahlen, wenn wir eher als gedacht abreisen?«

»Weil ich das Zimmer dann anderweitig hätte vermieten können. Jetzt entgeht mir dieses Gold und darum müsst Ihr halt den vollen Betrag bezahlen!«

»Ach, an welche Kundschaft denn?« Ed sah sich ironisch nach potenziellen Gästen um. Doch weit und breit war niemand zu sehen bis auf ihn und seine Begleiter. Der Wirt knirschte mit den Zähnen. Vorgeführt zu werden passte ihm gar nicht.

»Jetzt werd nicht frech, Bürschchen!« Angriffslustig machte der Wirt einen Schritt nach vorn.

Um Ärger zu vermeiden, griff Chace blitzschnell ein, drückte dem Mann noch zwei weitere Münzen in die Hand und zog Ed mit sich. Aufsehen mussten sie um jeden Preis vermeiden.

»Warum habt Ihr das getan? Das ist eine Frechheit, dass er uns etwas in Rechnung stellt, was wir gar nicht verursacht haben. So ein Betrüger«, schimpfte Ed.

»Ich weiß, aber Ihr sagtet selbst, dass wir nicht mehr auffallen dürfen – und denkt Ihr, wenn wir uns mit dem Wirt prügeln, hilft uns das dabei? Ihn wird seine Strafe schon noch ereilen, keine Sorge.«

Sie waren endlich bei den Pferden angekommen, Twin war schon aufgestiegen und wartete ungeduldig.

»Los jetzt!«, zischte er und trieb seine Begleiter an.

Kurz darauf ritten sie mit ihrem Handpferd vom Hof. Auf den Straßen Trebins zwangen sie sich, langsam zu reiten, um nicht aufzufallen, auch wenn sie die Stadt am liebsten schnellstmöglich hinter sich gelassen hätten.

Die Sumachen lagen nicht weit von der Stadt entfernt, unmittelbar an der Volnana, und dennoch schienen sie ein gutes Ziel. Nach kurzer Zeit hatten sie die ersten Ausläufer der turmhohen Bäume erreicht. Ed, der voranritt und sie führte, fand den kleinen Pfad, der von der Volnana in das Innere des Waldes führte, und folgte ihm. Nach ein paar Metern schien es, als hätte der Wald sie verschluckt. Das Licht war trotz der hellen Sonne nur noch schummrig und kaum ein Laut drang mehr an ihr Ohr. Eine Orientierung schien so gut wie unmöglich.

»Wisst Ihr überhaupt noch, wo wir uns gerade befinden?«, fragte Chace skeptisch und sah sich um. Für ihn sah jeder Baum, jeder Strauch und jeder Stein gleich aus. Der Wald schien sich nicht zu verändern. Er hatte eher das Gefühl, dass sie sich im Kreis bewegten. War diese Lichtung zu seiner Linken nicht eben schon mal zwischen den Bäumen aufgetaucht?

»Natürlich weiß ich es, auch wenn ich diesen Wald bewundere. Er hat bisher so ziemlich alles versucht, uns loszuwerden, aber so schnell wird ihm das nicht gelingen und ich glaube, ah jetzt, hat er es auch verstanden.«

»Wie bitte?« Chace verstand nicht im Geringsten, was sein Freund ihm damit sagen wollte, und schaute Ed verständnislos an.

Wenige Sekunden später musste Chace schützend seine Hand vor seine Augen legen. Ein gleißender Lichtstrahl machte ihn für einen Moment blind. Sie waren auf eine kleine Lichtung getreten und Ed nickte zufrieden.

»Was war das? Diese Wiese war doch eben noch nicht vor uns gewesen.« Auch Twin schien verwirrt.

Ihre Gesichter mussten ihn anscheinend amüsieren, denn Ed unterdrückte nur mühsam ein Lachen, ehe er zu einer Erklärung ansetzte:

»Dies, meine Freunde, ist kein normaler Wald. Er ist uralt und hat eine Kraft, deren Quelle uns unbekannt ist. Die meisten Leute haben Angst vor ihm und nennen ihn verhext oder verzaubert, doch das ist er nicht. Der Wald lebt einfach nur. Er kann sich verändern, und Fremde versucht er loszuwerden, indem er sie immer und immer wieder im Kreis führt, bis sie aufgeben. Nur wenige Glückselige haben den Ausgang wieder gefunden und das macht den Menschen Angst und lässt sie den Wald meiden. Auch uns hat er eben einige Male im Kreis geführt, um uns zu verwirren. Ich habe ihm jedoch klargemacht, dass ihm von uns keine Gefahr droht und wir nur um Unterschlupf bitten, und er hat uns erhört. Hier liegt er also, unser geschützter Ort, niemand außer uns wird diese Stelle jemals finden.«

»Ihr habt also still mit dem Wald geredet? Und er hat Euch gesagt, dass diese Stelle mitten im Wald nur von uns gefunden werden kann?« Twin sah ihn an, als wäre sein Gegenüber vollkommen verrückt geworden. Auch Chace fand diese Erklärung mehr als fragwürdig. Ed jedoch stieg ohne weiteren Kommentar ab und fing an, sein Pferd von Sattel und Gepäck zu befreien. Die anderen beiden taten es ihm wenig später nach. Sie hatten wohl oder übel keine andere Wahl.

Elias & Camelia

Die Jagdgesellschaft wollte nach der Nachmittagsmesse aufbrechen und die ersten Männer hatten sich bereits im Schlosshof eingefunden. Darunter befanden sich auch Prinz Gregor und König Elias. Sie unterhielten sich angeregt über die Jagd und die verschiedenen Möglichkeiten, die Beute zu finden, als sich eine Gruppe von Damen im Schlosshof einfand. Als Elias seine Frau erkannte, entschuldigte er sich bei Gregor für einen Moment und schritt vergnügt auf sie zu.

»Meine liebe Gemahlin, es wird Zeit und wir müssen los. Ich befürchte sonst, dass wir nicht mehr im Hellen heimkehren, und dass unser Gast im Dunkeln durch die Wälder irrt, wollen wir ja nicht …«

»Auf gar keinen Fall«, bestätigte Camelia und nickte dabei bekräftigend. »Ihr sollt doch alle triumphal und wohlbehalten zurückkehren.

Ich meine auch, dass es langsam höchste Zeit ist loszureiten. Die Sonne befindet sich bereits im Sinken.«

Mit einem kunstvoll von gespielter Sorge verzogenem Gesicht blickte Camelia nach oben. Elias war gerührt aufgrund der Geste seiner Frau.

»Wir werden uns bald schon gesund und munter wiedersehen, meine geliebte Frau«, sagte er zärtlich und tätschelte ihre Schulter.

»Diese Art von Zeitvertreib ist das Richtige, um den potenziellen Gemahl meiner Tochter besser kennenzulernen. Denkt Ihr nicht auch? Apropos Gemahl, wo ist denn eigentlich meine Frau Tochter? Sie sollte unseren Gast und mich doch verabschieden?« Elias sah sich um, konnte seine Tochter jedoch nicht ausmachen.

»Meine Zofe wird sie gleich heruntergeleiten. Ich gab Anweisung, dass sie sich etwas ausruhen soll. Sie wirkte noch so fertig wegen Ihr wisst schon was, und da sie doch einen guten Eindruck hinterlassen soll …« Sie zwinkerte Elias zu.

Tief im Inneren musste sich Camelia jedoch beherrschen. Ihre eigenen Worte waren für sie bitterste Galle. Dennoch bemühte sie sich, enthusiastisch und verschwörerisch zugleich zu klingen. Elias schien ihr zu glauben. Ihr Plan ging also auf.

»Glaubt Ihr wirklich, dass das nötig ist? Aber wie auch immer, Ihr werdet es schon richtigmachen, darin seid Ihr ja Expertin.« Elias gab ihr einen Kuss auf die Stirn und in diesem Moment trat Prinz Gregor zu den beiden.

»Entschuldigt, Majestät, ich wollte Euch nicht stören, ich wollte nur wissen, wann wir losreiten? Es ist doch schon recht spät und …«

»Keine Angst, mein Freund, wir reiten gleich los. Meine Tochter kommt gleich und möchte uns noch verabschieden. Dann können wir los.« Elias wandte sich an die restlichen Männer im Hof: »Männer, macht Euch langsam fertig, wir brechen gleich auf.«

Zustimmendes Gemurmel erklang und die Versammelten begannen damit, aufzusteigen. Nur Sekunden nach seinen Worten kündigte ein Diener seine Tochter an.

Wenig später schritt diese wahrhaftig durch das Schlossportal und zog mit ihrem dunkelgrünen Kleid und der langen Schleppe alle Blicke auf sich, während sie auf die Dreiergruppe zulief.

»Ihr habt nach mir schicken lassen, Vater?«, brachte sie sarkastisch in Richtung des Königs heraus, noch bevor sie überhaupt stehen geblieben war. Den Prinzen neben ihm bedachte sie nicht einmal mit einem Blick, geschweige denn mit Worten.

»Ganz recht, meine Tochter, und ich verbitte mir solch einen Ton von dir, wenn du mit mir oder unseren Gästen sprichst. Ich habe nach dir schicken lassen, weil der Anstand es so gebührt, dass du uns verabschiedest. Tut es also und zwar so, wie man es von dir verlangt.«

Belle

Die Aussage ihres Vaters war deutlich und Belle schluckte eine entsprechende Bemerkung um des lieben Friedens willen herunter. Betont freundlich antwortete sie stattdessen: »Ganz wie Ihr wünscht, Vater. Ich wünsche Euch eine erfolgreiche Jagd und dass Ihr wohlbehalten zurückkehrt.«

Sie drehte sich ein Stück zur Seite, um den neben ihrem Vater stehenden Prinzen kurz in die Augen zu blicken. Ihr Blick sagte jedoch etwas anderes als ihre Lippen: »Auch Euch, mein Prinz, wünsche ich gutes Gelingen und eine wohlbehaltene Rückkehr.«

Beim letzten Wort hatte ihre Stimme einen süßlichen Klang erreicht, den man nicht mehr missverstehen konnte. Dennoch war der Prinz entweder ignorant oder er hatte kein Problem damit, dass sie ihn nicht mochte. Eiskalt trat er hervor, nahm ihre Hand und küsste sie. Aber nicht seine Handlung ließ Belle erstarren. Es waren seine Worte, die er mit eiskalter, gefühlloser Stimme flüsterte:

»Vielen Dank, Prinzessin Isabelle. Eure Segnung bedeutet mir viel. Wir werden uns noch gut verstehen.«

Gregor

Erfreut nahm er den leichten Schauer wahr, der ihr über den Rücken fahren musste und sie leicht schüttelte. Unverzüglich nahm sie wieder

Haltung an, darauf bedacht, dass er nicht hinter ihre Maske schauen konnte. Doch das konnte er und ein Lächeln trat auf seine Lippen.

Dieses Mädchen gefiel ihm. Sie ließ sich nur wenig in die Karten schauen und noch weniger wollte sie ihm zeigen, was sie dachte oder gar fühlte. Sie zu brechen, würde nicht einfach werden und noch einige Probleme mit sich bringen, aber das war immer noch besser und vor allem interessanter, als einen Schoßhund zu haben. Einen Moment blickte er ihr noch in die Augen, dann ließ er ihre Hand wieder los und drehte sich zum alten König um.

»Mit Verlaub, Eure Majestät, ich hoffe, dass ich nicht zu anmaßend war. Ich konnte nur in ebendiesem Moment nicht anders. Wir sollten jetzt aufbrechen, nicht dass ich noch unbesonnener handele.«

Der Mann sah ihn erfreut an. »Ihr müsst Euch nicht entschuldigen, werter Prinz. An Eurer Handlung war doch nichts Verwerfliches. Im Gegenteil, bisher ist jeder meiner Tochter verfallen, und auch wenn sie sich heute ziemlich kratzbürstig gibt, wäre ich eher enttäuscht gewesen, hättet Ihr sie nicht umschwärmt. Aber, mein Freund, seid beruhigt, ihr Verhalten liegt nicht an Euch. Sie lernt nur gerade, dass auch sie sich nicht über gewisse Grenzen hinwegsetzen darf. Und dass Trauer nicht die Ausrede für alles sein kann.«

Elias sah Gregor entschuldigend an, doch der winkte ab.

»Macht Euch keine Gedanken, so etwas nehme ich nicht persönlich. Ich finde es sogar recht erfrischend und meine, dass ich mit ihrer Art ganz gut fertigwerden kann.«

»Passt bloß auf, dass Ihr Euch nicht die Zähne ausbeißt«, schaltete sich Camelia ein, die bisher nur stumm den Worten gelauscht hatte.

»Damit komme ich zurecht, Mylady«, antwortete er zuversichtlich und Belle sah seinen Blick, der auf nichts Gutes schließen ließ.

»Dann lasst uns aufbrechen«, ergriff Elias das Wort und war kurz darauf bei seinem Pferd, um sich von einem Diener in den Sattel helfen zu lassen. Auch Gregor ließ es sich nicht zweimal sagen und schwang sich auf den Rücken des prächtigen Rappen.

»Wir sehen uns zum Abendessen«, verabschiedete der König sich von den Frauen und trieb sein Pferd an, um seinen Platz an der Spitze der Jagdgesellschaft einzunehmen. Mit einem Nicken in Richtung der Frauen trieb Gregor sein Pferd an und schloss zum

König auf. Wenig später passierten sie das Schlosstor und überquerten die Zugbrücke.

Es begann.

Als sie die Zugbrücke überquert hatten, gab der König ein Zeichen und der Jagdtross trabte an. Gregor spürte die Leichtigkeit des Trabes. Das Tier unter ihm schien über die Straße zu schweben und war kein Vergleich zu den Pferden, die er sonst ritt.

»Ich sehe, dass Ihr Freude an meinem Geschenk habt«, stellte der alte König mit Vergnügen in der Stimme fest.

»Ihr habt recht. Es ist ein prächtiges Tier und so angenehm zu sitzen, was mich überrascht«, gab Gregor ehrlich zu. »Es ist zwar kleiner als die Pferde, die mir sonst zur Verfügung stehen, aber bei Weitem am besten zu sitzen. Verratet Ihr mir, um welche Rasse es sich handelt? Ich habe noch nie ein solches Pferd gesehen.«

»Ein Araber. Ich habe sie mir selbst vor einigen Jahren importieren lassen. Es sind schnelle und wendige Pferde. Äußerst ausdauernd und sehr angenehm zu reiten. Einige von ihnen habe ich kreuzen lassen mit hier bekannten Rassen. Ein paar von ihnen habe ich verkauft, andere stehen in meinem Stall. Meine Tochter reitet auch ein solches. Es ehrt mich, wenn Ihr mein Geschenk schätzt. Dieses Tier ist das erste, was wir selbst gezogen haben. Ich dachte mir, es wäre ein ebenbürtiges Geschenk für einen Prinzen.«

Gregor tätschelte den gut bemuskelten Hals und wusste einen Moment nicht, was er sagen sollte. Bald würde es so weit sein, doch er war sich unsicher, ob er fähig dazu war. Er hatte nichts gegen diesen gutgläubigen Mann. Nein, im Gegenteil. Er war ihm in der kurzen Zeit mehr ein Vater geworden, als sein eigener es jemals gewesen war. Und dennoch …

Denk nicht darüber nach!, schalt er sich. *Dieser Mann hat so viel, das du willst, und nur wenn er endlich aus dem Weg ist, ist der Weg frei für dich! Außerdem ist alles in Gang gesetzt und es gibt kein Zurück mehr.*

Es war zu spät. Er konnte keinen Rückzieher mehr machen.

»Ich gehe wohl recht in der Annahme, dass mein Geschenk klug gewählt war?«, brachte Elias Gregor wieder in die Gegenwart zurück. Dieser brauchte einen Moment, um seine Stimme wiederzufinden.

»Ja, Ihr habt recht«, gab er zu. Es waren die ersten ehrlichen Worte, die er zu seinem Gegenüber gesprochen hatte, und dennoch hüllten sie die beiden Männer, die an der Spitze des Jagdtrupps ritten, in Schweigen.

Während sie durch den immer dichter werdenden Baumbestand des Schlossparks ritten, verteilte sich die Meute. Manche bogen ab und wählten andere Pfade, andere ließen sich zurückfallen, nur die zwei Leibwachen des Königs flankierten sie auf beiden Seiten. Camelias Plan war einfach und bisher lief alles genauso, wie sie es ihm prophezeit hatte. Jetzt musste er nur noch abwarten.

Der König zügelte sein Pferd und ließ es am langen Zügel Schritt gehen, dann blieb er ganz stehen. Gregor folgte seinem Beispiel und sah sich neugierig um. Sie befanden sich auf einer kleinen Lichtung weitab von den Wegen, mitten im Wald. Um sie herum war alles in ein leicht dämmriges Licht getaucht. Die hohen Eichen, die die Lichtung umgaben, trugen bereits die ersten Blätter. Alles wirkte friedlich, und als auf der anderen Seite der Lichtung ein Reh zwischen den großen Stämmen der Eichen auftauchte, schien der Moment perfekt. Der König gab seinen beiden Männern ein Zeichen, dass sie sich im Hintergrund halten sollten, und stieg vom Pferd. Auch Gregor blieb zurück, während der König sich mit Pfeil und Bogen geräuschlos seiner Beute näherte. Das Reh graste friedlich und nichts ahnend zwischen den Bäumen.

Sekunden später veränderte sich die Situation. Gregor nahm eine Bewegung im Gebüsch direkt hinter sich wahr. Zeitgleich reckte das Reh den Kopf, die Ohren des Tieres rotierten und nur wenig später war es im Gebüsch verschwunden. Enttäuscht drehte sich der König um, da hörte Gregor ein mechanisches Klirren. Instinktiv wendete er sich der Richtung zu, konnte jedoch zuerst niemanden ausmachen. Erst Sekunden später sah er aus den Augenwinkeln einen Schatten und plötzlich sackten die beiden Soldaten neben ihm mit einem Ächzen in sich zusammen. Blut rann ihnen den Hals herunter, sie gaben gurgelnde Geräusche von sich und nur wenig später rutschten sie von ihren Pferden. Daraufhin scheuten die Tiere, bäumten sich auf und rannten in den Wald davon. Auch das Pferd des Königs riss sich aus dessen Griff los und lief seinen Artgenossen nach. Gregors Pferd versuchte ebenfalls wegzukommen, es stieg und trat nach allen Seiten, Gregor hielt es jedoch eisern im Griff. Seine Umgebung bekam er im Kampf mit dem kräftigen Tier kaum mit; als es sich einigermaßen beruhigt hatte, wandte Gregor sich im Sattel um in Richtung des Königs. Dieser saß am Boden und hielt sich die Seite. Aus einer tiefen Wunde tropfte Blut und schien Elias alles Leben zu nehmen.

Gregor sah sich misstrauisch um, konnte jedoch niemanden sehen und entschied, vom Pferd zu steigen. Nach dem Absitzen passte er jedoch einen Moment nicht auf und der Araber nutzte die Gelegenheit, um sich loszureißen und wegzurennen.

Jetzt saß er fest. Fluchend blickte er wieder den König an und bewegte sich langsam auf ihn zu. Dabei ließ er seine Umgebung keinen Augenblick aus den Augen. Er traute der ganzen Sache nicht. Camelia hatte ihn weder in den ganzen Plan eingeweiht noch wusste er, wer ihn ausgeführt hatte. Zu ihm hatte sie lediglich gesagt, dass er dafür sorgen müsste, dass der König auch wirklich tödlich verletzt war, wenn man ihn fand. Ihr angeheuerter Mörder sollte ihn lediglich so verletzen, dass man die beiden lebend im Wald finden würde, der König die Geschehnisse noch kurz bestätigte und dann verstarb.

Nur langsam näherte sich Gregor dem König und sah sich weiter misstrauisch um. Er wusste nicht, ob dieser Mann noch irgendwo hier war, geschweige denn hatte er ihn zu Gesicht bekommen, und er wusste nicht, ob Camelia ihren Plan nicht vielleicht doch geändert hatte. Erst wenn die anderen der Jagdgesellschaft sie fanden, würde er ruhiger werden. Inzwischen war er bei Elias angekommen. Dieser lag schwer atmend auf der Seite und presste sich die Hand auf die blutende Stelle.

»Passt auf, Prinz. Nicht dass dieser Mann noch in der Nähe ist. Seid wachsam!«, mahnte Elias ihn mit zusammengepressten Zähnen.

»Ich bin wachsam und habe die Umgebung im Blick. Wer immer es getan hat, wird sich nicht unbemerkt heranschleichen können. Nur haben wir keine Pferde mehr und werden warten müssen, bis uns die anderen finden. Wie geht es Euch? Hat er Euch stark verletzt?«, heuchelte Gregor Betroffenheit und musterte die Wunde, die ihm nicht sonderlich gefährlich erschien.

»Mir geht es den Umständen entsprechend gut. Die Wunde tut zwar weh, aber blutet nur leicht. Sie scheint nicht tief zu sein, mit etwas Glück wird sie nur eine von vielen Narben werden. Dennoch, sie tut höllisch weh und brennt. Ich habe das Gefühl, als wenn es mich innerlich zerreißt.«

Gregor besah sich die Wunde genauer. Es schien tatsächlich innerlich keine Verletzung zu geben. Der von Camelia angeheuerte Unbekannte hatte ihm augenscheinlich in die Magengrube stechen wollen, war aber seitlich am Bauch vorbeigeschrammt.

Die Wunde an sich war recht lang und zog sich fast über die gesamte linke Bauchseite, dennoch war sich Gregor unsicher, ob sie lebensbedrohlich sein würde.

Unsanft holte die aufgeregte Stimme des Königs unmittelbar an seinem Ohr ihn aus den Gedanken: »Hört, mein Freund, da ist doch Hufgetrampel! Sie werden sicher die Pferde gefunden haben und uns suchen. Ich glaube, dieser Albtraum ist gleich zu Ende. Gott sei Dank!«, rief Elias erleichtert aus.

Das Hufgetrampel wurde lauter und Gregor konnte schon Stimmen ausmachen, die immer lauter und verständlicher wurden. Man rief nach ihnen. Angst stieg in ihm hoch. Das verlief ganz und gar nicht nach Plan und er musste handeln. In diesem Moment setzte Elias an, um nach seinen Wachen zu rufen, geistesgegenwärtig presste er ihm die Hand auf den Mund.

»Was zum …?«, keuchte Elias und wurde ganz bleich im Gesicht. Gregor hatte sich entschieden. Mit seiner freien Hand zog er seinen Jagddolch, der wenig später in der Brust des alten Mannes landete. Dieser riss die Augen weit auf, voller Erstaunen und Furcht. Dann wurde sein Blick plötzlich leer. Er sackte in sich zusammen und Gregor wich zurück.

Ich habe gerade einen gesalbten König ermordet, schoss es ihm durch den Kopf, und ein nie gekanntes Gefühl machte sich in seiner Brust breit.

Er hatte es getan.

Die Stimmen waren fast zum Greifen nah, als Gregor wieder in die Gegenwart zurückkam. Er sah den blutverschmierten Dolch in seiner

Hand und warf ihn instinktiv ins Gebüsch. Dann nahm er sein blutverschmiertes Hemd wahr und handelte im Affekt. Er zog sein Schwert und schnitt sich in den linken Arm. Nicht stark, aber dennoch so, dass er blutete. Es war ein komisches Gefühl, sich selbst zu verletzen, und Gregor musste sich zwingen, weiter einzuschneiden. *Schließlich müssen sie es glauben!*

Als er der Meinung war, dass der Schnitt tief genug war, ging er ein Stück und ließ das Schwert fallen. Ein paar Schritte weiter setzte er sich schließlich ins Gras und hielt sich den blutenden Arm an den Oberkörper und damit an sein Hemd. Langsam wurde ihm schwummrig. Kurz darauf ritten die ersten Soldaten auf die Lichtung und Gregor hörte noch ihre aufgeregten Stimmen, ehe alles um ihn herum dunkel wurde. Er verlor doch mehr Blut als gewollt …

Kapitel 28

Endline
Camelia

»Isabelle! Wie oft habe ich Euch gesagt, dass ihr sauberer arbeiten müsst!«, schimpfte Camelia, als sie die Nachmittagsarbeit ihrer Stieftochter höchstpersönlich kontrollierte.

Verächtlich warf sie dem Mädchen die Arbeit wieder auf den Schoß. Sie sah, wie sich die Prinzessin krampfhaft um Haltung bemühte und das freute sie, sie würde Isabelle schon noch aus der Reserve locken.

Um das Mädchen besser im Blick zu haben, hatte sie darauf bestanden, dass das Sticken in ihre Räume verlegt wurde. Isabelles persönliches Gefolge hatte sie komplett entlassen und es durch Frauen ersetzt, denen sie vertraute und die ihr bedingungslos folgten. Bisher hatte Elias ihr nie den Rücken gestärkt, seine Tochter stets beschützt und in den Himmel gehoben. Nun würde sich hier einiges ändern, und je schneller sie Isabelle Benehmen und Demut beibrachte, desto einfacher würde es werden. Camelia war im Moment aufgeregt und ängstlich zugleich. Von diesen Stunden hing so viel ab und sie hoffte, dass alles so verlaufen würde, wie sie es geplant hatte. Als sie sich erneut über ihre Stieftochter aufregen wollte, klopfte es an der Tür und ein Diener kündigte ihr Israc an.

»Lasst ihn eintreten«, sagte sie nur und hoffte, dass ihre Stimme nicht ihre Anspannung verraten würde. Als Israc eintrat, hoben die Frauen in ihren Gemächern, darunter auch ihre Stieftochter, neugierig die Köpfe. Camelia beachtete sie jedoch nicht weiter und geleitete ihren Getreuen in einen der Alkoven, um mit ihm unter vier Augen sprechen zu können.

»Und, wie ist es verlaufen?«, flüsterte sie kaum hörbar. Israc schaute sich um und antwortete ihr dann ebenso leise: »Wie wir es uns vorgestellt haben. Die Leibwachen tot und der König stark verwundet, dem Prinzen habe ich wie befohlen kein Haar gekrümmt.«

»Sehr gut, also müssen wir jetzt nur noch abwarten.«

Erfreut und von der abfallenden Anspannung beflügelt, klatschte Camelia in ihre Hände.

»Vielen Dank, Israc. Ich weiß, Ihr seid mir immer ein treuer Freund gewesen. Das werde ich Euch nie vergessen. Ihr könnt nun gehen. Lassen wir den Dingen ihren Lauf.«

Israc verneigte sich und verschwand. Sie blieb noch einen Moment allein in dem Alkoven zurück und konnte ihr Glück kaum fassen.

Belle

»Wozu brauche ich das Sticken auch? Ich werde einmal ein Land regieren und nicht für mein ganzes Volk Goblins sticken«, rief Belle genervt aus und warf das Garn weg. Ihre Stiefmutter war außer Sichtweite und sie nutzte die Gelegenheit, um sich von ihrem Platz zu erheben und zum Fenster zu laufen.

Wie gerne wäre sie mit ihrem Vater auf die Jagd gegangen oder hätte sich einfach wie früher mit ihm unterhalten, um die ganzen Missverständnisse aus dem Weg zu räumen.

Sie musste heute Abend unbedingt versuchen, mit ihm zu reden, vielleicht würde er ihr, wenn sie allein waren und Camelia nicht jedes ihrer Worte vergiftete, endlich zuhören und diesem dummen Heiratsspiel ein Ende setzen. Ihr Blick wanderte zum Horizont und insgeheim graute ihr schon vor dem anderen Prinzen, der demnächst noch eintreffen sollte. Was, wenn dieser genauso war oder gar noch schlimmer? Sie müsste sich zwischen Pest und Cholera entscheiden.

Dazu kam noch, dass dieser Prinz von Fallenday sich bereits so sicher schien, dass sie ihn nehmen würde. Aber warum? Wussten alle mehr als sie? Ihr Vater hatte doch nicht etwa schon alles entschieden? Wenn, dann hatte Camelia wieder ihre Hände im Spiel. Belles Blick glitt zu dem Alkoven, in den sich ihre Stiefmutter mit dem unheimlichen Diener zurückgezogen hatte. *Was sie wohl zu bereden haben?*

Sie hatte den Mann noch nie gemocht, er wirkte falsch und kalt und zu allem bereit, was ihr das Blut in den Adern gefrieren ließ.

Was ist wohl so wichtig, dass er es nur mit ihr allein bereden kann?

Sie würde es wohl nie erfahren. Belle sah wieder hinunter in den Hof. Einige Mägde liefen umher und wuschen die Wäsche, während ein einzelner Knecht zwei Pferde striegelte.

Ein ganz normaler Tag im Schloss und doch war so vieles anders. Belle sah in die Ferne und konnte eine leichte Staubwolke über der Volnana weit hinten am Horizont aus Richtung des Schlossparks wahrnehmen; ob die Jagdgesellschaft schon wieder heimkehrte, war jedoch fraglich.

»Prinzessin! Jetzt hör mir doch endlich zu, wenn *ich* mit dir rede!«, schrie Camelia sie fast an und holte Belle unsanft aus ihren Gedanken. Belle drehte sich um und blickte in das wütende Gesicht ihrer Stiefmutter.

»Entschuldigt, Madame, ich war eben in Gedanken, was sagtet Ihr?«, fragte sie gelassen und mit unschuldiger Miene.

»Jetzt spiel hier nicht die Scheinheilige, das weißt du genau! Und jetzt mach dich wieder an die Arbeit. Die Gobelins sollen fertig werden, und von allein werden sie das nie!«, herrschte Camelia sie an und Belle wollte genervt zu ihrem Platz gehen, drehte sich jedoch, einer Eingebung folgend, noch einmal um und sah aus dem Fenster.

Sie konnte viele, rasch näher kommende Reiter ausmachen, einige davon mit ihrem Banner. Die Jagdgesellschaft kam zurück! Ihr fiel ein Stein vom Herzen. Als sie aufatmen und sich umdrehen wollte, um trotz des Verbotes nach unten zu gehen, um ihren Vater zu begrüßen, fiel ihr Blick auf etwas, was so nicht sein sollte. Sie suchte die Menge nach ihrem Vater ab, konnte aber weder ihn noch diesen Gregor ausmachen. Langsam hektisch werdend suchte sie weiter. Ganz hinter dem sich schnell bewegenden Zug sah sie eine Art Bahre, genauer gesagt zwei an der Zahl, die von je vier Reitern getragen wurden. Sie konnte nicht erkennen, was sich darauf befand, aber es konnte nichts Gutes sein. Sie schnappte nach Luft und wandte sich um, dann raffte sie die Röcke und rannte wie in Trance los. Niemand hielt sie auf.

Die Jagdgesellschaft ritt gerade durch das Schlosstor, als Belle die letzten Stufen des Turmes heruntergerannt kam und sich gegen die schwere Tür warf, die daraufhin knarrend aufschwang. Plötzlich stand sie im Licht der Abendsonne und musste ihre Augen einen Moment bedecken, um die Gestalten im Hof erkennen zu können. Sie hörte laute Rufe, fast Geschrei, und um sie herum erwachte der Lärm. Der Hof wimmelte plötzlich vor Menschen. Diener und Mägde kamen angerannt, Soldaten stampften umher und die Jagdgesellschaft an sich war hektisch und unruhig.

»Schnell, holt einen Arzt!«, brüllte einer von ihnen und Belle bekam es mit der Angst zu tun. Sie rannte auf einen der Männer von der Jagd zu, musste aber aufpassen, dass sie nicht von den anderen umgeritten wurde. Als sie den Mann erreicht hatte, fragte sie mit zitternder Stimme: »Was ist geschehen?« Der Mann wollte sich erst abwenden, erkannte sie jedoch und setzte an:

»Prinzessin, der König, Euer Vater. Er … Er ist Opfer eines Überfalles geworden und auch der Prinz. Es sieht nicht gut aus. Ich …«

»Wo ist er?«, schrie Belle ihn an, bevor er geendet hatte. Sie hatte genug gehört. Der Mann deutete nach hinten, wo sich bereits eine Gasse um die beiden Bahren gebildet hatte. Mit Tränen in den Augen lief Belle darauf zu. Sie sah, dass sich der Arzt bereits den Bahren genähert hatte. Bei der einen schüttelte er nur den Kopf, bei der zweiten Bahre blieb er stehen, rief einem Diener etwas zu und schien sich dann an die Arbeit zu machen. Belle lief verstört auf die Bahren zu, die Diener und Mägde gingen zur Seite, nur ein einziger Mensch stellte sich ihr in den Weg: Selina.

»Selina, was macht Ihr hier? Ich dachte, Camelia hat Euch entlassen? Was ist hier geschehen? Ich muss …« Ohne eine Antwort abzuwarten, wollte sie sich an ihr vorbeischieben, aber Selina hielt sie fest und ließ sie nicht vorbei.

»Selina, was ist los? Lasst mich durch. Ich muss …«

»Isabelle, bitte tut das nicht.«

»Was soll ich nicht tun? Lasst mich durch!« Selina hatte schützend die Arme um sie gelegt, doch mit einem Ruck gelang es ihr, sich zu befreien und mit gerafftem Rock stürzte sie die letzten Meter zur Bahre mehr, als dass sie rannte. Sie sah auf das anscheinend schnell und behelfsmäßig gebaute Etwas. Die Soldaten um sie herum salutierten vor ihr und dann drang das Bild und dessen Bedeutung in ihr Bewusstsein.

»*Vater? Vater? Vater! Nein! Vater!*«

Belle konnte nicht glauben, dass sie vor dem leblosen Körper ihres Vaters stand. Er hatte die Augen, seine Augen, seine sonst von Liebe strotzenden Augen weit geöffnet. Sie blickten sie leer und kalt an. Kein Funken Leben war mehr in ihnen.

Tränen stiegen ihr in die Augen und sie kämpfte vergeblich dagegen an. Sie fühlte sich, als würde sie am liebsten schreien und davonlaufen, doch stattdessen griff sie nach seiner Hand, die bereits kalt war, und drückte sie fest. Dabei kam sie an das Laken, das seinen Körper verhüllte, und es fiel herunter. Zum Vorschein kamen sein aufgeschlitzter Rumpf und der mit schwarzem Blut verklebte Einstich. Belle erschrak so sehr, dass sie rückwärts lief und stolperte. Sie drohte zu fallen, da wurde sie von hinten gehalten. Sie blickte sich um und sah in das hämische Gesicht von Gregor, der auch verwundet war, wenn auch nicht gerade tödlich.

»Danke«, nuschelte sie anstandshalber und wandte sich dann wieder zu ihrem Vater, den ein Diener mittlerweile wieder zugedeckt hatte.

»Was ist passiert?«, versuchte sie so beherrscht wie möglich herauszubringen.

»Wir kamen in einen Hinterhalt, Mylady. An mehr erinnere ich mich nicht. Ich kann froh sein, dass ich selbst noch lebe. Euer Vater hatte leider nicht so viel Glück.«

Die Betonung seiner Worte ließ Belle an seiner Aufrichtigkeit zweifeln. Sie wandte den Blick von ihm ab und sah zu ihrem Vater.

»Vater! Oh bitte nicht!«

Der Arzt kam auf sie zu, um Gregor noch etwas von seiner Medizin zu geben. Belle flehte diesen förmlich an: »Bitte helfen sie ihm. Bitte. Sie können doch sicherlich noch etwas machen!«

»Nein, das kann ich leider nicht, mein Kind. Ich kann keine Toten wieder ins Leben zurückrufen«, sagte der Arzt aufrichtig, doch Aufrichtigkeit war Belle nicht genug.

»Will ihm denn niemand helfen?«, schrie sie und sah sich Hilfe suchend in den Reihen der Männer um, die wie erstarrt waren. Sie ging auf die Bahre zu und rüttelte an der Hand des Königs.

»Vater. *Vater.* Wacht auf! Wacht doch endlich auf!«

Belle war wie in Trance und ließ sich nicht trösten. Selbst Selina konnte sie nicht davon abbringen zu glauben, dass ihr Vater noch lebte.

Camelia

»*Schluss* jetzt mit dem Getue!« Camelia war in den Schlosshof getreten und mit ihrem Erscheinen verstummten sofort alle Stimmen im Hof.

»Isabelle, du bist eine Prinzessin und keine Magd. Jetzt hör auf mit dem Unsinn. Dein Vater ist tot, begreif das! Und es ist egal, was für eine Szene du jetzt hier machst, er kommt nicht zurück. Wachen?! Bringt die Prinzessin nach oben. Sie ist ja nicht mehr sie selbst.«

Die Soldaten machten sich auf den Weg zu Isabelle. Dann richtete Camelia das Wort an ihre erste Hofdame: »Aurelia, bringt den Prinzen in seine Gemächer und gebt ihm alles, was er braucht. Vor allem Ruhe. Alle anderen gehen wieder an die Arbeit. Es gibt viel zu tun. Dann werden wir heute Abend ein Trauermahl ausrichten, statt eines Festes. Mein werter Mann ist von uns gegangen. Lasst ihn uns gebührend verabschieden. Hofmeister?«

»Ja, Königswitwe?« Camelia schreckte bei dem Klang ihres neuen Titels etwas zusammen, fing sich aber sofort wieder.

»Schafft den Leichnam weg und richtet das Begräbnis aus, wir wollen ihn morgen mit allen Ehren bestatten.«

»Jawohl.« Der Hofmeister nickte.

Camelia gab erneut ihren Soldaten ein Zeichen: »Schafft sie weg.« Die behandschuhten Männer griffen Isabelle links und rechts unter den Armen und zogen das schreiende und um sich kratzende Mädchen vom Körper ihres Vaters weg.

»Lasst mich! Was fällt Euch ein? Ich bin die Prinzessin! Lasst mich sofort los! Vater!«, schluchzte und schrie sie abwechselnd. Gekonnt das Geschrei ignorierend, manövrierten die Wachen sie in ihre Gemächer und verbarrikadierten die Tür. Isabelle würde bis heute Abend erst einmal allein bleiben. Camelia lächelte.

Chace

»Und was machen wir jetzt den ganzen Tag?«, fragte Twin genervt und spielte mit seinem Schwert herum.

»Warten, dass Ed zurückkehrt, und dann sehen wir weiter. Ich hoffe, dass sich alles nur als Missverständnis entpuppt und er sich verhört hat. Dann können wir morgen wieder in die Stadt und vielleicht auch ins Schloss ziehen und müssen nicht mehr hausen wie die Tiere.«

»Ich glaube nicht, dass er sich geirrt hat …«

»Ihr glaubt ihm alles? Warum sollte mich ein fremder Prinz aus dem Weg schaffen wollen? Oder den König von Endline?« Verständnislos sah er Twin an.

Statt einer Antwort blieb Twin stumm. Er schien keine Lust auf eine Diskussion zu haben und Chace gab auf. Wenig später setzte er sich auf den Boden und nahm ein Stück Holz, das neben seinem Fuß gelegen hatte, in die Hand. Ihm kam eine Idee und er griff mit der anderen Hand unter seinen Mantel und zog ein Jagdmesser heraus. Kurz darauf bearbeitete er das Stück Holz mit seinem Messer. Er hatte früher viel Zeit mit dem Schnitzen verbracht, aber das Kampftraining, der Unterricht und ab und an auch Staatsgeschäfte hatten ihn viel Zeit gekostet, und daraufhin war es mehr und mehr in den Hintergrund getreten.

Twin sah ihm gelangweilt zu, schloss dann die Augen und wenig später vernahm Chace ein monotones Schnarchen aus der Richtung seines Freundes.

Auf einmal schreckte Chace auf. Hinter ihm drangen Geräusche durch das Dickicht.

Was ist das?

Anspannung machte sich in ihm breit und er behielt seine Umgebung genau im Blick. Langsam richtete er sich auf. Das Schnarchen seines Freundes brach ab und der leicht benommene Twin sah sich ebenfalls aufgeschreckt um, während dessen Hand zum Schwert glitt.

Da ertönte ein lautes Rascheln, Twin und Chace fuhren herum und Ed brach samt Pferd durch das Gebüsch. Erleichterung machte sich breit.

»Musstet Ihr uns zu Tode erschrecken?«, keifte Twin, der sich mit einer Hand das Herz hielt und nach Luft rang.

»Mensch, Ihr seid aber wirklich schwer zu finden«, begann Ed und ging nicht auf die Worte seines Freundes ein. Er war leicht außer Atem, als er von seinem Pferd stieg.

»Ich irre seit gut einer Stunde durch diesen Wald auf der Suche nach der Lichtung.«

»Und habt uns damit gewaltig erschreckt! Hättet Ihr nicht rufen können?«

»Damit auch andere uns hören und aufspüren?« Kopfschüttelnd sah Ed zu ihnen und lockerte mit routiniertem Griff den Gurt seines Pferdes.

»Wer soll uns in diesem gottverdammten Wald schon finden? Wer sucht uns überhaupt?«

»Mehr als Ihr Euch nur vorstellen könnt, mein Lieber, aber alles der Reihe nach.«

Chace sah ihn verständnislos an. »Dann sprecht endlich«, nahm Twin ihm das Wort aus dem Mund.

Ed holte noch einmal tief Luft und seine Stimme klang bei seinen Worten leicht zittrig:

»Als ich aufbrach und auf der Volnana in Richtung des Schlosses ritt, wurde ich von lauten Rufen und angaloppierenden Pferden überrascht. Ich habe es gerade noch geschafft, in ein Gebüsch zu flüchten. Die Jagdgesellschaft des Königs zog kurz darauf ungeordnet an mir vorbei. Hinter ihnen zwei Bahren …« Er pausierte kurz und seine letzten Worte sickerten nur langsam in Chaces Unterbewusstsein. *Das kann doch nicht bedeuten, dass … ?*

»Was ich sah, wollte ich erst nicht glauben. Mit Abstand bin ich ihnen gefolgt. Im Schloss herrschte solch ein Trubel, dass ich nicht aufgefallen bin, und meine schlimmsten Befürchtungen haben sich bewahrheitet. Der Tross erzählte, dass sie sich im Wald auf der Jagd getrennt hätten. Der König, seine beiden Wachen und Prinz Gregor gehörten einer Gruppe an und diese wurde überfallen. Die beiden Leibwachen wurden mit einem gezielten Schnitt hingerichtet. Der König hat wohl nicht so viel Glück gehabt und musste noch einige Zeit unter höllischen Schmerzen weiterleben. Der vierte im Bunde, Prinz Gregor, wurde auch verletzt, aber nur am Arm, und obwohl er eine Menge Blut verloren und ohnmächtig im Wald gefunden wurde, konnte er sich vorhin bereits wieder frei bewegen. Was angesichts der Geschehnisse und des scheinbar gezielten Angriffes schon sehr verwunderlich ist.«

Chace hing förmlich an Eds Lippen und ein Blick zu Twin sagte ihm, dass es diesem genauso gehen musste.

»Dann ist der König wahrhaftig tot?« Seine Stimme war kaum mehr als ein Flüstern.

Ed nickte. »Das Kommando im Schloss hat die Königswitwe Camelia unmittelbar nach Bekanntwerden an sich genommen. Ich konnte einen Blick auf das Mädchen werfen. Die Prinzessin war vollkommen außer sich und wurde von zwei Soldaten auf ihre Gemächer geführt, während die Witwe alles für die bevorstehende Trauerfeier plante. Soviel ich ihrem Gespräch mit dem Hofmeister entnehmen konnte, soll der König morgen schon bestattet werden. Irgendetwas scheint diese Frau auszuhecken. Sie hat weder eine Träne vergossen noch einen Schuldigen gesucht. Mir schien es, als würde sie den Tod ihres Mannes einfach hinnehmen und ihn schnellstmöglich unter die Erde bringen wollen.«

»Der König ist tot? Das glaube ich nicht! Ihr müsst Euch vertan haben!« Ungläubig sah Twin sein Gegenüber an.

Doch Ed schüttelte energisch den Kopf. »Leider nein. Ich selbst habe ihn auf der Bahre liegen sehen und gehört, wie der Arzt nur noch seinen Tod feststellen konnte. Kein Funken Leben steckte mehr in seiner Haut. Endline hat seinen größten König verloren und ich befürchte, das wird erst der Anfang sein.«

»Der Anfang von was?«

»Einem Umbruch«, gab Ed zu.

»Ein Umbruch? Was für ein Umbruch?« Chace verstand nicht, was Ed ihm damit sagen wollte, und war vor allem genervt darüber, dass er ihm jedes Wort einzeln entlocken musste. Dann sah er den Blick, den Ed Twin zuwarf, und ein komisches Gefühl stieg in ihm auf.

»Dann ist es nun also wahrlich so weit?«

»Ja.«

»Dann lasst uns beginnen.«

Twin wandte sich zu seinem Pferd und begann es zu satteln.

»Was ist eigentlich los? Was beginnt?« Keines ihrer Worte machte für Chace auch nur den geringsten Sinn und er warf seinen Freunden fragende Blicke zu.

Was zum Teufel wird hier gespielt? Warum sprechen sie, als wären sie auf so etwas vorbereitet?

Ed sah wieder zu Twin, dann atmete er geräuschvoll aus. »Es ist wohl an der Zeit, dass Ihr ein paar Dinge erfahren solltet. Euer Vater hatte vor unserer Abreise bereits gespürt, dass etwas geschehen wird. Ich bezweifle jedoch, dass er an solch eine Katastrophe gedacht hat, sondern eher daran, dass der Prinz von Fallenday mit unfairen Mitteln kämpfen wird.«

»Warum sprecht Ihr so, als wüsstet Ihr, dass dieser Gregor am Tod des Königs schuldig ist?«

»Chace, wir kennen uns seit frühen Kindertagen, auch wenn unser Zusammentreffen kein Zufall war, genauso wenig wie wir aufgewachsen sind. Während Ihr eine gute Ausbildung als zukünftiger Herrscher und Krieger genossen habt, wurden wir von den Leibwächtern Eures Vaters geschult und unterrichtet. Sie zeigten uns einige mehr als nützliche Dinge, die es uns ermöglichen, Euch zu schützen. Nur aus dem Grund sind wir hier.« Mit festem Blick sah Ed ihn an. Langsam drang das Gehörte in Chaces Unterbewusstsein. Tief in seinem Inneren hatte er es immer gewusst, dass ihre Freundschaft kein Zufall sein konnte. »Aber warum gerade Ihr beide?«

»Weil wir besonders sind«, schaltete Twin sich ein. »Weil wir Dinge können, die anderen verborgen bleiben … Habt Ihr Euch nie gefragt, warum wir Euch immer finden konnten, egal wo Ihr wart? Wieso wir immer da waren, wenn Ihr uns gebraucht habt? Dass, egal wer sich mit Euch angelegt hat, niemand Euch etwas antun konnte?«

Mit offenem Mund starrte Chace sie an. *Kann das wirklich wahr sein?*

»Euer Vater hat vor unserer Abreise Bedenken geäußert, und diese scheinen sich zu bewahrheiten. Die Machtgefüge Symantriets sind gefährlich am wanken und wir bewegen uns auf gefährliche Zeiten zu. Habt Ihr Euch nicht gefragt, warum keiner von uns ein Problem mit dem Vorschlag hatte, unerkannt zu reisen? Ursprünglich war es die Idee Eures Vaters … Er traute dem Frieden nicht, und das zu Recht.«

Als er geendet hatte, übernahm Twin das Wort: »Unsere nächsten Schritte müssen wir ganz genau überlegen. König Elias, der in der Lage gewesen wäre, uns zu schützen, ist tot. Wir sitzen in einem Land fest, in dem wir nicht sicher sein können, dass man uns willkommen heißt. Man sagt, dass diese Camelia dem anderen Prinzen mehr als zugetan sei und wie es scheint, ist er darauf bedacht, Euch aus dem Weg zu schaffen. Vom Schloss werden wir also keine Hilfe erwarten können. Im Gegenteil, wir werden uns stärker bedeckt halten müssen als jemals zuvor. Meiner Meinung nach sollten wir so schnell wie möglich nach Tesslon zurückkehren.«

Twin sah ihn an, doch nur langsam verstand Chace, was sein Freund da eben gesagt hatte.

»Aber was ist mit Belle? Wir können sie doch nicht einfach hierlassen!«, warf Chace ein.

Er nahm die Blicke wahr, die sich seine Freunde zuwarfen.

»Wir wissen nicht, inwieweit sie in diese Sache verstrickt ist und können nicht einfach ins Schloss. Am besten Ihr vergesst sie um Eurer eigenen Sicherheit willen.«

»Seid Ihr Euch im Klaren, was Ihr da eben gesagt habt?« Fassungslos starrte er Twin an.

»Ja, das sind wir!«, sprach Ed, bevor Twin antworten konnte.

»Gut, dann weiß ich ja, welche Hilfe ich von Euch erwarten kann und gehe allein.«

Blitzschnell drehte sich Chace um und lief zu Goatee. Mit einem Satz saß er auf dessen Rücken und griff sich die Zügel. Er wollte antraben, aber das Pferd bewegte sich nicht und Ed kam mit hochgehaltener Hand auf ihn zu.

»Seid nicht töricht und denkt nach! Euer Pferd wird nicht diesen Weg einschlagen.«

Er starrte Ed an. »Was habt Ihr gemacht?«

Seine Stimme war nur noch ein Flüstern.

Kapitel 29

Endline

Gregor

»Majestät, die Königswitwe«, kündigte der Soldat sie an und wenig später marschierte eine große, schlanke Gestalt an dem Soldaten vorbei in die Räumlichkeiten. Die Hofdamen folgten ihr in gebührendem Abstand.

Camelia trug ein schwarzes Samtkleid mit weitem Ausschnitt und einem sehr figurbetonendem Schnitt. Gregor fühlte sich merkwürdig erregt, als er sie sah, versuchte sich jedoch nichts anmerken zu lassen. Sie sollte nicht mehr Kontrolle über ihn als nötig wittern.

Fragend sah er sie stattdessen an. Was konnte sie von ihm wollen?

Als hätte sie seine Gedanken gelesen, klatschte sie in die Hände und schickte mit einer einzigen Handbewegung ihre Damen und den Soldaten nach draußen. Kurz darauf waren sie allein und mit einem Gang, der nach Gewohnheit aussah, lief die Witwe die hinter den Gobelins versteckten Türen ab, anscheinend um sich zu vergewissern, dass diese auch wirklich verschlossen waren. Dann erst wandte sie sich an ihn.

»Das lief doch alles ausgezeichnet, meint Ihr nicht? Es wäre zwar schön gewesen, wenn er noch ein paar Minuten gelebt hätte, damit Ihr nicht belastet worden wäret, aber das Problem habt ihr ja selbst gelöst. Und nun haben wir, was wir wollten.«

Sie sah ihn zufrieden an und musterte dabei seinen Arm.

»Ja, das haben wir, aber das habt Ihr nicht Euch zu verdanken.« Er schnaubte verächtlich.

Überraschung trat auf ihr Gesicht. »Wie meint Ihr das?«

Jetzt war es an ihm, sich vor ihr aufzurichten und seine Überlegenheit aufzuzeigen, indem er hocherhobenen Kopfes im Zimmer umherschritt.

»Ich gebe zu, Eure Idee war ganz nett und Euer Freund schien auch ein guter Handlanger zu sein, aber von seinem Handwerk versteht er nicht viel, zumindest wenn es darum geht, nur lebensbedrohliche Wunden zu schaffen. Die Wunde, die er Eurem werten Ehemann angedacht hatte, war keineswegs tödlich. Es hätte schon einiges an Dreck in die Wunde gelangen müssen, damit er elendig und qualvoll an einer Blutvergiftung verreckt, aber das hätte sich wochenlang ziehen können. Zu unseren Zwecken also mehr als unbrauchbar. Daher habe ich mir die Freiheit genommen, selbst nachzuhelfen.«

Gregor sah sie triumphierend an.

Camelia

Das Bild eines Kindes, das um die Anerkennung seiner Mutter rang, drängte sich ihr in den Kopf, als Gregor sich triumphierend zu ihr umdrehte. Um des lieben Friedens willen sparte sie sich eine entsprechende Antwort und tat ihm den Gefallen eines anerkennenden Nickens.

Sie nahm wahr, wie sich der junge Prinz daraufhin stolz im Zimmer umblickte und dabei die prunkvoll verzierten Eichenmöbeln genauso wie die mit Gold und Saphiren bestickten Gobelins anblickte.

Er wird gierig, schoss es ihr durch den Kopf und kurz darauf erhielt sie die Bestätigung für ihren Verdacht.

»Was ist übrigens mit meiner zukünftigen Braut? Wo befindet sie sich?«

»Das Mädchen ist sicher in ihrem Zimmer.«

»Weiß das Mädchen etwas?«

»Wovon? Von ihrem Glück, bald die Frau an Eurer Seite zu sein? Nein, bis jetzt noch nicht. Und genau aus diesem Grund bin ich hier. Wir müssen uns genau überlegen, wie wir vorgehen. Ich hatte mit dem Gedanken gespielt, es der Öffentlichkeit morgen bei der Beisetzung zu verkünden, oder bei unserem gemeinsamen Frühstück. Ich werde sagen, dass es der letzte Wille meines Mannes gewesen wäre, dass Ihr seine Tochter zur Frau nehmt. Er wollte Euch in der Familie haben und ihm zu Ehren werden wir die Hochzeit bereits morgen Nachmittag stattfinden lassen, um den Kummer zu vertreiben. So, wie es mein lieber Mann gewollt hätte. Ich werde alles arrangieren, und bevor auch nur irgendjemand in einen Widerspruch gehen kann, seid Ihr verheiratet.«

»Wer sollte denn in den Widerspruch gehen?«

»Die Herrscher der anderen Länder zum Beispiel? Was würde der König von Tesslon sagen? Sein Sohn war doch ebenfalls auf den Ball eingeladen, um die Prinzessin kennenzulernen. Wo wir gerade dabei sind, habt Ihr etwas davon gehört, ob dieser Prinz auf dem Weg oder gar schon hier ist? Er könnte uns in die Quere kommen …«

Gregor schüttelte den Kopf. »Nein, aber ich habe meine Späher nach ihm ausgeschickt. Sie werden mich über alles in Kenntnis setzen und bei Bedarf auch in meinem Sinne handeln, wenn Ihr versteht, was ich meine.« Er zwinkerte ihr zu. »Macht Euch also darüber keine Gedanken. Aber sagt, ahnt Isabelle etwas?«

Camelia unterdrückte einen hysterischen Lachanfall. »Warum sollte sie es erahnen? Dieses Mädchen ist so naiv! Sie dachte bis zum Schluss, dass ihr Vater seine Worte nicht ernst gemeint hat und selbst jetzt glaubt sie, dass er wieder zu ihr zurückkommt.«

»Merkwürdig. So wie ich sie kennenlernen durfte und was man über sie redete, klang es nicht gerade nach einem naiven Ding. Seid Ihr Euch sicher, dass sie es nicht nur spielt?«

Camelia winkte ab. »Ganz sicher, aber wie wäre es, wenn wir uns einfach selbst von ihrer Naivität überzeugen? Ich gedachte daran, dass wir sie gemeinsam über ihr Glück informieren sollten. Meint Ihr nicht auch?«, fragte Camelia mit einem maliziösen Lächeln und bot ihm den Arm an.

»Gerne.«

Belle

Belle wurde in ihr dunkles Zimmer gestoßen, die neu eingesetzte und mit einem Schloss ausgestattete Tür fiel schwer hinter ihr zu. Der

Schlüssel wurde von außen gedreht. Sie war gefangen. Gefangen in ihrem eigenen Zimmer. Belle hatte nicht einmal mehr die Kraft, selbst zu stehen, geschweige denn zu gehen. Sie sank an Ort und Stelle zu Boden und kauerte sich wie ein verletztes Tier zusammen.

Was war nur geschehen? Hatte sie das eben auf dem Hof wirklich erlebt? War das tatsächlich ihr Vater gewesen, der dort leblos und kalt gelegen hatte? Sie hatte sich weder von ihm heute Nachmittag im Leben ordentlich und ohne Groll verabschiedet noch hatte sie sich jetzt gebührend im Tode von ihm verabschieden können. Sie waren im Streit und Kummer auseinandergegangen und so würde es für immer bleiben. Sie hatte versucht, stark zu bleiben. Zumindest solange sie sich in der Öffentlichkeit befand und den Blicken ihrer Stiefmutter und des Prinzen ausgeliefert war.

Nun, da sie allein in ihrem Zimmer ausharren musste, hatte sie keinen Grund mehr, ihre wahren Gefühle zu verstecken. Tränen liefen ihr über die Wangen, vor ihren Augen bildete sich ein schimmernder Vorhang, die Welt um sie herum entschwand immer mehr und sie fing an zu begreifen.

Ihr Vater war tot. Die einzige Person, die ihr von ihrer Familie im Leben noch geblieben war, war nun auch von ihr gegangen und sie war endgültig allein. Ein Schluchzen durchfuhr ihre Kehle.

Plötzlich hörte sie von draußen immer lauter werdende Geräusche. Fragend sah sie zur Tür und wischte sich dabei mit dem Ärmel über die Augen, um die Tränen zu trocknen. War das nicht Camelias Stimme gewesen? Mühsam versuchte sie, sich auf die Beine zu hieven. Sie würde ihrer Stiefmutter nicht die Genugtuung verschaffen und ihre Schwäche zeigen. Sie hatte es gerade geschafft aufzustehen, da wurde auch schon die Tür aufgerissen und Camelia trat in Begleitung von Gregor ein.

»Ah, Tochter. Wie ich sehe, geht es dir besser. Vielleicht solltest du dich noch etwas hinsetzen? Du siehst blass aus. Komm, Kind!« Sie wollte nach Belles Arm greifen, ließ aber im letzten Moment davon ab und zog ihr stattdessen einen Stuhl heran. Belle hatte zwar zitternde Beine, dachte jedoch nicht im Traum daran, sich zu setzen.

»Was wollt Ihr hier?«, fragte sie misstrauisch und achtete darauf, dass ihre Stimme fest klang.

»Darf ich denn nicht meine Tochter besuchen, gerade wenn solch schlimme Dinge geschehen sind? Ich bin außer mir vor Sorge um dich«, heuchelte Camelia und entließ dann mit einer Handbewegung die Soldaten und Diener, die sie hereinbegleitet hatten. Als niemand sich mehr im Raum befand außer den dreien, veränderten sich die Worte. Camelia baute sich vor ihr auf, in der Hoffnung, sie einschüchtern zu können.

»So, meine Liebe, und jetzt reden wir nicht mehr drum herum. Wie du zweifellos gemerkt hast, wird jetzt einiges anders laufen.«

»Na endlich hört dieses ganze Getue auf«, zischte Belle. Woraufhin der Prinz laut auflachte, was ihm einen missbilligenden Blick von Camelia einbrachte.

»Nicht so vorlaut, meine Liebe! Solch einen Ton verbiete ich dir, vor allem mir gegenüber. Du wirst bald noch sehen, wer hier die Herrscherin ist. Ab jetzt werden hier andere Winde wehen. Endlich müssen wir nicht mehr so tun, als ob wir uns mögen. Das kommt uns beiden doch ganz gelegen.«

Belle schnaubte nur verächtlich. »Ja, Ihr habt recht, hier wird sich einiges ändern. Welch Zufall, dass die Herrscherin von Endline in ebendiesem Moment vor Euch steht und als Erstes befehle ich Euch, den Hof zu verlassen. Geht!«

Sie fühlte sich erschöpft, wollte jedoch auf keinen Fall Schwäche zeigen und richtete sich mit jeglicher Energie, die sie noch irgendwie aufbringen konnte, auf.

Camelia missfiel diese Haltung und sie lachte ihr hysterisches Lachen, bevor sie ihren Sturzflug aus Worten fortsetzte.

»Du denkst wirklich, dass du über allen Dingen stehst, oder? Aber du wirst dich noch umschauen. Du magst die zukünftige Herrscherin sein, das ist wohl wahr. Aber bis du achtzehn Jahre alt bist, stehst du unter meiner Aufsicht. Schon vergessen?

Alles was du tust, muss ich genehmigen, und was am wichtigsten ist: Indirekt habe ich bis dahin die Herrschaft inne. Wenn hier als jemand gehen sollte, dann nur du, auf irgendeinen schäbigen Landsitz. Natürlich nur zu deiner Sicherheit, versteht sich.« Sie machte eine Pause, damit die Worte auch wirklich zu ihrem Gegenüber durchdrangen. Belle blieb jedoch stark und ließ sich nicht anmerken, wie sehr die Worte ihrer Stiefmutter sie verunsichert hatten.

»Verstehst du, Isabelle? Niemand ist mehr da, der dich beschützen kann. Du stehst jetzt unter meiner Aufsicht und damit wir uns gleich richtig verstehen, verkünde ich dir nun meine erste Handlung als dein Vormund. Tretet vor …«, sprach sie Gregor an.

Der tat wie geheißen und stand nun unmittelbar vor Belle. Camelia schien mit Genugtuung die Unsicherheit in deren Augen wahrzunehmen und fuhr mit feierlicher Stimme fort. »Dies hier, Prinzessin, ist dein zukünftiger Gemahl. Morgen früh werden wir eure Verlobung verkünden. Morgen Nachmittag nach der Beisetzung findet dann die Hochzeit …«

»NEIN!« Belle schrie Camelia ins Wort. Plötzlich hatte sie wieder Kraft. »Ihr habt ihn auf dem Gewissen. Ich wusste es! Ihr und Eure Pläne, was habt Ihr Euch gedacht? Ich werde nicht heiraten. Weder ihn hier noch sonst wen. *Ihr* könnt mich nicht dazu zwingen, Ihr Mörderin! Wer glaubt Ihr, wer Ihr seid?!«

»Achte auf deinen Ton und deine Worte. Sie allein könnten dich ins Unglück stürzen, also hüte deine Zunge, oder wer, denkst du, wird dir glauben? Füge dich lieber deinem Schicksal!«

Camelia sah sie boshaft an.

»Ihr irrt Euch, wenn Ihr denkt, dass ich nur etwas davon hinnehmen werde. Wenn ich nicht heiraten will, dann werde ich auch nicht heiraten. Ich bin immer noch die Prinzessin. Ich komme in der Thronfolge als Nächstes nach meinem Vater. Ihr seid gar nicht bedacht. Ihr seid ein Nichts! Ihr wart es schon immer!«

Nun war es Belle, die außer sich war.

»Meine Liebe, du hast recht mit der Thronfolge, aber hast du nicht eine Winzigkeit vergessen? Du bist noch nicht volljährig und solange habe ich die Kontrolle über dich. Du wirst tun, was ich befehle und niemand kann etwas dagegen sagen oder sonstigen Einspruch erheben.«

»Nein. Das kann nicht sein.«

»Oh doch, meine Liebe, es entspricht der Wahrheit. Und nun begrüße deinen zukünftigen Ehemann, statt weiter Trübsal zu blasen und Intrigen zu spinnen.«

Das war für Belle zu viel. Sie beachtete Gregor gar nicht weiter, würdigte ihn nicht einmal eines Blickes und sprang stattdessen Camelia wie eine Katze an. Diese stand angesichts der absurden Situation vor

Schreck wie versteinert da. Als Belle vorschnellte, packte Gregor im letzten Moment ihre Hände und hielt sie fest, bevor sie sich in Camelias Gesicht versenken und Schaden anrichten konnten.

»Lasst mich los!«, schrie sie, begann nach dem Prinzen zu treten und versuchte sich anschließend loszureißen. Sie würde eher kämpfen und sterben, als diesen Prinzen zu heiraten und sich von Camelia bevormunden zu lassen.

Gregor

Behände wie eine Katze hatte die Prinzesin versucht, Camelia anzugreifen. Er handelte eher aus einem Reflex heraus, als der Königswitwe wirklich helfen zu wollen, und hielt Isabelle auf, bevor sie ihrer Stiefmutter Schaden zufügen konnte. Sie versuchte heftig, sich aus der Umklammerung seiner Hände zu lösen und nur Sekunden darauf durchfuhr ihn ein stechender Schmerz. Seine Handflächen, die die Arme des schlagenden Mädchens hielten, brannten stark. Er versuchte es auszuhalten, als die Schmerzen jedoch unerträglich wurden, musste er sie loslassen.

Die immer noch kämpfende Belle fiel auf die Knie und sank erschöpft in sich zusammen.

»Was war das?«, zischte Gregor zwischen den Zähnen hindurch und schaute auf seine glühenden Handflächen. Dann blickte er auf die Arme des Mädchens. Außer den Druckstellen dort, wo er sie festgehalten hatte, war nichts zu sehen. *Wie ist das möglich?* Er wandte sich zu Camelia.

»Was hat das zu bedeuten?«, fragte er im angriffslustigen Ton. Was hatte sie ihm verschwiegen? Und was hatte sie ihm vielleicht auch sonst noch vergessen zu sagen?

Camelia zuckte nur mit den Schultern, so als hätte er es früher oder später sowieso herausgefunden. »*Das*«, meinte sie mit einem höhnischen Grinsen, »ist das *nette Extra,* das ich Euch in meinen Brief damals versprochen habe. Aber das werden wir nachher lieber in Ruhe besprechen.« Mit einem Blick auf Isabelle fügte sie noch hinzu: »Vielleicht sollten wir uns jetzt zurückziehen. Sie muss morgen schließlich ausgeruht sein.«

Mit diesen Worten drehte sie sich um und Gregor konnte ihr nur folgen wie ein Hund.

Er war neugierig, was sie ihm noch zu erzählen hatte. Isabelle blieb allein zurück.

Camelia

Camelia stand mitten in ihren Gemächern. Um sie herum wimmelte es von Frauen, die nähten, stickten und sich leise unterhielten. Sie jedoch brauchte nur eine von ihnen.

»Aurelia, wir haben eine Hochzeit vorzubereiten. Ich wünsche, dass alle von uns bereits besprochenen Dinge in die Wege geleitet werden. Ihr wisst, worauf es mir ankommt. Tut Euer Möglichstes«, wies Camelia ihre Vertraute leise an. Die Frau nickte und tat wie geheißen. Wenig später war sie im Trubel der Hofdamen verschwunden.

Camelia gab Gregor, der soeben durch die Tür in ihre Gemächer getreten war, ein Zeichen und verschwand durch eine reich verzierte Tür in ihr Audienzzimmer, nur wenig später folgte ihr der Prinz. Sie sah sich einen Moment um; als sie feststellte, dass sie sich allein im Raum befanden, drehte sie sich zum Prinzen um und lächelte ihn an.

»Und, Prinz, sagt mir, ist der Tag heute zu Eurer Zufriedenheit verlaufen?«

»Ja, meine teuerste Camelia.« Er ging vor ihr auf die Knie und bedachte sie mit einem Handkuss. In Camelias Bauch machte sich ein flaues, aber dennoch wohliges Gefühl breit. Der Moment schien magisch. Kurz darauf war er jedoch auch schon wieder verpufft, Gregor hatte sich aufgerichtet.

»Alles ist ganz und gar so verlaufen, wie es sein sollte. Ich warte zwar noch auf Nachricht meiner Soldaten und auch meine Begleiter haben sich noch nicht gemeldet, aber das werden sie bald. Nun lasst uns jedoch nicht weiter drum herum reden. Was war das vorhin? Warum hatte ich solche Schmerzen, als ich das Mädchen festgehalten habe? Ich dachte erst, ich habe es mir eingebildet, aber die Male sind noch deutlich zu sehen.«

Er zeigte ihr seine Hände, die immer noch rote Stellen aufwiesen.

»Das ist das *Extra*, welches ich Euch schon genannt hatte. Ich wollte vorhin nicht vor der Prinzessin davon sprechen. Ich weiß nicht, inwiefern sie von ihrer Kraft weiß oder sie gar einsetzen kann. Sie muss nicht unbedingt wissen, wie machtvoll sie sein kann. Es wäre für uns schon schlimm genug, wenn sie lernt, es zu kontrollieren.«

»Machtvoll?«, flüsterte er.

»Ja, machtvoll. Das, was Ihr eben erlebt habt, ist gar nichts zu dem, was ihre Mutter konnte und was noch tief im Inneren des Mädchens verborgen ist. Man erzählt sich, dass Endline in der Lage gewesen ist, Gedanken zu lesen. Sie ließ Blumen, die bereits verwelkt waren, wieder erblühen. Sah Leben, wo keines mehr war, und bezauberte alles und jeden um sich herum.«

»Nur, wenn ihre Mutter so machtvoll war und Leben wieder entstehen lassen konnte, warum ist sie dann tot und Ihr habt ihren Platz eingenommen?« Gregor schien nicht zu verstehen.

»Ganz einfach. Eines Tages war ihre Macht einfach weg. Ich bin der Ansicht, nicht einmal Elias kennt die wahren Zusammenhänge, aber ich habe mein Leben lang darüber gegrübelt. Vor Kurzem habe ich endlich die letzten Puzzleteile zusammensetzen können.«

Es war so einfach gewesen, dass sie sich ärgerte, nicht schon früher daraufgekommen zu sein.

Gregor sah sie verständnislos an. »Wie jetzt?«

»Ihre Tochter«, sagte sie nur.

»Prinzessin Isabelle?« Gregor schüttelte nur fragend den Kopf. Er verstand sie immer noch nicht.

»Ihr seht es nicht, oder? Sie starb, als sie ihr Kind gebar.« Camelia pausierte kurz, um die Worte wirken zu lassen, bevor sie weitersprach: »Sie starb nicht durch die Geburt, sondern weil sie ihre ganze Macht, ihren ganzen Zauber, ihre ganze Kraft auf ihr erstes Kind übertragen hatte. Das Mädchen umgibt schon seit es ein Baby war diese magische Aura. Rosen blühen auf, wenn sie an ihnen vorbeigeht. Sie lässt Dinge erstarren. Manche Leute können sie nicht berühren. Und das macht sie alles unbewusst, jetzt stellt Euch vor, was man, wenn es ihr bewusst wäre, aus ihr herausholen könnte. Welche Macht dahintersteckt! Euer Erstgeborenes hätte unglaubliche Fähigkeiten.«

Kapitel 30

Endline

Gregor

Die Dämmerung des neuen Tages war noch nicht erreicht, als ein lautes Geräusch ihn aus dem Schlaf schreckte. Verwirrt setzte Gregor sich im Bett auf und wandte sich verschlafen um. Ein verschwommenes Gesicht starrte ihm aus der Dunkelheit entgegen und im letzten Moment gelang es ihm gerade noch, einen Schrei zu unterdrücken.

»Grip!«, fuhr er seinen Handlanger leise, aber bestimmt an. »Wie kommt Ihr hier herein und was macht Ihr hier, mitten in der Nacht?«

»Entschuldigt, mein Herr, ich wollte Euch nicht erschrecken, aber ich habe wichtige Neuigkeiten, die keinen Aufschub dulden.«

Wütend warf Gregor die Bettdecke zur Seite und stand auf. Auf der Stelle verneigte der Mann sich, doch der Prinz beachtete ihn nicht, sondern lief zu dem kleinen Holzstuhl, über den er am Abend seinen Umhang geworfen hatte. Das aus dichter roter Seide gewebte Kleidungsstück war prächtig und dezent zugleich und dabei eines Königs würdig. Andächtig warf er sich den Umhang über die Unterkleidung, erst dann fühlte er sich in der Lage, mit seinem Besuch zu sprechen.

»Jetzt sprecht! Was wolltet Ihr so Wichtiges von mir, das nicht warten kann?«

»Mein Herr, die Soldaten! Sie sind eingetroffen und sammeln sich weit außerhalb der Stadt in den umliegenden Wäldern. Dort warten sie auf Euren Befehl.«

Gregors Augen verengten sich und er dachte scharf nach.

Nun sind sie also endlich angekommen. Doch ich darf keinesfalls überstürzt handeln.

Jetzt galt es, das Feingefühl nicht zu verlieren.

Wenn ich …

Um seine Nerven zu beruhigen, begann er im Zimmer auf und ab zu laufen.

»Wir müssen jetzt äußerst besonnen handeln, Grip, versteht Ihr mich? Hat Euch jemand herkommen sehen?«

Grip starrte ihn mit festem Blick an.

»Nein, ich habe nur die dunkelsten Gänge genutzt und sorgsam darauf geachtet, dass niemand mich sieht. Kein Mensch weiß von meiner Anwesenheit.«

Gregor nickte zufrieden. »Das ist gut. Ihr denkt mit, das gefällt mir. Sagt, wie viele sind es, die sich bisher dort draußen versammelt haben?«

»Hauptmann Sep meinte vorhin zu mir, dass es mindestens fünftausend Mann sein müssen. Doch seither ist eine gute Stunde vergangen und immer mehr strömen zusammen. Söldner, Tagelöhner, Diebe und Mörder. Sie alle haben sich auf Eure Seite gestellt und es werden immer mehr …«

Ein zufriedener Seufzer entfuhr Gregor und er ließ sich auf seinen Stuhl fallen. Doch da kam ihm ein Gedanke …

»Und mit Verlaub, wie hält Sep sie alle bedeckt, ohne dass es jemandem auffällt?«, fragte er mit Ungläubigkeit in seiner Stimme. »Und wie konnten sie unbemerkt bis kurz vor die Tore der Stadt vordringen? Der Ausblick von diesem Schloss lässt die kleinsten Bewegungen von Menschenmassen bis weit ins Land sichtbar werden. Ich hatte schon Angst, dass man sie entdecken und entsprechende Maßnahmen ergreifen würde …«

»Ich kann Eure Bedenken verstehen und hatte selbst meine Zweifel, doch diese Männer sind Meister ihres Fachs. Sie verstehen sich darauf, sich unbemerkt fortzubewegen. Seid unbesorgt! Bevor jemand auch nur etwas ahnt, ist es schon zu spät. Doch nun sagt mir, Herr, wie lauten Eure nächsten Befehle?« Grips ungeduldiger Blick war ihm nicht entgangen und in seinem Kopf ratterte es.

»Gut, mein Freund, ich sehe, dass Ihr es eilig habt. Richtet Hauptmann Sep aus, dass die Armee sich um jeden Preis weiter bedeckt halten soll. Wir werden heute den Alten begraben und ich werde am Nachmittag das Mädchen ehelichen. Zu unseren Ehren werden alle

Glocken der Stadt läuten, und sobald sie ertönen, zieht Ihr los! Die Glockenklänge sind unser Zeichen, dass es beginnt. Sep soll die Männer gesammelt nach Schloss Trebin führen. Wir übernehmen es vollständig und jeder, der sich uns in den Weg stellt, wird getötet. Und behaltet diese Camelia im Auge. Nein, besser noch: Lasst sie in Gewahrsam nehmen! Macht Sep deutlich, dass wir nur diese eine Chance haben.«

Er sah Grip durchdringend an. Hatte er verstanden? »Und Grip? Ich weiß, was ich den Soldaten versprochen habe und ich halte mein Wort. Sie werden reich belohnt und alle Frauen, die ihnen in die Quere kommen, sind die Ihrigen, *aber* meine Frau ist für sie tabu! Wenn ich einen von ihnen an ihr erwische, dann werde ich ein Exempel statuieren.«

Seine Worte waren harsch und kalt. Er würde kein Problem damit haben, sie in die Tat umzusetzen, und das wusste Grip auch.

»Jawohl«, antwortete der Mann, ohne mit der Wimper zu zucken.

»Ach, und eins noch. Wenn Ihr nachher aus der Halle tretet, wendet Euch zu den Ställen. Daneben befinden sich die Wohnungen der Männer, die mich zu Pferd begleitet haben, gebt ihnen ebenfalls meine Befehle. Sep hat sie so weit, dass sie ohne Bedenken folgen werden ...«

Grip nickte. Er schien verstanden zu haben und verneigte sich ein letztes Mal, bevor er die Gemächer so lautlos, wie er sie betreten hatte, durch einen der verdeckten Seiteneingänge verließ.

Gregor versicherte sich ein letztes Mal, dass alle Türen zu seinen Räumen verschlossen waren, erst dann löste er seinen Umhang, legte ihn sorgsam auf dem Stuhl zurecht und setzte sich aufs Bett.

Sein Blick glitt zum Fenster. Es war noch früh an diesem Tag und würde noch Stunden dauern, bis die ersten Strahlen der Sonne über die Baumkronen krochen.

Der Tag würde noch lang werden und so beschloss er, sich noch einmal zur Ruhe zu begeben.

Das Bett war bequem und kuschelig, aber die Gedanken in seinem Kopf waren zu viele, als dass sie sich einfach abschalten lassen konnten, und Gregor schaffte es nicht einzuschlafen. Wach lag er stundenlang mit geschlossenen Augen da und nahm die Geräusche des frühen Morgens wahr. Das Klappern der Eimer und die leisen Gespräche der Mägde drangen zu seinem Fenster hinauf. Mehrere Küchenjungen riefen sich tief unten im Hof etwas zu und kurz danach klirrte Geschirr. Ein Hahn schrie und immer mehr schien das Leben im Schloss zu erwachen.

Camelia

Die letzte Nacht war für Camelia die reinste Erholung gewesen. Alles schien genau so zu laufen, wie sie es sich erwünscht hatte und ihre Anspannung fiel immer weiter von ihr ab. Frisch und ausgeruht ließ sie sich ein Bad bereiten und fühlte sich danach gut zehn Jahre jünger. Voller Zuversicht und prunkvoll gekleidet trat sie aus ihren Privaträumen in ihr Audienzzimmer, wo bereits ihre Hofdamen versammelt waren, um mit ihr gemeinsam die Räumlichkeiten zu verlassen.

»Guten Morgen, meine Damen«, begrüßte Camelia sie mit einem strahlenden Lächeln, und auch wenn es in Anbetracht der Umstände nach außen hin seltsam wirken musste, konnte sie einfach nicht anders.

Mit hocherhobenem Haupt, dessen Haltung einer Königin würdig war, rauschte sie an ihren Damen vorbei durch die Tür und glitt wenig später engelsgleich die Stufen zur großen Halle hinunter. Es war ihr, als würde sie fliegen.

Nichts kann mich mehr aufhalten, fuhr es ihr durch den Kopf.

Beim Betreten der Halle fiel ihr das Gewusel und geschäftige Treiben der Diener und Mägde gleich ins Auge. Sie schienen früh am Morgen damit begonnen zu haben, die Halle für die bevorstehende Hochzeit herzurichten. Mittlerweile war der Raum reich verziert und mit prunkvollen Gobelins verhängt worden. So sah es mehr als königlich aus und Aurelia schien ihrer Aufgabe mehr als nur gerecht zu werden.

Aus den Augenwinkeln nahm sie eine Bewegung wahr. Ihr Hofmeister war an sie herangetreten.

»Guten Morgen, Eure Majestät. Eure Hofdame überbrachte mir den Auftrag, alles so herrichten zu lassen. Ich hoffe, es ist nach Eurem Gefallen. Dürfte ich nur fragen wofür? Da wir doch erst gestern unseren geliebten …«

»Meint Ihr nicht, das wüsste ich nicht? Dass ich nicht trauere?«, fuhr Camelia ihn an.

Der Mann schreckte aufgrund des harschen Tonfalls zusammen, machte einen entschuldigenden Knicks und zog sich dezent zurück, um wieder seiner Arbeit nachzugehen.

Camelia blickte sich in der Halle um, während sie sich an ihren Tisch begab, und musterte die Dienerschaft, die um sie herumwirbelte und aufgeregt flüsterte. Sie arbeiteten zwar und machten das, was ihnen aufgetragen worden war, jedoch schienen sie sich auch ganz gern ihre kleinen Münder zu zerreißen und zu mutmaßen, warum sie all dies taten.

Doch Camelia beschloss, ihre Tuscheleien zu ignorieren. Erst im Beisein des Prinzen würde der rechte Zeitpunkt sein …

»Guten Morgen, meine Liebe«, begrüßte eine tiefe Stimme sie und überrascht wandte sie sich nach links. Gregor hatte geräuschlos den Weg zu ihr gefunden, kniete einen kurzen Augenblick vor ihr nieder und zog ihre Hand zu sich heran, um diese zu küssen. Es war eine kleine, aber ausreichende Geste, die die Röte in ihre Wangen trieb. Nur wenig später stand er wieder, als wäre nichts gewesen und sie bedeutete ihm, sich zu ihrer Rechten zu setzen, um ihre roten Wangen zu kaschieren.

»Habt Ihr es schon verlauten lassen?« Sein Blick war fragend, als er sich in dem prunkvoll verkleideten Raum umsah.

»Nein, bisher noch nicht. Ich dachte, wir machen es gemeinsam.«

»Aber wie habt Ihr den Befehl …?« Sie schüttelte den Kopf und er verstummte sofort.

»Gut, verstanden, nun aber sprecht, wo befindet sich meine zukünftige Frau? Ich kann sie nirgends entdecken.« Sie nahm seinen suchenden Blick wahr und ein Lächeln trat auf ihre Lippen.

»Ihr braucht Euch nicht umsehen wie ein Hund nach seinem Herrchen. Das Mädchen ist nicht hier. Um eine Szene vor der Dienerschaft zu vermeiden, wird sie auf ihrem Zimmer frühstücken. Wir wollen doch alle, dass es perfekt wird, nicht wahr?!«

»Wie recht Ihr doch habt! Ach ja … es wäre so viel einfacher, wenn ich Euch statt ihrer ehelichen könnte. Doch ich vergaß! Zu meinem Bedauern seid Ihr leider nicht königlich und habt keinerlei rechtmäßigen Anspruch auf den Thron. Von der Zustimmung und Gefolgschaft Eurer Untertanen ganz zu schweigen.«

Seine Worte waren kaum mehr als ein Flüstern, doch sie tropften vor Ironie und Boshaftigkeit, dass es ihr kalt über den Rücken lief.

Er wird doch nicht …? Energisch verbot sie sich jeglichen Gedanken und beeilte sich, ihre Gefühle hinter einer Mauer aus Härte zu verstecken.

»Wer sagt denn, dass ich Euch will? Ob königlich oder nicht, die Vormundschaft des Mädchens liegt noch ein paar Jahre in meiner Hand und *ich* kann entscheiden. Niemand sonst.«

Sie bemühte sich, betont ruhig und gefühlskalt zu wirken, als sie ihn anblickte.

»Nun gut, das war nur so ein Gefühl. Aber dann bin ich voll und ganz beruhigt.«

Er weiß Bescheid, schoss es ihr durch den Kopf, als sie sein Grinsen sah. Um geschwind vom Thema abzulenken, klatschte Camelia laut in die Hände und stand auf. Nur wenig später war es in der inzwischen gut gefüllten Halle bis auf ein krächzendes Husten mucksmäuschenstill.

Mit erhabener Geste forderte sie Gregor auf, sich ebenfalls zu erheben und sie spürte, wie Hunderte Augenpaare neugierig auf ihr ruhten, während der Prinz neben ihr sich erhob.

»Meine lieben Freunde, Familienmitglieder und Diener, wir mussten gestern durch tragische und unvorhersehbare Umstände unseren geliebten König gehen lassen und ich weiß, dass der Schmerz tief sitzt und auch noch eine ganze Zeit unser Begleiter sein wird. In meinem Namen und dem seiner Tochter, die vor Trauer ihr Zimmer nicht verlassen will, sage ich Euch Danke, dass Ihr heute den Weg hierher gefunden habt und uns in dieser schweren Zeit beisteht. Doch ich weiß auch, dass Trauer nicht Elias' Wunsch gewesen wäre.«

Sie pausierte kurz und schaute in die Runde. Alle Augen waren auf sie gerichtet und diese Aufmerksamkeit kostete sie in vollen Zügen aus.

»Elias war ein großer und gütiger Herrscher. Ich bezweifle, dass auch nur einer von Euch ihn und seine Taten jemals vergessen wird. Nichtsdestotrotz muss das Leben weitergehen. Und ich bin bestrebt, die Erinnerungen an ihn wachzuhalten und ihm den letzten, mir gegenüber geäußerten Wunsch zu erfüllen. Ich habe vor seinem Aufbruch zur Jagd mit meinem Mann gesprochen und er hat mir verraten, was sein größtes Glück wäre, und dieses sollten wir ihm ermöglichen, anstatt uns der Trauer hinzugeben. So hätte er es gewollt.«

Noch ein letztes Mal blickte sie stumm in die Runde, ehe sie tief Luft holte und fortfuhr:

»Ich verkünde hiermit im Namen meines verstorbenen Mannes die heutige Heirat meiner Stieftochter Isabelle Estelle Sophie Prinzessin und Thronerbin von Endline und Prinz Gregor, dem Thronerben von Fallenday. Darf ich Euch also vorstellen: unser zukünftiger König Gregor.«

Ruhe herrschte in der Halle, dann ging auf einmal ein Raunen durch die Menge und kurz darauf begann jemand zu klatschen, der Rest folgte. Aus den Augenwinkeln sah sie Aurelia und ihren Hofmeister, die den Anfang gemacht hatten.

Chace

Nach einer unruhigen und schlaflosen Nacht bestand ihr karges Frühstück nur aus einigen Beeren und Kräutern, die sie ihm Wald hatten finden können. Um sie herum war alles still und die Strahlen der Sonne erreichten nur vereinzelt den Waldboden. Sie hatten sich zum Schlafen von der Lichtung in den Schutz der Bäume zurückgezogen – nur um sicherzugehen, hatte Ed ihm versichert.

Mit knurrendem Magen und unruhig sah er sich um. Seine Freunde standen etwas abseits und unterhielten sich flüsternd, während sie die Pferde sattelten. Er verstand nicht, was sie sprachen und wandte sich ab. Belles Stute stand weiter hinten auf der Lichtung und knabberte friedlich an dem Grün. Sie würde im Wald zurückbleiben, da zusätzliche Pferde nur auffallen würden. Chace sah an sich herunter. Er trug einfache, weite Kleidung, unter der er sein Schwert und seinen Dolch verborgen hatte. *Eine Vorsichtsmaßnahme,* kamen ihm die Worte von Ed in den Sinn.

Sein Blick glitt zurück zu Ed und Twin. Fast die ganze Nacht hatte er gebraucht, bis er sie davon überzeugt hatte, dass er Belle sehen musste, um sich zu versichern, dass es ihr gut ging. Erst dann würde er sich dazu bereit erklären, ihnen nach Habicht zu folgen. Nach einer schier endlosen Debatte hatten seine Freunde ihm schließlich zugestimmt. Doch sie mussten sich um jeden Preis bedeckt halten und Ed behielt sich vor, ihn jederzeit aus dem Schloss zu schaffen.

Von außen betrachtet waren Ed und Twin ruhig und gelassen, doch er spürte ihre Anspannung. Als sie endlich den schmalen Pfad aus den Sumachen entlangritten und auf die Volnana abbogen, schien die Spannung auch auf die Pferde überzugehen. Er merkte, wie sich unter ihm Goatees Körper anspannte. Auch die anderen Tiere wurden sichtlich nervös und sprangen beim kleinsten Knacken eines Astes oder dem Rauschen eines Blattes zur Seite und versuchten loszustürmen. Jeder von ihnen hatte seine liebe Not, das eigene Tier zu beruhigen. Nervös sah Ed sich um.

»Wir müssen uns beeilen«, waren seine einzigen Worte und er trieb sein Pferd stärker an, ohne auf das Getänzel zu achten.

Als sie nach einer gefühlten Ewigkeit endlich über den Baumwipfeln die Türme des Schlosses ausmachen konnten, entglitt Twin ein Seufzen. Die Angst, entdeckt oder gar als Erstes von diesen Kreaturen, wie Ed sie vor ihrem Ausbruch am Abend bezeichnet hatte, gefunden zu werden, noch bevor sie ihr Ziel erreicht hatten, war groß gewesen, doch allmählich beruhigten sich ihre Gemüter und mit ihnen auch die Pferde.

»Wir haben es fast erreicht.« Ed sah ihn an und sein Blick schien zu fragen, ob er dies wirklich wollte. Chace nickte.

Obwohl es noch früh am Morgen war, war der Schlosshof voller Menschen. Erstaunt sah Chace sich um. Er hatte alles erwartet, aber nicht das …

Nichts erinnerte mehr daran, dass vor nicht einmal einem Tag ein großer König gestorben oder besser gesagt ermordet worden war. Die Flaggen hingen nicht auf Halbmast, man trug keine Trauerkleidung oder unterhielt sich im Flüsterton, während eine drückende Stimmung herrschte. Im Gegenteil, es herrschte eine ausgelassene Stimmung! Die Mägde und Diener wuselten umher und schwatzten dabei munter. Chace wandte sich auf seinem Pferd um und sah seine Freunde an. Ed zuckte die Schultern und bedeutete ihm, dass sie absteigen würden.

Sie hatten Angst gehabt, im Hof aufzufallen oder gar sofort enttarnt zu werden, aber in diesem ganzen Haufen von Menschen nahm niemand auch nur annähernd von ihnen Notiz. Er war gerade von Goatee gestiegen, als er ein paar Gesprächsfetzen zweier Frauen, die ganz in seiner Nähe standen, aufschnappte, die ihm den Atem stocken ließen.

»Es heißt, wir bereiten gerade ihre Hochzeit vor«, tuschelte die eine von ihnen.

»Wirklich? Aber ich dachte, der König, sein Tod und die Beisetzung …«

»Ach was, alles Schnee von gestern. Der Elias wird begraben, dann findet die Hochzeit statt. Sie haben es eben verkündet und angeblich ist es der letzte Wunsch unseres lieben Königs … Aber, da muss etwas ganz anderes dahinter stecken. Die Kleine ist bestimmt schwanger, wenn man nicht einmal die Trauerzeit abwarten kann … Tsss, aber wehe, es passiert dem einfachen Volk, dann ist man sogleich eine Hure.«

»Das arme Mädchen … Erst wächst sie ohne ihre Mutter auf, dann verliert sie ihre Freundin und kurz darauf ihren Vater. Und nun muss sie diesen fremden Prinzen ehelichen. Er soll sich ja schrecklich benehmen. Seid Ihr sicher, dass Ihr die Wahrheit sprecht?«

»Aber gewiss!« Der Blick der Magd glitt nach oben zu einem Fenster im ersten Stock.

»Das arme Ding!«

Chace folgte ihrem Blick. Vielleicht war es das Zimmer von Belle?

Chace wandte sich ab, bevor die Frauen mitbekamen, dass er sie belauschte.

Er hatte genug gehört.

Sep

»Ihr habt lange gebraucht, Grip«, schimpfte Sep. Sie waren in der letzten Nacht eingetroffen und seitdem war er mehr oder weniger fieberhaft damit beschäftigt, die Truppen im Untergrund zu verstecken. Er hatte die Männer auf kleine Grüppchen aufgeteilt und in den umliegenden Wäldern postiert, während er ungeduldig auf Nachricht vom Schloss gewartet hatte.

»Entschuldigt, mein Freund, aber unbemerkt in die Gemächer unseres Herrn zu kommen, erfordert einen gewissen Grad Geschicklichkeit und ein wenig Zeit. Ihr solltet das wissen.«

Die Ironie in seiner Stimme entging Sep nicht und er schnaufte wütend: »Und wie lauten seine Befehle?«

»Wir sollen uns bis nach seiner Hochzeit bedeckt halten. Unser Zeichen werden die Hochzeitsglocken sein. Alle Glocken im Land werden gleichzeitig ertönen. Erst dann greifen wir an. Ich soll Euch sagen, dass alles perfekt laufen muss. Wir haben nur diese eine Chance, und verschont beim Angriff niemanden, der sich Euch in den Weg stellt.«

Sep schnaubte verächtlich: »Als wenn ich das nicht wüsste. Aber gut – sonst noch etwas?«

»Mit Verlaub, der Prinz bleibt seinen Worten treu. Raub, Plünderung und was den Herren sonst noch beliebt, ist vertretbar. Seine einzige Bedingung ist, dass die Prinzessin in Ruhe gelassen wird.«

Er nickte. »Ich werde dafür Sorge tragen.«

»Glaubt Ihr, wir können uns auf deren Loyalität verlassen?«, fragte Grip leise und sah zu den Männern hinüber.

»Wir können nur hoffen. Nur eines kann ich sagen, diese Männer folgen in der Regel nur sich selbst. Niemandem sonst. Außer wenn wir ihnen etwas bieten können – solange bleiben sie uns treu ...«

Fallenday

Edwin

»Gibt es Nachricht von Gregor?«

»Nein, mein König.«

»Und von seiner Leibwache? Hat sich irgendjemand von ihnen gemeldet?«

»Auch von ihnen erhielten wir keine Nachricht.«

König Edwin lief unruhig in seinem Thronsaal auf und ab. Er hatte seit Tagen nichts mehr von seinem Sohn oder dessen Leibgarde gehört. Von außen drangen immer stärker Gerüchte an sein Ohr, die ihm sagten, dass sich Männer zu Gruppen zusammengerottet hatten und gen Süden pilgerten. Was hatte das zu bedeuten? König Edwin war vielleicht alt, aber bei Weitem nicht senil. Er kannte diese Vorzeichen ganz genau und konnte sich sehr gut vorstellen, wer dahintersteckte. Vor einem Tag hatte er seinen besten Boten ausgesandt, um seinen Sohn ausfindig zu machen und herauszufinden, ob dieser mit den Geschehnissen etwas zu schaffen hatte. Jetzt saß er wie auf glühenden Kohlen und wartete auf eine Antwort. Doch niemand kam.

Kapitel 31

Endline

Belle

»Ich möchte jetzt nach unten zum Frühstück«, sagte Belle entschlossen und wollte sich an Aurelia vorbeischieben. Doch Aurelia hielt sie mit ihren behandschuhten Händen fest.

»Ich bin Eure Gesellschaft leid, ich möchte meinen alten Hofstaat und Selina um mich haben!«, schrie Belle sie daraufhin an, aber Aurelia zuckte nicht einmal mit der Wimper, sondern gab den Soldaten ein Zeichen, dass auch sie die Prinzessin nicht durchzulassen hatten.

»Ihr geht nirgendwo hin. Eure Stiefmutter …«

»… ist *nicht* die *Königin.*« Wütend fuhr sie ihre Aufpasserin an. »Ich bin die nächste in der Thronfolge und dies hier sind mein Land, mein Volk und auch meine Soldaten. Ihr oder meine Stiefmutter habt hier keinerlei Befehlsgewalt! Wenn, dann befehlige *ich* Euch, und nun lasst mich los, und Ihr beide geht mir aus dem Weg!«, blaffte sie die Soldaten an, die ihre Tür versperrten.

Irritiert von ihren harschen Worten, lockerte die Hofdame einen Moment ihren Griff und Belle ergriff die Chance, um sich loszureißen. Mit wenigen Schritten war sie an der Tür. Die Soldaten sahen sich unschlüssig an und dann Hilfe suchend zu Aurelia.

Stellen sie wirklich meine Worte infrage?, ging es ihr durch den Kopf.

»Geht mir aus dem Weg!«, forderte sie eindringlich.

Aurelia hinter ihr schien zu kochen. Ihr Gesicht war krebsrot, als sie die Worte betont ruhig herauspresste:

»Eure Stiefmutter hat doch nur das Beste für Euch im Sinn. Ihr braucht Ruhe bis zu Eurer Hochzeit. Ihr wollt doch strahlend aussehen, nicht wahr? Man soll sich doch Jahre später noch voller Bewunderung an diesen Tag erinnern.«

Scheinbar zufrieden mit ihrer Begründung winkte sie ab, als Zeichen, dass die Soldaten sie nicht durchzulassen hätten. Die Männer salutierten und versperrten Belle jeden Weg. Nun war es an ihr, die Wütende zu sein und mit Schwung drehte sie sich zu der Frau um, die sie inzwischen voller Inbrunst hasste.

»Den Tag, an dem mein Vater zu Grabe getragen wurde? Ein wundervoller Tag für eine Hochzeit!«

Der Sarkasmus in ihren Worten hatte einen neuen Höhepunkt erreicht, genauso wie ihr Hass.

Aurelia erhob ihre Hand zu einer Ohrfeige, ließ dann jedoch ab und marschierte mit hocherhobenem Kopf an ihr vorbei. Im Türrahmen blieb sie einen Moment stehen und schaute sie verächtlich an.

»Ich hoffe für Euch, Ihr lernt noch etwas Demut, es wird Euch sonst nur Ärger bringen. Denkt gut über meine Worte nach, schließlich habt Ihr genug Zeit dafür. Ich hole Euch später zur Beerdigung ab.«

Dann wandte sie sich an die Soldaten. »Verschließt die Tür von außen und postiert Euch. Sie erhält keinen Ausgang und niemand außer meiner Herrin und mir hat Zutritt zu ihr. Verstanden?«

Die Männer nickten und zufrieden verließ die Hofdame das Zimmer. Die Wachen folgten ihr und Belle konnte hören, wie sich der Schlüssel im neuen Türschloss drehte.

Sie war allein und konnte nur noch warten …

Warten auf die Beerdigung ihres Vaters und dann auf ihre eigene …

Camelia

Das Frühstück verlief ohne weitere Zwischenfälle. In regelmäßigen Abständen kamen die Herren und Damen des Hofes an den erhöhten Tisch getreten und brachten ihr Beileid, aber auch ihre Glückwünsche dar. Alles verlief genau so, wie sie es sich gewünscht hatte, doch dann stellte einer der letzten Segenssprecher die Frage, vor der sie Angst gehabt hatte:

»Ich weiß, Ihr sagtet, die Prinzessin ist in Trauer. Aber ich würde Ihr liebend gern persönlich mein Beileid und die Glückwünsche überbringen. Ich kenne sie aus Kindertagen und denke, dass sie nichts einzuwenden hat, wenn sie auf mich träfe. Wäre es wohl möglich, mich zur zukünftigen Königin zu bringen?«

Der Mann vor ihr war Graf Velton, einer der wichtigsten und einflussreichsten Männer im ganzen Land. Camelia stockte einen Moment der Atem und die sorgsam vorbereite Lüge wollte ihr nicht so recht von den Lippen. *Er wird es merken,* schoss es ihr durch den Kopf und ein eiskalter Schauer lief über ihren Rücken. Glücklicherweise schien Gregor es bemerkt zu haben.

»Meine zukünftige Braut fühlt sich leider nicht wohl. Sie befindet sich in einem Zustand, wo sie in dem einen Moment voller Glückseligkeit ist und im anderen verständlicherweise todtraurig über den Verlust ihres Vaters. Sie möchte niemanden sehen und ich hoffe, Ihr versteht, dass sie daher im Moment ihre Ruhe braucht. Heute Nachmittag werdet Ihr genügend Zeit haben, mit ihr zu sprechen, werter Graf.«

Mit seinem aufgesetzten falschen Lächeln saß Gregor da und sah den Grafen honigsüß an. Der Mann schien einen Moment zu überlegen, ob er dem jungen Prinzen trauen konnte, und dann schließlich zu dem Schluss zu kommen, dass es nicht unbedingt förderlich wäre, das Wort seines zukünftigen Königs anzuzweifeln. Statt einer Antwort nickte er nur und zog sich dann dezent in den Hintergrund zurück.

»Wir sollten einige an diesem Hof besser im Auge behalten. Zu viele von ihnen vertrauen mir nicht …«, flüsterte Camelia.

»Müssen wir das?«, fragte Gregor und grinste schelmisch. Irritiert sah sie Gregor an. *Was meint er damit?*

Belle

»Öffnet die Tür und lasst mich sofort aus meinen Gemächern! Hört Ihr! Ich bin die Prinzessin und Eure zukünftige Königin! Ich werde Euch *das* niemals verzeihen!«

Ihre Stimme überschlug sich beinahe und sie spürte, wie sie heiser wurde.

»Das werdet Ihr noch bereuen!«, schrie sie und pochte mit aller Macht gegen die Tür, die sich keinen Zentimeter bewegte. Ihre Rufe, ihre Schreie, alles wurde von der anderen Seite konsequent ignoriert.

Nachdem sie schier unendlich lang vergeblich gekämpft hatte, gab sie auf und sank entkräftet mit dem Rücken an der Tür zu Boden. Sie hatte keine Kraft mehr. Auch ihr Zeitgefühl hatte sie verloren.

Wie spät war es nur? Wie lange blieb ihr noch? Ihr Blick wanderte zum Fenster und mit letzter Kraft zog sie sich am Türrahmen hoch und ging schwankend darauf zu.

Die Sonne stand bereits hoch und das bedeutete, dass es fast Mittag sein musste. *Die Zeit läuft mir davon!*

Nach der Beerdigung musste sie unweigerlich diesen Prinzen heiraten, außer ihr käme noch eine rettende Idee. Nur welche?

Ich muss hier verschwinden, der Gedanke war immer und immer wieder in ihrem Kopf.

Ihr Blick glitt zur Tür: dort würde sie nicht unbemerkt hinausspazieren können. Doch dann …

Das Rankgitter! Warum ist mir das nicht schon eher eingefallen?

Belle öffnete das Fenster und spähte vorsichtig nach unten. Das Gitter war noch da, aber im Hof und im Garten war zu viel Trubel, als dass sie hätte unbemerkt daran herunterklettern können, und bis es dunkel wurde, war es vielleicht schon zu spät …

Was sollte sie nun tun? Sie blieb noch einen Moment am Fenster stehen und ließ sich von der Sonne wärmen. Vielleicht gaben ihr die Strahlen etwas Kraft …

Chace

Chace spähte unauffällig nach oben. *Welche dieser Fenster gehören zu Belles Gemächern?*

Es schienen gefühlt Hunderte zu sein, aber er musste genau wissen, welche es waren.

Soll ich jemanden fragen? Nein, viel zu auffällig, verwarf er den Gedanken schnell wieder.

Er machte einige Schritte an der Mauer entlang, in der Hoffnung, eine Öffnung ins Schlossinnere zu finden, doch er fand nur das Eingangsportal zur großen Halle sowie eine Tür zum Garten.

Sein Blick glitt über den Hof. Dieses Schloss war durch und durch eine uneinnehmbare Festung. Der äußere Wall war dank der Klippen und Steilhänge sowie dem Falltor und der Brücke kaum zu durchbrechen und in das Schloss selbst gelangte man anscheinend nur durch diese eine Tür. Die restlichen Gebäude wie Stallungen und Küche waren nur durch den äußeren Wall gesichert, aber selbst wenn jemand dieses Schloss belagern würde, bezweifelte er, dass dieser überhaupt so weit vordringen konnte. Er wandte sich wieder der unüberwindbaren Mauer zu und musste sich eingestehen, dass er wohl oder übel die einzige Tür nehmen musste, die ins Schloss führte. Aber konnte er einfach dort hineinspazieren?

Auf einmal hörte er ein Geräusch, sein Blick folgte ihm und er erstarrte. Ein Fenster öffnete sich und im selben Augenblick schien sein Herz auszusetzen. Belle starrte auf den Hof hinunter.

Soll ich mich bemerkbar machen?

Er entschied sich dagegen, wusste er doch nicht, ob noch jemand sie beobachtete. Wenig später schloss sich das Fenster wieder und Chace holte tief Luft. Er wusste nun, wo er Belle finden konnte – und er hatte auch schon eine Idee, wie er zu ihr gelangen konnte …

Gregor

Eigentlich hatte Gregor sich vorgenommen, nach dem Frühstück sein Pferd satteln zu lassen und allein in den Wald zu reiten. Er wollte mit eigenen Augen sehen, wie viele Männer sich bisher zusammengerottet hatten, um ihm zu folgen. Zudem gab es noch einige Dinge, die er mit Sep unter vier Augen zu besprechen hatte.

Er war gerade auf dem Weg in den Stall gewesen, als Camelia ihn zu sich in ihre Gemächer hatte rufen lassen. Genervt war er ihrem Ruf gefolgt und als er wenig später ihre Gemächer, in denen es vor geschäftig umherlaufenden und schnatternden Zofen und Mägden nur so wimmelte, getreten war, verstummten diese augenblicklich und musterten ihn neugierig, ehe sie sich ehrfürchtig verneigten. Diese Aufmerksamkeit gefiel ihm.

Camelia schien es zur Kenntnis zu nehmen, ging jedoch nicht weiter darauf ein. Sie empfing ihn mit einem Nicken und kurz darauf fand er sich in einem Wortschwall wieder.

Sie bestand darauf, dass er ein prunkvolles Königsgewand zur Hochzeit brauchte und bestellte für den Mittag ihre Hofschneider, die ihm im Eiltempo noch ein Gewand bis zum frühen Abend schneidern sollten. Sie bot ihm an, in ihren Gemächern zu warten, doch unter dem Vorwand, noch etwas Ruhe zu brauchen, bevor die Hofschneider und der eng bemessene Zeitplan ihn einholten, verabschiedete er sich in den Schlossgarten. Als er ihre Räumlichkeiten verließ, spürte er ihren fragenden Blick auf seinem Rücken.

Camelia

Endlich hatte sie ihn gefunden. Ihr Kleid bauschte sich auf und der feine Stoff zog sich geräuschvoll über den Boden, als sie sich in Gregors Richtung bewegte, eine Handvoll Hofdamen direkt im Schlepptau. Als sie sich Gregors Bank bis auf wenige Meter genähert hatte, gab sie den Frauen ein Zeichen, dass diese sich auf Abstand halten sollten. Nur wenig später stand sie, die Königswitwe, neben Gregor.

»Hier seid Ihr ja. Ich habe Euch schon überall gesucht.« Gregor zuckte bei den Worten kurz zusammen, er hatte sie anscheinend nicht kommen sehen. *Was ihn wohl beschäftigt?*

»Ja, Mylady, hier bin ich. Ich wollte nur einen Moment der Ruhe, bevor ich mich gleich wieder in die Arbeit stürze. Sind die Schneider schon da?«

»Welche Arbeit denn?«, fragte Camelia unverblümt und der ironische Ton ließ Gregors Kopf eine leichte rote Farbe annehmen. Sie sah, wie es in seinem Kopf zu arbeiten begann, und Genugtuung machte sich in ihr breit. Er schien krampfhaft zu überlegen und dennoch keine passende Antwort zu finden.

Inzwischen war sein Kopf krebsrot und Camelia befürchtete, dass er gleich wütend in den Angriff übergehen und etwas Unbesonnenes tun würde, wenn sie nicht eingriff. Befriedigt darüber, dass sie die Oberhand hatte, sprach sie daher weiter:

»Wie schade, und ich hatte gehofft, dass Ihr mir Gesellschaft leisten könntet und wir gemeinsam auf die Schneider warten.« Etwas lauter, damit auch ihre Hofdamen es hören konnten, fügte sie hinzu: »Ich glaube, das ist alles langsam zu viel für mich. Der Tod meines Mannes, seine bevorstehende Beisetzung, die Heirat seiner Tochter. Alles kommt auf einmal, Schlag auf Schlag, und ich bin müde der ganzen Arbeit wegen. Wollt Ihr mich nicht noch ein Stück begleiten? Ich muss unbedingt auf andere Gedanken kommen und mit jemand anderem als meinen Hofdamen reden, sonst werde ich noch verrückt. Ich drohe schon meinen Verstand zu verlieren ...«

Sie bot ihm die Hand an und er nahm an, wenn auch widerwillig.

»Sehr gern, Eure Majestät«, sagte er honigsüß und umfasste ihren Arm ein wenig zu fest.

Wenig später schritten sie Seite an Seite durch den Garten. In einigem Abstand folgten ihnen diskret die Hofdamen. Sie schienen unsicher zu sein, wie sie sich verhalten sollten, blieben dann einfach im Hintergrund und die Verschwörer konnten frei sprechen.

»Was sollte das eben? Wolltet Ihr mich lächerlich machen?«, fuhr Gregor sie an.

»Mein Lieber, Ihr seid viel zu schnell aus der Ruhe zu bringen. Als Herrscher müsst Ihr Gelassenheit erlernen. Nicht jeder kleine Widerspruch kann gleich mit Krieg beantwortet werden, dass dürft Ihr nicht vergessen. Aber Ihr habt ja mich an Eurer Seite, ich werde Euch helfen. Durch meinen Mann habe ich gelernt, wie man regiert und vor allem, wie man Endline regiert und was man in diesem Land beachten muss. Ich werde Euch alles zeigen und Euch unterrichten, dafür hoffe ich natürlich, dass Ihr unsere Absprache nicht vergesst.«

Camelia sah Gregor forschend an. Irgendetwas hatte ihr heute Morgen gesagt, dass sie sich unbedingt noch einmal mit ihm unterhalten musste. Sie musste sich von unschätzbarem Wert für ihn machen, sonst drohte es vielleicht anders zu laufen, als sie es geplant hatte.

»Natürlich vergesse ich unsere Absprache nicht. Wenn alles genau so läuft wie geplant, seid Ihr die stellvertretende Regentin dieses Landes.

Und ich freue mich, dass Ihr mir mit Rat und Tat zur Seite stehen werdet und ich an Eurem Wissen teilhaben darf«, begann er versöhnlich. Doch der Ton klang in ihren Ohren zu vertraulich. Ihr Gefühl sollte recht behalten, denn plötzlich schwang seine Stimme um und wie ein Kind sprach er trotzig weiter: »Ich weiß selbst, dass ich in manchen Dingen schnell aus der Haut fahre, Ihr müsst mich darüber nicht belehren.« Er machte eine harsche Geste. »Ich weiß trotz allem ganz genau, wie ich zu handeln habe«, setzte er in etwas schärferem Ton nach, der ihr verdeutlichte, dass er sich nicht einfach wie eine Marionette würde dirigieren lassen und er ihr Spiel zumindest ansatzweise durchschaut hatte.

»Verstehe. Dann verzeiht mir, dass ich Euch Ratschläge geben wollte«, sagte sie ironisch und lief stumm neben ihm weiter. Es würde nicht ganz so einfach wie gedacht werden.

Ich werde wohl meine Interessen vermehrt vertreten müssen, dachte sie sich.

Sie waren weitergegangen und erreichten eine kleine Waldgruppe. Ihre Hofdamen hatten den Abstand zu ihnen deutlich vergrößert, da kam Camelia ein Gedanke und ihr Blick suchte die Bäume ab, dann fand sie, was sie gesucht hatte. Entschlossen zog sie Gregor mit sich und manövrierte ihn zwischen die Bäume.

»Was zum …?«, schimpfte Gregor, als sie einen Geröllhaufen erreicht hatten.

Nur ein »Pssssst« bekam er als Antwort und Camelia sah sich unauffällig um. Weit und breit war keine der Hofdamen zu sehen und erleichtert begann sie, ihr eigentliches Ziel anzusteuern. Inmitten des Gerölls befand sich ein riesiger Felsen. Ein Findling, wie die Menschen ihn nannten. Groß wie ein Holzschuppen thronte er majestätisch über allen anderen und er hatte noch eine weitere Besonderheit: Von innen ausgehöhlt, bot er zwei bis drei Menschen unbemerkt Unterschlupf. Betretbar nur durch eine kleine Öffnung, die einem Riss gleichkam, und von einem immergrünen Gebüsch bedeckt wurde. Nur zwei Menschen im ganzen Schloss wussten um diesen Umstand. Einer von ihnen war tot.

Sie hatten den verdeckten Eingang fast erreicht, als Gregor sich plötzlich von ihr losriss.

»Schluss mit dieser Geheimniskrämerei! Sagt mir sofort, was los ist und wohin Ihr mich führt!«, donnerte er los und funkelte sie wütend an.

Sie überlegte fieberhaft, denn ihre Zeit war knapp, bald würden die Hofdamen sie eingeholt haben. Statt einer Antwort fiel ihr nur eines ein und sie zog den Prinzen zu sich heran und küsste ihn. Erst zaghaft, dann leidenschaftlich. Sie spürte, wie der Prinz darauf einging und sogleich fordernd wurde. Mit einem Ruck zog er sie zu sich heran und fuhr ihr mit einer Hand unter das enge Mieder, während die andere an dessen Schnüren nestelte. Camelia keuchte.

»Wartet«, flüsterte sie und zog ihn in den Hohlraum.

Belle

»Lasst mich endlich hier raus. Augenblicklich!«, versuchte Belle es noch einmal, aber auch auf ihren hundertsten eindringlichen Befehl erhielt sie keine Reaktion. Niemand schien sie zu hören oder besser gesagt: Niemand wollte sie hören.

Erschöpft und am Ende ihrer Kräfte ging sie auf ihr Bett zu und sank kraftlos darauf zusammen. Ihre Haltung hatte sich von der starken jungen Frau in die eines verzweifelten Mädchens verwandelt.

Hätte sie sich jetzt selbst sehen können, sie hätte sich nicht erkannt. Auch ihre Fassade nach außen bröckelte immer stärker und sie war sich nicht sicher, wie lange sie noch standhalten würde. Ja, wie lange konnte sie gegen Camelia noch bestehen?

Belle lag mit dem Rücken auf dem Bett und ihr Blick glitt zum Fenster. Die Sonne war weitergewandert und nur noch wenige Strahlen drangen durch das Fenster. Es musste fast Nachmittag sein. Die Zeit für die Beisetzung ihres geliebten Vaters, ein Abschied für immer, rückte näher. Sie wandte sich vom Fenster ab und starrte an das reich verzierte Gewölbe. Um sie herum war alles still. Seit dem Morgen hatte sie keinen Besuch mehr empfangen. Kein Bediensteter hatte ihr Essen gebracht oder eine Auskunft erteilt. Niemand schien sie zu vermissen …

Immer und immer wieder hatte sie an die Tür geklopft, gerufen und geschrien. Keiner hatte sie gehört.

Hoffentlich lassen sie mich wenigstens an seiner Beerdigung teilhaben, das war ihre größte Sorge.

Auf einmal hörte sie ein merkwürdiges Geräusch. Erschrocken fuhr sie zusammen und richtete sich im Bett auf. *Was ist das?* Sie sah sich um. *Woher kommt es?* Ihr Blick fand den Weg zur Tür, doch diese bewegte sich nicht.

Bilde ich mir schon Dinge ein?

Belle schüttelte den Kopf. Vielleicht war sie auch einfach nur erschöpft ... Doch da war es wieder. Ein leises Klopfen. Neugierig suchte sie den Raum erneut ab, ihr Blick glitt zum Fenster und sie erstarrte. Ein dunkler Schatten lag über dem, an dem sie vorhin gestanden hatte. Lautlos stand sie auf und pirschte sich heran. Ihr Atem stockte, dann öffnete sie geistesgegenwärtig das Fenster und eine Gestalt fiel in ihr Gemach. *Chace!*

»Was macht Ihr hier?«, brachte Belle gerade so hervor, zwischen Freude und Angst hin- und hergerissen.

»Pssst!«, machte Chace und bedeutete ihr, zuerst das Fenster zu schließen, während er sich aufrichtete und den Staub von seinem Umhang klopfte.

»Seid Ihr allein?« Er sah sich misstrauisch in ihren Schlaf- und Ankleidezimmern um, erst dann entspannte er sich langsam.

»Ja, ich bin allein, doch bitte, Chace, sprecht leise. Meine Tür wird von zwei Soldaten bewacht und ich weiß nicht, wie gut ihre Ohren sind.«

Ihr Gegenüber nickte.

»Aber sagt mir, was tut Ihr hier? Wie habt Ihr mich gefunden?«, flüsterte sie und sah ihn fragend an.

»Nachdem Euch diese Männer entführt haben, bin ich Euch bis hierher gefolgt. Ich hätte mir nicht träumen lassen, dass ... Na ja ...« Er schien es nicht in Worte fassen zu können oder zu wollen.

War ihre Geschichte nicht sowieso vorbei? Sie würde Gregor heiraten müssen, Platz für Liebe in einer Welt, die nur von Name und Rang regiert wurde, gab es nicht.

»Das ist edel von Euch, aber Ihr hättet nicht herkommen sollen. Die Umstände machen alles unmöglich. Ihr solltet vielleicht lieber gehen. Ich werde heute noch ...«

Ihre Stimme versagte. Sie konnte das Wort nicht aussprechen.

»Heiraten?« Sein Blick suchte den ihren. »Wollt Ihr das überhaupt? Liebt Ihr Prinz Gregor?«

»Um Liebe geht es dabei nicht. Es wurde bestimmt, und als Prinzessin habe ich keine andere Wahl.« Die Worte waren wie bittere Galle und sie wandte den Blick ab.

»Und wenn Ihr eine Wahl hättet?«

Verwundert sah sie ihn an. *Was meint er damit?*

»Was für eine Wahl?«

»Zwischen Prinz Gregor und mir.«

Ein trockenes Lachen entrann ihrer Kehle und ihre Stimme wurde immer leiser.

»Ich würde mich gewiss für Euch entscheiden, aber ich glaube kaum, dass ich eine Wahl habe …«

Ein merkwürdiges Lächeln umspielte Chaces Lippen. Verwirrt sah sie ihn an.

»Im Namen meines Vaters König Sephin von Tesslon und des Reiches Tesslon übermittle ich Euch unser Beileid zum Tode Eures Vaters.« Er verneigte sich vor ihr, nahm ihre Hand und küsste sie. Belle spürte, wie sie rot wurde.

Er ist der andere Prinz, schoss es ihr durch den Kopf und sie erstarrte. *Was hat er mir noch verheimlicht? Hat er etwa von Anfang an gewusst, wer ich bin?*

Aufmerksam musterte sie sein Gesicht. Seine Augen spiegelten Aufrichtigkeit wider. Keine Spur von Durchtriebenheit oder Planung.

»Ihr seid also wirklich der andere Prinz, den mein Vater eingeladen hatte?«

Ihr Gegenüber nickte.

»Und Ihr wart die ganze Zeit in meiner Nähe … Wusstet Ihr, dass …?«

Sie musste es ihn einfach fragen, doch die Worte wollten nicht über ihre Lippen.

»Dass Ihr die Prinzessin seid?« Er schüttelte den Kopf. »Nein! Hätte ich es gewusst, ich wäre unverzüglich am Hof aufgetreten, anstatt mich in der Stadt zu verstecken. Ich muss zu meiner Schande gestehen, dass ich ein vollkommen falsches Bild von Euch hatte … Da wir offiziell einander noch nie vorgestellt worden sind und ich bezweifle, dass es unter den gegebenen Umständen in den nächsten Tagen noch der Fall sein wird, erlaubt, dass ich mich selbst vorstelle. Mein Name ist Robert Chace Prinz von Tesslon, und mit wem habe ich offiziell die Ehre?«

Seine Augen sahen sie verschmitzt an und sie konnte nicht anders als lächeln.

»Mein Name ist Isabelle Estelle Sophie, Prinzessin und Thronerbin von Endline. Ich bin erfreut, Euch kennenzulernen, auch wenn ich mir andere Umstände gewünscht hätte.«

Chace nickte ihr verständnisvoll zu.

»Also, Prinzessin Isabelle, was ist das hier?« Er deutete auf ihre von außen verschlossenen Gemächer. »Warum seid Ihr eingesperrt? Und wo sind Eure Stiefmutter und dieser Prinz Gregor?«

Belle wandte sich ab, bevor sie antwortete: »Einen Grund kann ich Euch kaum nennen, außer dass ich nicht freiwillig heiraten werde und man anscheinend einen Aufstand fürchtet, wenn ich es vor der Hochzeit kundtue. Daher hält man mich hier gefangen und ich sehe keine Möglichkeit zur Flucht, die ich so dringend suche. Könnt Ihr mir helfen? Bitte! Meine Hofdamen wurden ersetzt und meine Stiefmutter führt sich auf wie die Herrscherin über das Reich, dessen Herrschaft mir innewohnt. Ich weiß nicht, wie ich ihr noch entgegenwirken kann. Mein Wort scheint nichts mehr zu gelten.«

Belle seufzte und versuchte, äußerlich stark zu wirken, doch ihre Fassade hatte bereits Risse.

Chace sah sie mitfühlend an und nickte. Er schien zu verstehen.

»Isabelle, hört mir bitte genau zu. Ich werde einen Weg finden, Euch zu helfen, wenn Ihr mir folgen wollt. Aber ich darf nicht öffentlich am Hofe auftreten. Meine Begleiter haben ein Gespräch zwischen Gregor und seinen Handlangern belauscht. Er hat Leute auf mein Leben angesetzt. Aus einem unbekannten Grund will er mich aus dem Weg räumen und aus ebendiesem Grund will er Euch sicherlich auch ehelichen. Er verfolgt einen sehr riskanten Plan, den wir bisher nicht einmal ansatzweise nachvollziehen können. Daher müssen wir vorsichtig sein. Meine Freunde schwärmen gerade im Schloss aus, um etwas in Erfahrung zu bringen, und wir werden herausfinden, was hier vor sich geht. Der Tod Eures Vaters kann kein Zufall gewesen sein.«

Er machte eine Pause und sein Blick war eindringlich. Ein kalter Schauer lief ihr über den Rücken.

»Ihr müsst mir versprechen, dass Ihr Euch bedeckt haltet und Euch nicht unnötig in Gefahr begebt. Ich werde mir etwas einfallen lassen und Euch hier rausholen. Bis dahin seid Ihr hier erst einmal in Sicherheit.«

Belle wollte widersprechen, doch Chace ließ es nicht dazu kommen.

»Bitte versprecht es mir!«

Sie nickte und wollte gerade etwas sagen, als der Gang vor ihren Gemächern mit Lärm erfüllt wurde. Fieberhaft sah sie sich im Zimmer um. Sie hatte nur noch wenig Zeit!

Schnell machte sie einige Schritte in den Raum und zog den irritiert wirkenden Mann hinter sich her. Ihr Ziel war ein kleiner Besenschrank in der Ecke des Zimmers.

Belle öffnete die Tür und bedeutete ihm, sich darin zu verstecken. Als er sich wehren wollte, flüsterte sie ein eindringliches »Bitte!« und schob ihn weiter. Immer noch verwirrt, ließ der Prinz es jedoch geschehen. Kurz nachdem sie die Tür hinter ihm sorgsam und leise geschlossen hatte, hörte sie bereits, wie der Schlüssel im Schloss gedreht wurde.

Hoffentlich hatte man Chace beim Hinaufklettern nicht gesehen, war ihr letzter Gedanke, als die Tür aufschwang.

Gregor

Nach der kleinen Einlage mit Camelia im Wald war sein Hunger aufs Neue geweckt worden. Es war zwar ganz angenehm, ab und an nichts tun zu müssen, um sich eine Beute zu erlegen, aber es erinnerte ihn immer wieder an jene Frauen, die für Gold ihre Dienste anboten.

Ohne jegliche Mühe aufwenden zu müssen, war es ihm auf Dauer einfach zu langweilig. Er würde in Zukunft lieber eine der Huren bezahlen, als Camelia länger aushalten zu müssen. Die Frau wurde danach immer anhänglich und genau damit stieß sie ihn eher ab, als dass sie ihn an sich fesselte, wie es anscheinend ihr Plan gewesen war. Ihm jedoch war ziemlich egal, was sie tat oder auch nicht.

Er würde sich den Thron sichern und sein gesamtes Augenmerk richtete sich eigentlich nur noch auf dieses Ziel. Aber eben nur eigentlich, denn im Moment ging Gregor etwas ganz anderes durch den Kopf. Sein Appetit war erneut geweckt und die kratzbürstige junge Prinzessin schien ihn magisch anzuziehen. *Warum soll ich auch nicht? Schließlich ist sie meine Braut.*

Beflügelt von seinem neuen Ziel, machte er sich entschlossenen Schrittes auf den Weg durch die große Halle hindurch zur Treppe, die in die oberen Gemächer führte. Die Soldaten am Fußende der Treppe erkannten ihn und ließen ihn mühelos passieren, nachdem sie salutiert hatten. Gregor stieg die kühlen, steilen Stufen nach oben. Mit jedem Schritt wurden seine Vorfreude und sein Verlangen größer. Auf der Galerie angekommen, musste er sich kurz orientieren. Welche Richtung hatten sie beim letzten Mal eingeschlagen? Nach Norden oder Süden? Schließlich folgte er seiner Intuition und wandte sich nach rechts, ging den Korridor entlang und traf kurz darauf auf eine Wache, die ihn nicht zu erkennen schien und ihm den Weg blockierte.

»Verzeiht, ich habe strikte Anweisung, niemanden hier durchzulassen. Bitte geht wieder nach unten, sonst muss ich Euch nach unten geleiten«, sprach der Mann in einem höflichen, aber bestimmten Ton.

»Wie könnt Ihr es wagen, Euch mir in den Weg zu stellen? Ihr wisst wohl nicht, wer ich bin? Als Euer zukünftiger König verlange ich, durchgelassen zu werden und zwar zu *meiner* Braut. Andernfalls werdet Ihr Euch bald im Kerker wiederfinden!«, herrschte Gregor den Soldaten an.

Der Mann zuckte bei den harschen Worten zusammen und nestelte an seinem Schwert herum. Er schien fieberhaft zu überlegen, aber Gregor hatte keine Geduld mehr. Er wollte gerade zu einem seiner bekannten Wutausbrüche ansetzen und sein Schwert ziehen, als der Mann zur Seite trat, sich verneigte und ein »Natürlich, entschuldigt bitte« herausbrachte.

Den ironischen Unterton in dessen Stimme ganz genau wahrnehmend, musterte Gregor den Soldaten seinerseits nun scharf. Er würde sich dieses Gesicht ganz genau einprägen und den Mann im Auge behalten.

Kurz darauf straffte er die Schultern und ging hocherhobenen Hauptes an dem Mann vorbei den Korridor weiter entlang, bis er an eine Tür kam, die von zwei weiteren Soldaten bewacht wurde. Keiner von beiden erhob Einspruch, als er das Öffnen der Tür verlangte. Im Gegenteil, sie verneigten sich und der eine suchte unverzüglich in seiner Tasche nach etwas. Wenig später zog der Mann einen Schlüssel heraus, schloss die Tür auf und öffnete sie ihm.

Mit einem Nicken trat Gregor durch die Tür, die sofort hinter ihm wieder geschlossen wurde.

Im Zimmer selbst musste er seine Augen einen Moment an die Helligkeit gewöhnen. Nach dem faden Licht im Korridor waren die Sonnenstrahlen, die durch die großen Fenster drangen, eindeutig zu hell, doch nur Augenblicke später nahm er bereits die Gegebenheiten im Zimmer wahr.

Die Prinzessin stand neben einem kleinen Besenschrank am Fenster und drehte sich eben zu ihm um. Ihr Blick war alles andere als freundlich, doch auch die mürrische Miene konnte ihre Schönheit nicht verdecken. Die braunen Augen leuchteten ihn angriffslustig an, der Mund war zu einer abwertenden Bemerkung gespitzt und das lange Haar fiel ihr offen in dichten Wellen über den Rücken und rahmte ihr engelsgleiches Gesicht ein. Das Mädchen, das gerade einmal fünfzehn Jahre zählte, trug ein einfaches Kleid aus purpurnem Stoff, das zwar nicht sonderlich auffallend war, dafür aber die Rundungen ihres Körpers mehr als sorgsam unterstrich.

»Was wollt Ihr hier?« Ihre Stimme war angriffslustig und anscheinend hielt sie es nicht einmal für nötig, ihn zu begrüßen.

Sie fährt gleich die Krallen aus, kam es ihm in den Sinn und er konnte sich ein Grinsen nicht verkneifen.

»Brauche ich denn einen Grund, um meine Braut zu besuchen?«, sagte er, lief auf sie zu und nahm ohne Aufforderung ihre Hand, um ihr einen Handkuss zur Begrüßung zu geben.

Das Mädchen schien überrascht von seiner Geste und ließ es geschehen. *Sie kann es also kontrollieren.*

Zufrieden mit seiner Erkenntnis richtete er sich wieder auf und schaute ihr in die Augen, doch die Prinzessin wandte sich ab, wollte ihm die Hand entziehen und sich entfernen, aber er reagierte blitzschnell. Mit einem Ruck drehte er ihr die Hand auf den Rücken und langte nach der anderen. Noch bevor Isabelle merkte, wie ihr geschah, hatte er ein Tuch aus seinem Wams gezogen und ihr die Hände hinter dem Rücken zusammengeknotet.

Isabelle wand sich und schrie: »Was soll das? Macht mich sofort los!«

Doch sein Knoten war verlässlich und er konnte sich ein überlegenes Grinsen nicht verkneifen. Mit einem routinierten Griff nach dem Saum des Kleides zog er das gefesselte Mädchen in Richtung des Bettes.

Mit aller ihr verfügbaren Kraft schien es sich gegen ihn zu stemmen und nur äußerst mühsam und langsam näherten sie sich dem Bett. Plötzlich ruckte es und er hatte nur noch einen Stofffetzen in der Hand. Das Kleid war in der Höhe ihrer Knie gerissen und zwei wohlgeformte lange Beine waren zum Vorschein gekommen. Der Anblick erregte ihn noch mehr und er griff nach ihrer Hüfte, um sie besser und vor allem schneller zum Bett manövrieren zu können. An seinem Ziel angekommen, warf er sie rittlings darauf. Er hatte damit gerechnet, dass sie spätestens an diesem Punkt registrierte, was mit ihr geschehen und sie kapitulieren würde, wie es bei anderen Frauen der Fall war, aber er hatte falschgelegen.

»Nehmt sofort Eure Hände von mir und lasst mich los. Ich verbiete es Euch!«, keifte sie ihn an und schlug wild mit den Beinen um sich, während sie erfolglos versuchte, ihre Hände zu lösen.

»Träumt weiter!« Zufrieden mit sich und darüber, was nun als Nächstes geschehen würde, öffnete er sein Hemd und seine Hose. Nur Sekunden später glitt beides zu Boden und er trug nur noch seine Unterhose. Rittlings setzte er sich auf das strampelnde und mittlerweile schreiende Mädchen, seine Männlichkeit bis in die Spitze erregt. Er sah die Angst in ihrem Gesicht, aber sie schien dennoch nicht gebrochen. Immer weiter wand sie sich unter ihm und er genoss es …

Einer Intuition folgend beugte er sich zu ihrem Gesicht hinunter und flüsterte ihr ins Ohr:

»Ich werde es gleich ganz bestimmt genießen, Euch zu nehmen. Je mehr ihr Euch wehrt, desto besser für mich und schmerzhafter für Euch.«

Gregor nahm wahr, wie sich ihre Augen einen kurzen Moment weiteten, dann wich die Angst einer Mischung aus Wut und Empörung.

»Lasst mich sofort los, ich befehle es Euch. Ich bin die Prinzessin und zukünftige Erbin Endlines! Was Ihr da tun wollt, ist mehr als unehrenhaft! Runter von mir!«

Ihre Stimme klang wie ein Befehl. Noch mehr Erregung wallte in ihm auf.

»Irrtum, meine Liebe, ich handle genau so, wie es meine Pflicht ist. Ihr seid meine Braut und meine Braut hat bestimmte Bedürfnisse von mir zu erfüllen, und genau das werdet Ihr jetzt machen. Aber dazu habt ihr noch ein wenig zu viel an ...«

Während Gregor auf ihr saß, drückte er mit der einen Hand ihren Oberkörper nach unten, wodurch das Mädchen dazu gezwungen wurde, ruhig liegen zu bleiben. Mit seiner freien Hand glitt er tastend erst über ihren Oberkörper und dann weiter in Richtung des Risses. Er fuhr mit der Hand unter das Kleid und wollte sich seinen Weg suchen, als er ihre Haut berührte und einen Schlag erhielt. Zornig zog er seine Hand zurück.

»Was bildet ihr Euch ein?«, fuhr er sie an. »Wenn Ihr das noch einmal macht, dann werde ich Euch verprügeln, bis Ihr gelernt habt, wer hier die Oberhand hat. Habt Ihr mich verstanden?«

Er wartete auf keine Antwort, griff ruckartig unter ihr Kleid und wollte direkt zwischen ihre Schenkel. Doch die Prinzessin wand sich unter ihm, wodurch er sein Ziel verfehlte und ihren Oberschenkel erneut berührte. Ein flammender Schmerz zuckte durch seinen Arm und abermals wurde er gezwungen, seine Hand zurückzuziehen.

»Genug!« Wütend richtete er sich über ihr auf und gab ihr eine kräftige Ohrfeige, aber auch diesmal durchlief seinen Körper ein Schmerz, der ihn sich innerlich zusammenkrümmen ließ. Gregor musste ein Keuchen unterdrücken und er spürte, wie sein Kopf rot wurde.

»Ihr seid ein elendes Miststück! Was bildet Ihr Euch ein? Aber ich werde Euch schon noch brechen! Jeder hat eine Schwachstelle, und wenn ich jeden Menschen aus dem Weg räumen muss, der Euch etwas bedeutet, ich werde diese Schwachstelle finden und Euch lehren, was es heißt, sich mit mir anzulegen.«

Er hatte erwartet, dass sie nach seiner Ansprache klein beigeben würde, aber wieder hatte er sich getäuscht. Ihr Blick spiegelte keine Angst oder Unterwürfigkeit wider, er bedeutete blanker Hass.

»Ihr habt mir schon alles genommen. Was also wollt Ihr mir noch nehmen?«, schrie sie ihm ins Gesicht und spuckte ihn an, ehe sie weiterschrie.

»Das hättet Ihr nicht tun dürfen!« Vollkommen außer Kontrolle stürzte er sich wieder auf sie, nahm ein Kissen und presste es ihr auf den Kehlkopf. Er drückte immer stärker und der Ton wandelte sich in ein Hecheln. Ein Hecheln, das sich immer mehr veränderte, je mehr Druck er ausübte und ihr dabei die Luft abschnitt.

»*Das* kann ich Euch noch nehmen«, flüsterte er ihr heiser ins Ohr und drückte weiter.

»Das trifft sich gut, weil ich, wenn ich Euch heiraten«, sie rang nach Atem, »und Eure Frau werden muss, nicht mehr leben will.« Isabelle krächzte nur noch, ihre Stimme war kaum mehr als ein Flüstern. Er spürte, wie sie nach Luft rang und drückte fester zu. Ihre Bewegungen wurden immer weniger und schwächer und plötzlich erschlaffte ihr Körper.

Gregor hockte wie von Sinnen über ihr. Er bemerkte nicht, wie Camelia und ihre Wachen hinter ihm in das Zimmer kamen. Er hörte nicht ihr Geschrei und die Befehle, die sie bellte.

Erst als man ihn von dem scheinbar leblosen Mädchen herunterzog, realisierte er wieder seine Umgebung. Was hatte er getan?

Chace

Als er gemerkt hatte, wer da ins Zimmer getreten war, wollte Chace die Tür des Schranks öffnen und sich Gregor in den Weg stellen, um Belle zu beschützen, doch sein Körper versagte ihm jeglichen Befehl. Egal, wie sehr er sich mühte, er konnte nicht einmal den kleinen Finger bewegen, geschweige denn sprechen. Verunsichert sah er an sich herunter. *Habe ich mir etwa alles nur eingebildet und bin bei dem Versuch, zu Belle zu gelangen, hinuntergestürzt und gestorben? Fühlt sich so der Tod an? Verdammt, dabei zuzusehen und zuzuhören, wie geliebte Menschen gequält werden?*

Auf einmal wurde neben ihm ein Geräusch laut.

»Was wollt Ihr hier?«, hörte er Belle in angriffslustigem Ton fragen.

Er hörte eine männliche Stimme sagen: »Brauche ich denn einen Grund, um meine Braut zu besuchen?« und dann Schritte in seine Richtung. Er hörte ihre Stimmen so deutlich, sie mussten unmittelbar neben ihm stehen.

Warum kann ich mich nicht bewegen? Ich muss ihr doch helfen!

Draußen redeten sie weiter, aber Chace hörte nicht zu, was sie sagten, erst ein spitzer Schrei holte ihn aus seinen Gedanken zurück.

»Was soll das? Macht mich sofort los!«

Chaces ganzer Körper spannte sich an. *Gregor wird doch nicht …?*

»Nehmt sofort Eure Hände von mir und lasst mich los. Ich verbiete es Euch!«, hörte er Belles keifende Stimme.

»Träumt weiter!«, kam es nur zurück und Chace hörte, wie etwas zu Boden fiel. Seine schlimmsten Befürchtungen schienen sich zu bewahrheiten, als er das vertraute Knarren eines Bettes wahrnahm. *Dieser Schweinehund!*

Er hörte das Knarren, er hörte, wie Belle kämpfte und dann ihre Stimme …

»Lasst mich sofort los, ich befehle es Euch. Ich bin die Prinzessin und zukünftige Erbin Endlines! Was Ihr da tun wollt, ist mehr als unehrenhaft! Runter von mir!«

Zum Zuhören verdammt, hätte er sich am liebsten die Ohren zugehalten.

Was tut dieser Mistkerl mit ihr? Wenn ich diesen Gregor jemals in die Finger bekomme!

Mit aller Macht versuchte Chace, sich zu bewegen, aber es gelang ihm nicht. Etwas hielt ihn fest, aber was?

Vom draußen drang ein wohlbekanntes Geräusch zu ihm und seine schlimmsten Befürchtungen schienen einzutreffen, während er nichts tun konnte. *Was wird Belle nur von mir denken?*, schoss es ihm durch den Kopf.

»Irrtum, meine Liebe, ich handle genau so, wie es meine Pflicht ist. Ihr seid meine Braut und meine Braut hat bestimmte Bedürfnisse von mir zu erfüllen, und genau das werdet Ihr jetzt machen. Aber dazu habt Ihr noch ein wenig zu viel an …«

Die Stimme klang wütend und fordernd. Chace hörte Geschrei und Gerangel, er hätte sich am liebsten die Ohren zugehalten. Dann …

»Was bildet Ihr Euch ein? Wenn Ihr das noch einmal macht, dann werde ich Euch verprügeln, bis Ihr gelernt habt, wer hier die Oberhand hat. Habt Ihr mich verstanden?«

Etwas musste passiert sein.

Chace lauschte angestrengt. Belle schien nicht aufzugeben. *Wie weit wird dieser Gregor gehen? Ist er wirklich in der Lage, sie vor seiner Hochzeit zu vergewaltigen? Warum kommt ihr denn niemand zu Hilfe?*

Man würde seine Tat im Schloss doch kaum gutheißen?

Dann hörte er Gregors eiskalte Stimme und Belles geschriene Antwort.

Die Lage schien sich zuzuspitzen und dann auf einmal wurden die Geräusche um ihn herum immer leiser und kurz darauf war es still.

Seine Wut wich der Angst. Bange Minuten verstrichen, oder waren es doch nur Sekunden? Es schien Chace wie eine Ewigkeit, bis plötzlich wieder Lärm in den Raum einzog. Eine schrille Frauenstimme ergriff das Wort:

»Was ist denn hier los? Was ist passiert? Runter von ihr!«, keifte sie. »Bringt das Mädchen zu einem Arzt, und zwar schnell. Und Ihr? *Was* habt Ihr Euch dabei gedacht?« keifte eine Frauenstimme.

Chace hörte, wie jemand sich behäbig aufrappelte und kurz darauf lässig herausbrachte: »Ich bin nur hier, um mir das zu nehmen, was mir zusteht!«

Ob es darauf eine Erwiderung gab, darauf achtete Chace nicht. Für ihn war jetzt etwas anderes wichtig. *Wie geht es Belle, ist sie noch am Leben?* Er lauschte, ob er ihre Stimme hören konnte, aber bei all dem Lärm war es schier unmöglich. Das Zuschlagen einer Tür riss ihn aus seinen Gedanken und die Stille danach war gespenstisch. Instinktiv bewegte er seinen Kopf an die Tür, um lauschen zu können, ob die Luft rein war. Da bemerkte er, dass er sich wieder frei bewegen konnte. Er hatte gar nicht gemerkt, dass er nicht mehr gelähmt war. *Seit wann?*, schoss es ihm durch den Kopf und er starrte auf seine Hände und Beine. Dieses Gefühl der Hilflosigkeit war endlich vorbei. Chace schüttelte sich, dann streckte er seinen Arm aus und öffnete die Schranktür, sie war nicht verschlossen. Helles Sonnenlicht fiel ihm in die Augen und er konnte einen Moment lang nichts sehen. Als er sich an die Helligkeit gewöhnt hatte, schaute er sich im Raum um. Er war allein. Sein

Blick fiel auf das Bett. Vorher sorgsam zugedeckt, lag es nun zerwühlt da und die Wut flammte erneut in ihm auf. Dieser Bastard wird noch bereuen, was er versucht oder gar getan hat!

Belle

Sie schloss die Besenkammertür geräuschlos und schaffte es in letzter Sekunde, Chace noch mit einem Spruch zu belegen. Sie wusste nicht wie, aber die Worte waren einfach da. Kurz darauf hatte sich schon die Tür geöffnet und Gregor im Rahmen gestanden. Hochmütig und arrogant, wie sie ihn schon kennengelernt hatte, stand er dort und starrte sie an, während die Tür hinter ihm wieder verschlossen wurde.

Mit seiner aalglatten Art war er an sie herangetreten, hatte sie umschmeichelt und nur Sekunden nach dem Begrüßungshandkuss hatte er ihr bereits die Hände hinter dem Rücken gefesselt. *Warum habe ich das nicht kommen sehen?*

»Was soll das? Macht mich sofort los!«, hatte sie ihn angeschrien und versucht, sich aus den Fesseln zu winden. Erfolglos.

Sie wusste, was er wollte, aber so einfach würde sie es ihm nicht machen. Fieberhaft versuchte sie, ihre Hände zu befreien, aber die Knoten waren so gut befestigt, dass es unmöglich schien. Ihr Gegenüber grinste sie dreckig an und streckte dann seine groben Hände nach ihr aus. Belle versuchte sich wegzudrehen, jedoch ohne Erfolg. Er hielt sie am Saum ihres Kleides fest, sorgsam darauf bedacht, nicht ihre Haut zu berühren und zog sie hinter sich her. Angst stieg in ihr auf und sie versuchte, sich mit aller Kraft dagegenzulehnen. Dieser enormen Kraft war ihr Kleid nicht gewachsen. Der Saum riss in Höhe ihrer Knie und ihre nackten Beine kamen zum Vorschein.

Sie nahm wahr, wie Gregors gieriger Blick dem Verlauf ihrer Beine folgte. Nun wusste sie ganz sicher, was sein Begehren war und ihr Körper versteifte sich. *Eher sterbe ich,* schoss es ihr durch den Kopf. Gregor schien mit einem Mal noch erregter und griff nach ihrer Hüfte, an der er sie weiter in Richtung des Bettes schob. Sie stemmte sich dagegen, aber er war zu kräftig … Am Bett angekommen, warf er sie darauf und schien sich seiner Sache sicher zu sein.

Das werden wir schon noch sehen!

Mit aller Kraft, die sie irgendwie aufbringen konnte, kämpfte sie gegen ihn und keifte ihn an. »Nehmt sofort Eure Hände von mir und lasst mich los. Ich verbiete es Euch!«

Wieder versuchte sie sich zu befreien. Kampflos würde sie nicht aufgeben, doch ihr Widerstand schien ihn nur noch mehr zu erregen, wenn nicht sogar zu amüsieren. Er drückte sie mit einer Hand auf ihrem Brustkorb nach unten und mit der anderen öffnete er ganz langsam seine Hose und sein Hemd. Beides fiel zu Boden und kurz darauf saß er auf ihr.

Was soll ich tun? Angstvoll sah sie sich um. Sie saß in der Falle … Sein Gesicht kam nah zu ihrem und er hauchte ihr ganz leise ins Ohr.

»Ich werde es gleich ganz bestimmt genießen, Euch zu nehmen. Je mehr Ihr Euch wehrt, desto besser für mich und schmerzhafter für Euch.« Sie spürte seine Männlichkeit, die gegen ihren Schoss drängte, und verspannte sich.

»Lasst mich sofort los, ich befehle es Euch. Ich bin die Prinzessin und zukünftige Erbin Endlines! Was Ihr da tun wollt, ist mehr als unehrenhaft! Runter von mir!«

Überrascht von der Festigkeit ihrer Stimme sah sie ihn an.

»Irrtum, meine Liebe, ich handle genau so, wie es meine Pflicht ist. Ihr seid meine Braut, und meine Braut hat bestimmte Bedürfnisse von mir zu erfüllen, und genau das werdet Ihr jetzt machen. Aber dazu habt Ihr noch ein wenig zu viel an …«

Während eine Hand sie auf das Bett presste, begab sich die andere Hand auf Wanderschaft über ihren Körper und suchte sich seinen Weg unter das kaputte Kleid. Bei einem anderen Mann wäre dieses Gefühl vielleicht erregend gewesen, aber bei Gregor verkrampfte sich jeder Zentimeter ihres Körpers aus Abscheu und Verzweiflung. Als er mit der Hand ihr Bein berührte, wollte sie am liebsten sterben, doch die Berührung dauerte kaum länger als ein Bruchteil einer Sekunde und er zog hastig seine Hand zurück.

»Was bildet Ihr Euch ein?«, fuhr er sie an. »Wenn Ihr das noch einmal macht, dann werde ich Euch verprügeln, bis Ihr gelernt habt, wer hier die Oberhand hat. Habt Ihr mich verstanden?«

Er kann mich nicht berühren. Er kann es nicht …

Wütend wollte er wieder zwischen ihre Beine, doch auch dieses Mal wurde er aufgehalten, aber als Quittung gab er ihr eine Ohrfeige, die sie in die Kissen sinken ließ und für einen Moment den Widerstand unmöglich machte.

»Ihr seid ein elendes Miststück! Was bildet Ihr Euch ein? Aber ich werde Euch schon noch brechen! Jeder hat eine Schwachstelle, und wenn ich jeden Menschen aus dem Weg räumen muss, der Euch etwas bedeutet, ich werde diese Schwachstelle finden und Euch lehren, was es heißt, sich mit mir anzulegen.«

Sie spürte nur noch Hass für den Menschen über sich, spuckte ihn an und schrie ihm dann ins Gesicht, was ihr als Erstes einfiel.

»Ihr habt mir schon alles genommen. Was also wollt Ihr mir noch nehmen?«

Doch ihre Worte brachten das Fass anscheinend zum Überlaufen.

»Das hättet Ihr nicht tun dürfen!«, keuchte er mit hochrotem Gesicht und baute sich über ihr auf. Belle versuchte sich zu befreien, aber er hielt sie fest. Sie versuchte zu schreien, doch er griff nach einem Kissen und drückte es ihr auf den Hals. Sie konnte keinen Ton mehr hervorbringen und das Atmen fiel ihr schwer. Der Druck auf ihrem Hals wurde immer stärker. *Er will mich umbringen,* kam ihr die Erkenntnis, als sie nach Luft schnappend dalag und in seine starren, kalten Augen blickte.

»DAS kann ich Euch noch nehmen«, flüsterte er und der Druck wurde stärker.

»Das trifft sich gut, weil ich, wenn ich Euch heiraten«, sie rang nach Atem, »und Eure Frau werden muss, nicht mehr leben will«, presste sie mühsam und immer leiser werdend hervor.

Dann erfüllte keine Luft mehr ihre Lungen. Sie schnappte vergeblich danach und spürte, wie um sie herum langsam alles schwarz wurde. Sie konnte sich nicht mehr bewegen. Ihre Hände sanken kraftlos nach unten und dann war alles schwarz …

Kapitel 32

Endline

Camelia

»Was zum Teufel habt ihr Euch dabei gedacht? Ihr habt die Prinzessin beinahe umgebracht«, fuhr Camelia Gregor wütend an. Er hatte mit seiner Aktion alles aufs Spiel gesetzt.

Als einer ihrer Wachen zu ihr gekommen war und ihr berichtet hatte, was auf dem Korridor vorgefallen war, hatten bei ihr alle Alarmglocken angeschlagen und sie hatte sich unverzüglich auf den Weg gemacht. Im letzten Moment waren sie eingetroffen.

Gregor hatte unwiderruflich alles gefährdet …

»Wolltet Ihr wirklich wegen so etwas unseren ganzen Plan gefährden?«

Sie war außer sich und hoffte, dass niemand im Schloss etwas von dieser Aktion erfahren würde. Andernfalls …

Nachdem sich ein Arzt um die Prinzessin gekümmert und bescheinigt hatte, dass sie wieder vollkommen genesen würde, hatte man ihr die Gemächer des alten Königs, direkt neben Camelias Räumen, vorbereitet. Das Mädchen erholte sich langsam, aber Camelia zog es vor, einen Blick auf den Besuch ihrer Stieftochter zu haben.

»Was sollen denn die Leute denken, wenn sich davon etwas herumspricht? Wir können nur hoffen, dass ich deutlich genug gemacht habe, was mit Schwätzern passiert, und dass Israc alle, die etwas mitbekommen haben, ausfindig machen kann. Wir hatten doch alles besprochen! Warum musstet Ihr unsere Sache gefährden? Weder Ihr noch ich haben das Volk hinter uns stehen. *Sie* schon. Behandelt sie wie Dreck, vergewaltigt sie oder bringt sie um und die Menschen werden Euch nie akzeptieren.«

»Wozu brauche ich denn das Volk? Ich habe meine Soldaten und die Krone. Warum und wozu überhaupt brauche ich noch den Pöbel?«, rief Gregor wütend aus. »Außerdem werde ich ja wohl mit meiner Braut machen können, was *ich will!* Sie gehört mir! In Bezug auf sie habt Ihr mir überhaupt nichts zu sagen!«

Wie ein kleines Kind, das man zur Rede stellt, kam es ihr in den Sinn.

»Wenn sie Eure Braut ist und Ihr der König seid, könnt Ihr das auch tun. Nur momentan ist sie nur Eure zukünftige Braut. Sie ist in erster Linie die Thronerbin und ungekrönte Königin, die die Liebe ihres Volkes innehat. Und Pöbel?« Camelia lachte verächtlich »Ohne das Volk seid Ihr rein gar nichts. Kein Herrscher! Glaubt mir, das werdet Ihr auch noch lernen. Ich tat es auch. Aber seid Euch lieber der Wirkung Eurer Taten und Worte nach außen bewusst. Ihr sammelt nicht gerade Pluspunkte. Seid gewarnt: Lasst die Prinzessin bis zu Eurer Hochzeit zufrieden und hofft, dass kein Sterbenswörtchen nach außen dringt. Ihr macht Euch nicht sonderlich beliebt – und Beliebtheit wird hier großgeschrieben.«

Gregor

Gregor lief im Zimmer auf und ab und versuchte, seine Wut abzubauen. Was die Königswitwe sagte, klang vernünftig. Er hatte im Affekt gehandelt und konnte sich, wenn er genauer drüber nachdachte, eigentlich nur selbst ohrfeigen. Aber sollte er das wirklich zugeben? Für ihn war es ein Zeichen von Schwäche, zuzugeben, dass andere recht hatten, aber hier ging es um ein größeres Ziel. *Vielleicht sollte ich …*

»Und was können wir Eurer Meinung nach tun, um die Gemüter zu beruhigen?«, begann er versöhnlich. »Wie kann ich dem Pöbel, verzeiht, meinem Volk zeigen, dass wir eine Einheit sind und die Prinzessin sich bei mir wohlfühlt?«

Die Frau ihm gegenüber schien zufrieden. »Ich finde, fürs Erste solltet Ihr mit der Prinzessin der Trauerfeier beiwohnen. Geht an ihrer Seite dorthin. Zeigt, dass Ihr ein guter Ehemann sein werdet, Ihr Euch um sie kümmert und sie tröstet. Spielt Theater, so wie es alle großen Männer tun. Ihr müsst das Volk überzeugen, alles andere ist egal.«

»Und wenn Prinzessin Isabelle nicht mitgehen will? Wenn sie sich mir entzieht? Ich kann ja schlecht nach ihrer Hand greifen, wenn sie mich nicht lässt. Wenn sie …«

»Lasst das nur meine Sorge sein. Macht Euch darüber keine Gedanken. Macht Euch fertig für die Trauerfeier, ich werde nach meiner Stieftochter sehen und mir einen Plan überlegen. Ich glaube, ich weiß auch schon genau das Richtige.«

Mit einem Nicken entfernte sich Gregor.

Camelia hatte recht …

Camelia

Camelia hielt sich allein in ihren Gemächern auf. Sie hatte schon eine Idee, wie sie Isabelle gefügig machen konnte, und rief nach einem Diener. »Holt mir Israc«, wies sie den Jungen an. Dann setzte sie sich auf ihren Stuhl am Fenster und wartete. Die Minuten verstrichen, dann trat Israc mit einer Verneigung ein.

»Ihr habt nach mir gerufen?«,

»Habt Ihr Euren letzten Auftrag beendet?«

»Ja«, hauchte er.

Zufrieden nickte die Königswitwe. »Dann, mein Lieber, habe ich eine neue Aufgabe für Euch. Ihr seid der Einzige, auf den ich mich wirklich verlassen kann. Also …«

Chace

Nachdem er sich vergewissert hatte, dass der Korridor vor Belles Gemächern leer war, hatte er beschlossen, diesen Weg zu nehmen. Ein Blick aus dem Fenster hatte ihm bestätigt, dass im Schlosshof noch mehr Menschen waren als vor seinem Aufstieg, so erschien diese Variante für ein unbemerktes Entkommen der Räumlichkeiten am ehesten geeignet. Er hatte sich mit Bedacht nach unten geschlichen und war glücklicherweise keinen Soldaten in die Arme gelaufen.

Aufatmend stand er in der großen Halle am Fuße der Treppe, als bereits kurze Zeit später neben ihm zwei bekannte Gesichter auftauchten.

»Und, was ist? Habt Ihr sie gefunden?«, flüsterte Twin, während Ed sorgsam ihre Umgebung im Auge behielt. Rund um sie herum standen Menschen, manche liefen geschäftig umher, andere redeten und tratschten. Kaum einer schien sie überhaupt wahrzunehmen. Als Chace nickte, war Twin erleichtert.

»Dann können wir ja endlich verschwinden. Ed sieht schon überall Intrigen, langsam macht er selbst mir Angst …«, scherzte Twin und zog dann überrascht die Augenbrauen hoch, als Chace den Kopf schüttelte.

»Ich hoffe, Ihr schüttelt den Kopf, weil Ed sich so aufführt …«

»Nein, leider nicht. Ich muss noch hierbleiben und Belle finden. Wir dürfen sie nicht hierlassen …« Mit jedem Wort war seine Stimme leiser geworden. Jetzt war es an Twin, den Kopf zu schütteln.

»Seid Ihr verrückt geworden? Das Frauenzimmer hat Euch wohl gewaltig den Kopf verdreht. Wisst Ihr, was es bedeutet, wenn Ihr sie mitnehmt? Ein Skandal, wenn nicht sogar noch schlimmer …«

Chace schaute sich Hilfe suchend nach Ed um und wollte zu einer Erklärung ansetzen, aber Twin zog ihn weiter in Richtung Ausgang. Chace wollte sich losreißen, um den beiden von seinem Erlebnis und seinem Plan zu erzählen, doch mitten in diesem Trubel war weder der richtige Ort noch die richtige Zeit für solche Gespräche. Wer wusste schon, wer mithören würde?

»Ich kann nicht gehen«, brachte er daher nur hervor. Er hoffte, dass Ed ihn verstand. Aber auch dieser schüttelte nur den Kopf.

»Kommt weiter«, sagte er. »Wir sollten uns zurück zu unserem Lager begeben. Ihr könnt uns auf dem Weg alles erklären und wir können uns gemeinsam Gedanken über eine Lösung machen. Auf keinen Fall dürfen wir voreilig handeln. Hier sprechen alle über die bevorstehende Hochzeit. Wie stellt Ihr Euch das vor? Entschuldigen Sie, wir suchen die Prinzessin. Sie ist vielleicht in Gefahr und will nicht heiraten, daher nehmen wir sie mit nach Habicht? Das gäbe einen Eklat, wenn wir die Hauptperson einfach so mitnehmen. Also kommt, lasst uns verschwinden!«

Fassungslos sah Chace Ed an und wollte etwas sagen, als Twin ihm zuvorkam. »Macht jetzt keinen Aufstand, Chace, sonst befinden wir uns sofort im Mittelpunkt der Aufmerksamkeit.«

Enttäuscht gab der Prinz auf und nickte, dann folgte er seinen beiden Begleitern. Ed hatte ja recht … In seiner Vorstellung war alles viel einfacher gewesen.

Belle

»Wie geht es Euch, meine Liebe?«, fragte Camelia und lief schnurstracks zu ihr ans Bett, ohne auf eine Antwort zu warten. Belle war eben erst zu sich gekommen und fühlte sich seltsam benommen. Ihr Kopf, ihre Arme, ihre Beine, eigentlich ihr ganzer Körper schmerzte.

Sie sah immer wieder Bilder vor ihrem geistigen Auge, erinnerte sich an Gregor, an seine groben Hände. Die Schläge. Hatte er …?

Belle überlegte fieberhaft, aber entspannte sich kurz darauf wieder. Er hatte sie nicht berühren können und sie daher auch nicht vergewaltigt. Zumindest noch nicht. Wenn sie ihn wirklich heiraten musste, dann würde es ihr nicht erspart bleiben …

Ihr Körper schüttelte sich instinktiv und Benommenheit umfing sie wieder. Camelia stand inzwischen unmittelbar an ihrem Bett und zog ihr ohne Vorwarnung die warme Decke weg. Die kühle Luft ließ Belle zusammenzucken und machte sie mit einem Schlag hellwach, auch wenn sie sich völlig ausgelaugt fühlte.

»Ich sehe, dass du schon wieder munter bist. Das heißt, du bist auch in der Lage, an der Trauerfeier teilzunehmen. Steh auf und zieh dich an!«, bellte Camelia ihren Befehl.

Belle nahm sich vor, nicht auf sie reagieren und schloss ihre Augen wieder. Ob ihr Vater es ihr verzeihen würde, wenn sie nicht auf seine Trauerfeier ging?

»Jetzt steh auf!«, forderte ihre Stiefmutter.

Wusste sie es nicht oder wollte sie es nicht wissen?

»Aber ich fühle mich nicht sonderlich gut. Der Prinz, er hat mich …«

»Der Prinz? Nichts hat er. Du hast fantasiert und er hat dich so vorgefunden und wach gemacht. Jetzt verdreh nicht die Tatsachen, Kind, und mach dich fertig. Soll die ganze Gesellschaft warten, nur weil du nicht ausgeschlafen hast? Wir haben noch einen straffen Zeitplan. Dein Vater würde sich im Grabe umdrehen, wenn er von deinem Verhalten wüsste!«

»Lasst meinen Vater da heraus. Sein Körper ist kaum kalt und noch nicht unter der Erde, da macht Ihr bereits Pläne für meine Heirat und benehmt Euch wie die Königin. Ihr solltet Euch schämen, nicht ich mich! Ich gehe heute nirgendwo mehr hin. IHR habt einen straffen Zeitplan. Ich nicht, ich bleibe hier!«

Belle betrachtete sie aus böse funkelnden Augen und wartete gespannt auf Camelias Reaktion. Welches Druckmittel sollte ihre Stiefmutter schon haben?

Ein unverschämtes Grinsen erschien auf Camelias Gesicht. *Was hat das zu bedeuten?*

»Israc!«, rief die Frau in diesem Moment in Richtung der Tür.

»Was zum …?« Weiter kam Belle nicht, da wurde schon eine vertraute Gestalt zur Tür hineingestoßen.

»Ich nehme an, ihr kennt euch.« Ihr Lachen war boshaft und Belle erstarrte.

»Selina!«, rief sie erstaunt und sah ihre Amme an. Sie war also noch im Schloss und am Leben. Wie oft hatte sie in den letzten Stunden an ihre alte Amme gedacht und sich gefragt, was man mit ihr gemacht hatte.

Selina wurde weiter in den Raum geschoben und als Belle sie genauer in Augenschein nehmen konnte, stockte ihr der Atem. Selinas Gesicht und ihre Armen waren über und über mit blauen Flecken und Striemen übersät. Schützend hielt die alte Frau sich die Hände vor das Gesicht und zuckte bei jeder Bewegung und jedem Geräusch verschreckt zusammen.

»Was habt Ihr mit ihr gemacht?«, blaffte Belle Camelia wütend an.

Der Blick ihrer Stiefmutter war kalt. »Sie hat nur deine Rechnungen beglichen.«

Wie kann sie nur? Hass durchfuhr ihren Körper und gab ihr Kraft, sich aufzurichten. Sie wollte aufstehen, doch Camelia, die blitzschnell hinter sie getreten war, drückte ihre durch das Kleid bedeckten Schultern nach unten.

»Und jetzt reden wir mal Klartext, meine Liebe. Siehst du deine alte Amme? Alles, was Ihr falsch macht oder was dem Prinzen oder mir missfällt, wird sie ausbaden. Dich kann ich vielleicht nicht körperlich strafen, aber auf diese Weise ist es genauso wirksam. Für dein bisheriges Verhalten habe ich Selina streng auspeitschen und verprügeln lassen. Wenn du dich heute weigerst, zu dieser Trauerfeier zu gehen oder dich sonst wie weigerst, deine Rolle zu spielen, wird sie noch ein paar andere Arten des Schmerzes kennenlernen. Solltest du deine Kraft noch einmal gegen uns einsetzen, dann wird Israc den Befehl erhalten, sie zu verletzen und ausbluten zu lassen. Langsam und qualvoll, wie ein wildes Tier. Ich hoffe, wir haben uns verstanden!«

Ihre bösen Worte und das dazugehörige Lächeln ließen Belle frösteln. Wie konnte ein Mensch, den ihr Vater geliebt hatte, nur so grausam sein?

»Israc! Führt sie wieder weg und wartet auf meine Befehle!«

»Verstanden«, sagte der Mann, der in einer Ecke gestanden hatte und sich ohne Erbarmen daranmachte, die jammernde und wankende Selina abzuführen.

»Dann komm, meine Liebe. Auf, auf! Wir haben heute noch viel vor.«

Camelia klatsche in die Hände und Belle fügte sich ihrem Schicksal. Sie hatte keine Wahl mehr. Ihr Körper schwankte gefährlich, als sie sich aufrichtete und versuchte, selbstständig zu stehen. Camelia beobachtete die Szene mit augenscheinlichem Genuss und ihre Stimme war bei ihren nächsten Worten honigsüß.

»Du solltest vielleicht lieber dort stehen bleiben, Prinzessin. Du bist doch noch zu schwach, um dich selbst fertig zu machen.« Ihre Stiefmutter klatschte erneut in die Hände. »Meine Damen, helft der Prinzessin und zukünftigen Königin, sich auf die bevorstehende Trauerfeier vorzubereiten und sorgt dafür, dass sie angemessen aussieht, wenn ich sie abhole.«

Ohne weitere Worte zu verlieren, drehte sich die Königswitwe um und verschwand. Belle blieb allein zurück, umringt von Frauen, die sie nur flüchtig bis gar nicht kannte. Sie wurde entkleidet und gewaschen und war dabei so kraftlos, dass sie sich nicht einmal schämte, mehrere Minuten nackt den Blicken von Fremden ausgeliefert zu sein. Sie nahm die Menschen um sich herum gar nicht wahr.

Niemand war in ihrer Nähe, mit dem sie hätte reden können. Ihre beste Freundin, ihr Vater, ihre Amme, ihr eigener Hofstaat … Sie schien allen Personen, denen sie am Herzen gelegen hatte, nur Unglück und Tod gebracht zu haben, denn an Zufälle glaubte Belle nicht mehr.

Nein.

Sie betete inständig zu Edid, dass Chace es geschafft hatte, unerkannt das Schloss zu verlassen, und von seinem Plan ablassen würde, sie zu befreien, denn niemand konnte ihr mehr helfen. Sie würde sich ihrem Schicksal fügen, damit nicht noch mehr Menschen, die sie liebte, Schaden nehmen würden. Mit ihrem eigenen Tod hätte sie leben können, aber dass sie ihre Freunde, Verwandte und Bekannte mit hinabriss, dass konnte sie nicht verantworten. Eine einzelne Träne wanderte ihre Wange hinab, als man sie in ein neues Kleid zwängte und einschnürte.

Belle schwor sich, dass es die letzte Träne der Trauer und Verzweiflung gewesen war.

Chace

»Also hat Gregor versucht die Prinzessin zu vergewaltigen, und als es ihm nicht gelang, hat er sie in seiner Wut fast umgebracht?«

Chace nickte. »So habe ich es mitbekommen.«

Ed und Twin sahen einander fassungslos an. Damit schienen sie nicht gerechnet zu haben. »Aber was bringt es ihm? Er kann doch warten, bis er sie geheiratet hat. Warum handelt er so unbesonnen? Was hat die Stiefmutter dazu gesagt? Der Hofstaat? Sie ist die Thronerbin und ungekrönte Königin, irgendjemanden muss es doch interessieren!«, rief Twin aus.

Chace schilderte, wie die Frau des ehemaligen Königs reagiert hatte, als sie auf die Szene getroffen war.

Ed nickte. »Dass er so vorgehen könnte, hatte ich nicht erwartet, aber es bestätigt nur das, was wir schon lange ahnten, nämlich dass die gesamten Geschehnisse keine Zufälle sind. Es muss von langer Hand geplant worden sein, und zwar zumindest teilweise zwischen der Stiefmutter und dem Prinzen, aber es scheint Unstimmigkeiten zu geben. Was aber nicht unbedingt gut für uns ist … Die Schergen des Prinzen konnte ich immer noch nicht ausmachen und ich bin der Meinung, dass es das Beste ist, wenn wir an unserem Plan festhalten und so schnell wie möglich nach Tesslon zurückkehren. Hier ist es zu gefährlich.«

»Wir dürfen Belle aber auch nicht hierlassen!« Jetzt war es Chace, der fassungslos war.

»Ich weiß, was in Eurem Kopf vorgeht, aber wie sollen wir das anstellen? Zuerst findet die Trauerfeier statt und dann die Hochzeit. Wie sollen wir die Hauptperson unbemerkt von dort wegbringen, ohne Aufsehen zu erregen? Sie würden sie sofort suchen und am Ende nehmen sie uns alle gefangen. Und dann?«

Chace wusste keine Erwiderung. Still blickte er in die Ferne. Er hatte es ihr versprochen …

»Wisst Ihr überhaupt, wo sie sich jetzt befindet und wie es ihr geht? Kann sie überhaupt reisen? Wenn er sie verletzt hat und sie gar nicht in der Lage dazu ist, mit uns zu verschwinden, ist diese Flucht von Anfang an zum Scheitern verurteilt. Wir werden bereits gesucht und Ihr sollt aus dem Weg geräumt werden, was, meint Ihr, würde geschehen, wenn wir auf der Flucht gemeinsam mit *ihr* festgesetzt werden? Mein Gefühl sagt mir ganz stark, dass man uns nicht mit offenen Armen empfangen würde …«

Chace blieb stumm. Alles, was Ed gesagt hatte, stimmte, aber was sollte er dann tun? Er konnte doch nicht tatenlos zusehen …

Während Ed und Twin sich daranmachten, die Pferde für die Rückkehr nach Tesslon vorzubereiten und nur das Wichtigste einpackten, um im Ernstfall schneller voranzukommen, hielt er die Stute der Prinzessin am Zaum. Chace war so in seine Gedanken vertieft, dass er das aufgeregte Verhalten des kleinen Ponys erst zu spät mitbekam. Es wieherte und stellte sich kurz darauf auf die Hinterhufe. Chace schaffte es im letzten Moment, zur Seite zu springen, um nicht getroffen zu werden, doch dabei glitt ihm der Zügel aus der Hand und das sonst so ruhige und träge Tier rannte los, als wäre der Teufel persönlich hinter ihm her. Sekunden später war es vom Wald verschluckt und sein Hufgetrappel verklang. Überrascht sah er der Stute nach.

Was war das? Da erklang Glockengeläut hoch über ihnen und Chace wandte sich um.

Die Beerdigung, der Anfang vom Ende, schoss es ihm durch den Kopf. Wenn er handeln wollte, blieb ihm nicht mehr viel Zeit …

Kapitel 33

Endline

Sep

»Hört Männer, die Glocken! Macht Euch bereit. Sobald die Glocken verklingen, ziehen wir los!«

Ein zustimmendes Raunen ging durch die Menge. Die Männer machten ihre Pferde, Schwerter und sonstige Waffen bereit und brachten sich selbst in Position. Alle würden folgen.

Als Sep auf sein Pferd stieg und sich umsah, war er umringt von Menschen. Mit Beginn des Geläutes hatten sie sich alle auf die Lichtung zubewegt und gesammelt. Gemeinsam würden sie nun die Gunst der Stunde nutzen und das Schloss stürmen.

Laut Gregors Aussagen wären die Menschen mit der Hochzeitsgesellschaft beschäftigt und keiner würde ein Auge für die Mauern und das Geschehen davor haben. Dennoch wusste Sep ganz genau, wie wichtig eine gründliche Ausführung des Planes war. Nur ein kleiner Fehler und man würde sie entdecken …

Sobald das Falltor heruntergelassen und die Zugbrücke nach oben gezogen war, würde es zu spät sein.

Sep gab seinen Kommandeuren ein Zeichen, diese nickten ihm zur Bestätigung zu und er stieß seine Fersen in die Flanken des Hengstes. Die Männer liefen ihm geordnet hinterher. Ob zu Pferde oder nicht, sie bewegten sich fast lautlos fort. Zufrieden sah er sich um. Er hatte ihnen mehrfach eingebläut, dass sie nur diesen einen Versuch hatten und sich daher möglichst bedeckt halten mussten. Erst kurz vor dem Schloss, wo die karge Vegetation keine Deckung mehr bot, würden sie losstürmen und das Überraschungsmoment nutzen.

Nach schier endlosen Minuten hatten sie die letzten Ausläufer der Bäume erreicht und das karge, felsige letzte Stück zum Schloss lag vor ihnen. *Nur noch diese eine Anhöhe,* machte er sich selbst Mut und spähte nach vorn. Das Falltor war noch immer oben und die Zugbrücke wirkte einladend. Sein Blick wanderte die Mauern empor und verharrte einige Zeit dort, doch keine Wache war zu sehen. Wenn dort oben jemand war, schien er im Moment in andere Richtungen Ausschau zu halten.

Sep gab seinen Berittenen ein Zeichen. Die Fußsoldaten würden hinterherrennen, aber sie mussten mit den Pferden zuerst durch das Tor und dafür sorgen, dass die innere Gegenwehr zurückgeschlagen und das Tor eingenommen wurde. Nur so konnte eine Belagerung umgangen werden. Er war alles genau durchgegangen. Ein letztes Mal schaute er in Richtung der Mauern … Niemand war zu sehen, er wandte sich wieder seinen Männern zu und nickte.

»Los!«

Er trieb seinen Hengst mit aller Kraft an. Die Berittenen folgten ihm mit immer knapper werdendem Abstand. Ein Blick zurück sagte ihm, dass er eine deutliche Übermacht hatte, die dort gerade aus dem Wald gestürmt kam. Wenn alles glattging, würde das Schloss innerhalb kurzer Zeit fallen.

Sep schaute nach vorne. *Nur noch wenige Hundert Meter.* Sein Blick zentrierte sich gerade auf den Eingang, als er etwas aus den Augenwinkeln wahrnahm.

Soldaten auf dem oberen Ring der äußeren Mauer hatten sie bemerkt und schrien wild durcheinander. Einer von ihnen wollte gerade die Glocke als Alarmzeichen schlagen, als ein Pfeil sich in sein Herz bohrte. Einer der Fußsoldaten weiter hinten hatte ihn getroffen. Doch eine neue Wache trat an dessen Stelle und wenig später ertönte die Alarmglocke des Schlosses.

Bange Sekunden brachen für Sep an, doch dann ritten sie durch das Tor. Das metallische Klirren von Schwertern ertönte und Menschen schrien. Sep zog sein Schwert und stach sogleich auf einen Mann ein, der versuchte das Fallgitter nach unten zu lassen. Sein Schwert glitzerte durch das frische Blut und ein beschwingtes Gefühl durchzog seinen Körper.

Belle hatte sich ohne Protest für die Beisetzung ankleiden lassen. Welche anderen Möglichkeiten hatte sie auch? Sie hatten Selina.

Ihr Körper hatte sich so weit wieder erholt, dass sie allein laufen konnte, und mehr musste sie nicht können. Ihre Gedanken schweiften immer wieder zu Selina und Chace, sodass sie ihre Umgebung kaum wahrnahm, sondern einfach hinter Aurelia herging.

Erst als die Nachmittagssonne sie im Gesicht kitzelte, drang ihr Geist wieder in die Gegenwart. Sie sah sich um. Überall standen Menschen in Schwarz. Sie riefen nicht laut ihren Namen oder sprachen sonst ein Wort. Man sah sie stumm an und verbeugte sich als Zeichen des Beileids. Belle nickte ihrem Volk dankbar zu und wandte sich dann an ihre Stiefmutter, die eine Armlänge vor ihr stand. Sie wollte sie eben fragen, warum sie anhielten, als die Menge um sie herum plötzlich Platz machte und Gregor hindurchschritt.

Er trug einen eleganten schwarzen Umhang und teuren Schmuck.

Wie geschmacklos für eine Beisetzung, dachte Belle, verkniff sich jedoch jeglichen Kommentar. Es war schwer genug für sie, sich zu konzentrieren und das Wort, das ihr wie aus dem Nichts erschienen war, immer und immer wieder im Geiste heraufzubeschwören. Belle hoffte inständig, dass *Esis* den Abwehrzauber, wie sie ihn genannt hatte, brechen würde.

Ihr zukünftiger Gemahl gesellte sich gut gelaunt zu ihnen, begrüßte Camelia und bot Belle anschließend den Arm an. Widerwillig und angsterfüllt nahm sie ihn an. Ihr Atem stockte, aber nichts geschah. Erleichterung machte sich in ihr breit.

Ich habe es geschafft, Selina!, schoss es Belle durch den Kopf und Camelia, die sich umgewandt hatte, schaute zufrieden und gab ein Zeichen, woraufhin sich der Trauerzug in Richtung der Kirche in Bewegung setzte. Mit triumphierendem Gesichtsausdruck schritt ihre Stiefmutter voran und Belle beobachtete ihre Mimik genau. Das selbstgefällige Grinsen auf den Lippen der Frau ließ eine nie gekannte Wut in Belle emporsteigen und sie spürte, wie sie die neu gewonnene Kontrolle über ihre Fähigkeiten zu verlieren drohte. Im Geiste zwang sie sich zur Ruhe und Konzentration.

Ich muss seine Berührungen dulden, beschwor sie sich selbst immer und immer wieder. Doch den Abwehrzauber ihres Körpers zu unterbrechen, war schwieriger als gedacht und sie spürte, wie sie müde wurde. Ihr geschwächter Körper gab sein Übriges und sie bemerkte, wie die Umgebung ihr immer stärker entglitt.

Während der Prinz neben ihr die Beileidsbekundungen und Glückwünsche entgegennahm, folgte sie still dem Zug und konzentrierte sich nur noch auf das Wesentliche, strikt darauf bedacht, eine emotionslose Maske aufzusetzen. *Diese Genugtuung verschaffe ich ihr nicht!*

Nach schier unendlichen Minuten erreichten sie den Vorplatz der Schlosskirche, der über und über von Menschen, die sich dicht an dicht drängten, bevölkert schien. Belle sah sich um und war gerührt von all denen, die sich von ihrem Vater verabschieden wollten. Einige von ihnen kannte sie ... Bauern aus der Gegend, Marktfrauen, Handwerker ..., doch die Mehrzahl war ihr unbekannt. Viele mussten von weither angereist sein, nur ihres Vaters wegen, und nun standen sie da und warteten, denn nur dem Adel blieb es vorbehalten, gemeinsam mit der Königsfamilie die Kirche zu betreten.

Dennoch sind sie hier ...

Ihr Blick glitt über die Massen und sie ertappte sich dabei, wie sie nach einem bekannten Gesicht Ausschau hielt. Doch als Gregor sie schließlich weiterzog, hatte sie es noch immer nicht gefunden.

Ob er hier ist? Energisch schüttelte sie den Kopf, es wäre besser für ihn, wenn er es nicht wäre. Als sie die Kirche erreicht hatten und durch das Portal traten, begannen die Glocken zu läuten. Gregor zuckte bei dem Geräusch erschrocken zusammen und sah sich um. Camelia bemerkte es und drehte sich zu ihnen.

»Was hatte ich dir gesagt?«, fuhr die Frau sie leise an und ihr Blick ließ Belle das Blut in den Adern gefrieren.

Bitte nicht!

»Nein«, flüsterte sie und schüttelte besänftigend den Kopf. Der strenge Blick ihrer Stiefmutter musterte erst sie und dann Gregor.

»Was habt Ihr, Prinz? Habt Ihr noch nie die Glocken bei einer feierlichen Beisetzung vernommen?«

»Ich habe mich nur erschreckt, das ist alles.« Gregor winkte ab und Camelia entspannte sich.

Ein leiser Seufzer entglitt Belles Kehle, sie hatte Selina noch nicht das Leben gekostet, doch ihre wachen Augen taxierten den Prinzen.

Was hat ihn so aus dem Konzept gebracht? Soll er sich wirklich nur wegen des Geläutes erschreckt haben?

Sie glaubte ihm nicht.

Als sie in das Innere der Kirche traten, war das Geläut nur noch gedämpft wahrzunehmen, und als sie den langen Gang entlanggingen, der sie zum Altar führen würde, verstummten die Glocken vollkommen und es kehrte Ruhe im Saal ein, der sich bereits mit Hunderten Menschen, die sich in die Sitzbänke gequetscht und bei ihrem Eintreten aufgestanden waren, gefüllt hatte.

An Gregors Seite, ihre Hand in seiner, so wie Camelia es verlangt hatte, schritten sie den Gang andächtig hinunter. Vor dem Altar hatte man eine große Kiste aufgebaut.

Vaters Sarg!, wurde ihr bewusst, als sie unmittelbar davor stand. Belle hatte das Gefühl, am liebsten wegrennen zu wollen, aber das konnte und durfte sie nicht.

Gregor hatte sie zu einem Platz neben Camelia geführt. Ganz in Schwarz eingehüllt und mit kunstvoll verzogenem Gesicht wandte sich die verhasste Stiefmutter zu den Bänken um und ein Raunen ging durch die Menge. Kurz darauf herrschte wieder Stille.

Sollen sie ihr ruhig die trauernde Witwe abkaufen, doch ich tue es nicht.

Hass stieg in Belle empor und sie musste sich zur Räson rufen, um ihren Abwehrzauber unter Kontrolle zu halten.

Denk an Selina, Esis!, rief sie sich immer wieder ins Gedächtnis.

Aus den Augenwinkeln nahm sie auf einmal eine Bewegung wahr, Camelia war nach vorn getreten und deutete vor dem Sarg eine Verbeugung an, kurz darauf setzte ein trauriger Gesang ein. Belle grübelte noch über die ihr unbekannte Sprache nach, als sie von Gregor nach vorne gerissen wurde und sich wenig später über dem offenen Sarg ihres Vaters wiederfand und in dessen blasses Gesicht schaute.

Sie hatte nicht gewusst, dass der Sarg offen sein würde und ihre Hoffnung auf einen tränenlosen Abschied zerstreute sich. Starr blickte sie auf ihren Vater hinab. Seine einst so strahlenden Augen waren geschlossen und die sonst rosige Haut einem bleichen Etwas gewichen.

Dieser tote Körper erinnerte außer seiner Form nach kaum noch an ihren Vater. Der Vater, der ihr immer Geschichten erzählt, der sie Lesen und Schreiben gelehrt und ihr das Reiten beigebracht hatte.

Sie bemerkte nicht, wie der Geistliche zu sprechen begann und endlose Geschichten über das Leben und den Tod herunterleierte. Sie befand sich ganz und gar in ihrer eigenen kleinen Welt, bis ein furchtbarer Ton sie aus ihren Gedanken riss.

Gregor

Als die Turmglocken erneut zu läuten begannen, bewahrheiteten sich seine schlimmsten Befürchtungen. Seine Männer mussten begonnen haben, das Schloss anzugreifen, und er hoffte inständig, dass es ihnen gelungen war, durch die Schlossmauern einzudringen, bevor die Soldaten im Inneren sich sammeln und verbarrikadieren konnten. Im schlimmsten Fall hatte man die Zugbrücke schon nach oben gezogen und seine ganze Planung war umsonst …

Gregor sah sich um. In der Kirche war es noch stiller geworden. Der Gesang war verstummt und alle Blicke schienen auf die Tür im hinteren Teil der Kirche gerichtet zu sein. Bange Sekunden verstrichen.

Auf einmal wurde es laut vor den Türen des alten Gemäuers. *Oder kommt das Geräusch von außerhalb der Schlossmauern?* Unsicher sah Gregor sich um und lauschte. Schreie, angstvolle Rufe und metallisches Klirren erfüllten die Luft.

»Hilfe!«

»Habt Gnade! Die Kinder!«

»Lauft! Lauft so schnell ihr könnt!«, erklangen die Worte von draußen.

Die Menschen auf dem Vorplatz schienen um ihr Leben zu fürchten. Gregor war erleichtert.

Sie sind innerhalb der Mauern!

Die Stimmung in der Kirche wandelte sich. Die bedrückende Stille wich einem hysterischen Durcheinander. Überall liefen Menschen umher. Wachen riefen sich etwas zu, zückten ihre Schwerter und bahnten sich ihren Weg in Richtung der Tür.

Einer, den er als neuen Hauptmann der königlichen Leibgarde erkannt hatte, rief: »Die Frauen, Alten und Kinder bleiben hier. Sucht im hinteren Teil der Kirche Schutz! Alle Männer kommen mit uns, bewaffnet Euch mit irgendetwas. Wir müssen das Schloss und die Kirche verteidigen!«

Der Mann hob sein Schwert, bestätigendes Gemurmel erklang, und während der eine Teil in das Innere der Kirche drängte, versuchte der andere die Tür zu sichern.

Gregor zog Isabelle zur Seite, damit sie von der drängenden Meute nicht mitgerissen wurde, und auch Camelia sprang in letzter Sekunde aus dem Weg.

»Was zum Teufel ist das? Was geht hier vor?«, schrie sie ihm angstvoll zu und musste höllisch darauf achten, dass die Frauen sie nicht mitrissen. Gregor ersparte sich eine Antwort und blickte Richtung Tür, die sich im nächsten Moment öffnete und den Blick nach draußen freigab.

Er sah am Boden liegende Menschen, schreiende Frauen und fremde Männer, die sich sofort auf die heraustretenden Männer zu stürzen schienen.

»Oh mein Gott!«, flüsterte Isabelle neben ihm. Auch sie hatte einen Blick nach draußen erhascht.

Er achtete jedoch nicht weiter auf sie und überlegte krampfhaft seine nächsten Schritte, während seine Hand sich um Isabelles Handgelenke krallte, damit sie nicht in der Menge der kreischenden Frauen mit ihren weinenden Kindern untergehen konnte.

Was soll ich jetzt tun? Wenn er die Prinzessin als Gefangene und die Frauen als Geisel nehmen würde und seine Männer verlören, er wäre ein Gefangener dieses Schlosses.

Fieberhaft überlegte er, ob er nach draußen gehen sollte, aber gegen wen sollte er dann kämpfen? Gregor befand sich in einer Zwickmühle, das musste er sich eingestehen, und darum entschied er sich dafür, noch einen Moment in der Kirche auszuharren, und hoffte inständig, dass man es ihm nicht später als Schwäche auslegen würde.

Die Prinzessin, die gebannt auf die Geräusche von draußen achtete, war wie erstarrt und in ihren Augen spiegelte sich Angst.

»Gregor, was hat das zu bedeuten?« Erschreckt zuckte er zusammen. Er hatte nicht bemerkt, wie nah Camelia an ihn herangetreten war. Ihre Stimme war kaum mehr als ein Flüstern.

Erhofft sie sich etwa Schutz? Was soll ich ihr antworten?

Doch als er zu einer tadellosen Lüge ansetzen wollte, wurde ihm die Antwort abgenommen.

Ein verletzter Diener kam auf Camelia zugehumpelt. Er hielt sich die Hand vor die Brust, aus der Blut drang. Man konnte förmlich sehen, wie das Leben aus diesem Menschen wich. Isabelle wandte sich ab und Gregor spürte, wie sie sich an seinen Arm klammerte, um nicht ohnmächtig zu werden. Das Gefühl der Macht durchströmte ihn.

»Herrin, es sind zu viele und sie waren einfach da. Bitte, ich flehe Euch an, versteckt Euch! Das Schloss, es …« Der Mann musste kurz Luft holen, bevor er weitersprechen konnte. »Das Schloss, es wird fallen. Unsere Soldaten! Viele von ihnen sind schon tot oder wurden schwer verwundet. Und auch so viele Frauen und Kinder … Das sind keine Soldaten, das sind Mörder! Flieht. Bitte flieht, es …«

Weiter kam er nicht. Er brach vor ihren Augen zusammen und blieb regungslos auf dem Boden liegen. Ein leises Röcheln entrang noch seiner Kehle, dann floss ihm Blut aus dem Mund und er regte sich nicht mehr. Isabelle, der er unmittelbar vor die Füße gefallen war, schrie auf und versuchte sich loszureißen, doch Gregor hielt sie gewaltsam fest.

»Israc!«, hörte er Camelia zu seiner Rechten erschüttert schluchzen. Tränen rannen über ihre Wange. *Diese intrigante Frau ist wahrhaft fähig zu fühlen?* Gregor sah sie erstaunt an. Dann holte lauter werdendes Geschrei und Kampfgefecht die Königswitwe aus ihren Gedanken. Sie raffte ihre Röcke und lief, ohne sich nach ihm oder ihrer Stieftochter umzusehen, wie eine feige Gans den übrigen Frauen hinterher. Die Prinzessin versuchte erneut, sich loszureißen und der Frau zu folgen, aber er zog sie harsch zurück. Sie drehte sich um, sah ihn verständnislos an.

»Was ist los? Wir müssen uns beeilen. Wir müssen doch …«, begann sie irritiert, als er sie in Richtung des Eingangsprotals zog.

»Nein, das müssen wir nicht. Ich will sehen, was dort draußen vor sich geht. Ich verstecke mich nicht und Ihr Euch auch nicht«, gab er ihr zur Antwort.

Stark darauf bedacht, sich nicht zu verraten, und doch von Neugierde getrieben, bahnte er ihnen den Weg durch die umgefallenen Kirchenbänke. Solange er nicht wusste, was genau innerhalb der

Schlossmauern vor sich ging, musste er immer noch vorsichtig sein. An der Tür angekommen, hielten die Wachen ihn zurück.

»Ihr solltet wieder in die Kirche gehen. Hier draußen ist es nicht sicher, Prinz. Sucht Schutz und betet für uns! Vielleicht sind die Götter uns gnädig«, sagte der eine und bekreuzigte sich.

Gregor ignorierte ihn und als die Wache ihn zurückhalten wollte, ließ er Isabelle los, zog seinen Dolch und schlitzte im Bruchteil einer Sekunde beiden die Kehle auf. »Die Götter interessieren sich nicht für Euch!«

Die Prinzessin erschrak und stolperte beim Rückwärtslaufen über einen anderen toten Körper. Sie drohte zu fallen, doch Gregor hielt sie im letzten Moment fest. Seine blutigen Finger beschmutzten ihr schwarzes Kleid und sie sah ihn schockiert an.

»Warum habt Ihr das getan?« Ihre Stimme zitterte und sie musste ein Schluchzen unterdrücken.

Er wusste nicht recht, was er antworten sollte, daher grinste er ihr nur ins Gesicht und zog Isabelle an den gurgelnden Männern vorbei weiter auf den Platz.

Doch er kam nur schwer voran, das Mädchen sträubte sich plötzlich und zwang ihn, stehen zu bleiben. Gregor hoffte, dass sie jetzt keinen ihrer Zauber einsetzen würde, doch das Glück schien ihm hold.

Das Geschehen um sie herum lenkte die Prinzessin ab. *Oder sie ist nicht annähernd so mächtig, wie Camelia es mir versprochen hat.* Sorgsam betrachtete er das sich sträubende und verängstigt umschauende Mädchen und hoffte inständig, dass sich die ganze Mühe mit ihr auch lohnen würde. Während sie wie gebannt auf das Schlachtfeld starrte, machte Gregor sich zügig daran, von außen die schwere Kirchentür zu verriegeln, um die Menschen darin gefangen zunehmen. Er hatte es fast geschafft, als Isabelle zu erkennen schien, was er vorhatte und versuchte ihn aufzuhalten.

»Was macht Ihr da? Warum tut Ihr das?«, fuhr sie ihn an und wollte sich gegen die Tür werfen, doch er stieß sie einfach zur Seite, die Prinzessin stolperte über den toten Körper der Wache und fiel rücklings zu Boden. Mühsam rappelte sie sich auf und verletzte sich dabei in ihrer Hast an einem umliegenden Schwert den Arm. Aus der Wunde tropfte Blut und sie hielt sich mit schmerzerfülltem Gesicht die Hand.

Er sah kurz zu ihr, die Wunde schien nur oberflächlich zu sein. Kein Grund, überhaupt weiter darüber nachzudenken, entschied er, ignorierte es und verschloss sorgsam die Kirchentür.

Allein kommt hier niemand wieder heraus! Zufrieden mit sich und seinem Werk, nahm er aus dem Augenwinkel wahr, wie die Prinzessin ihn aus vor Zorn verengten Augen anstarrte. Sie schien allmählich zu begreifen ...

»Ihr Verräter, was habt Ihr getan?«, keifte sie ihn im nächsten Moment an.

»Mir das genommen, was mir zusteht«, antwortete er ihr arrogant, während er seinen Blick über die leblosen Körper auf dem Platz gleiten ließ. Der Kampf war hier schon vorbei. Lachen von Blut hatten sich gebildet und er packte Isabelle am Handgelenk, das durch die langen Ärmel ihres Kleides bedeckt war, zog sie auf die Beine und dann weiter hinter sich her über die leblosen Körper.

Einige wenige Menschen gaben noch gurgelnde Geräusche von sich, aber seine Männer waren gründlich gewesen. Überlebende würde es keine geben. Zumindest nicht hier.

Gregor zog das widerwillige und schluchzende Mädchen hinter sich her, sorgsam darauf bedacht, sich seine Sachen nicht mit Blut oder Dreck zu beflecken. Je weiter sie liefen, desto mehr bekannte Gesichter schien die Prinzessin hinter ihm zu entdecken. Sie rang merklich um Fassung, er sah es, als er sich umwandte, um zu sehen, ob die Kirchentür noch verschlossen war.

Gregor entspannte sich langsam und manövrierte sie weiter in Richtung der kämpfenden Massen.

Ich muss Sep finden, schoss es ihm durch den Kopf, und als sie um eine Ecke bogen, kamen die ersten kämpfenden Parteien in ihr Blickfeld.

Seine Männer hatten ganze Arbeit geleistet. Nur noch ein kleiner Teil des Adels und des Pöbels leistete Widerstand. Sie waren eingekesselt und der Kampf würde nicht mehr lange dauern. Er steuerte darauf zu, aber plötzlich wurde er nach hinten gerissen. Isabelle war ruckartig stehen geblieben und weigerte sich, auch nur einen weiteren Schritt zu tun. Er zog an ihr, verstärkte den Druck auf ihr Handgelenk, aber es schien ihr nichts auszumachen.

»Ich folge Euch nicht«, waren ihre einzigen Worte, und Gregor wurde wütend.

»Bewegt Euch, und zwar sofort! Oder muss ich Euch erst zeigen, wo Euer Platz ist und wo es jetzt langgeht?!«, drohte er ihr.

»Ich gehe keinen Meter mehr mit Euch. Ihr seid ein elendiger Verräter! Ihr habt dies alles geplant! Gebt es zu. *Das* ist euer Werk!« Sie machte eine ausladende Geste.

»Ich wusste schon bei unserer ersten Begegnung, dass Ihr ein schlechter Mensch seid, aber dass Ihr zu so etwas fähig seid … Sagt mir warum? Ihr hättet doch dank Camelia mit Eurer Heirat alles haben können … Sie hat doch alles dafür getan.«

Gregor musste lachen. »In der Tat, sie hat alles dafür getan, und wenn Ihr wüsstet, was sie dafür getan hat, Ihr hättet einen wirklichen Grund, sie zu hassen, aber genug davon. Ich bin Euch keine Erklärung schuldig.« Er machte eine kurze Pause, bevor er weitersprach: »Glaubt Ihr wirklich, dass ich ein Leben lang nur der Königingatte sein wollte? Dass ich nur an Eurer Seite sitze und Euch bei der Regentschaft Endlines zusehe, obwohl ich selbst herrschen könnte? Glaubt mir, Ihr seid nur ein Mittel zum Zweck gewesen. Dass hier …«, er deute auf seine Umgebung und die kämpfenden Menschen, »… bringt mir viel mehr. Auf diese Weise legen wir gleich fest, wer die Herrschaft zukünftig innehat, und der Widerstand wird unvermittelt ausgelöscht. Und jetzt kommt!«

Er packte ihr Handgelenk. Isabelle blieb jedoch beharrlich stehen.

»Nein!«, sagte sie entschlossen.

»Ihr kommt schön mit!« Gregor packte sie fester und das Mädchen schrie auf, als er ihr kurz darauf die Hände auf den Rücken drehte und sie mit einem Seil aus seiner Tasche zusammenband.

»Lasst das! Ihr tut mir weh!«

»Dann kommt mit, oder habt Ihr jetzt etwa gedacht, dass ich Euch einfach laufen lasse?« Ein grausames Lachen entrann seiner Kehle. »Falsch gedacht, meine Liebe. Als Thronerbin seid Ihr mir ein zu großes Risiko. Entweder sterbt Ihr oder Ihr werdet meine Frau, die all ihren Ansprüchen freiwillig entsagt. Es liegt an Euch, und jetzt kommt!«

Mit Gewalt schleifte er sie hinter sich her, während sein Blick sich nach vorne richtete und er einen Reiter ausmachte, der auf sie zugeritten kam.

»Das Volk wird Euch nie akzeptieren!«

»Volk? Welches Volk?« Er grinste hämisch. »Ich habe meine Leute, das Volk brauche ich nicht. Mag sein, dass Camelia da anderer Meinung ist. Aber wir kommen auch so ganz gut zurecht. Meint Ihr nicht auch?«

Damit war für ihn die Unterhaltung beendet und er richtete seine Aufmerksamkeit auf Sep, der vor ihm stehen geblieben war.

»Euer Angriff kam zu zeitig«, tadelte Gregor ihn, setzte dann jedoch nach: »Aber gut, ich wusste nicht, dass die Glocken heute zweimal läuten würden. In der Kirche dort hinten sind noch einige Frauen und Kinder sowie die Königswitwe eingesperrt. Nehmt sie alle gefangen und werft sie in die Kerker. Wer sich weigert, wird getötet. Keine Ausnahmen.«

Sep nickte. »Das Schloss wurde erfolgreich eingenommen und ein Teil der Männer lagert hier, aber ein Großteil von ihnen zieht in diesem Moment über die umliegenden Dörfer und Städte. Trebin ist bereits gefallen. Ich hoffe, das lag in Eurem Interesse. Ich achte …«

»Nein!« Isabelle schnappte hörbar nach Luft.

»Sehr gut«, flüsterte Gregor und warf ihr einen bösen Blick zu. »Und jetzt gebt mir Euer Pferd. Ich möchte mir selbst ein Bild von dem Geschehen machen.«

Ohne zu zögern stieg der Hauptmann ab und übergab Gregor sein prächtiges Kampfross. Gregor stand einen Moment mit Isabells Handgelenken in der einen und dem Pferd in der anderen Hand da und überlegte. Das Mädchen sah ihn verächtlich an. Er trat auf sie zu und ließ seine Hand über ihr Kleid und die Formen ihres Körpers gleiten, spielte einen Moment mit ihren Haaren und wandte sich wieder zu Sep.

»Führt die Prinzessin sicher ins Schloss und sperrt sie in eines der Zimmer. Lasst sie auf keinen Fall aus den Augen und Gnade Euch Gott, wenn sich jemand an ihr vergreift. Heute Abend wird Hochzeit gefeiert!«

»Das werden wir noch sehen!«, schimpfte Isabelle und spuckte ihm vor die Füße.

»Ja, werden wir, und ich werde es genießen«, hauchte er ihr zum Abschied ins Ohr, dann übergab er sie an Sep. Einen Hinweis auf ihre Fähigkeiten unterließ er …

Ohne Fragen zu stellen, nickte sein Hauptmann und fasste grob nach den gefesselten Handgelenken, die vom Stoff der Ärmel bedeckt waren. Isabelle schrie vor Schmerz kurz auf, Erregung wallte in Gregor auf und er ließ es sich nicht nehmen, noch ein letztes Mal an sie heranzutreten.

Er schob die Hand unter ihr Kinn und zwang sie, ihn anzusehen, ihr Blick spiegelte Hass wider und seine Erregung wuchs. Andächtig fuhr seine freie Hand über ihren Busen und sie zuckte.

»Heute Nacht werdet Ihr nie vergessen. Dagegen ist dieser Schmerz im Augenblick nur ein Nadelstich, wenn Ihr weiter so wild seid«, sprach er leise.

Plötzlich fühlte er etwas Feuchtes an seiner Wange. *Hat sie mich doch tatsächlich angespuckt.* Doch Gregor war nicht wütend …

»Ich werde Euch nie in meinem Bett willkommen heißen«, schrie Isabelle.

Amüsiert wischte sich Gregor über das Gesicht. »Das werden wir ja sehen, bisher habe ich jedes Pferd zugeritten bekommen, und bei einer bissigen Stute ist es am Ende auch nur eine Frage der Zeit und des Schmerzes.«

Mit diesen Worten stieg er auf das Pferd und ritt in Richtung der Meute.

Chace

Als der Ton erklang, waren sie gerade auf die Volnana abgebogen. Twin zügelte sein Pferd und auch Ed lauschte gespannt.

»Das sind nicht die Hochzeitsglocken!« Alarmiert lauschte Ed weiter. »Das ist ein Alarmsignal! Ich glaube, das Schloss oder die Stadt wird angegriffen!«, brachte Ed heraus und wendete sein Pferd. In der Ferne sah er bereits Rauch aufsteigen. Dann hörten sie Hufgetrappel. Eine ganze Horde schien auf dem Weg zu ihnen zu sein.

»Wir müssen von der Straße runter«, entschied Ed und steuerte sein Pferd am Rand des Waldes entlang.

»Der Wald ist hier so dicht. Wie sollen wir da hindurchreiten?« Twin zweifelte an Eds Idee.

»Ich befürchte, wir haben keine andere Möglichkeit, da kommen schnell viele Reiter näher, wir müssen uns verstecken. Wir schaffen es nicht, vor ihnen davonzureiten und wer weiß, was uns in der Gegenrichtung erwartet.«

Auch Chace wurde nervös, da sah er plötzlich zu seiner Rechten einen kleinen Pfad, der in den Wald hineinführte, und er trieb Goatee an. Sein Hengst suchte sich den Weg und die anderen zwei Reiter folgten. Innerhalb kurzer Zeit waren sie vom Wald verschluckt worden und kaum ein Geräusch drang noch an ihr Ohr.

Wie aus großer Ferne nahmen sie wahr, wie Hufgetrappel und Stimmen kurz anschwollen und dann wieder verklangen.

Erleichtert atmeten sie auf und beschlossen, noch einem Moment auf der Lichtung zu bleiben.

»Was oder wer war das, und wer zum Teufel sollte das Schloss angreifen?«

Chace sah fragend in die Runde.

»Ich bezweifle, dass die zum Schloss wollten …«, brachte Twin hervor.

»Ich glaube das auch nicht. Es liegt auf der anderen Seite des Waldes. Sie wollen in Richtung Trebin.

Jetzt wissen wir, was dieser Gregor vorgehabt hatte. Wir müssen so schnell wie möglich von hier verschwinden und am besten nicht auf der Volnana!« Ed wendete sein Pferd und suchte einen anderen Weg aus dem Wald. Kurz darauf trieb er sein Ross an.

»Wartet«, rief Chace ihn zurück.

»Warum? Kommt, wir müssen uns beeilen!«

»Und was ist mit Belle?«

»Wir müssen jetzt gehen!«, sagte Ed entschlossen.

»Aber was ist mit Ihr? Ich kann sie nicht einfach hierlassen!«

»Und was ist mit den ganzen anderen unschuldigen Menschen im Schloss und in den Dörfern? Versteht es, Chace, wir sind zu dritt. Wir können nichts ausrichten. Unser Auftrag ist es, Euch wieder gesund nach Hause zu geleiten, und jetzt kommt!«

Bevor Chace noch etwas erwidern konnte, hatte Ed ihm schon in die Zügel gegriffen und Twin ein Zeichen gegeben. Nur Sekunden später ritten sie hintereinander im straffen Galopp einen schmalen Pfad entlang, der sie gefühlt immer weiter in das Innere des Waldes führte.

Vor ihm Ed und hinter ihm Twin, egal wie sehr er es auch wollte, er konnte nicht weg.

Was ist mit Belle?, die Frage drang immer und immer wieder in seinen Kopf.

Kapitel 34

Endline

Belle

Der dreckige Mann hielt ihre hinter dem Rücken zusammengeknoteten Handgelenke so fest, dass sie vor Schmerz gar keine andere Möglichkeit hatte, als den Weg einzuschlagen, den er vorgab. Belle überlegte fieberhaft, wie sie sich aus ihrer Lage befreien konnte. Doch ihre gefesselten Hände und der eiserne Griff machten ihr keine großen Hoffnungen.

Sie stiegen über tote Körper von Männern, Frauen, aber auch Kindern, und als ein Mann am Boden noch zappelte, rammte ihm der Dreckige seinen Dolch in den Brustkorb. Belle konnte einen Schrei nicht unterdrücken und sah den Mann angstvoll an, dem ihre Reaktion anscheinend gefiel. Sie schüttelte sich.

Gregor hatte dies alles geplant. Er wollte gar keine friedliche Verbindung der Länder, er wollte seinen eigenen Vorteil vergrößern. Welches Unheil hatte er doch über das Land gebracht! Und was konnte es sein, das er von ihr wollte? Warum brachte er sie nicht einfach um?

Sie schritten weiter über das Schlachtfeld. Von überall kamen fremd aussehende Männer angelaufen, grüßten ihren Aufpasser und beäugten sie mit lüsternen Blicken. Andere vergewaltigten Frauen und Mädchen einfach so auf offener Straße und schnitten ihnen dann die Kehle durch. Belle versuchte sich abzuwenden, aber ohne Erfolg. Sie hatte innerhalb kurzer Zeit so viele Menschen sterben sehen, so viel Grausamkeit … Doch sie hatte sich geschworen, stark zu sein. Sie würde nicht wieder beginnen, zu schluchzen oder gar zu weinen. Das würde sie diesen groben Kerlen nicht gönnen. Sie brauchte nur unbedingt einen Ausweg.

Da schien sich einer aufzutun. Sie hatten die Tür zur großen Halle noch nicht erreicht und der Mann war stehen geblieben, um sich umzusehen, unwillkürlich lockerte er dabei seinen Griff. Belle ergriff diese sich bietende Gelegenheit und zog ihre Hände hinter ihrem Rücken nach oben. Der Mann verlor den Stoff aus den Händen und glitt hinunter zu ihrem unbedeckten Arm. Als er ihre Haut berührte, schrie er auf und ließ sie blitzschnell los, um sich die Hand zu halten.

»Aua, was war das?«, bellte er sie an und wollte zu einem Schlag nach ihr ausholen, aber sie war schneller, duckte sich und rannte los, so schnell sie ihre Beine trugen.

Doch ihre Flucht hatte sie sich nicht gut überlegt. Mit den zusammengebundenen Händen, ihrem immer noch geschwächten Körper und den vielen Männern um sie herum hatte sie plötzlich Bedenken, es auch nur aus dem Schlosshof zu schaffen.

Der Mann hinter ihr schrie: »Halt, Mädchen! Haltet sie! Haltet die Prinzessin, wir brauchen sie lebend! Lasst sie nicht entkommen!«

Die Männer um sie herum bleckten die Zähne und machten sich auf den Weg, ihre Verfolgung aufzunehmen.

Belle rannte blindlings und stolperte in ihrer Hast über einen toten Jungen. Mühsam rappelte sie sich wieder auf, einer der Männer hatte sie fast erreicht.

»Kommt her, mein Täubchen!«

Da nahm sie ein vertrautes Wiehern wahr. *Charlotte!* Sie schaute sich um.

Die kleine Stute trabte zielstrebig auf sie zu und blieb unvermittelt vor ihr stehen. Isabelle ergriff die sich bietende Gelegenheit.

Ihre Verfolger hatten die Situation noch nicht realisiert, da saß sie schon auf dem Rücken des Tieres und es trabte von allein los. Sie betete, dass sie sich mit gefesselten Händen oben halten konnte und vor allem, dass ihre Stute wusste, wo sie hinmusste.

»Haltet den Gaul!«, wurde hinter ihr Geschrei laut, doch die Stute ließ sich nicht beirren und wechselte lediglich in den Galopp, um kurz darauf die Männer hinter sich zu lassen. Wenig später fand Belle sich im Schlosspark wieder, doch auch hier wimmelte es von dunklen Gestalten und die Schatten in den Bäumen versprachen noch mehr.

Sie sind überall! Angst stieg in ihr hoch und sie fragte sich, ob es überhaupt noch einen Ort gab, an dem sie sicher war. Ungewollte Tränen suchten sich ihren Weg über ihre Wangen. Belle schaute nach unten, um sich abzulenken und ihre Tränen versiegen zu lassen, doch es half nichts. Im Gegenteil, der Staub, der durch Charlottes Hufe aufgewirbelt wurde, reizte ihre Augen nur noch mehr …

Sie hatten eben die Sumachen erreicht, da bremste Charlotte unter ihr etwas und nahm einen der kleinen, vor ihnen auftauchenden Pfade. Er führte sie tief in den Wald, der sie zu verschlucken schien.

Belle, die gar nicht mitbekommen hatte, wie sie den Atem angehalten hatte, keuchte nach Luft und ihre Anspannung schien allmählich von ihr abzufallen. Das Gefühl von Sicherheit machte sich in ihr breit, aber sie verstand nicht warum.

Auf einmal kam ihr ein Wort in den Sinn und einer Intuition folgend flüsterte sie es.

»Menoftra.«

Sogleich waren ihre Fesseln verschwunden und sie konnte ihr Hände nach vorne nehmen und sich die wunden Gelenke reiben. Warum war ihr das Wort nicht schon eher eingefallen? Verwundert über sich selbst, spürte sie zunächst nicht, wie Charlotte das Tempo etwas verlangsamte und wie von selbst ihren Weg durch den Wald suchte. Erst als die Stute nur noch langsam trabte, sah Belle sich verwundert um. *Wohin will sie nur?*

Der Weg, dem sie folgten, kam ihr kein bisschen bekannt vor. Sie hatte so viel Zeit in diesem Wald verbracht und gedacht, sie würde jeden Winkel kennen, aber nun wurde sie eines Besseren belehrt.

Gefangen von ihren Gedanken, merkte sie zu spät, dass die Stute unter ihr scheute und einen Satz zur Seite machte. Ihr völlig entkräfteter Körper war nicht mehr in der Lage, sich auf dem Rücken zu halten und sie spürte, wie sie den Halt verlor.

Im Fallen nahm sie noch das Wiehern eines anderen Pferdes wahr, dann wurde um sie herum alles schwarz.

Als sie die Augen aufschlug und sich aufzurappeln versuchte, fühlte sie sich merkwürdig leicht und benommen. Sie stellte fest, dass sie sich auf der Lichtung mit den wilden Rosen, die das ganze Jahr über blühten, befand, und schaute sich Hilfe suchend um. Niemand war zu sehen und Belle versuchte, nach Charlotte zu rufen, doch aus ihrer Kehle drang kein Wort. Angstvoll griff sie sich an den Hals. Was war nur geschehen? Hatte der Sturz ihr etwa die Stimme genommen?

»Keine Angst, deine Stimme ist noch vorhanden, du kannst nur hier nicht reden. Das Recht ist nur mir vorbehalten. Du wirst dich wohl damit begnügen müssen, mir zuzuhören.«

Erschrocken fuhr Belle herum. Neben ihr war wie aus dem Nichts eine wunderschöne Frau erschienen. Sie konnte kaum mehr als dreißig Jahre zählen, ihre langen braunen Haare und ihre haselnussbraunen Augen erinnerten sie an jemanden. Hastig versuchte Belle sich aufzurichten. Sie hatte damit gerechnet, dass ihr entkräfteter Körper es nicht schaffen würde, aber zu ihrer Verwunderung gelang es ihr mit Leichtigkeit. Fragend sah sie die Frau an.

»Du weißt nicht, wer ich bin, oder?« Erstaunen, aber auch Belustigung lag in den Augen der Frau, deren weißes Gewand lautlos über den Waldboden streifte. *Ist sie etwa die weiße Frau? Heißt das, dass ich tot bin? Diese Leichtigkeit …*

Immer mehr Gedanken schossen ihr durch den Kopf und ihre Angst stieg.

»Keine Angst, mein Kind, du bist nicht tot! Du befindest dich nur endlich in einem Zustand, der es mir ermöglicht, mit dir zu sprechen.«

Belle erstarrte. *Woher weiß sie, was ich denke? Warum will sie mit mir sprechen?*

Ihr Gegenüber sah sie freundlich an. »Hab keine Angst, Isabelle, ich werde dir nichts tun. Ich *kann* dir überhaupt nichts tun. Ich möchte nur, dass du mir zuhörst, damit du verstehst. Hast du gehört?«

Belle nickte. Die Frau kannte ihren Namen und sie war allein in diesem Wald – was bliebe ihr auch anderes übrig?

»Gut, wärst du so freundlich, mich ein Stück zu begleiten?« Die Frau bot ihr den Arm und Belle nahm zögernd an. Sie liefen langsam die Lichtung entlang auf die Rosen zu.

»Ich warte hier nunmehr seit fünfzehn Jahren auf diesen Moment, und jetzt ist er endlich gekommen. Ich weiß, du fragst dich, wer ich bin und was das hier ist …« Sie deutete um sich herum. »Doch alles zu seiner Zeit. Ich habe dich beobachtet, Isabelle. Ich habe gesehen, zu was du fähig bist und dass du vieles davon nicht verstehst, und möchte dir helfen. Schon viel früher wollte ich es dir erklären, aber du warst zu stark. Viel stärker als ich zu meiner Zeit und deine Abwehr hat mich selbst hier in den Sumachen nicht zu dir durchdringen lassen. Durch deinen Sturz und deine Kraftlosigkeit hat sich eine kleine Chance geboten, die ich ergriffen habe. Aber mir bleibt nicht viel Zeit. Du wirst dich bald erholen und ich werde wieder verdrängt, auch wenn du es nicht willst.«

Belle sah sie verständnislos an. Was redete diese Frau da für wirres Zeug?

»Deine Augen sprechen Bände, wie die deines Vaters … Erkennst du mich immer noch nicht? Nein?«

Sie schüttelte den Kopf, ihr Gegenüber seufzte und hielt ihren Arm fester.

»Woher auch … Du und ich … Wir haben uns nie kennenlernen dürfen. Ein Leben für ein Leben. So war das damals. Isabelle?« Sie waren stehen geblieben, die Frau stand ihr nun unmittelbar gegenüber und sah sie mit festem Blick an.

»Ich bin deine Mutter.«

Belle erstarrte. Wäre ihre Stimme nicht schon weg gewesen, spätestens jetzt wäre sie sprachlos geworden. *Das kann doch nicht sein. Was geht hier vor?*

»Doch, mein Schatz, dem ist so. Ich bin deine Mutter. Ich bin Endline, die erste Frau von Elias und rechtmäßige Königin von Endline.«

Aber wie kann das sein? Meine Mutter ist tot!, schrien die Gedanken in ihr.

»Du bist vom Pferd gestürzt und ohnmächtig geworden. Dein Körper war so kraftlos, dass ich seine Barriere durchbrechen und endlich zu dir vordringen konnte. Ich lebe in einer Zwischenwelt, die ich bald verlassen muss, und wollte seit ewigen Zeiten mit dir reden und dir alles erklären, aber ich kam nicht zu dir durch und hatte die Hoffnung schon beinahe aufgegeben. Ich weiß nicht, ob wir noch einmal solch eine Chance bekommen, also bitte hör mir jetzt nur noch zu, anstatt Fragen zu stellen. Ich spüre, dass meine Zeit knapp wird und du wieder zu dir kommst.«

Widerwillig ließ Belle sich darauf ein und ihre Mutter bedeutete ihr, sich zu setzen.

»Es gibt so vieles, was ich dir sagen will, aber in Anbetracht der Umstände muss ich mich wohl auf das Wichtigste beschränken. Wie du zweifellos bemerkt hast, bist du in jeglicher Hinsicht etwas Besonderes. Du hast nicht nur mein Äußeres und einen beträchtlichen Teil meines Charakters mit auf den Weg bekommen, sondern auch spezielle Fähigkeiten. Ich weiß, dass sie dir noch Angst machen und du sie noch nicht verstehst, aber der Tag wird kommen, an dem du sie vollkommen unter Kontrolle haben wirst.«

Aber was sind das für Kräfte? Wo haben wir sie her? Fragend sah sie ihre Mutter an. Diese schmunzelte.

»Isabelle, unsere Kräfte sind uralt. Die Worte, die dir einfach in den Sinn kommen und die du nutzt, wenn du die Macht willkürlich einsetzt, sind Worte der alten Sprache.«

Aber woher kenne ich sie?

Ihre Mutter schüttelte den Kopf. »Du kennst sie nicht, du weißt sie einfach. Sie wurden dir in die Wiege gelegt, wie mir einst. Sie entstammen einer Zeit weit vor der unseren. Dein Vater hat dir die Legende unserer Götter Edid und Selfin ans Herz gelegt?«

Belle nickte, das hatte er.

»Dann weißt du auch, dass Edid einst diesen Wald erschuf und ihm eine Kraft nachgesagt wird?«

Abermals nickte Belle.

»Gut, das macht es einfacher. Wusstest du auch, dass die Beziehung zu Edid und dem Mann, den sie liebte, tiefer war, als Selfin gedacht hatte?«

Schockiert schüttelte Belle den Kopf. Was wollte ihre Mutter ihr damit sagen?

Mit einem Seufzer begann diese zu erzählen.

»Edid hat diesen Mann nicht nur platonisch geliebt … Sie hat sich sogar in einen Menschen verwandelt, um ihm nah zu sein. Aus dieser Beziehung ist ein Kind entstanden. Ein Kind, das Edid vor allen geheim gehalten hat und das nach ihrem Tod ihre Fähigkeiten bewahrt und weitergegeben hat.«

Belle erstarrte … Sollte sie etwa eine Nachfahrin Edids sein? Das konnte ihre Mutter doch nicht ernst meinen.

»Doch, das meine ich ernst, Isabelle. Du gehörst der direkten Blutlinie Edids an und bist damit etwas Besonders so wie ich einst. Du kannst Dinge mithilfe der alten Sprache geschehen lassen, die kein anderer kann. Du fühlst dich deshalb in den Sumachen so sicher und geborgen, weil deine Vorfahrin sie geschaffen hat. Ihr Zauber gibt dir Kraft und nährt deine Gabe. Diese Rosen …«, sie deutete auf die roten Blumen, »… waren ihr Symbol. Ich habe einige davon am Schloss pflanzen lassen, um unsere Macht auch dort zu stärken, aber sie sind bei Weitem nicht so mächtig wie hier an ihrem Ursprung. Nie habe ich es geschafft, dass die *eine* von ihnen blüht.

Hast du dich nie gefragt, warum deine Kräfte hier stärker scheinen?«

Allmählich wurde ihr alles klar. Darum waren die Sumachen immer ihr Rückzugsort gewesen. Darum waren so viele unerklärliche Dinge um sie herum geschehen …

Sie verlor sich in ihren Gedanken, aber ihre Mutter holte sie mit ihrer sanften, doch bestimmten Stimme wieder zurück. »Ich weiß, du hast einiges zu verarbeiten, aber sei dir bewusst, dass du vorsichtig sein musst! Diese Macht kann auch gefährlich werden. Ich konnte meine nicht kontrollieren und bei deiner Geburt hat sie mich das Leben gekostet. Ich habe gesehen, dass einige bereits nach deiner Gabe lechzen, lass sie nicht gewinnen! Schütze dich und lerne sie einzusetzen!«

Aber wie …

»Sieh dich um, Isabelle! Du kannst nichts lernen, es ist einfach da. Du musst es nur zulassen und dir deiner Kraft bewusst sein. Den Abwehrzauber hast du doch selbst zu beherrschen gelernt, ohne dass es dir jemand gezeigt hat.«

Belle nickte … Ihre Mutter hatte recht. Sie hatte ihre Kraft schon mehrfach bewusst eingesetzt! Sie musste sich nur einfach genauer darüber im Klaren werden!

»Aber sei vorsichtig, wem du diese Information deiner Herkunft anvertraust. In den Händen der Falschen ist sie eine mächtige Waffe! Ohhh …«

Ihre Mutter fasste sich an den Kopf.

»Ich spüre, dass du zu dir kommst und mich verdrängst. Es ist wohl an der Zeit, dir nun auf Wiedersehen zu sagen.«

Mutter! Mutter nein. Bleibt bei mir! Ihr könnt nicht einfach gehen, ich kann den Zauber doch verhindern!

»Ich befürchte, du kannst es noch nicht, zumindest nicht in diesem Zustand, und es ist ganz gut, wenn du endlich wieder zu dir kommst.«

Der Blick ihrer Mutter ging geistesabwesend in die Ferne. Sie sah etwas, das sie zum Schmunzeln brachte, dann richtete sie ihre Augen wieder auf sie.

»Ich liebe dich, Isabelle – vergiss das nie!«

Dann war sie verschwunden.

Mutter! Dunkelheit umfing Belle fast augenblicklich und sie spürte, wie sie geschüttelt wurde.

Chace

Er hörte das Hufgetrappel eines anderen Pferdes und wandte sich in die Richtung, aus der es gekommen war.

Goatee schien es auch zu vernehmen und mit einem Schlag hörte er auf, seinen Befehlen zu folgen. Der Hengst stieg, trat dabei nach dem Pferd vor und hinter ihm und machte sich Platz. Dann drehte er seinen mächtigen Körper abrupt nach rechts und durchbrach das Gebüsch. Querfeldein, wie von Sinnen, rannte das Tier durch das Dickicht auf das lauter werdende Geräusch zu.

Chace hörte, wie ihm Ed und Twin hinterherriefen, aber er verstand weder ihre Worte noch war er in der Lage, Goatee wieder unter Kontrolle zu bringen. Ganz im Gegenteil, er schien jegliche Gewalt über das Tier verloren zu haben und musste sich auf dessen Rücken ducken und sich am Sattel festklammern, um nicht herunterzufallen oder von Ästen heruntergerissen zu werden.

Hoffentlich laufen wir niemandem in die Arme, war sein einziger Gedanke und er schickte Stoßgebete gen Himmel.

Plötzlich blieb der Hengst unvermittelt stehen und Chace hatte Mühe, sich oben zuhalten. Vorsichtig richtete er sich im Sattel auf und sah sich misstrauisch seine Umgebung an.

Er befand sich auf einer kleinen Lichtung und weit und breit schien niemand zu sein, dennoch glitt seine Hand zu seinem Dolch.

Man weiß ja nie … Anspannung machte sich in ihm breit, da erklang ein freudiges Wiehern und ein Pferd schob sich kurz darauf von der anderen Seite durch das Gebüsch auf die Lichtung.

Belles Stute! Er musterte das Tier. Es war völlig verschwitzt!

Es muss wieder zurückgelaufen sein und nach Goatee gerufen haben, kam es ihm in den Sinn. Die beiden hatten vorher schon wie Kletten aneinandergehangen!

Mit leichtem Groll stieg Chace vom Pferd und nahm Goatees Zügel in die eine Hand. Das hatten sie jetzt unbedingt gebraucht!

Mit großen Schritten lief er mit Goatee zur Stute hinüber, zog ein Seil aus der Satteltasche und warf es Charlotte um den Hals. Das Tier schreckte jedoch zurück und lief ein paar Schritte rückwärts. Dabei zog es seinen Kopf wieder aus der Schlinge.

»Mist!«, schimpfte Chace. Er hatte wahrlich keine Zeit für so etwas. Er holte das Seil wieder ein und versuchte seinen Hengst zu beruhigen, der unruhig auf der Stelle trat.

Ed und Twin kamen hinter ihm auf die Lichtung.

»Was war das denn?«, schimpfte Twin und sammelte sich Blätter aus den Haaren. Auch Ed bedachte ihn mit einem tadelnden Blick.

Chace blieb nichts anderes übrig, als entschuldigend mit den Schultern zu zucken.

»Es tut mir leid. Ich weiß auch nicht, was in ihn gefahren ist. Ich konnte ihn einfach nicht mehr halten. Sonst geht er mir nie durch. Es muss die Stute gewesen sein …«

»Jaja, es sind immer die Frauen …« Ed schüttelte den Kopf. »Das ist doch die Stute Eurer Prinzessin, oder? Jetzt macht sie fest und lasst uns weiterreiten. Jede Sekunde, die wir vergeuden, ist eine zu viel.«

»Würde ich ja gern, aber sie lässt sich nur schlecht einfangen und Goatee wird immer unruhiger.«

Er deutete auf das Seil, dem die Stute nun schon zum zweiten Mal ausgewichen war. Kopfschüttelnd stieg Twin vom Pferd.

»Lasst mich mal. Wir wollen ja schließlich heute noch weiterreiten!« Mit routiniertem Griff hatte Twin ihm das Seil aus der Hand genommen und warf es der Stute über den Kopf. Schnell zog er die Schlinge zu und als die kleine Stute anfing rückwärts zu laufen, hielt er sie wacker fest. Dennoch zog sie ihn einige Meter mit sich.

»Na, ist wohl doch nicht so einfach?«, konnte Chace sich nicht verkneifen. Auch Ed verfolgte das Schauspiel mit einer gewissen Belustigung.

»Jaja, macht Euch nur lustig.« Twin hielt das Pferd eisern fest und abrupt hörte es auf sich zu wehren und stand ruhig da, als wäre nichts gewesen. Sein Freund machte noch zwei Schritte auf die Stute zu und begann, sie zu tätscheln.

»Meine Gute. Alles ist in Ordnung. War doch nicht so toll, vollkommen allein im Wald, oder? Du bist doch eine Brave.« Er sprach beruhigend auf sie ein und warf ihr dann ein Halfter aus seiner Tasche über, um sie als Handpferd mitnehmen zu können, da fiel sein Blick auf etwas am Boden

»Was zum …?« Er warf Chace das Seil zu.

»Was ist denn los?«, fragte dieser überrascht.

Ohne zu antworten, arbeitete Twin sich weiter in das Gebüsch vor.

»Das kann doch nicht … Kommt her!«, rief er .

»Was habt Ihr?« Chace sah ihm verwirrt nach.

»Was soll das denn jetzt? Wir müssen weiter!«, schimpfte Ed, der es vorzog, im Sattel zu bleiben. Chace jedoch folgte der Stimme seines Freundes. Er schob sich durch das tief hängende Geäst und nach ein paar Metern traf er auf Twin und daneben …

»Belle!« Sie lag leblos am Boden, die Augen geschlossen.

Chace trat neben den am Boden knienden Twin, der Belle den Puls fühlte.

Angstvoll starrte Chace zu ihm hinunter. Belles schwarzes Kleid war über und über mit dunklen Flecken überzogen. Blut! An ihrer Hand war ein feuchter langer Schnitt. An manchen Stellen war das Blut schon getrocknet, aber an einer zog sich noch ein feiner Faden ihren Arm hinunter. Bange Sekunden verstrichen.

»Sie lebt, wenn sie auch ziemlich geschwächt ist. Das Blut scheint nicht alles von ihr zu stammen, aber einiges hat sie doch verloren«, sagte Twin und schien fieberhaft zu überlegen.

»Und was machen wir jetzt? Wir können sie nicht hierlassen, aber so kann sie nicht reisen, oder?«

»Sie muss! Jetzt haben wir einen Grund mehr, schnellstmöglich von hier zu verschwinden!« Twin reichte Chace einen Wasserschlauch von seinem Gürtel.

»Versucht sie wach zu machen. Sie wird schwach sein, aber sie muss wenigstens auf einem Pferd mitreiten können. Gerade jetzt müssen wir so schnell wie möglich weg von hier. Sie werden nach ihr suchen, wenn sie es nicht sogar schon tun!«

Angstvoll blickte Twin sich um, auch Ed, der sich mitsamt Ross durch das Gebüsch gekämpft hatte, behielt ihre Umgebung vom Pferd aus genau im Auge und lauschte auf die Geräusche des Waldes. Doch Chace hatte nur Augen für sie und träufelte Belle das Wasser ins Gesicht, dann begann er sie zu schütteln.

Er zweifelte eben daran, dass sie aufwachen würde, als sie die Augen aufschlug.

»Wo bin ich? Lasst mich los!« Sie versuchte, um sich zu schlagen, aber Twin hielt sie fest und Chace handelte im Affekt, indem er ihr den Mund zuhielt.

»Psst!«

»Beruhigt Euch, Prinzessin!« Eds Worte klangen eher wie ein Befehl als eine Bitte. Aber Belle dachte gar nicht daran. Sie versuchte weiterhin, sich zu befreien und Twin war erstaunt, dass sie, obwohl sie so entkräftet gewirkt hatte, doch ziemliche Energie aufbringen konnte.

»Belle, jetzt beruhigt Euch! Ich bin es doch!«

Erstaunt sah sie Chace nun endlich ins Gesicht und schien langsam zu begreifen. Ihre Gegenwehr versiegte und sie wirkte von einer Sekunde auf die andere nicht mehr stark und kampfeslustig, sondern wehrlos wie ein kleines Kind. Twin ließ sie los und sich aufrappeln.

Tränen liefen ihr über die Wangen.

»Chace! Es ist … Es ist furchtbar. Sie haben mir meine ganze Familie genommen. Die vielen Menschen. Dieser Gregor, er ist ein Monster. Ich … Er wollte … Ich konnte mich nicht eher befreien.«

Er wusste nicht, wie er sie mit Worten beruhigen konnte und nahm sie einfach nur in den Arm. Ed drängte jedoch.

»Bitte, in Eurem eigenen Interesse, wir müssen weiter! Prinzessin, Ihr bringt uns alle in Gefahr, die Zeit rennt uns davon.«

Belle ließ ihn los und blickte in die Runde. Sie wischte sich die Tränen aus den Augen und nickte.

»Aber falle ich Euch nicht zur Last, sie werden mich doch suchen?«

»Aber natürlich werden sie das, Prinzessin! Darum müssen wir auch los. Es ist zu gefährlich.«

Sie nickte wieder. »Aber ich bringe Euch alle in Gefahr …«

»In Gefahr sind wir sowieso. Ob wir ohne oder mit Euch auf diese Männer treffen … Ihr erzähltet, sie hätten niemanden verschont, da werden sie vor uns kaum haltmachen.«

Belle schien einen Moment zu überlegen und ließ sich dann von Chace zu den Pferden schieben.

Sie streichelte kurz Charlotte und wollte auf sie steigen, als Chace dazwischentrat und auf Goatee deutete.

»In Eurem Zustand solltet Ihr lieber bei mir mitreiten, dann könnt Ihr Euch noch etwas ausruhen. Wir müssen schnell vorankommen. Euer Pferd kommt als Handpferd mit.«

Belle wollte etwas erwidern, aber Twin war bereits auf sein Pferd gestiegen. Ed hatte seines gewendet und war bereits halb im Dickicht verschwunden.

Sie waren in Eile.

Chace stellte sich neben sie und bot ihr seine gefalteten Hände als Trittleiter an, damit sie leichter in den Sattel steigen konnte. Ohne zu murren nahm sie an und wenig später waren sie bereits unterwegs.

»Es dämmert schon«, sagte Ed mit einem Blick nach oben. »Wir werden ohne Rast durch die Nacht reiten müssen. So kommen wir schneller und unerkannter voran und bringen hoffentlich einige Meilen zwischen uns und sie … Wir werden, sobald die Sonne aufgeht, hoffentlich einen Weiher gefunden haben, wo Ihr Euch frisch machen könnt.«

Er deutete auf Belles Kleidung. Sie nickte.

»Ich hoffe, es geht solange«, setzte er hinzu.

»Meine Erinnerungen sitzen tiefer als die Flecken meines Kleides. Glaubt mir, auf die nächsten Stunden kommt es kaum mehr an. Ich will einfach nur so schnell wie möglich fort von hier.«

Belle

Nachdem sie aufgewacht war und endlich realisiert hatte, wo und bei wem sie sich befand, war ihr ein Stein vom Herzen gefallen.

Kurz bevor um sie herum alles schwarz geworden war, hatte sie sich so unendlich allein gefühlt und vor allem noch nicht gewusst, was sie nach ihrem Entkommen eigentlich machen sollte. Sie war so darauf bedacht gewesen, von diesem Gregor wegzukommen, dass sie sich über die Zukunft keinerlei Gedanken gemacht hatte. Aber der Zufall hatte es ihr abgenommen – oder war es doch nicht der Zufall? Hatte ihre Mutter …?

Es war inzwischen dunkel geworden, sie saß vor Chace im Sattel und lehnte sich erschöpft an seine Brust. Müdigkeit umfing sie.

Schützend hatte Chace seinen Umhang um ihren Körper geschlungen und die mollige Wärme trug nicht sonderlich dazu bei, dass sie wach blieb. Dennoch zwang sie sich, die Augen offen zu halten und ihre Umgebung nicht aus dem Blick zu verlieren.

Die Gruppe zog ohne zu reden durch die dichten Bäume. Soweit sie es beurteilen konnte, waren sie immer noch in den Sumachen und zu ihrem Erstaunen fühlte sie sich immer besser. Ihre Kraft kehrte zurück und auch ihre magischen Fähigkeiten waren wieder feiner zu spüren. Viel wacher und stärker.

So spürte sie zum Beispiel, wie Gregor außer sich vor Wut war. Sie hörte, wie er jemanden beauftragte, sie zu suchen, nachdem andere erfolglos zurückgekehrt waren.

Belle entspannte sich, sie waren also erst einmal in Sicherheit. Ihre Augenlider wurden plötzlich immer schwerer, und ohne es zu wollen, entglitt sie langsam in die Welt der Träume.

Chace schien es zu spüren und umgriff sie sanft, damit sie nicht vom Pferd glitt. Dabei drückte er sie stärker an seine Brust. Sie hörte seinen Herzschlag und schaffte es gerade noch, ein »Danke« zu flüstern, bevor ihr endgültig die Augen zufielen.

Kapitel 35

Endline
Gregor

»Ihr seid ein Nichtsnutz! Wie konnte das nur geschehen? Ihr könnt eine Armee führen, aber nicht einmal zehn Minuten auf ein Mädchen aufpassen, und Eure Männer genauso!«

»Aber mein Prinz. Das Pferd – es kam alles so unerwartet!«

»Nichts als Ausreden! Hängen sollte ich Euch, und dann schickt Ihr auch noch diese unfähigen Männer hinterher! Ich dachte, Ihr wäret mein Freund und mein Verbündeter, aber meine Freunde enttäuschen mich nicht. Ihr seid anscheinend doch nur ein Nichts!«

Mit diesen Worten drehte er sich um und setzte sich auf seinen neu erworbenen Thron. Er winkte einen jungen Mann heran und blaffte ihn an:

»Sendet Nachrichten aus. Grip und Bled haben sich bei mir einzufinden. Macht schon!«

Der Junge rannte förmlich aus dem Saal.

»Da werdet Ihr mal sehen, wie man es richtig macht!«, bellte er Sep noch entgegen, der betreten zu Boden schaute.

»Und ihr anderen: Ihr habt heute sehr gute Arbeit geleistet. Das hier …«, er zeigte um sich, »… gehört nun alles uns, und das habe ich euch zu verdanken. Und glaubt mir, wo das herkommt, gibt es noch mehr, viel mehr. Wie ich schon sagte, alles, was ihr findet, dürft ihr behalten, insofern ich kein Interesse daran habe. Und vergesst nicht, diese Menschen, die hier leben, sind nicht unsere Freunde.«

Zustimmendes Gemurmel zog durch den Raum. Viele der Männer hatten sich schon einen beträchtlichen Teil an Beute zusammengehortet.

»Und was ist mit dem Volk? Sollen wir alle ausmerzen?«, fragte einer und rieb sich die Hände. Er hatte auf dem Feldzug Blut geleckt.

»Sachte, sachte, meine Freunde. Wenn wir alle ausmerzen, wen quetschen wir dann mit Steuern aus? Und wer soll für uns arbeiten? Wir brauchen doch Sklaven und Diener … Bringt nur die um, die sich wehren, und alle Königstreuen. Die anderen unterwerfen sich dann wie von selbst.«

Die Männer nickten und aus den Augenwinkeln nahm Gregor wahr, wie jemand an ihn herangetreten kam.

»Ihr habt gerufen, Meister?«

Zufrieden drehte er sich um.

»Ja, habe ich. Durch die Unfähigkeit der Männer ist die Prinzessin entkommen. Findet sie und bringt sie zu mir, aber unversehrt, versteht sich! Und wenn sie irgendjemand beschützen sollte oder ihr sonst wie Hilfe zukommen lässt, tötet denjenigen. Tötet sie alle. Ich dulde keine Königstreuen in diesem Land.«

Seine Worte bedurften keiner weiteren Erklärung.

Tesslon

Sephin

Ein Bote kam mit vom Schweiß durchdrungenem und mit Blut beflecktem Hemd vollkommen außer Atem in den Thronsaal gestürmt. Erstaunt ließen ihn die Wachen passieren und Sephin war sofort in Alarmbereitschaft.

»Was ist passiert? Habt Ihr Nachricht von meinem Sohn? Ist ihm etwas passiert? Jetzt sprecht!«, herrschte er den Mann an.

Der Bote verneigte sich und rang nach Atem. »Nicht von Eurem Sohn«, keuchte er. »Ich … Es … Also … Prinz Gregor von Fallenday hat Endline angegriffen. Die Hauptstadt, das Schloss und die umliegenden Dörfer sind überrannt worden. Ich selbst war in einem der Dörfer und bin ihnen nur mit Mühe und Not entkommen. Diese Männer … sie haben alle ermordet, auch Frauen und Kinder.«

Er rang nach Atem.

»Und was ist mit Chace? Was ist mit meinem Sohn? Wie geht es der königlichen Familie?«

»Euer Sohn war nicht vor Ort. Angeblich war er noch nicht einmal eingetroffen. Der König ist tot und seine Tochter auf der Flucht. Und das Schlimmste: Sie sammeln ihre Männer. Sie wollen Endline vollkommen unterwerfen und Gerüchten zufolge lenken sie bereits ihr Augenmerk auf die anderen Länder.«

Sephin nickte seinem Hauptmann zu. Diese Worte musste er ernst nehmen. Die Tat Gregors überraschte ihn nicht einmal wirklich. Er hatte gewusst, dass es nur eine Frage der Zeit sein würde. Warum war ihm der Gedanke nicht schon eher gekommen? Sie mussten sich schützen. Aber was war mit Chace?

»Hauptmann, stellt eine Armee zusammen. Wir werden demnächst unsere Grenzen stärker sichern müssen.« Der Mann nickte und verließ den Raum.

»Habt Dank für Eure Nachricht. Lasst Euch etwas zu essen geben und ruht Euch aus. Bleibt, so lange Ihr wollt. Ihr seid willkommen.« Der Bote nickte dankend und zog sich zurück.

Sephin rief nach drei seiner zuverlässigsten Boten und griff dann nach Papier und Feder. Als er die Briefe beendet hatte, kündigte man ihm bereits die drei Boten an.

»Hier, diese Briefe sind für meinen Sohn. Macht Euch getrennt auf die Reise, sprecht mit niemandem und ich bete zu Gott, dass einer von Euch ihn erreicht. Ich erwarte dann unverzüglich Eure Rückmeldung. Und vermeidet, dass diese Briefe jemand anderem in die Hände fallen!«

Die Männer verneigten sich und verließen ebenfalls den Raum. Er wusste, dass er sich auf sie verlassen konnte, aber dennoch …

Sephin sah hinaus auf den immer dunkler werdenden Abendhimmel.

Chace, wo bist du nur? Ich hoffe, es geht dir gut. Jetzt ist das eingetreten, was ich schon so lange befürchtet habe – und du bist nicht an meiner Seite …

Dankeschön

Der erste Teil der Trilogie ist geschafft und ich hoffe, dass ich Euch mit dem Ende nicht zu sehr geärgert habe. Wenn doch: Kopf hoch, bald geht es weiter …

Hinter der Geschichte um Belle stehen so viele tolle Menschen, die ich hier noch kurz benennen möchte und MUSS, denn ohne Euch alle wäre ich niemals so weit gekommen!

Allen voran Astrid, die meinem SP-Baby ein wundervolles Zuhause gegeben und mich mit offenen Armen empfangen hat. Danke für Dein Vertrauen, Dein Verständnis und diese Chance! Du bist die Beste!

Marie, Dir danke ich, dass Du Dich meiner erbarmt und meinem Buchbaby eine wunderschöne Hülle verpasst hast. Ich liebe das Cover und alles darauf hat seine Bedeutung. Danke für Deine offenen Ohren und die tolle Umsetzung!

Vielen lieben Dank auch an Michaela, die sich durch die Seiten gekämpft hat und mir mit Rat und Tat im Buchstabenkampf zur Seite stand.

Mein größter Dank geht jedoch an meine Bloggerteams:

Claudia Willner, Kristin Braun, Laura Brandes, Lisa Hardt, Martina Giesl, Melanie Bosshammer, Svenja Glaser, Noemi Caruso, Tania Kaimel und ganze besonders Romy Onischke.

Ihr habt von der ersten Minute an hinter mir gestanden. Es spielte für Euch keine Rolle, ob das Buch von einem Verlag oder aus Eigenregie kommt, und dafür bin ich Euch überaus dankbar. Eure Impulse, Eure Rückmeldungen und Eure Unterstützung bedeuten mir sehr viel.

Ich freue mich schon auf die zukünftigen Projekte mit Euch! Ihr seid spitze!

Einen weiteren Dank spreche ich an Natascha aus. Du hast mich dazu ermutigt, mein Buchbaby einfach mal Astrid vorzulegen. Ohne Dich wäre »Symantriet« jetzt nicht hier: zu Hause!

Ein riesiges Dankeschön übrigens auch an meine Familie, die meine Ausflüge nach »Endline« und all die anderen Königreiche geduldig mit angesehen und ertragen hat. (Ich weiß, ich habe es Euch nicht immer leicht gemacht)

Und last but not least: ein fettes DANKE am meine Leserinnen und Leser:

Danke dafür, dass Ihr mein Buch gekauft habt, dass Ihr mir mit Euren Kommentaren und Rezensionen ein Feedback gebt und vor allem: Danke, dass ich Euch mit meinem Mix aus historischem Roman und Fantasy in eine neue Welt entführen durfte.

Alles Liebe

Eure Harriot

LENA
KLASSEN
DIE LEGENDEN DER UNASCHKIN
MONDLICHT
IN DEINEN AUGEN
DRACHENMOND VERLAG

1.

Ganz ehrlich, mit Karel Stevan zu tanzen, war nicht die reine Freude.

Er war ein bisschen jünger als ich, ein Jüngling mit einem weichen, noch kindlichen Gesicht, der immer zu zittern anfing, wenn er etwas sagen sollte. Sobald er den Mund öffnete, wurde er glühend rot und begann zu stammeln.

»Möchtet Ihr vielleicht eine Erfrischung, mein Herr?«, fragte ich vorsichtig, denn die dicke Schicht Puder in seinem Gesicht löste sich allmählich auf.

Sein Angstschweiß hatte den goldenen Farbschatten über seinen Augenbrauen zum Schmelzen gebracht, sodass ihm gelbliche Streifen über die Wangen liefen. Wäre er nicht der Erbe des Monopols zum Verkauf lebender Tiere, ich hätte ihn einfach stehen lassen, aber das hätte Papa niemals geduldet. Viehhandel konnte, kombiniert mit unserem Monopol zum Handel mit Lederwaren, Fellen und jeder Art von Stoff tierischer Herkunft, durchaus noch nützlich sein.

»Zu gütig, Fräulein Meriande«, krächzte er und verfärbte sich noch dunkler. Seine weichen, schweißnassen Hände lösten sich mit einem leisen Schmatzen von meinem Arm.

Aber ich hatte mich zu früh gefreut. Während Karel in Richtung der Tische, auf denen Eistee und Wein bereitstanden, davontaumelte, näherte sich mir der nächste Tanzpartner. Mein Plan,

mich unbemerkt aus dem Saal zu stehlen, wurde von Wilimen Börger vereitelt, der seine Finger wie das Maul eines Jagdhunds um mein Handgelenk schnappen ließ.

»Fräulein Meriande«, säuselte er und ließ seinen klebrigen Blick über meinen Ausschnitt wandern. »Ihr seht heute Abend einfach bezaubernd aus.«

Ich unterdrückte den Drang, ihn mit irgendetwas zu bewerfen. Immerhin war er möglicherweise mein zukünftiger Ehemann. Nur die Götter wussten, wann mein Vater endlich seine Entscheidung treffen würde.

»Ich, ähm … wollte mir gerade etwas zu essen holen«, sagte ich rasch. »Kuchen. Ich brauche unbedingt Kuchen.«

Wilimen sah nicht aus, als würde er jemals das Angebot, Kuchen zu essen, ausschlagen. »Das ist eine hervorragende Idee, Fräulein Meriande. Darf ich bitten?«

Er reichte mir seinen Arm.

Der weiche Samt unter meinen Fingern war von hervorragender Qualität, das konnte ich fühlen. Die meisten der jungen Herren mussten sich mit Samt-Imitat, Glassteinen und falschem Goldpuder behelfen, weil die Schatzkammer ihrer Familie nicht mehr hergab, doch Wilimen Börger hatte das nicht nötig. Der Goldstaub auf seiner Perücke war echt, darauf hätte ich wetten mögen. An seiner Seite würde ich mir niemals Sorgen um meine Zukunft machen müssen.

»Eure Eltern haben sich wieder einmal übertroffen«, sagte er. »Es heißt nicht umsonst, dass die Suliwans die besten Küchensklaven von Nordun-Stadt besitzen.«

Ich lächelte verlegen und ließ mir von einer Sklavin ein Brombeertörtchen reichen.

Wilimen verdrückte bereits das zweite. »Ob Ihr wohl den Sklaven, der die gebacken hat, als Mitgift erhalten könntet?«

»Wollen wir uns nicht setzen?« Ich wies auf die hübschen kleinen Korbsessel, die im hinteren Bereich des Saals zu gemütlichen Sitzgruppen arrangiert waren.

Seine Augen leuchteten auf. Eine lauschige Unterredung mit mir, der begehrten Erbin? Da konnte er nicht Nein sagen.

Ich winkte der Sklavin, mit dem Tablett voranzugehen.

Bevor wir uns setzten, wandte ich mich noch einmal zur Tanzfläche hin. »Ist das nicht unglaublich?«

»Was meint Ihr, Fräulein Meriande?«

Ich meinte gar nichts, ich wollte ihn nur von dem Sessel ablenken. Es war schwieriger, als es sich anhörte, ein paar Törtchen auf der Sitzfläche zu platzieren, ohne dass er es merkte. Die Sklavin riss die Augen auf, aber natürlich wagte sie nicht zu kichern.

»Oh, ich dachte, ich hätte gesehen, dass einem der Herren die Perücke vom Kopf gefallen ist.« Graziös setzte ich mich und schlug die Beine übereinander.

Wilimen glotzte unverhohlen und ließ sich in seinen Sessel plumpsen. Seine vergoldeten Lider flatterten. Ein Beben ging durch seinen ganzen Körper und in seine Augen trat ungläubiges Entsetzen.

Nun hieß es Ruhe bewahren. Geziert verspeiste ich mein Kuchenstück. Die Cremefüllung aus Sahne, Honig und den unvergleichlichen wilden Brombeeren, die am Ufer des Dun wuchsen, war ein Gedicht. Ich leckte mir einen Klecks Sahne vom Finger und erhob mich dann wieder. »Möchtet Ihr weitertanzen?«

»Ich fürchte, ich kann Euch nicht begleiten, Fräulein Meriande. Ich … ich fühle mich gerade nicht wohl.«

»Im Ernst? Ihr bereitet mir Kummer«, sagte ich.

Sein Gesicht verzog sich gequält. »Kein Grund zur Sorge. Gleich … gleich bin ich so weit.«

Ich schenkte ihm mein freundlichstes, gütigstes Nicken. »Dann gehe ich schon voraus.«

Sollte er zusehen, wie er die zerquetschten Brombeeren und die Sahnecreme von seinem Hintern entfernte. Grüßend und lächelnd ging ich an den Tanzenden vorbei, bis ich die Treppe erreichte, die hoch zur Balustrade führte. Mit einem Seufzer der Erleichterung huschte ich die Stufen hinauf. Oben stand bereits meine Schwester auf ihrem bevorzugten Beobachtungsposten, fern vom Gedränge, den falschen Komplimenten und dem verzerrten Lächeln der Schönen und Reichen von Nordun-Stadt.

Von der Galerie aus konnte man unbemerkt auf die Köpfe herabsehen. In den kunstvollen Hochsteckfrisuren der Damen wetteiferten künstliche Blüten und Schmetterlinge um Aufmerksamkeit. Die Blumen waren den hiesigen kleinen Blumen nachgebildet – den Parkrosen, den Wölkchen und Kussmündern. Mit Genugtuung stellte ich fest, dass ich das einzige Mädchen im Saal war, das eine echte Dschungelblüte im Haar trug.

»Da ist er«, flüsterte Wenizia, die aufgeregt das Geländer umklammerte und sich so weit vorbeugte, dass ich sie vorsichtshalber am Arm festhielt, bevor sie kopfüber aufs Parkett stürzte.

»Wärst du so freundlich, mir endlich zu verraten, in wen du dich verknallt hast?«

Meine Schwester drehte sich zu mir um, ihre Augen blitzten vor Wut. »Verknallt? Liebe ist etwas Großes und Heiliges, und du solltest endlich aufhören, so davon zu sprechen! Nur weil du nicht fähig bist, dich zu verlieben!«

»Ich wüsste nicht, warum ich mich verlieben sollte«, gab ich zurück. »Mama und Papa werden einen Mann für mich aussuchen. Es geht um das passende Handelsmonopol, das unseres ergänzt, nicht darum, wessen Perücke mir am besten gefällt. Ich glaube nicht mehr an den Prinzen, der in einer Kutsche vorfährt, seit ich vier Jahre alt bin.«

Das war gelogen. Noch bis vor Kurzem hatte ich den Traum mitgeträumt, wenn wir Schwestern uns im Garten auf der großen Korbbank aneinandergekuschelt und uns Märchen erzählt hatten, die nicht von der Vergangenheit, sondern von unserer Zukunft handelten. Davon, wie es sein würde, wenn unter den vielen Kutschen, die vor der prächtigen Villa der Familie Suliwan hielten, die eine war, die alle anderen in den Schatten stellte. Von dem jungen Mann, der ausstieg und an unserem Haus hochsah, als wüsste er schon, wen er hier finden würde: die Eine, die einzig Richtige.

Er würde gut aussehen, natürlich, aber noch viel mehr – seine Pferde waren die schönsten, er war reicher als die anderen, und unsere Eltern, das war das größte Wunder, wären begeistert von ihm. Niemand würde mehr von Monopolen sprechen und davon, welche Verbindung die geschickteste und gewinnbringendste war. Ein Lächeln und mein Herz gehörte ihm. Er würde mir seins zu Füßen legen und mit ihm all seinen Reichtum, seine Pferde und Kutschen und Sklaven. Nichts hatte eine Bedeutung, wenn wir nur einander haben konnten.

Ein dummer Traum, denn es gab in Groß-Nordun keine Prinzen mehr, seit der Magistrat vor zweihundert Jahren die königliche Familie mitsamt ihrem dekadenten Palast verbrannt hatte.

Und ich war inzwischen fast zwanzig Jahre alt und konnte froh sein, wenn mein Vater sich endlich für einen Ehemann für mich entschieden hatte. Auch wenn er entsetzlich fade und langweilig sein sollte.

Die Träume waren ausgeträumt, und ich hatte rechnen und die wichtigsten Regeln des Handels und der Diplomatie gelernt. Wenizia und ich steckten nicht mehr die Köpfe zusammen, um uns Prinzen und mit goldenen Ornamenten bemalte Kutschen vorzustellen. Doch manchmal hatte ich den Verdacht, dass sie immer noch davon träumte, dass jemand kommen und sie vor einer arrangierten Ehe retten würde.

Ich hingegen wusste längst, dass mich nichts und niemand retten konnte. Liebe war höchstens eine willkommene Beigabe, wie ein Löffelchen Wolkenblütenhonig im Eistee, wenn zwei Kaufmannsfamilien in langwierigen Verhandlungen die Verknüpfung zweier Monopole beschlossen. Liebe vernebelte jungen Leuten den Verstand, deshalb war es die Pflicht wohlmeinender Eltern, vernünftige Entscheidungen zu treffen.

»Soll ich dir was verraten?«, fragte ich mit einem spöttischen Lächeln. »Ich finde diese reichen Söhne alle hässlich. Und soll ich dir noch etwas verraten? Es ist mir völlig gleich.«

»Du verstehst gar nichts«, zischte Wenizia.

Sie war zwei Jahre jünger als ich, aber sie kehrte gerne ihre Überlegenheit heraus. In der Tat war sie besser darin, eine passende Frisur zum jeweiligen Anlass auszusuchen, besser darin, Stoffe und Schnitte zu beurteilen, besser, mit den jungen Männern, die sich zu solchen Tanzabenden wie heute einfanden, Konversation zu machen.

Aber sie konnte nicht heiraten, bevor ich nicht unter der Haube war, und Papa zögerte schon seit drei Jahren – eigentlich galt siebzehn als bevorzugtes Heiratsalter –, den Kontrakt zu schließen, der unser Handelshaus mit einem der anderen großen Häuser verbinden würde. Als älteste Tochter und Erbin war meine Hand einer der wichtigsten Einsätze im Spiel um Handelsmonopole, und kaum hatte Papa einen vielversprechenden Kandidaten gefunden und ihm erlaubt, mich zu besuchen und – in Gegenwart meiner Schwester natürlich – mit mir Tee zu trinken, fand er ein anderes Monopol interessanter und gewinnbringender, verbot dem jungen Erben das Haus und gestattete einem anderen Mann aus einer noch besseren Familie, um mich zu werben.

»Oh, ich verstehe genug«, sagte ich. »In dieser Welt geht es nicht um Küsse im Licht der Monde und kleine Geschenke und Briefchen, sondern um den Sitz im Magistrat und darum, ein unwichtig scheinendes Monopol möglichst billig zu erwerben und gewinnbringend auszunutzen. Wenn Papa klug wäre, würde er mich mit Wilimen Börger verheiraten. Die Börgers haben das Monopol auf Eisen, und deshalb werden sie immer einen der besten Sitze im Rat besitzen, vor allem, wenn der Krieg um die Straße nach Banesch sich länger hinzieht.«

Wenizia schnaubte böse. »Siehst du, genau das meine ich. Du bist kalt wie Eis. Wilimen ist über dreißig, er ist fett und hat dicke Lippen wie ein Fisch! Du kannst ihn doch nicht wirklich wegen ein paar Wagenladungen Säbel und Pistolen heiraten wollen!«

»Nicht zu vergessen, seine Kanone.«

»Meriande!«, rief meine Schwester entsetzt.

»Er hat eine hübsche goldene Perücke.« Ich wusste genau, wie ich sie ärgern konnte. »Und wie elegant er tanzt!« Dass ich Wilimens Klebrigkeit eine neue Bedeutung verliehen hatte, musste ich der lieben Wenizia ja nicht erzählen. »Fast so gut wie Karel Stevan.«

Letztgenannter wirbelte gerade mit seiner Tanzdame unter unserem Beobachtungsposten hindurch.

»Ich hasse dich«, murmelte Wenizia, kniff mich boshaft in den Arm und rauschte zur Treppe. Sie trug heute ein atemberaubendes Kleid aus dunkelgrüner Seide, das nach der herrschenden Mode vorne über den Knien endete und den Blick auf ihre golden gepuderten Schienbeine freigab. Hinten lief das Kleid in einer meterlangen Schleppe aus, die üppig mit Rüschen und Blüten bestickt war. Ihre hellblonden Haare waren sehr lang und sehr schwer, doch sie trug die turbanähnliche Frisur stolz wie eine Königin, ohne zu wackeln. Graziös verstand sie es, die Kontrolle über ihr Turmhaar in jedem noch so komplizierten Tanz zu bewahren. Jede Schrittfolge, jede Drehung saß.

Ich beobachtete, wie sie in die Menge der Tänzer eintauchte und sich sofort ein junger Galan näherte. Auch wenn die reichen Söhne von Nordun wussten, dass Wenizia erst heiraten konnte, sobald ich aus dem Weg war, machten sie ihr bereits fleißig den Hof. Kein Erbe durfte sich Hoffnungen auf sie machen, aber es gab noch genug zweite und dritte Söhne, die eine Karriere anstrebten und eine Frau vom Glanz einer Suliwan zu schätzen wussten.

Mir hingegen schmerzten die Füße. Ich hasste hohe Schuhe, in denen ich regelmäßig umknickte. Mein Nacken war verspannt, und die Blüte in meinen Haaren, über die ich mich so gefreut hatte – ein Geschenk von Jurigan Mertaler, dem Erben des leider viel zu unbedeutenden Blumenmonopols –, verströmte beim Verwelken einen immer schwereren Duft, der mich müde machte. Obwohl mir bewusst war, wie ungehörig und unverzeihlich es war, von meiner eigenen Tanzveranstaltung zu fliehen, wandte ich der Treppe den Rücken zu und ging zu den großen Flügeltüren, die auf den Balkon hinausführten. Der Sklave öffnete sie mir mit gesenktem Kopf.

Zu meiner Enttäuschung war ich nicht allein. Ein Pärchen, das am steinernen Geländer miteinander geflüstert hatte, fuhr erschrocken auseinander.

»Guten Abend«, flötete ich.

Sie murmelten eine Erwiderung und verließen hastig den Balkon. Sastia Mettering mit der zweitältesten Tochter des Honigmonopols? Na, das war ja interessant.

Vermutlich würde Sastia mir später ein Briefchen schicken mit der Bitte, es nicht weiterzuerzählen. Von Nachrichten dieser Art hatte ich mittlerweile eine ganze Schmuckschatulle voll gesammelt. Wenn ich gewollt hätte, ich hätte die Hälfte der Kaufmannsfamilien erpressen können. Doch Erpressung war ein schmutziges Geschäft und ich brauchte kein Geld. Dankbarkeit und Respekt waren mir lieber. Ein vorsichtiges Lächeln, das mir Leute schenkten, über die ich etwas wusste, reichte mir vollkommen.

Ich streifte die Schuhe von meinen schmerzenden Füßen und trat ans Geländer. Nur ein Sklave mit dem Tablett voller Häppchen und Erfrischungen stand zwischen den Pflanzenkübeln. Die Wölkchenblumen raschelten in der leichten Brise, die vom Fluss herkam. Über dem Garten tanzten die beiden Monde; heute Nacht war der weiße Mond voll und der rote Mond eine scharfe Wunde am Himmel. Ich verengte die Augen, um den sagenumwobenen dritten Mond zu zwingen, sich zu zeigen, doch natürlich war das nur eine Kinderei. Meine Schwester und ich hatten kaum sprechen können, da hatte unsere Amme uns schon erzählt, dass Pana, die Göttin des dritten Mondes, sich nur denen zeigte, die reinen Herzens waren. Dass keine von uns ihn sehen konnte, wir es uns aber umso mehr wünschten, hatte uns sehr geschmerzt, und in kindlicher Naivität hatten wir daraus geschlossen, dass wir keine guten Menschen waren. Erst nach und nach hatten wir herausgefunden, dass niemand den dritten Mond sah, nicht einmal unsere Eltern, die wir für vollkommen hielten.

Der dritte Mond war nichts als ein Kindermärchen – sagten die einen. Die anderen beriefen sich auf den berühmten Sternforscher Galizian, der angeblich berechnet hatte, dass der Tanz der sichtbaren Monde nur auf die Weise stattfinden konnte, die wir Nacht für Nacht erlebten, weil sich noch etwas da oben drehte, etwas, das sich womöglich hinter dem weißen Mond verbarg, der größer war als sein roter Bruder.

Die Zikaden zirpten und ich sah die weißen Mondfalter fliegen. In ungefähr zehn Nächten würden es die roten sein. Noch ein Indiz, dass es den dritten Mond nicht gab – hätte er dann nicht, wie ich mir, ganz Kaufmannstochter, ausrechnete, seine eigenen Falter haben müssen, die seine Farbe durch die Nacht trugen?

Die steinerne Brüstung war aufgeheizt von der Hitze des Tages und ich genoss die Wärme der Bodenplatten unter meinen Fußsohlen. Rasch pflückte ich die Dschungelblume aus meinen Haaren und warf sie nach unten in den Blumengarten, wo die Schnecken sich freuen würden. Möglicherweise starben sie aber auch an dem ungewohnten Futter. Viele Pflanzen und Tiere aus dem Dschungel sahen farbenprächtig aus, waren aber extrem giftig. Ob das blumige Geschenk mich vielleicht absichtlich hatte schläfrig machen sollen, damit ich dem jungen Kaufmannssohn beim Tanzen in die Arme fiel?

Ich grinste bei der Vorstellung, wie er mich aufzufangen versuchte und rückwärts stolperte. Der Blumenerbe war ein schmächtiges Kerlchen, das passenderweise eher einer Blume ähnelte als einem Baum.

Nun noch die Haarnadeln herausgezogen, bis mir mein Haar wieder über den Rücken fiel. Ich massierte meine verspannte Kopfhaut und rieb mir die Schläfen. Diese Heiratssache machte mir viel mehr zu schaffen, als ich meiner Schwester gegenüber je zugegeben hätte. Es lag nicht nur an den Kandidaten, die unser Haus bevölkerten, an den Unmengen an Tee, von denen mir allmählich der Magen schmerzte, und dem ständigen Gerede von Monopolen. Ich hatte Angst, ja, aber nicht vor den Männern mit ihren glänzenden Perücken, ihren schweißnassen Händen und der langweiligen, nichtssagenden Konversation. Es war beinahe egal, welchen von ihnen Papa am Ende aussuchen würde.

Wovor ich mich fürchtete, war das Leben einer Kaufmannsgattin. Noch genoss ich gewisse Freiheiten, ich verbrachte meine Tage mit Reiten und Malen, mit Tanz- und Musikunterricht, mit Unterricht in Handelsgesetzen, Mathematik und Kultur. Ich stritt mich mit meiner Schwester und übte mich im Umgang mit dem Damenbogen, der zwar keine große Durchschlagskraft besaß, jedoch genügte, um überraschten Gästen, die nach anstrengenden Verhandlungen mit meinem Vater durch unseren Garten schlenderten, die Perücken vom Kopf zu schießen. Auf Nachtfalter zu zielen, war ebenfalls eine gute Übung.

Ich huschte zum rechten Rand des Balkons, wo ich hinter der blutroten, im Dunkeln leuchtenden Topfrose – eine Kreuzung mit Dschungelblumen, das Geschenk des Monopolinhabers – meinen Bogen aus Ebereschenholz versteckt hatte. Man brauchte keine große Kraft, um ihn zu benutzen, sodass die Arme einer Dame nicht unschön muskulös von seinem Gebrauch wurden. Die kurzen Pfeile flogen nicht besonders weit. Ursprünglich, so hatte Wenizia mir jedenfalls erzählt, war die Waffe dazu erfunden worden, den ausgesuchten Tanzpartner bei der Damenwahl abzuschießen. Wenn er den Pfeil zurückbrachte, konnte der Tanz beginnen.

Morgen würde ich die Pfeile unten im Garten suchen müssen, aber das war mir gleich. Diese Aufgabe überließ ich nie den Sklaven, obwohl der Streit, ob es sich bei diesem Bogen überhaupt um eine Waffe handelte – natürlich durften Sklaven keine Waffen berühren –, immer wieder neu diskutiert wurde und auch schon im Rat behandelt worden war, ohne abschließendes Ergebnis.

Ich legte den Pfeil an die Sehne, verfolgte die wild herumschwirrenden, leuchtenden Mondfalter eine Weile … und schoss.

Der Falter zerstob in der Luft und seine Flügel wirbelten wie Blütenblätter durch die Nacht. Wenizia fand mich grausam, aber sie war auch nicht diejenige, die zusammen mit den Gärtnern einen unermüdlichen Kampf gegen die gefräßigen Raupen der Mondfalter führte. Seit ich ein paar Setzlinge von Dschungelpflanzen geschenkt bekommen hatte, hütete ich sie wie meinen Augapfel.

Der nächste Pfeil. Ich zielte, schrak zusammen – und verriss. Der Pfeil zischte in die Dunkelheit davon. Über dem Balkongeländer lag eine seltsame Metallkralle. Verwundert betrachtete ich sie; davon kam also das kratzende Geräusch, das mich so erschreckt hatte! Aber …

Ich wollte mich gerade über die Brüstung lehnen, da erschien der Kopf eines Mannes hinter dem Geländer.

Hinter mir schepperte es; der Sklave hatte vor Schreck das Tablett fallen lassen.

Ein Lächeln erschien, dann Schultern, die in einer dunkelroten Jacke steckten, dann schwang der Fremde das Bein übers Geländer und sprang auf den Balkon.

Bevor ich zu dem Schluss gekommen war, dass ich vielleicht besser schreien sollte, verbeugte er sich vor mir und sagte höflich: »Ich wünsche Euch einen angenehmen Abend, Fräulein Meriande Suliwan. Darf ich mich vorstellen? Mein Name ist Leutnant Ruovan von der Dschungelbrigade, Grenzbataillon Sandoria.«

Ich starrte ihn an. Er trug keine Perücke, sondern sehr kurze dunkelblonde Haare und hatte sein Gesicht nicht gepudert. Soldaten puderten ihre Gesichter nicht.

»Äh«, sagte ich ratlos, dann siegte meine gute Erziehung und ich hieß ihn willkommen. »Angenehm, Leutnant Ruovan. Einen schönen Abend. Was, ähm, verschafft mir die Ehre Eures Besuchs? Wenn es denn ein Besuch sein soll und kein versuchter Einbruch?«

»Ich bin eingeladen«, sagte er und musterte mich ungeniert. »Ich gehöre zur Führungsriege der Wachmannschaft, die den Abgeordneten-Konvoi nach Banesch begleiten wird. Wir sind seit einer Woche in Nordun-Stadt.«

Mir wurde bewusst, dass ich mein Haar offen trug und keine Schuhe anhatte. Außerdem hielt ich einen Damenbogen in der Hand und zielte mit dem dritten Pfeil auf den Eindringling, was ein Angehöriger der Armee möglicherweise als Provokation werten könnte.

Ich senkte den Bogen, behielt ihn aber vorsichtshalber in der Hand. »Ach, und da kommt Ihr über den Balkon?«

»Ich war auf der Tanzfläche«, sagte Leutnant Ruovan. »Doch leider habt Ihr mich nicht beachtet. Ich hatte gehofft, mich auf diese Weise in Eure Nähe stehlen zu können.«

»Oh«, sagte ich.

»Es tut mir leid, wenn ich Euch störe«, meinte er weiter. »Wenn ich wieder gehen soll …« Er drehte sich dem Sklaven zu, der stumm die Überreste der Häppchen vom Boden aufsammelte. »Oder vielleicht wärt Ihr so freundlich, eine Erfrischung mit mir einzunehmen?« Damit beugte er sich über das Geländer und zog das Seil hoch, an dem er nach oben geklettert war. Am Ende des Seils baumelte ein Korb, der eine Flasche Honigsekt und mehrere geheimnisvolle Päckchen enthielt.

»Ihr habt ja an alles gedacht, mein Herr«, sagte ich anerkennend. »Darf ich fragen, was Ihr damit bezwecken wollt?«

Er lächelte. Der Leutnant war auf eine andere Art und Weise gut aussehend als die Männer im Kaufmannsviertel. Sein Gesicht war von der Sonne verbrannt, die Wangen waren zwar glatt rasiert, wirkten jedoch trotzdem rau, da sie nicht gepudert waren. Die Nase war leicht gebogen, die Augen blickten scharf und er scheute sich offensichtlich nicht, überall hinzusehen, wo er hinsehen wollte. In der Luft lag ein aufregendes Aroma von Dschungel und Gefahr.

»Die schönste Frau von Nordun beeindrucken.« Sein Lächeln hatte etwas Herausforderndes. »Wenn mir das heute Nacht gelingen sollte, wäre ich schon zufrieden.«

Ohne um Erlaubnis zu fragen, begann er die Köstlichkeiten auszupacken und auf dem Steinboden auszubreiten. Der Sklave zog sich bis zur Tür zurück, um uns Platz zu machen, blieb jedoch dort stehen. Natürlich war es trotzdem unschicklich, dass ich hier mit einem fremden Mann allein war, doch sollte der ungewöhnliche Besucher zu aufdringlich werden, würde der Sklave sofort Hilfe holen. Das beruhigte mich ein wenig. Ich hätte Ruovan dennoch wegschicken sollen, aber ich brachte es nicht über mich. Er war so ganz anders als die Kaufmannssöhne mit ihren vergoldeten Perücken, dem Puder und den stotternden Bemerkungen über das Wetter und den Wasserpegel des Flusses, und er kannte den Ort, von dem ich träumte.

»Darf ich Euch etwas fragen?« Neugierig begutachtete ich die fleischigen Blätter einer unbekannten Frucht. »Wie ist es im Dschungel?«

Der Leutnant zerteilte die Blätter und zeigte mir, wie man an das Fruchtfleisch herankam. »Wie es dort ist? Heiß, schwül, gefährlich. So viel Boden wir auch erobern, nichts ist dort wirklich unser. Anders als im Flachland, wo wir das gewonnene Gebiet absichern, eine Verwaltung einsetzen und es nach und nach zu Groß-Nordun hinzufügen, gibt es im Dschungel kein Ende der Kämpfe. Alles, was wir gestern erobert haben, müssen wir morgen wieder hergeben. Jeden Tag verlieren wir Hunderte von Arbeitern ans Dschungelfieber, an die Raubtiere und bei Überfällen kriegerischer Stämme. Die Straße auf der ganzen Strecke zu sichern, ist unmöglich, dazu bräuchten wir Millionen Soldaten. Wenn Sandoria fällt, ist das Unternehmen gescheitert. Sandoria ist der äußerste Posten, die ausgestreckte Hand Norduns, die Speerspitze unserer Streitkräfte.«

»Ihr müsst sehr mutig sein, wenn Ihr Euch dieser Gefahr aussetzt.«

Er strahlte mich an. »Ich habe mir schon immer gewünscht, diesen Satz einmal aus dem Mund einer schönen Frau zu hören. Endlich ist es passiert.« Und damit beugte er sich vor und strich mit dem Zeigefinger über meine Wange.

Mir lief ein Schauer durch den ganzen Körper.

Sein Daumen blieb an meinem Mundwinkel liegen.

Mit klopfendem Herzen stellte ich die nächste Frage. »Gibt es wirklich Hornaffen?«

Er lachte. »Ja, ja natürlich gibt es Hornaffen. Ich habe schon mal einen gestreichelt. Sie sind normalerweise bissig, und man muss sich in Acht nehmen, denn wie so vieles im Dschungel ist ihr Gift tödlich, aber einer der Unaschkin hatte ihn gefangen und gezähmt.«

»Una…?«

»Unaschkin. So nennen sie sich selbst. Landläufig kennt man sie unter dem Begriff Bestiensoldaten.«

Mit offenem Mund starrte ich ihn an. »Die gibt es also auch?«

»Ja, die gibt es.«

»Sie sind … Tiere, die wie Menschen kämpfen?«

»Nein, sie sind eher Menschen, die wie Tiere kämpfen. Aber sie kämpfen auf unserer Seite, also ist das vielleicht auch nicht so wichtig.« Er nahm eine meiner blonden Haarsträhnen zwischen seine Finger und betrachtete sie versonnen. »Ihr seid wunderschön, Fräulein Meriande. Warum interessiert sich ein zartes Mädchen wie Ihr für so grausame Dinge?«

»Der Dschungel hat mich schon immer fasziniert«, sagte ich. »Die Händler, die Geschichten erzählen … die Waren, die ich zu sehen bekomme … Alles scheint im Dschungel größer und bunter zu sein, die Farben sind intensiver, der Geschmack und Duft der Früchte und Blumen ausgeprägter. Es ist wie eine andere Welt, in der jedes Detail verstärkt daherkommt und dadurch fremd wirkt.«

»Wie das hier?« Er fischte ein Häppchen aus den ausgebreiteten Köstlichkeiten heraus und führte es an meinen Mund. »Schließt die Augen und sagt mir, was es ist.«

Es schickte sich absolut nicht, aber ich nahm den Bissen mit den Lippen an und kaute mit geschlossenen Augen. Die Frucht war süß wie eine … Birne, nein, viel süßer und saftiger, und zugleich hatte sie einen herben Geschmack, der unterschwellig daherkam und sich erst langsam entfaltete.

Dann spürte ich etwas anderes. Fremde Lippen auf meinen, einen Kuss, so sanft und süß wie die Dschungelbirne. Ich blinzelte, und da hatte Ruovan sich bereits wieder zurückgezogen.

»Verzeiht mir«, flüsterte er. »Ich konnte nicht anders.«

Ich war noch nie geküsst worden. Ab und zu hatte es einer der Heiratsbewerber versucht, aber ich war immer sofort auf Abstand gegangen. Von mir aus hatte ich noch nie das Bedürfnis verspürt, jemanden zu küssen; im Gegensatz zu meiner Schwester war ich nicht andauernd in irgendeinen Kerl verliebt und träumte davon, in seine Arme zu fallen.

Es war nicht einmal unangenehm gewesen. Kurz und leicht prickelnd. Meine Lippen brannten.

Er bemerkte meinen verwirrten Blick. »Ich hoffe, Ihr verratet mich nicht an Euren Vater. Es könnte zu Komplikationen führen, wenn wir uns vor der Abreise nach Banesch streiten.«

»Es brennt«, sagte ich und kam mir unsäglich naiv vor, weil ich so überrascht war. Ich hatte nicht erwartet, dass Küsse wehtaten. »Warum brennt es?«

»Oh, das ist die Frucht. Alle Früchte aus dem Dschungel sind leicht giftig. Es ist nicht schädlich, macht Euch keine Sorgen. Die Wirkung verfliegt in Kürze.«

Ein Geräusch an der Tür ließ mich zusammenfahren.

Wenizia beobachtete uns durch die Scheibe, sie hatte die Hand ans Glas gelegt und war mit der Stirn dagegen geschlagen.

»Und so endet ein wunderschöner Abend«, sagte Ruovan bedauernd, packte alles kurzerhand wieder zusammen, stopfte es in den Korb, ergriff das Seil und schwang sich über die Brüstung.

»Wer war das denn?« Meine Schwester betrat den Balkon und spähte in den Garten hinaus. Von dem feschen Soldaten war bereits nichts mehr zu sehen.

»Sag nichts«, befahl ich. »Zu niemandem.«

Zum ersten Mal in meinem Leben hatte ich ein eigenes Geheimnis.

...